奥古斯都

AUGUSTUS

John Williams 約翰·威廉斯

馬耀民 —— 譯

John Williams

約翰．威廉斯 ｜ 作者

1922-1994

出生及成長於美國德州。威廉斯雖然在寫作和演戲方面頗有才華，卻只在當地的初級學院（兩年制大學）讀了一年即被退學。隨後威廉斯被迫參戰，隸屬空軍，在軍中完成了第一部小說的草稿。威廉斯退役後找到一間小出版社出版他的第一本小說，並且進入丹佛大學就讀，獲得學士及碩士學位。從 1954 年起，威廉斯開始在丹佛大學任教，直到 1985 年退休。在這段期間，威廉斯同時也是位活躍的講師和作者，出版了兩部詩集和多部小說，著名的小說有：《屠夫渡口》（1960）、《史托納》（1965）及《　古斯都》（1972）。《　古斯都》於 1973 年獲得美國國家圖書獎。

馬耀民 ｜ 譯者

畢業於台大外文系、外文研究所碩士及博士班，現任台灣大學外文系副教授，曾任台大外語教學與資源中心主任（2006-2012）。博士班時候開始從事翻譯研究，一九九七年完成博士論文《波特萊爾在中國 1917-1937》並獲得博士學位。多年來在外文系除了教授西洋文學概論、歐洲文學史、文學作品讀法外，翻譯教學也是他關注的重點，一九九六年開始連續教授翻譯與習作至今，從未間斷，曾領導外文系上具翻譯實務的老師先後成立了大學部的翻譯學程及文學院翻譯碩士學程，整合了台大豐富資源，讓台灣最優秀的學生獲得口筆譯的專業訓練，貢獻社會。他從碩士班修業其間即開始從事翻譯工作，除刊登於《中外文學》的學術性文章外，也曾負責國家劇院每月節目單的英譯工作，以賺取生活費，並奠定了翻譯教學的實務基礎。他從前年開始已經放棄教授文學課程，而專注於翻譯教學上，希望於退休前爲翻譯教學能有更積極的付出，現教授翻譯實作、中翻英、文學翻譯，公文法規翻譯，以及在翻譯碩士學程開設筆譯研究方法。《奧古斯都》是他繼《史托納》和《屠夫渡口》後的第三部翻譯小說，累計已有五十萬字，是他累積了三十多年閱讀文學的經驗及二十多年翻譯教學經驗的成果，期待他的翻譯作品對國內的文學翻譯有所貢獻。

Contents

引言

身爲作家、詩人和大學教授的約翰・威廉斯，近年以他久被忽略的《史托納》引起國際文壇的一陣騷動。然而相較於他稍早完成的小說，他的最後一個作品《奧古斯都》看來似乎有點奇怪。首先，《奧古斯都》於版出一九七二年，次年獲得美國國家圖書獎的小說獎，是他四本作品中唯一一本在他有生之年獲得公開的讚揚。（威廉斯一九二二年生於德州，在丹佛大學英文系擔任文學和文學創作教授三十年後，一九九四年於阿肯色州逝世）。更重要的是，這小說以羅馬第一位皇帝豐富多采的一生，以及其改寫歷史的功業爲主題，似乎與作者其他成熟的作品中明顯的美國關懷、平凡的角色，以及簡約的敘述相去甚遠。一九六〇年出版的《屠夫渡口》敘述一個來自波士頓的年輕人，被愛默生的超驗主義搞糊塗後，到達一八七六年的西部，要探索「荒野」，相信那是「他能找到一生核心意義」的所在；他在那裡參與了一次野蠻的水牛捕獵，暗示了追尋「美國夢」所付出的代價。一九六五年出版的《史托納》勾勒出上世紀初到中葉一位密蘇里大學英文系助理教授寂寂無名，以及在表面看來不甚成功的一生；他的出身極為低微，視學院為「庇護所」，是一個他最終尋獲的地方，那是一個「他孩提時代在自己家裡應該感受到安全與溫暖」的地方。（威廉斯發表在一九四八年的第一本小說《只有夜》（*Nothing But the Night*），描述一位有心理障礙的紈絝子弟，作者後來把此小說排除在他的主要作品之外）。

要找一個明顯酷似這兩個富有理想，但最終幡然醒悟的小人物作為小說的角色，我們很難不會想到真實世界中歷史上知名的領袖如奧古斯都。在他接近八十年波濤洶湧卻宏偉壯闊的生命中，他好幾個複雜的名字，不論被授予或主動攫取、被擴大或被精心設計、獲得或揚棄，都幾乎與威廉斯給予其他兩個虛構人物僅僅雙音節的名字產生可笑的對比。讀者可能注意到，兩個角色——威廉·安德魯、威廉·史托納——與作者有著相同的名字：這個巧合幾乎難以讓人不會揣測兩本小說的自傳色彩。

《奧古斯都》卻沒有類似的暗示了。這位皇帝為他的時代帶來政治上和文學上的盛世，於西元前六十三年出生時被取名為蓋烏斯·屋大維·圖里努斯，那一年是政治家西塞羅遏止了貴族階層推翻共和體制的企圖（二十年後奧古斯都會親手對這個垂死的政治制度施以致命的一擊）。他出生於平民階層裡富裕的騎士家庭，在離羅馬二十五哩的一個省分長大，青少年時期雖然體弱多病，卻展現出充足的雄心壯志，使舅公印象深刻，並收爲養子，此後便被稱爲蓋烏斯·尤利烏斯·凱撒·屋大維努斯，（或簡稱屋大維）。

西元前四十四年，在凱撒遇刺，及後來元老院頒布命令把他封爲神祇後，這位不可思議的十九歲青年急於要利用已故親人的聲望，以及提升自己在凱撒老將心目中的地位，便自稱爲蓋烏斯·尤利烏斯·凱撒·狄威·菲力烏斯（即「神的兒子」）。到他二十五歲在腓立比剷除了布魯圖斯和卡西烏斯爲凱撒復仇時，那個嶄新的蓋烏斯·尤利烏斯·凱撒已精明地利用各種手段成爲羅馬世界中的三位軍事領袖（即「三頭同盟」）之一（其他二人分別是馬克·安東尼及瑪爾庫斯·埃米利烏斯·雷必達），進入了權力的核心。從此，他名字中「蓋烏斯」和「尤利烏斯」便消失，取而代之的是「統帥」，與英語世界的「皇帝」（emperor）同源，是軍事上軍隊用作稱讚英勇將領的頭銜。

在下一個十年中，這位凱撒·狄威·菲力烏斯統帥已從他剩下的唯一對手馬克·安東尼手中奪得廣大羅馬的絕對控制權。他於西元前三十一年在亞克興打敗安東尼，次年安東尼與他的情人克莉奧佩托拉雙雙自殺。統帥下令把克莉奧佩托拉的青少年兒子凱撒里昂處死——因爲他的父親正是尤利烏斯・凱撒，是一個潛在的敵人——並表示「太多凱撒不是好事」。在他三十三歲統一天下後，便開始鞏固他的權力，巧妙地在傳統的共和體制下合法化他的獨裁統治，並在法律、政治、文化各方面爲一個在某種形式上延續了十五個世紀的帝國奠定基礎。而實際上不僅如此；現在羅馬天主教會的架構，也是直接源自奧古斯都所創設的政治制度。

這位老練得令人驚訝的人物從來沒有使用過的稱號是「王」（rex），一個被羅馬人厭惡的字，而殺害他舅公的兇手中便是懼怕他想要稱王；這位一統天下的君主精明地稱自己爲「第一公民」。在西元前二十七年，明顯地爲了要感謝這位新的凱撒結束了一個世紀以來的流血內戰，並在海內外建立了政治上的穩定，元老院投票通過授予他一個前所未有，且富含宗教意味的額外頭銜：奧古斯都（意謂「被崇拜的人」）。這是他在歷史上爲人所知的名字，一個與他出生時被賦予的名字無任何相似的地方。

與過去的自我無任何相似的地方！這正是《奧古斯都》與前兩本小說潛藏近親關係的所在。威廉斯的作品中一個強烈的主題，是隨著時間的推移，我們對自我的體認可以隨時勢或機緣產生不可逆轉的改變。在《奧古斯都》中，威廉斯竭盡所能地不執著於閃亮的歷史外衣，而聚焦在難以捉摸的主角本人身上，他比大部分人更必須要演化出新的自我，以掌握局勢。威廉斯這本最後的小說令人驚訝的地方，在於其赫赫有名的主角到結局時，與作者其他兩本小說中飽受挫折的主角，並沒有多少差異——也即是說，相較於我們大部分人，他沒有更好，或更壞。這部波瀾壯闊的長篇歷史故事，不僅與我們有某種親切感，且有著濃濃的人情味。

羅馬第一個皇帝的事跡是歷史小說理想的題材。這個文類要達到最成功的境界，端賴是否能在學術性的嚴格規範處理史實，和對角色與動機有獨具慧眼的想像兩者之間獲得平衡。奧古斯都是一個我們知道很多，卻同時知道很少的人物，他因此鼓勵我們作進一步描述與發明。

奧古斯都在世時，便有各種傳記、流言蜚語、文字紀錄和捕風捉影的臆測在流傳。其中一本在古代會被視為獲得授權的傳記，作者是身兼哲學家與歷史家的尼科拉烏斯·達馬斯庫斯，是奧古斯都同時代的人物，也是小說中的一個角色，他的經歷包括曾經短暫擔任安東尼和克莉奧佩托拉所生孩子的家庭教師。奧古斯都自己撰寫了他具有權威性的自傳《奧古斯都功業錄》（*Res Gestae Divi Augusti*），明顯是要達到政治宣傳的目的：自傳文字刻在銅板之後，鑲嵌在他的陵墓外兩根大石柱上，然後再在整個帝國復刻。

如果我們相信歷史家塔西圖斯（Cornelius Tacitus）在奧古斯都執政一百年後所寫的，便可知奧古斯都的性格和動機已經是他同輩間討論的話題。在他的《編年史》（*Annals*）中，塔西圖斯記錄了奧古斯都在西元十四年他七十六歲去世時的一個論戰：

有人說「他是被逼參與了內戰——那是沒人能預謀，也不是有正當的道德原則便可以策動的——那是基於他對父親（即凱撒）的責任，以及國家存亡之所繫。在那個法治派不上用場的時代……全國陷於內戰，除了讓單一個人統治國家之外，沒有任何良方妙藥可加以拯救。他建立的國家沒有國王或獨裁者等統治階層，只有『第一公民』……公民有法律可遵守、盟友備受尊重；國家建設帶來財富的增加；他只有在少有的情況下使用武力，而且只是為了要帶來更大的安定」。

但是：

另一方面，據說「他對父親的責任，以及當時國家的危急情況只是一種掩飾：事實上是一股宰制的慾望讓他僅以一個少年身分，用賄賂的方式煽動資深老將，組成一支私人軍隊，削弱了執政官集團軍的力量……在元老院萬般不願意的情況下，他奪下執政官的職位，並利用他統領的軍隊，對安東尼發動戰爭以對抗共和體制本身。羅馬公民被放逐、土地被分割……這一切無疑帶來了和平，但那是淌著血的和平。」

的確，奧古斯都有可能在經營某種神祕色彩，作爲掌控權力的方式：如果人們難以揣測他的個性和動機，他的行動也同樣的難以被掌握。難怪他的國璽琢製成謎樣的獅身人面像。

如何書寫這樣一個人物？這個問題在《奧古斯都》中在尼科拉烏斯被委託撰寫這位第一公民的傳記時，不著痕跡地在他口中提出。在一次與奧古斯都會晤後，對於如何書寫這位做事謹慎得讓人厭惡，卻又嗜好賭博，便在信中困惑地向朋友說：「你懂我的意思嗎？有那麼多的事情無法說出來。我幾乎可以相信，一個能讓我暢所欲言的形式還沒有被發明出來。」這是威廉斯針對內行人設計的一個玩笑話：尼科拉烏斯夢想的形式——當然是威廉斯最後決定使用的形式——是書信體小說。這個文類是奧古斯都死後十五個世紀才被發明，被視爲這個文類第一個作品的是一四八五年西班牙的卡斯蒂利人迪亞哥・聖佩德羅（Diego de San

Pedro）所寫的《愛的牢獄》（*Prison of Love*）。不過，這文類的根源，可直接追溯到奧古斯都統治時期的詩人奧維德。奧維德也是本小說的角色之一，但在現實生活中利用了一些當時宮廷裡的八卦消息，撰寫了一部以二十一封書信組成的《女傑書簡》（*Heroides*），是神話故事中的女性寫給愛人的情書。（交遊廣闊的奧維德因喜歡散布流言蜚語而惹禍：他最後被流放到荒涼的黑海附近，可能是因爲他牽涉奧古斯都家族的一樁醜聞）。

長久以來書信體與浪漫的題材密不可分，實際上完全契合威廉斯所構想的小說。不僅是（被虛構的）書信，更有日記、元老院的法令、軍令、私人的便箋，以及未完成的自傳，折射出小說的面貌，同時具有令人感到滿足的複雜度，和處理恰當的主觀性和浮光掠影的整體印象。（在文類的選擇上，威廉斯毫無疑問的受到桑頓・懷爾德〔Thornton Wilder〕於一九四八年完成的小說《三月十五日》〔*The Ides of March*〕的影響。該小說中一連串發生在凱撒被刺殺之前的事件，是由虛構的信件及文件呈現，並直接引用歷史人物的作品，像與凱撒同時期並認識的卡圖盧斯，以及西元一世紀的歷史家蘇埃托尼烏斯）。在《奧古斯都》中，除了少數例外，所有虛構的信件或文件的作者都是歷史上眞有其人，而威廉斯無法忍受歷史小說僅是把過去「現代化」，他顯然要好好把握機會來扮演一些知名人物。在創作《奧古斯都》時，他曾寫下一則筆記，說他堅決「不要讓基辛格穿起托加袍。」

儘管西塞羅與凱撒敵對，卻在某一個階段，與被他低估的屋大維結盟而令自己身陷危厄，這位演說家展現了以下的機鋒與傲慢：「這個孩子一無是處，我們不必恐慌……我過去對他不錯，我相信他也欣賞我……我太理想主義了，我知道——連我最親愛的朋友也不否認。」入世的奧維德向朋友普羅佩提烏斯敘述他在競技場皇帝的包廂內消磨一天，觀賞馬車競賽，也是自覺地充滿詩一般的雕琢：「太陽剛開始努力地從東方升起，透過森林般的建築物把羅馬喚醒……」

即使是只留下少許文字風格的人物，只要有歷史文獻的記載讓我們能加以認識，都在威廉斯筆下變得有血有肉，栩栩如生。出身名門卻生性古怪的梅塞納斯，是文學和藝術的贊助人，也是賀拉斯、維吉爾和奧古斯都的好朋友，他被描繪為唯美主義者，其吹毛求疵的品味（「有關他的雙眼已經有很多的說法，往往是在拙劣的詩行，或更糟糕的散文裡」）往往隱藏著不帶惡意的冷靜與堅持；我們難以想像一國之君會樂意忍受別人的奚落。奧古斯都的第三任妻子是野心勃勃的莉薇亞（其兒子提比略最後繼承了帝位），表現得冷靜務實，與她身邊的人相比，也不會過於老謀深算：比起羅伯特．格雷夫斯（Robert Graves）《我，克勞狄烏斯》（*I, Claudius*）中的莉薇亞被塑造的恐怖形象，不擇手段毒殺馬塞盧斯、阿格里帕及其兩個兒子，以防止他們繼承奧古斯都王位，《奧古斯都》中的莉薇亞是一個更有說服力的角色。（威廉斯筆下的莉薇亞實事求是地寫信給他兒子，要求他與愛妻離婚，以便與他深惡痛絕的皇帝女兒茱莉亞締結一段王室婚姻，「我們的未來比我們自身更爲重要」）。此外，威廉斯杜撰了部分瑪爾庫斯・阿格里帕已經散佚的回憶錄，讓這位奧古斯都年輕時認識、爲他立下汗馬功勞、最後成爲他女婿，以及王位繼承人的父親，以簡練的散文體，對歷史事件提出「官方」版本：「而在三人執政聯盟組成，以及尤利烏斯・凱撒及凱撒・奧古斯都在羅馬境內的敵人被剷除後，還剩餘西面海盜塞克圖斯・龐培的勢力及東面正被流放的布魯圖斯和卡西烏斯。」（威廉斯知道如何有效地利用具有說服力的文體特徵；他讓阿格里帕習慣性地用「而」［and］一字作爲發語詞）。他早期的作品可能引起商榷的地方，是他偶爾努力經營文字之「美」而削弱了可信度，尤其是《屠夫渡口》中的安德魯，口中常常說出風格高雅的句子，卻與一位不諳世事的年輕人格格不入。書信體的《奧古斯都》讓威廉斯製造了腹語的效果，避免了語言與角色身分不合的弊病，是他最嚴謹的作品。

他尤其精明的作法是讓奧古斯都的聲音一直被保留，直至小說的第三部分（也是最後一部分）讀者才能夠在他寫給尼科拉烏斯・達馬斯庫斯（虛構的）長信中聽得見。並不令人感到訝異的是，奧古斯都對自己過去的敘述，與小說前兩部分很多對他的假設與推想不完全符合。舉例來說，某位朋友認爲年輕的屋大維在聽到到凱撒死訊時痛哭失聲與手足無措，其實是——至少年邁的奧古斯都讓他的收信人相信如此——表達了出「漠然無感」的情緒，以及隨之而來的是勝利的喜悅，「我忽然間感到一陣狂喜……我知道我的天命。」威廉斯在奧古斯都虛構的自述中參雜了擷取自《奧古斯都功業錄》的片段，彷彿要強調肉眼所見與眞相之間、官方與非官方之間、公共敘述與個人敘述之間那道無法彌補的鴻溝。個人生命中的眞相在哪裡？威廉斯的興趣不僅僅在於歷史，而是歷史寫作，使得這部小說顯得不平凡，其關懷的課題也充滿了反諷。威廉斯筆下的奧古斯都讀了尼科拉烏斯爲他寫的官方版傳記，再反思自己的官方版自傳後，便用挖苦口吻說：「在我閱讀那些著作和寫下我的事蹟時，我似乎是在閱讀和書寫一個擁有我的名字而我卻幾乎不認識的人。」

對威廉斯這位精明的歷史小說家來說，那不可知的層面所引生的挑戰，也是一個好處。就像其他以古典世界爲題材所寫的最傑出的歷史小說，如瑪格麗特・尤瑟娜（Marguerite Yourcenar）的《哈德良回憶錄》（*Memoirs of Hadrian*）、桑頓・懷爾德的《三月十五日》、羅伯特・格雷夫斯的《我，克勞狄烏斯》，以及瑪莉・雷諾特（Mary Renault）描寫西元前五世紀雅典的《最後的美酒》（*The Last of the Wine*）等，《奧古斯都》想要召喚起過去，並非要貿然地把它重建。

因爲僅僅要重建過去，便會讓作者失去空間，以表達《奧古斯都》及其他作品核心裡嚴肅的文學關懷。在一九八五年的一次訪問中，威廉斯談及《史托納》和《奧古斯都》的共同主題時說：「我要在兩個故事中處理支配的問題，還有個人責任、仇恨與友誼……除了規模不一樣之外，爾虞我詐以鞏固權力這件事，在大學與在羅馬帝國是一樣的……。」個人權力的效用（以及權力的爭奪）這個主題，實際上是奧古斯都統治期間的一個插曲，卻激發了威廉斯的想像，並啓動了小說的故事。在《屠夫渡口》完成後不久，作者第一次聽到一個足以撼動皇室以及整個羅馬帝國的驚人醜聞：西元前二年，奧古斯都被逼要把心愛的獨生女兒茱莉亞流放到一個名爲潘達特里亞的小島上。其中一項指控是通姦罪——她違反了父親訂定的道德法令，這些相當嚴苛的法令是奧古斯都爲他的新國家恢復羅馬的傳統美德而實行的措施之一。（她被判刑是由於與提比略的婚姻令她厭惡，無法脫身而明目張膽的發生婚外情，聲名狼藉。）另一項指控是叛國罪：有明確的證據證明與她發生婚外情的男人同屬一個集團，企圖阻止提比略繼承帝位。

作爲一個充滿活力的女人，她的情慾使她與自己的責任產生嚴重的衝突——這樣的故事讓威廉斯看見了動人的主題，他稱之爲「公共利益與私人的欲求和需要之間的矛盾」。這個主題由奧古斯都的女兒茱莉亞——聰明、說話充滿機鋒、叛逆、見聞廣博、冷靜豁達，是小說中最難以捉摸、最引人入勝的角色——在威廉斯爲她杜撰的日記中口中尖銳地道出：「在一個無力的國度裡，沒有什麼事情是要緊的；在這裡等著，著實有點奇怪。在我原來的世界裡，一切都是權力，任何事都是要緊的。人們甚至爲權力而愛；愛情的目的並不在於其帶來的喜悅，而是權力帶來的千百種歡愉。」小說主要分成兩個部分並不讓讀者感到意外：第一部分敘述奧古斯都出人意表攀上權力高峰，第二部分以茱莉亞日記爲主軸，描繪出主要是奧古斯都思慮不周地安排皇室婚盟，想要讓權力永續，反而激起了派系鬥爭，以及被暗殺的可能性，帶來個人與家庭幸福的崩壞。換句話說，第一部分是有關奧古斯都在公共的、政治範疇的成就，第二部分是在私人的、情感範疇的失敗——威廉斯暗示後者是前者潛藏的代價。

個人與機構（制度）的衝突也是在《史托納》中看得見的主題。值得注意的是，《史托納》是作者知悉茱莉亞的故事後下筆的小說，是以反轉的方式勾勒茱莉亞的故事輪廓：有備受挫折的男主角不斷地、堅忍地把自己的私慾埋藏在他的責任底下，就像我們一般人一樣，讓自己被糾纏其中，最後也構成了他的一生。男主角有一段不愉快的婚姻，只與他彼此惺惺相惜的研究生發生的戀情，才讓他獲得短暫的解脫；他也身為人父（威廉斯特別擅於處理父女關係中的柔情，這也出現在《奧古斯都》中）；主角普普通通的職業生涯，只有幾位小心翼翼的盟友有限度的支持，卻曝露在一兩個在處理系務無時無可避免地交惡的敵人面前。小說最令人印象深刻的賣點是發生在一場博士論文口試中，史托納企圖阻擋他死對頭的學生通過口試，該學生毫無準備而且作弊，卻獲得指導教授的庇護：他剛開始獲得勝利，但是他的死對頭不久便成為系主任，此後便開始阻撓他的學術生涯，使他的人生變調，持續多年（在《奧古斯都》中，撒維第也努斯・魯佛斯——奧古斯都年輕時的好友，最後卻出賣了他——觀察到「每一次的成功揭示無法預期的困難，每次的勝仗讓我們可能失敗的範圍變得更大。」）

然而威廉斯的作品無法被簡化為一系列有關個人與體制抗爭，或個人在體制內掙扎的寓言。其中一個原因是，像大部分人把《史托納》視為學院小說——正如愛爾蘭小說家約翰・麥格翰（John McGahern）所指出的，那是一部有關「大學生活」的小說——格局便變得太小了，無法讓人思考此作品中微妙的心理層面，以及複雜的倫理議題。（作品最重要的敗筆是史托納的太太被塑造成冷酷無情：為了要讓史托納受盡痛苦折磨，她的惡劣行爲安排得有點超過。）另一個原因是這種簡化無法說明《屠夫渡口》中對社會和制度束縛幾乎沒有著墨，反而是其不存在而造成小說中某些可怕的現象：角色在獵牛行動中以及其後，倒退到文明前，或自我中心的麻木狀態（「只有食物和睡眠才是他們心中最有意義的事」）。

事實上，約翰・威廉斯三部成熟作品中的核心主題是頗爲廣闊的：那是當史托納爲了家庭和工作而必須拋棄情人時所說的，「我們畢竟是屬於這個世界」。威廉斯的作品所關心的是，不管是哪個角色，其一生往往是他與外在世界的摩擦下所產生的無法預期的產物。那個外在世界可以是大自然，可以是文明社會，是科羅拉多州內伊甸園般廣闊的荒野，是州立大學裡狹窄的教學大樓，是捕獵水牛的血腥屠殺，是羅馬元老院頒布的放逐令，是密蘇里州的小農場，是安提俄克或亞力山卓金碧輝煌的宮廷。在《奧古斯都》的一個情節中，正於羅馬逗留期間的斯特拉波・阿馬西亞向屋大維年輕時的導師問及這位領袖年輕時的模樣，那位年邁的希臘智者回應：「他跟任何人都一樣……他會成爲他將要成爲的人，憑他個人力量，與命運的偶然。」

三部小說皆達致一個不可避免卻又頗有見地的結論，那是「個人的力量」和「命運的偶然」的摩擦，往往是一種侵蝕：其過程可以令我們自覺的形象變得模糊，成爲一個陌生人。在安德魯剛要出發捕獵水牛之前，他對一個心地善良的妓女爲之傾慕卻不能與她發生關係——他是以另一種方式失去純眞，在捕獵水牛過程及其後。善良的妓女提醒這位細皮嫩肉而且英俊瀟灑的年輕人這趟行程會讓他的臉變硬，他的手也不再溫柔。這個預言名符其實發生在他獵牛之旅的高潮：「在黑暗中安德魯用手拂拭臉部，他覺得觸感粗糙而奇怪……他很好奇他現在的長相如何，也好奇如果法蘭辛現在看到他，會不會認得他。」同樣的，史托納在他人生走到終點時，了解到無論他曾經擁有的理想爲何，都屈服於機緣與不可抗逆的現實，讓他成爲一個有別於他理想中的人：「他夢想過某種正直，某種無瑕的純潔；但是他遇上的是妥協，是淪陷在瑣事的樂趣中。他曾經相信智慧，但多年下來，他找到無知。還有呢？他想。還有呢？」

同樣的，威廉斯的奧古斯都擁有很多名字，最後一個與他出生時的名字沒有任何相同的地方，這生動地反映出強烈吸引著作者的，是一連串無法預期的發展，以及無法逆轉的「侵蝕」。在瀕臨死亡的奧古斯都最後寫給尼科拉烏斯的信中，當他沮喪地感到「生命最後淪落到只注意這種雞毛蒜皮的事了，」史托納用過的「雞毛蒜皮」（triviality）一字又引人注目地出現。引起他這番思緒的是奧古斯都在心力交瘁中了解到他奮鬥了一生而獲得的和平和穩定，其實不是羅馬人，或者是任何國家民族的人希望得到的：「我覺得人最合適的生活條件，也即是說他們最喜歡的生活條件，或許不是我努力為羅馬帶來的繁榮、和平，和融洽。」換句話說，他在誤會中建立了他的帝國。

這深具反諷的痛苦結局是威廉斯的一貫作風，非常酷似《屠夫渡口》的糟糕結局裡，那些獵牛者從獵殺之旅最後回到文明世界時，水牛皮早已跌破底價，意味著他們的辛勤、他們對水牛的虐殺，以及他們所犧牲或是被剝奪的都是枉然。在《奧古斯都》，相同的反諷在小說結尾被痛苦地揭露。那是作者所深具創意虛構的種種文件的最後一份，是一封奧古斯都去世四十年死後，曾經在他死前的日子悉心照顧卻現已年邁的希臘籍醫師所寫的一封信，收信人是同時服務於朝中和身為哲學家的塞內卡（Lucius Annaeus Seneca，西元前 4 年 - 西元 65 年）。信中的醫師熬過了殘暴的提比略和瘋狂的卡里古拉二皇朝的統治，正要慶賀新的君主即將登位，「最終能實現屋大維・凱撒的夢想」。那個皇帝便是尼祿！

不過，威廉斯不認為他的主角是失敗者，我們也不應該這樣認為。在威廉斯去世前幾年接受的一篇頗具篇幅的訪談中，他表示他認為史托納是一個「真英雄」：

很多人讀了小說後認為史托納竟有如此悲哀與糟糕的一生。我認為他一生極為美好。他的一生比別人都好，這是毫無疑問的。他做他想要做的事，而且對所做的事有感情，他對所做的事認為有其重要性。他是重要價值的見證人……你必須要保有信仰。

「保有信仰」：這些角色或許與自己期許的自我漸行漸遠，但是他們慢慢地認知到他們所創造的生命是他們「自己」——那是他們必須「棲身」的所在，而他們必須要有勇氣獨自棲身其中。這種認知是悲劇的，但不必要令人感到悲傷。威廉．史托納要結束一段會讓他努力地、糊裡糊塗地建立的平凡生活毀於一旦的婚外情時，溫柔地告訴他的情人凱撒琳他們至少沒有違背自己：「而我們走了出來，至少還保有自己。我們還知道我們存在……還知道我們是誰。」威廉．安德魯從獵牛之旅回來後，隱約地體會到天人合一的理想是一個胡說八道的怪念頭，而他與大自然接觸所得的經驗與他所想像的大相逕庭。而麥唐納這位世故的牛皮中盤商輕蔑地點出他所想像的只不過是「天花亂墜的謊言」，他說：「其實什麼都沒有……你一生下來，就哺育在謊言中，斷奶後，就在學校裡學習更天花亂墜的謊言。你一生活在謊言裡，然後或許到你臨終前，你才會發現一無所有，而只有你自己，和你可能做過的一切。」就像希臘悲劇一樣，兩部小說呈現的，是「你可能做過的一切」從角色身上剝離，只剩下他「曾做過的一切」，也即是他所剩下的「自己」。我們不會感到驚訝威廉斯曾經考慮使用西班牙哲學家奧特嘉・伊・加塞特（Ortega y Gasset）的一句話「英雄是一位想要做自己的人」作爲《史托納》的題詞。

威廉斯在他最後一部小說《奧古斯都》的最後，凱撒・狄威・菲力烏斯・奧古斯都統帥成爲這一類更深沉的英雄。到最後，他堅忍地接受威廉・安德魯的夥伴們尖酸刻薄的怨懟所揭櫫的眞理：每一個生命，不管是偉大或者是卑微，都不可避免地會通向一個極致，那就是去除虛僞與錯覺，面對自我。「我已終於相信，人的一生中，或早或晚，總有一刻，不論他能否用言語清楚表達，在他所了解的一切之外，他更會了解到他是寂寞的、孤獨的，了解到他只能當他可憐的自己而不是別人這個恐怖事實。」這是很多優秀的傳記或某些最傑出的小說會下的結論。「可憐的自己」幾乎不會是我們之中大部分人看待羅馬第一個皇帝的方式。透過小說的結尾我們能夠這樣認爲，並認爲這是一個滿意的結尾，這就是威廉斯的成就。

——丹尼爾・孟德爾索（Daniel Mendelsohn）

Author's Note

有一個知名的古羅馬歷史家曾經說，如果他有需要扭曲自己的句子，要讓龐培贏得法薩盧斯戰役，他是做得到的。雖然我沒有允許自己擁有這樣的自由度，但是這部小說中部分史實上的訛誤，是我故意安排的。我變更了幾個歷史事件的順序；當遇上歷史的空白或模稜兩可，我便自行增補；我創造了幾個歷史上沒有記載的人物。我有時候把地名及其命名方式現代化，但這並不是通則，我還是寧可機械性地保持一成不變。除了少數例外，這部小說中的文件都是我捏造的——我意譯了西塞羅書信中某些句子，我在《奧古斯都功業錄》中竊取了幾個簡單的段落，我在塞內卡父親藏書中的一冊《羅馬史》中取用了一個片段，這一冊是現存版本中所缺的。

然而如果這部小說有任何的眞實性，那便是文學的眞實性而不是歷史的眞實性。讀者能夠按這部小說的創作意圖——也即是視它爲一個想像的產物——我是心懷感激的。

我要感謝洛克菲勒基金會提供的經費，讓我可以進行考察和開始創作這部小說；感謝麻薩諸塞州北安普敦的史密斯學院在小說寫作進行中曾提供我舒適的環境；也感謝丹佛大學有時候雖然感到困惑卻給予足夠的諒解，讓我把小說完成。

Prologue

書信：凱撒致阿提雅（西元前四十五年）

把小孩送到亞波羅尼亞。

親愛的姪女，我話說得突兀，要在瞬間讓妳無法抗拒，也讓妳在我強大的說服力面前提出的異議缺乏深思，理由也顯得薄弱。

妳的兒子在迦太基我的軍營與我道別時身體健康；妳在一星期內就會在羅馬看到他。我有吩咐我的人讓他有一個輕鬆的旅程，因此妳可能在他到達前便收到這封信。

即使在此刻，妳可能已經開始感到不以為然，且似乎認為妳的反應合理——妳是一位母親，且是尤利烏斯家族一員，因此有著雙重的執著。我想我了解妳心中所反對為何；我們曾經就此事討論過。妳會提出他的健康狀況不穩定這個看法——儘管妳很快會看到與我一起參與西班牙一役回來後的蓋烏斯‧屋大維，比出發前更為健康。妳會質疑他在海外所受到的醫療照顧——不過稍微想想妳也會同意亞波羅尼亞的醫師比羅馬的江湖郎中更有能力照顧他的病。我有六個軍團在馬其頓境內境外駐守；軍人必須要有健康的體魄，但是這世界卻不會因元老院的元老死去而遭受多少損失。至少馬其頓沿海的天氣跟羅馬一般溫暖宜人。

阿提雅呀，妳是一位好母親，但是妳卻被嚴格的道德和必須恪守的信條所折磨，有時候會讓我們的家族感到困擾。妳必須要稍微把手中韁繩鬆開，讓妳的兒子成爲一位享有其法律地位的人。他快十八歲了，妳一定會記得他出生時的種種徵兆，而妳會注意到，我一直都努力使其更爲彰顯。

我在這封信開首所下的命令，妳必須要了解其重要性。他的希臘文糟透了，修辭學也不中用；他的哲學普普通通，但是文學知識則至少可說是異於常人。羅馬的家庭教師跟羅馬公民一般的懶惰和粗心的嗎？在亞波羅尼亞他會跟隨阿瑟諾多努斯讀哲學和加強他的希臘文；阿波羅多努斯會補充他的文學知識，並使他的修辭學臻於完美。我已經做好必須的安排了。

再者，在他這個年紀，他有需要離開羅馬；他是一個擁有地位、財富和美貌的年輕人。就算是他身邊的少男少女所投以的艷羨目光不讓他墮落，他身邊諂媚者的野心必會使他腐化。（妳一定有注意我剛才巧妙地對妳鄉下人的道德倫理僅是點到爲止）。在斯巴達般嚴守紀律的氛圍裡，他會在早上追隨著當今學問最爲淵博的學者，讓心靈得以接受人文藝術的淬鍊；下午則會與我軍團裡的軍官在一起，鍛鍊另一種技能，那是一個完整的男人不可或缺的。

我對這個孩子的感情，以及我爲他建構的計畫，妳早已略知一二；如果整個收養計畫沒有被馬克・安東尼阻撓，他應該已在法律上成為我的兒子，就如我一直把他視為己出。馬克・安東尼一直夢想著繼承我的位置，並狡猾地策動我的敵人，使羅馬陷入恐慌。妳的兒子蓋烏斯是我所信賴的；但是他日後若要安全地待在羅馬，繼承我的權力，他必須先要有機會學習我的能力。這是他無法在羅馬做到的，因為我已經把我大部分的力量留在馬其頓——那是我的軍隊。我和蓋烏斯明年夏天會領軍攻打帕提亞[1]，或者日耳曼，或許也需要他們平定在羅馬發生的叛亂……。順帶一問，妳樂於稱為丈夫的馬歇爾・菲利浦斯好嗎？他愚笨至此讓我幾乎要疼愛他了。我肯定要感激他，如果他不是一直忙於在羅馬當花花公子，而且拙劣地與西賽羅聯手反對我，他可能會是妳兒子更稱職的繼父。妳的亡夫儘管沒有顯赫的家世，至少有足夠的判斷力，生一個小孩以光耀尤利烏斯家族的名聲；如今，妳的現任丈夫密謀對付我，這會毀了他的名；這個名是他在這世上唯一擁有的東西[2]，而且是對他有利的。但願我所有的敵人都像他一樣無能！我不應該那麼看重他們，這可使我安全一點。

1 帕提亞（Parthians），現今伊朗東北部的一個地區，最著名為歷史上安息帝國的文化及政治中心。

2 馬歇爾・菲利浦斯因與阿提雅結婚而成為尤利烏斯家族一員。

我已經要求蓋烏斯與兩位跟我們在西班牙並肩作戰的瑪爾庫斯・維普撒尼烏斯・阿格里帕和昆圖斯・撒維第也努斯・魯佛斯一起前往亞波羅尼亞，這兩位妳也認識，他們正在返回羅馬途中。另外一位是妳不認識的，是蓋烏斯・克尼烏斯・梅塞納斯。妳的丈夫應該不費功夫便知道他源自伊特魯里亞一系，並有幾分皇族血統；這點應該會讓他高興，如果沒有別的。

我親愛的阿提雅，妳會注意到，妳的叔叔我有讓妳感到妳對於妳兒子的未來，擁有某種選擇。現在凱撒清楚地讓妳知道妳沒有。我一個月內會回到羅馬；而妳可能已從謠言中得知，我會回到羅馬擔任終身獨裁官[3]，雖然元老院仍未頒布這道法令。到時，我將會有權委任騎兵指揮官，其權力僅次於我。妳可能已經猜到，一切就緒後，我要委任的就是妳的兒子。這計畫已臻完美，不會再有變更。所以，妳和妳的丈夫要是干預，將會讓妳家族引起公憤，其力量之大，我個人的醜聞與之相較，只能說是微不足道的。

我相信妳已經在波佐利渡過了一個愉快的夏天，也已回到城裡安頓下來。我在外奔波勞碌，十分想念義大利。或許我回來，把羅馬的事務完成後，我們可以在蒂沃利逗留幾天。妳可以帶妳的丈夫和西賽羅一起來，如果他要的話。儘管我說了那些話，我是眞的喜歡他們二人，也當然，就如同我喜歡妳一般。

3 羅馬共和時期的一個特殊政治職務，由元老院授權執政官提名一位獨裁官，拉丁文的意思是「下命令的人」，是羅馬的最高長官。

Book

I

Chapter

I

I.瑪爾庫斯·阿格里帕回憶錄：片段（西元前十三年）

……在亞克興我和他並肩作戰；刀刃互劈迸出火花、士兵的血液覆蓋了甲板，染紅了伊奧尼亞海、標槍在空中狂嘯而過、焚燒的船身在海水上滋滋作響、炙熱的盔甲烘烤著士兵的身體，甩也甩不開，痛得發出漫天的慘叫聲；稍早，我和他在穆第納之戰，對手同樣是馬克·安東尼。我們的軍營被攻陷，凱撒·奧古斯都的臥鋪被一劍刺穿，但我們奮力抗戰，首度佔得優勢，進而贏得天下；而在腓立比，他舟車勞頓得無法站立，但仍讓自己坐在轎子上隨著軍隊前進；在那裡他又幾乎命喪殺父兇手刀下。他爲凱撒（死後已被按照法令列入眾神行列）苦戰，直到兇手一一毀於自己的手中。

我是瑪爾庫斯·阿格里帕，有時候被稱爲維普撒尼烏斯，是護民官及元老院的執政官、羅馬帝國的士兵及將軍、蓋烏斯·屋大維·凱撒（現尊稱爲奧古斯都）的朋友。我在我五十歲時開始寫這回憶錄，好讓後人銘記屋大維何時發現羅馬在派系的啃噬中淌血、屋大維·凱撒何時手刃派系的惡獸，奪回奄奄一息的國體、奧古斯都何時療癒羅馬的傷痛，使它健康，精力旺盛地邁向世界的盡頭。這個巨大的成就，我在我能力所及之處，有參與其中；我對這些部分的記憶，將成爲記錄，讓後代歷史家可了解他們想要知道的奧古斯都與羅馬。

在奧古斯都的指揮下，我完成了幾項任務，讓羅馬得以恢復元氣，而為此羅馬也給予我豐厚的獎賞。我當了三次執政官、一次民政官及護民官、二度擔任敘利亞的總督、兩次在奧古斯都病危時從他手上接管獅身人面國璽。我帶領常勝的羅馬軍團在佩魯賈對抗盧基烏斯・安東尼[1]、在高盧奮戰阿基坦人、在萊茵河域攻打日耳曼部落，而儘管有此戰績，我仍是婉拒了為我在羅馬舉行凱旋式；此外我也鎮壓了西班牙和潘諾尼亞[2]的叛亂部落及內亂。奧古斯都授予我海軍最高統帥的頭銜，我們在那不勒斯灣西面興建海港，保護了艦隊，不至受到海盜塞克圖斯・龐培的攻擊，而最後我們的艦隊在西西里沿岸的米列和納洛庫斯把他擊敗，我也因此被元老院頒發海戰金冠[3]做獎勵。在亞克興，我們擊敗叛徒馬克・安東尼，使瀕臨死亡的羅馬得以存活。

為了慶祝羅馬擺脫了埃及背信的危機，我興建了一座廟宇，現在稱為萬神殿，及其他的公共建築物。身為奧古斯都和元老院之下的總執政官，我修復了老舊的輸水道，並建造新的，供應羅馬公民及一般老百姓用水，並免於疾病；到羅馬和平安定下來後，我協助國家對世界做通盤測量，並繪製地圖，這個工程在凱撒任獨裁官時已開始進行，在他養子的手上最後得有完成的機會。

這一切，我會在回憶錄中更詳細地書寫出來。但是我現在必須先要說明促成前述事件發生的時間點，那是凱撒從西班牙凱旋歸來後的第二年，那場戰爭蓋烏斯・屋大維、撒維第也努斯・魯佛斯和我都參與其中。

由於凱撒的死訊傳到亞波羅尼亞時，我正好在他的身邊……。

II. 書信：蓋烏斯・克尼烏斯・梅塞納斯致蒂托・李維（西元前十三年）

親愛的李維，你必須要原諒我拖延了那麼久才回信。我平日常發出的怨言是，退休似乎一點都無法改善我的健康。醫師們睿智地搖頭、神祕地喃喃自語，然後收取診金。這似乎對我一點幫助都沒有——我被餵食的惡劣藥物沒效，就連我對自己曾經所好之事（你知道的）加以節制也沒有效。這幾天痛風讓我無法提筆，儘管

1 馬克・安東尼之弟弟。

2 潘諾尼亞（Pannonia），今日匈牙利、羅馬尼亞、塞爾維亞、捷克、斯洛伐克及奧地利的部分地區。

3 海戰金冠（naval crown），一頂設計為船首狀、用黃金打造的頭冠。在古羅馬時代，被用來獎勵在海攻戰中首個登上敵方船艦的兵士。

我知道你是如何用心從事你的工作，也明白你來信提及你所需要幫忙的地方。我過去幾週一直爲失眠所苦，加上我其他的病痛，所以白天都感到疲勞和困乏。唯獨是我的朋友沒有把我遺棄，以及我的生命還延續著，是我必須要感恩的兩件事。

你問我早年與我們的君主交往的事。我應該告訴你，他三天前滿懷好意到我家來探詢我的病情，而我覺得爲了審愼起見，告訴了他有關你的請求。他微笑著問我，幫助像你這樣的一個頑固不化的共和信徒，是否覺得恰當；後來我們就開始談到舊日時光，就像感到被歲月摧殘的人會做的。他記得很多事——很小的事——鮮明得更勝我這個在職業上不容許忘記任何事情的人。最後，我問他是否願意把自己親自對當時的敘述寄給你。他轉過頭，雙眼看著遠方好一陣子，然後微笑著說，「不要——皇帝比詩人和歷史家更會讓自己的記憶說謊。」他請我爲他致上他最深切的問候，並給予我最大的自由度來回應你的垂詢。

但我有多大的自由可以告訴你那些日子？我們都年輕；雖然蓋烏斯．屋大維，（那是他當時的稱謂），知道他受到命運的眷顧，而且凱撒計畫收養他，但是他，或者是我、或者是瑪爾庫斯．阿格里帕和撒維第也努斯．魯佛斯這些他身邊的朋友，也無法眞正想像我們會被引向何方。我的朋友呀，我沒有歷史家的自由；你可以敘述人和軍隊的流動、勾勒國家陰謀詭計的來龍去脈、戰勝戰敗之間的得失利弊、生與死的關聯互抵——你完成了這簡單而睿智的任務，仍然可以免於知識的可怕重擔，這種知識是我無法命名的，卻又隨著我年歲漸長，才越來越接近通盤理解。我知道你想要什麼；而你已經對我失去耐性，因爲我無法掌握你想要的，並給予你需要的事實。但你不可以忘記，儘管我替國家服務，我只是一個詩人，沒有能力十分直接地看待任何事情。

在布林迪西見到屋大維之前，我從來不認識他，這一點可能讓你很驚訝。我是被送到那裡與他和他一組朋友會合，再前往亞波羅尼亞。我至今仍不清楚我前往那裡的理由；不過我肯定是透過凱撒從中斡旋的。我的父親盧基烏斯曾服務過凱撒，在我被任命之前幾年，他曾經到我們位於阿雷佐的家裡來探訪。我因一些事情與他爭辯（我想我一定是認爲卡利馬科斯[4]的詩比卡圖盧斯[5]的要傑出），而在過程中我顯得驕傲、口無遮攔，而且（我認爲）俏皮。我當時很年輕。不過不管如何，他似乎被我逗樂了，而且我們還聊了一陣子。兩年後，他命令我父親把我

4 卡利馬科斯（Callimachus, 西元前 305 年 - 西元前 240 年），出生在古希臘的殖民地利比亞，是著名詩人，學者以及目錄學家，同時他也在亞歷山大圖書館工作過。

5 卡圖盧斯（Catullus, 西元前 84 年 - 西元前 54 年），古羅馬詩人，生於山南高盧的維羅納。在奧古斯都時期享有盛名，對奧維德、賀拉斯和維吉爾影響甚大。

送去亞波羅尼亞給他的甥孫作伴。

我的朋友呀，我必須要坦白告訴你（雖然你可能不會用這條史料），我們第一次見面當下我並沒有對屋大維產生很深刻的印象。我從阿雷佐出發趕了十多天的路，剛到達布林迪西時已是疲倦不堪，身上沾滿路上的塵土，心情也煩躁不安。我在碼頭跟他們碰面，並準備在那裡出發。阿格里帕和撒維第也努斯站在一起談話，屋大維站在一點距離之外，凝視著停靠在岸邊的一艘小船。他們對我的出現沒有絲毫反應，我想我當時是有點大聲地說，「我就是要來這裡與你們碰面的梅塞納斯，你們誰是誰？」

阿格里帕和撒維第也努斯一臉頑皮的看著我，告訴了我他們的名字；屋大維沒有轉身，我心裡想我已從他的背部看見了驕傲與不屑，我說，「你一定是另外那位，人家稱做屋大維的。」

到他轉過身來，我才知道我剛才的想法愚蠢可笑；因爲他臉上露出了幾乎是極度的羞怯。他說，「是的，我是蓋烏斯・屋大維。我的舅公有提起過你。」然後他微笑著伸出手來，雙眼直視，第一次看著我。

你也知道，有關他的雙眼已經有很多的說法，往往是在拙劣的詩行，或更糟糕的散文裡。我想現在他聽到描述他雙眼的隱喻或類似的東西，一定已感到噁心，雖然他一度因那些描述而感到虛榮。然而那雙眼睛，儘管是那個時候，是格外的清澈、銳利和機靈——湛藍多於炭灰，或許讓人想起亮光，而不是色彩……喔，你看到了嗎？我自己又開始做同樣的事了；我讀朋友的詩讀太多了。

我當時可能往後退了一步；這點我不太肯定。無論如何，我嚇了一跳，便往別的地方看去，而我的視線投射在屋大維曾經注視的那艘船上。

「就是這艘平底船要載我們渡海嗎？」我問。我當時已經感到較為愉悅了。那是一艘小商船，不超過五十呎長，船頭的木板有些開始腐爛，桅上的帆已是縫縫補補，陣陣臭氣從船上飄來。

阿格里帕對我說，「我們被告知這是唯一的一艘船。」他微微露出笑容；我想他覺得我太挑剔，因為我當時穿著托加袍，手上帶著幾隻戒指，而他們只穿了束腰及膝外衣，無其他裝飾品。

「這味道會很難受的，」我說。

屋大維嚴肅地說，「我相信這艘船正要運送好幾條醃漬魚[6]到亞波羅尼亞。」

6　那是屋大維開的玩笑，指的是他們幾個舟車勞頓的旅客。

我沉默了一下，大笑起來，然後大家也笑起來；我們便成了朋友。

我總認爲人們年輕的時候或許比較聰明，雖然哲學家們會不以爲然。但是我向你發誓，我們從那一刻開始便成了朋友；而那一刻愚蠢的笑在我們之間產生的緊密關係，其堅固的程度是任何後來在我們共同經歷中建立的關係難以達到的——無論是勝利與戰敗、忠誠與背叛、痛苦與喜樂。但是年輕的日子逝去，帶著部分的我們，一去不返。

在最平靜的海水上，這條發臭的貨船也吱嘎吱嘎地呻吟著，左右猛烈搖擺得使我們必須要隨時打好精神，才免於在甲板上翻滾。就這樣我們渡海到達亞波羅尼亞，就是這條船，把我們帶到一個我們當時無法想像的目的地……。

我隔了兩天才繼續寫這封信，我不會向你詳述這兩天來使我必須擱筆的病痛；這太令人沮喪了。

不管如何，我還是發現我沒有向你提供對你最有用的東西，所以我便吩咐我的助手翻尋一下我寫下來的文件，找找任何對你的工作有利的材料。你可能記得差不多十年前我的摯友瑪爾庫斯・阿格里帕興建的維納斯與戰神廟（現在一般人稱爲萬神殿）落成時，我被邀請致辭。我當初有一個想法，但是後來放棄了；那就是要設計一個別出心裁的演說，幾乎像一首詩，如果我可以這樣說，奇妙地連接起我們年輕時所看到的羅馬及這座廟宇所代表的今時今日的羅馬。無論如何，爲了有助於我解決這個演說的形式所引起的問題，我便對那些早期的日子作了一些紀錄。我現在就引用我的紀錄，盡力幫忙你完成你要爲我們的世界書寫的歷史。

想像一下，如果你能夠的話，四個年輕人（他們現在對我來說已經是陌生人了）[7]，對未來以及對他們自己、對他們即將要開始生活其中的世界，實際上一無所知。其中一個（那是瑪爾庫斯・阿格里帕）身材高大魁梧，一張農民的臉——鼻子堅挺、顴骨高大、皮膚像鞣製前的獸皮；乾燥的灰褐色頭髮、粗糙的暗紅色鬍渣；十九歲。他步履沉重，像隻小公牛，卻帶幾分優雅。他說話簡單、緩慢，而且平靜，不顯露個人感情。即使是他把鬍子刮洗乾淨，人們也不會認爲他是年輕人。

另外一位（那是魯佛斯）清瘦而靈巧，與阿格里帕的壯碩和穩重成了對比，前者敏捷靈活，後者冷靜矜持。他臉部瘦削、皮膚白皙、雙眼黝黑；他容易發笑，

7　在小說中並沒有明確指出原因。他的三個朋友中撒維第也努斯早死，阿格里帕當時正身在國外平亂，而小說中對二人成年後的關係並無著墨。小說第二章則對他與奧古斯都的複雜關係有所交代，或許也說明他離開羅馬過著他退休生活的原因。

往往能減輕瀰漫其餘三人之間的凝重氣氛。他比我們年長，但我們像對待弟弟一樣愛他。

第三位（那是我自己嗎？）比我看其他人甚至更爲模糊。沒有人能了解他自己，或能夠知道他在別人，甚至是他的朋友，心目中的形象；不過我想像他們那天，或甚至是好一段時間之後，一定覺得我是一個傻瓜。我那天的穿著確實有點華麗，並幻想那是一個詩人必須扮演的角色。我的服裝十分講究、態度做作，身邊是我從阿雷佐帶來的僕人，唯一的工作是打理我的頭髮——直到我的朋友對我無情的嘲笑讓我決定把他遣送回義大利。

最後是他，那時候他叫做蓋烏斯・屋大維。我要如何告訴你他的種種？我不知道眞相，只有記憶。我可以再一次告訴你他看來像是個孩子，雖然我只比他大不到兩歲。你現在有看到他的外表；那不曾有多少變化。但他現在是全世界的君主，我必須要穿越這個身分，看見當年的他；一直以來我能爲他做到的，在於洞悉他的朋友和敵人心中所想，但是我敢向你發誓，我從來無法預見他有今日的光景。我覺得他是一個和藹親切的小伙子，僅此而已；他的臉精巧得難以承受命運的打擊、他的態度怯懦得不足以完成使命、他的聲音柔和得無法講出一個領袖必須講的無情話。我覺得他可能成爲一個悠閒的學者，或者是一個文人，我認爲他連當一個元老院的元老都沒有精力，雖然他的身分和財富讓他有足夠資格。

就是這幾個人，在凱撒當上第五任執政官那一年的初秋，來到亞得里亞海岸馬其頓的亞波羅尼亞。港灣裡的漁船在搖晃，船上的人也隨著起伏；漁網攤在岩石上等著晒乾；木頭搭成的小屋沿著路邊排成一線，伸向小城。那座小城位在一處高地，高地後方是一片廣闊的平原，平原盡頭是拔地而起的山丘。

我們的清晨都花在學習上。黎明前起床後，便在燈下上第一節課。到晨光照亮了東面山頭，我們便開始吃著粗糧當早餐；我們用希臘文談論任何事情，（這種習慣恐怕現在已經式微），把前一天晚上學過的荷馬史詩的段落高聲朗讀，並加以解釋，最後發表一篇簡短卻慷慨激昂的演說，那是按照阿波羅多努斯訂定的規格完成的（他在那個時候已算是老派，不過性情溫和，才智出眾）。

到了午後，我們被載往離開小城不遠的軍營，那裡是凱撒的軍隊集訓的地方；在那裡，我們會花當天所剩的大部分時間，與他們一起接受訓練。我必須要說，就是在這段時間我第一次開始懷疑我錯看了屋大維的能力。你知道的，他的健康狀況一直很不好，雖然他明顯比我孱弱，但是，親愛的李維，他命中注定，即使在我病得最嚴重的時候，他仍必須硬撐，作爲楷模。因此，我自己很少參與實際的操練和演習；但是屋大維從不缺席，且更像他的舅公，選擇與百夫長爲伍，而不是跟普通的軍官在一起。我記得有一次模擬戰，他的戰馬一個踉蹌，便把他重重的摔到地上。阿格里帕和撒維第也努斯就在他的附近，撒維第也努斯便立刻提身想要前往救援。但是阿格里帕伸手握著他的手臂，不許他動。過了片刻，屋大維爬了起來，直挺挺站著，並要求另一匹馬。新的馬交到他手上後，他便立即上馬，那天下午便沒有下來過，完成自己在模擬戰中該完成的部分。那天晚上我們在帳篷裡，聽到他呼吸沉重。我們找來軍中的醫師看他。他斷了兩根肋骨。醫師把他的胸部緊緊的包紮好，第二天早上他跟我們一起上課，下午的快步行軍，也是一樣的積極參與。

這就是在那最初的日子中我所認識的奧古斯都，我們羅馬世界的統治者。或許你會把這些我有幸能看見的，轉化爲那段不可思議的歷史中的幾個句子。但是還有很多很多無法被記載到歷史中，這種損失，是我漸漸感到擔憂的。

III. 書信：凱撒從羅馬致蓋烏斯・屋大維，於亞波羅尼亞（西元前四十四年）

親愛的蓋烏斯・屋大維，今早我想起我們去年在西班牙的日子。你與我在蒙達會合，那時我正在圍攻格奈烏斯・龐培和他的軍團退守的一處要塞。戰事讓我們失去信心，且疲憊不堪；我們糧食不足；被我們圍攻的敵人養尊處優，豐衣足食，而我們卻妄想敵人會因飢餓而迎戰。我面對即將到來的敗亡而感到憤怒，我命令你回到羅馬去。那時侯，對我來說，你從羅馬到西班牙的路程似乎是多麼的愜意舒適；我說我對一個只想玩玩戰爭與死亡遊戲的小孩子，我無法爲他操心。其實我是對自己感到憤怒。這一點，即便是在那個時刻，我肯定你是明白的，因爲你沒有說話，只是以一股極爲平靜的眼神看著我。後來我稍微冷靜下來，向你說出我的眞心話（就像自從那次之後我向你所說的一切），告訴你這次西班牙一役對抗龐培，是要一勞永逸地解決一直讓我們的共和體制感到困擾的內鬥與分裂，而這種困擾，是自從我年輕時代，便以不同的方式存在；我一直認爲會獲致的勝利，現在幾乎是全盤皆輸。

「那麼，」你說，「我們就不爲勝利而戰；我們就爲自己的生命而戰。」

這話對我來說，彷彿是我肩膀上的負擔被卸下一樣，我覺得我幾乎再一次年輕起來；因爲我記得三十多年前也曾經對自己說過一樣的話。那時我被蘇拉的六支軍團在山中突擊，我奮力頑抗，後來得與軍隊的指揮官會面，並以利誘，才得以安全回到羅馬。從此我體認到我過去所爲，成就了現在的我。

想起了往事，又看到我身前的你，其實我看見的是年輕的我；我分享你部分的青春，把我部分的歷練給你，在這奇妙的豪情壯志中我們面對一切可能發生的事；我們把殉戰同志的屍體堆起當前鋒，步步進逼，好讓我們的盾牌不致被敵人的標槍壓制。最後我們前進蒙達平原，拿下科多巴城。

今天早上，我又回憶起我們橫越西班牙追擊格奈烏斯・龐培的時候，我們筋疲力盡，但酒足飯飽，晚上圍著營火，說著勝利在望的心情下軍人會說的話。所有的痛苦、辛酸及歡樂融合在一起、醜陋的死亡似乎變得美麗，甚至是死亡與戰敗的恐懼，也彷彿只是一個遊戲的不同階段！我現在身在羅馬，我期待夏天的來臨，到時我們會進攻帕提亞及日耳曼，以確保我們重要的疆域⋯⋯。如果我讓你知道發生在今天早上，並勾起我種種回憶的事，你便會更了解我爲何對過去的戰役念念不忘，以及對未來的戰役充滿期待。

今天早上七時，那個傻瓜便在我門前等著我（我是說瑪爾庫斯・埃米利烏斯・雷必達；你會很高興知道，在我領導之下，我將會授予他在名義上和你擁有均等的權力），要投訴馬克・安東尼。內容似乎是安東尼的司庫正在向雷必達轄區內的人民徵稅，雷必達還冗長乏味地引用了古老法令，證明稅金應該由他來徵收。他另外花了一個小時，以爲指桑罵槐等於含蓄精妙，暗示安東尼是野心家；

這個看法讓我感到驚訝，就好像有人告訴我護火貞女[8]保持童貞之身。我感謝他的提醒，彼此閒話家常地聊了一下忠誠的道理，然後他就離去，（我肯定是）向安東尼報告他在我身上看出我對別人的極度懷疑，即使是我最親近的朋友。到了八點鐘，三位元老一個接一個的進來，指責彼此收受賄賂；我當下就知道他們三人都有問題，三人都沒有達成被請託之事，而行賄者正準備把事情公開，結果必然導致他們會在人民大會被公開審判。他們希望能逃過審判，因爲如果他們無法賄賂足夠的法官讓他們脫身，便很有可能遭到放逐。我研判他們會賄賂成功，便提出他們三人必須繳交三倍賄款給我，也決定以相同方式對待那些行賄者。他們對此十分滿意，而我一點都不怕他們；我知道他們腐敗，而他們認爲我也是……。就這樣一個早上就過去了。

我們活在羅馬的謊言多久了？自從我有記憶開始吧，我肯定；或許更早。而這些謊言從哪裡吸取它的能量，使它成長得比眞理還茁壯？我們看見過以共和之名進行的謀殺、偷竊、掠奪，說是爲了自由所必須付出的代價。西塞羅哀嘆羅馬

8 護火貞女（Vestal Virgins）是古羅馬爐灶和家庭女神維斯塔的女祭司。

人拜金，是道德的墮落——而自己身擁不止幾個百萬，從一間別墅前往另一間別墅，必定有百多個奴隸隨行。執政官誇誇其談和平與安定——卻揮兵殺害一個威脅到他私人利益的同僚。元老院講自由——卻把我不想要的權力強加於我身上，且必須要接受並使用，說是爲了讓羅馬長治久安。難道我們對謊言束手無策？

我征服了世界，但沒有一個地方是高枕無憂的；我讓人民享有自由，但他們棄之如敝屣；我鄙視我信任的人，喜愛那些隨時準備出賣我的人。我不知道我們往哪走，雖然我帶領著一個國家完成它的天命。

親愛的甥孫，一個我願意稱爲兒子的甥孫呀，這就是一個人們會封爲君主的人內心種種的疑惑。我羨慕你在亞波羅尼亞過了一個冬季；有關你學習狀況的報告我非常滿意；你能與我的軍團裡的軍官相處融洽也使我十分高興。但我仍懷念夜裡的懇談，也只能想著今年夏天我們一起東征時可以把我們的談話延續，聊以自慰。我們會長驅直進、攻城掠地、斬草除根。這是一個男子漢的人生。一切該發生的都會成爲事實。

IV. 昆圖斯・撒維第也努斯・魯佛斯：亞波羅尼亞日誌速寫（西元前四十四年三月）

午後。陽光猛烈，天氣炎熱；十到十二個軍官和我們在山上，俯瞰校場上騎兵演習。馬匹奔跑及轉身，揚起團團塵土；叫聲、笑聲、咒罵聲，伴隨著馬蹄撞擊地面的聲音從遠方傳來。我們從校場爬到山上，除了梅塞納斯，大家正在休息。我脫下了盔甲，枕在頭下；梅塞納斯的外衣一塵不染，頭髮紋風不動，靠著一株小樹坐著；阿格里帕大汗淋漓地站在我身邊，雙腿穩如兩根石柱；屋大維站在他旁邊，纖瘦的身體在奮力登山後仍在顫抖——他要站在阿格里帕身旁才讓人體會他的身材如何苗條——他臉色蒼白，平直的頭髮滲滿汗水，黏在額頭上；屋大維微笑著，手指向山的下方；阿格里帕點頭呼應。我們身心愉快；一星期來都沒有下雨，天氣溫暖，我們對自己的技術及士兵的技術感到滿意。

我迅速記下這些文字，並不知道在我空閒的時候能否有機會用得著。我必須要把所有事情記下來。

我們下方的騎兵開始休息；馬匹無目的在亂轉；屋大維坐在我身邊，打趣地把我枕著盔甲的頭推開；我們笑著，卻又不是因爲此刻有什麼可笑的地方。阿格里帕微笑著張開他一雙強壯的手臂；胸甲上接縫處的皮革在寧靜中吱吱作響。

背後傳來梅塞納斯的聲音——尖銳、微弱、稍微做作、幾近女性化。「男生演阿兵哥，」他說，「多無聊。」

阿格里帕——聲音深沉、緩慢、嚴肅背後頗有城府：「如果一個人有能力奪走你所能找到的安身之處，你就會發現在你假裝享有的奢侈生活之外，還有其他的樂趣可以追尋。」

屋大維：「或許我們可以遊說帕提亞人接受他爲統帥，我們這個夏天的任務就會容易得多。」

梅塞納斯深深嘆了一口氣，站起身來，走到我們躺臥的地方。對一個那麼肥胖的人來說，他的腳步算輕盈。他說，「就在你們沉溺在那惡俗的表演中，我不斷構想著一首詩，關乎沉思的生命與活躍的生命兩者的差別。前者的智慧我已有所體會；後者的愚昧是我正在觀察中。」

屋大維嚴肅地說，「我的舅公曾經告訴我要讀詩、要愛詩人，而且要晉用他們——但永遠不要信任他們。」

「你的舅公，」梅塞納斯說，「是聰明人。」

接著是更多的玩笑話。然後我們安靜下來。我們下方的校場幾乎已經淨空；

馬匹已經被帶回校場旁邊的馬廄。校場更下方一人騎著馬從小鎮一路馳騁而來。我們若無其事地看著。他來到校場，仍然沒有停下來，瘋狂加速橫越，身子在馬鞍上靠向一側。我正想開口說話，但屋大維的神情變得凝重，某種訊息已寫在臉上。我們可看見馬匹口沫飛濺。屋大維說，「我認得他，他從我母親家裡來。」

他幾乎到達我們面前了；馬匹減慢速度；人從馬鞍上滑下，手持著東西跌跌撞撞向我們走近。我們身旁的士兵有所警覺，奔向我們，手中半截長劍已出鞘，但他們知道此人已經筋疲力盡，只靠著意志力移動身體。他把東西遞向屋大維，聲音嘶啞地說，「這——這——」。那是一封信。屋大維接過信，握在手上，好一陣子沒有動靜。信差隨即虛脫，坐了下來，頭部埋在雙膝之間。我們只聽見他急促而嘶啞的喘息聲。我看見他的馬匹，心中茫然地想到牠氣喘不止，明天黎明前必會死去。屋大維仍沒有動。大家都保持平靜。他緩慢地把信打開；他讀著信，面無表情。他仍然沒有開口說話。過了很久，他抬頭轉身向著我們，臉部蒼白得像大理石。他把信交給我；我沒有看。他以平淡而呆滯的語氣說，「我的舅公死了。」

我們無法相信他的話，失神地看著他。他臉上表情如舊，但重複地說，「凱撒死了。」他的聲音響亮而刺耳，充滿難以言喻的痛苦，像在祭祀時小公牛的喉嚨被切斷後的嘶吼。

「喔不，」阿格里帕說，「不。」

梅塞納斯臉部繃緊，像隻獵鷹般看著屋大維。

我顫抖的手寫下無法辨認的筆跡。我穩住自己。我的聲音讓我感到陌生。我大聲朗讀，「在三月十五日，凱撒在元老院被敵人刺殺。詳細情況不明。老百姓在街上狂亂奔走。沒有人能知道接下來會發生的事。你可能陷入極大險境。我不能再寫下去了。你的母親懇求你要照顧自己。」這是極度倉促下完成的家書；紙上有好幾塊墨漬，字跡潦草。

我環顧四周，不知道自己的感覺。是空虛嗎？軍官在我們身旁圍成一圈；我注視其中一人的眼睛；他臉部緊蹙，並傳來哭泣聲：我記得他來自凱撒最優秀的軍團，老將們景仰敬重他猶如父親。

很長一段時間後，屋大維移動身體，走向一直坐在地上的信差。信差的臉上因過度困頓而顯得神情木然。屋大維屈膝跪在他身旁，以溫柔的聲音說，「除了信裡所說的，你還知道什麼嗎？」

信差說，「不知道，先生，」並想要站起來，但屋大維的手撫著他的肩膀說，「請休息。」他站起來向其中一個軍官說，「一定要把他照顧好，安排他一個舒適的地方。」然後他轉身面向已經湊近他身邊的我們三人，「我們遲些再談，我必須先要想想這件事情代表的意義。」他向我伸手，我知道他要我手中的信。我把信遞給他，他便轉身而去。圍在我們身旁的軍官讓開通道，屋大維便往山下走去。我們看著他的背影良久，那是一個孩子氣的瘦小身影，在空無一人的校場上踽踽獨行，左右移動，彷彿在找尋一條坦途。

稍晚。凱撒的死訊傳開後，軍營裡陷於極度驚愕中。謠言之荒誕，讓人適可置若罔聞。爭論掀起又平息；有幾度拳腳交加，又迅速媾和。有些老兵，一生人花在不同的軍團之間，南征北戰，有時候曾經與現在的同志為敵，以鄙夷的眼神面對紛擾，自顧自地做自己的事情。屋大維獨自在校場上遠眺，還沒回來。天色漸暗。

夜裡。軍團的指揮官陸東尼烏親自指派一名守衛保護我們的帳篷，因為沒有人知道我們會遇到怎樣的敵人，或者會發生什麼事。我們四人聚在屋大維的帳篷裡。帳篷中央放著一盞油燈，火光閃爍，我們圍著油燈，或坐著，或躺在草墊上。屋大維偶爾站起來，坐到摺凳上，遠離火光，整張臉沒入暗影中。很多人來自亞波羅尼亞當地，或想得到多一些資訊，或是給建議，或是提供協助；陸東尼烏指揮的軍團願意效忠，以防萬一。當下屋大維要求我們不要自亂陣腳，並說到那些前來探視的人。

「他們知的比我們少，而他們只爲自己的禍福打算。昨天——」他頓了一下，定睛看著黑暗中某個焦點——「昨天，他們似乎是朋友。現在我或許無法信賴他們。」他又再頓了一下，走向我們，並把手撫著我的肩膀，「這些話我是只對你們三人說，你們是我眞正的朋友。」

梅塞納斯開口說話。他的聲音變得深沉，不再有他偶爾裝出的女性化刺耳聲調，「甚至我們也不要信賴，儘管我們愛你。從此刻開始，只信賴我們該被信賴的地方。」

屋大維突然轉身背著我們，也背著燈光，哽咽的說，「我知道，這個我也知道。」

就這樣，我們便討論我們必須做的事。

阿格里帕說我們必須不動聲色，因爲我們對進行哪一種合理的行動一無所知。在搖曳的燈光下，他的聲音及他態度的凝重，彷若一位長者，「我們這裡沒有危險，至少暫時是這樣；駐紮在這裡的一支軍團會對我們效忠——陸東尼烏已做了承諾。你我都明白，這可能是一次大規模的謀反，可能已經有軍隊的部署，要把我們捉拿，當年蘇拉派兵追殺馬略的後人，目的便是要捉拿凱撒。我們當下可能不像凱撒當年那麼幸運，但我們背後有馬其頓的山脈，他們不會緊追我們的軍團。無論如何，我們會有足夠時間獲得更多消息，我們可以不必採取任何行動，令現狀改變，不管是往好的還是往壞的方向。我們必須利用當下的安全以逸待勞。」

屋大維輕聲的說，「我的舅公曾告訴我，太多的猶豫和太多的魯莽一樣，都必然會帶來滅亡。」

我忽然間站了起來。有一股力量在背後驅使我。我似乎用了不屬於我的聲音說，「我稱你為凱撒，因為我知道他會把你視為兒子。」

屋大維看著我；我相信他心中不曾有這個想法，「這言之過早了，」他緩慢地說，「但我會記得撒維第也努斯是第一個人用這個名號稱呼我。」

我說，「如果他會把你視為兒子，他就會希望你會像他一樣地有所作為。阿格里帕說過我們這裡已有一支軍團願意效忠；如果我們立刻提出要求，馬其頓境內其他五支軍團也會追隨陸東尼烏步伐表示效忠，因為如果我們對未來一無所知，他們所知比我們更少。我說我們就以手上的軍團進軍羅馬，並上台掌權。」

屋大維問，「下一步呢？我們不知道那是什麼權力，我們不知道誰會與我們敵對，也不可能知道。我們甚至不知道誰謀害凱撒。」

我說，「權力是我們建構出來的。至於誰會與我們敵對，我們不可能知道。但是如果安東尼的軍力與我們結合，那就……」

屋大維緩慢地說，「我們甚至不知道誰謀害他。我們不知道他的敵人是誰，因此也不可能知道我們的敵人是誰。」

梅塞納斯嘆了口氣，搖著頭站起來，「我們談到行動，談到該做何事；但是我們沒有談這個行動的目的為何。」他凝視著屋大維，「我的朋友，你要達成的是什麼？要採取哪種行動？」

好一陣子屋大維沒有說話，然後認眞地逐一看我們，「現在我對你們，及上天發誓，如果我命中注定能活下來，我必會為我的舅公復仇，不管殺人兇手是誰。」

梅塞納斯點頭，「那我們第一個目標是活下來，好讓你能完成誓言。我們必須要活著，為此我們必須謹慎行事——但我們必須有所行動。」他在帳篷裡來回走著，彷彿對著學生訓話，「我們的朋友阿格里帕建議我們在知道行動方向前，安全地留在這裡。不過留在這裡就等於對外界一無所知。消息會來自羅馬，但是謠言會與事實混淆，事實又與私利混淆，最後私利和小集團會成為我們一切消息的來源。」他轉身向著我，「我們衝動的朋友撒維第也努斯建議我們立即出擊，趁著當下全國可能陷於混亂中佔得優勢。我們面對膽小的敵人而盲目向前，會有可能得勝；但也有可能讓你墜落無法看清的懸崖，或者是把你引領到你不想看到的終點。不……全羅馬的人都知道屋大維已得悉他舅公的死訊，他會帶著他的朋友及悲傷，默默地回去——身邊不帶一兵一卒，那是他的朋友或敵人可能想看到的。四個小孩和幾個僕人回家對親人表達哀悼之意，是沒有任何軍隊會攻擊他們的；他們身邊也不會聚合任何勢力，讓敵人產生警惕，或使敵人的意志變得更堅定。而如果一旦被追殺，四個人總比一個軍團更容易遁逃。」

我們一一發表意見；屋大維保持沉默；我們在如此短暫的時間裡，開始對他的決定予以尊重，這未嘗發生過的事讓我覺得多麼奇怪。是不是因爲我們感覺到他那股我們從未體會過的內在力量？就在這個時刻？是不是我們自身的不足？我過些時間再來想這些問題。

最後屋大維說，「我們就依梅塞納斯所說。我們把大部分的家當留在這裡，彷彿我們打算要回來一般；明天我們會盡可能以最高的速度跨海回到義大利。但是我們不會從布林迪西上岸——那裡有一支軍團，而我們沒能了解他們的取向。

「就在奧特朗托吧，」阿格里帕說，「反正比較近。」

屋大維點頭，「現在你們你必須做一個抉擇。跟我一起回去的人，是要把他的禍福與我連在一起。沒有別的路，也不能回頭，而我無法對你作出任何承諾，除了我自己的機會以外。」

梅塞納斯打了個哈欠。他又回到他的本我。他說，「我們與你相遇在那艘發臭的漁船上；如果我們忍受得了，就能忍受任何事了。」

屋大維微笑，卻帶著幾分哀愁。「那一天，」他說，「那是很久以前的事了。」

我們沒有再說話，除了互道晚安。

我一個人在帳篷裡。我記下這些文字時，桌上油燈的火光閃爍，從帳篷的開口處，我看見東面的山尖已透出第一道蒼白的晨光。我無法入睡。

在這破曉時分，萬籟俱寂，一天以來所發生的事似乎遙遠而不眞實。我知道我的，或者是我們幾個人的人生路，已經改變了。他們作何感想？他們知道嗎？

他們是否知道在我們面前的路，是引向死亡或輝煌的終局？兩者在我腦中反覆迴旋，最後似乎已經成爲同義詞。

Chapter

II

I. 書信：阿提雅和馬歇爾・菲利浦斯致屋大維（西元前四十四年四月）

兒子呀，你收到這封信的時候，應該已經到達布林迪西，也已經知道，凱撒的遺囑已經公開，你被欽點爲凱撒的兒子及繼承人。這是我一直感到恐懼的。我知道你第一個反應是要接受這名號及財富；但是你的母親懇求你先緩一緩，考慮考慮，並判斷你舅公的遺囑會把你帶到何種景況。那不是你消磨童年時期的韋萊特里那種簡樸的鄉下，不是你少年時期家庭教師和奶媽所建構的家庭，也不是你青年時期從書本或哲學所認知的天地，更不是凱撒（違反了我的意願）引領你進入的簡化的戰爭世界。那是羅馬，在那裡沒有人知道誰是敵人誰是朋友、官階比美德更受人仰慕、原則服務於個人私心。

你母親我懇求你放棄遺囑內的各項條款；你這樣做對你舅公的名譽也不會造成傷害，也沒有人會對你有負面的想法。但如果你接受那名號與財富，你同時也接受雙重的敵意，分別來自殺害凱撒的人和心中懷念凱撒豐功偉業的人。你只會得到起鬨鬧事群眾的支持，就像凱撒過去一樣；那種力量不足以讓他免於厄運。

我祈求上天在你魯莽行事之前收到這封信。我們已經讓自己脫離羅馬的險境，在渾沌的局勢回到一定的秩序之前，會逗留在你繼父在波佐利的家。如果你不接受遺囑的安排，你就可以平安橫越義大利與我們會合。你安於一己心靈的私密空間，仍有可能過著得體的生活。以下你的繼父想要補充幾句話。

你母親的話來自她心底的愛；我要向你說的不僅是基於我對你的愛，更是源自我對世事的實務知識和過去幾天所發生的事。

你是知道我的政治手腕的，也知道過去有好幾個事情上，我是無法認同你剛過世的舅公所採取的方式。的確，我不時覺得有必要在元老院裡一再強調我的不滿，就像我們的朋友西塞羅一樣。我提及這一點，只是想要向你保證，我敦促你按照你母親的建議行事，並不是出於政治的考量，而是基於實際的理由。

我不認同政治暗殺，如果我有被徵詢過相關意見的話，我肯定會極力反對，不過我所表達的強烈厭惡或許足以爲我帶來殺身之禍。但是你必須了解，那些誅弒暴君者（他們是這樣看待自己的）是一些有責任感和受人景仰的羅馬公民。他們獲得元老院大部分元老的支持，而他們現在的危險只是來自暴民；他們之中有我的朋友，而儘管他們的行爲是多麼的不明智，他們卻是好人，而且愛國。就是最近不斷鼓動暴民的馬克·安東尼，也並沒有對他們採取行動，而他也不會這樣做；因爲他也是一個務實的人。

不管你舅公曾立下多少功業，他身後的羅馬，似乎難以迅速復原。大家對局勢不明：他的敵人力量強大，但因猶豫不決而陷於慌亂，他的朋友則貪瀆腐敗而難以取信於人。如果你接受凱撒的名號及繼承遺產，牽涉到相關利益的人會離你而去；你得到的是並無實質意義的名號、你不需要的財富；但你會落得孤單一人。

來波佐利吧。有些事情的結局不會對你有何助益，你就不要牽涉其中了。讓自己保持一個高度吧，你會在我們的關愛中持盈保泰的。

II. 瑪爾庫斯・阿格里帕回憶錄：片段（西元前十三年）

……噩耗傳來及心中的傷痛使我們立即行動。我們在暴風雨中匆忙航向奧特朗托，在夜黑中我們登陸，而且不讓任何人認出我們幾人。我們在一間普通的旅館過夜；爲了不讓人起疑，我們沒有安排僕人在身邊；我們黎明前便出發走路到布林迪西，就像一般老百姓。在前往布林迪西必經之路上的雷契，我們被鎮守的士兵攔下；雖然我們沒有說出眞名，但還是被一位曾經與我們一起參與西班牙戰役的士兵認出來。從他那裡我們知道布林迪西的守備部隊會迎接我們，而且在那裡我們不會有危險。其中一個士兵與我們同行，另一個則趕緊報訊；我們在這名士兵引領下到達布林迪西，入城時左右站立著士兵，進行隆重的軍禮。

在那裡，我們得以看見凱撒遺囑的副本，上面記載了承認屋大維為兒子及遺產受贈人，名下的花園給予老百姓作為休憩之用，另外從他的財富中分贈羅馬公民各三百枚銀幣。

我們得知羅馬的所有消息。那裡陷於混亂中；我們知道誰是謀殺凱撒的兇手、知道元老院目無法紀，容忍謀殺事件的發生，並縱放兇手；我們知道老百姓在無法無天的統治下痛苦與憤怒。

一個來自屋大維家裡的信差在等候著我們，把他母親及繼父的家書交給屋大維。信中基於關愛與疼惜，催促他放棄繼承。那是屋大維不能做到的；不確定的局勢，以及他艱困的任務，使他的決心更為堅定。從那時開始，我們稱他為凱撒，並向他保證效忠。

基於對屋大維父親的尊敬，以及對其兒子的愛，布林迪西當地的軍團及一些退伍老兵從老遠趕來，群聚在屋大維為身邊，催促他帶領他們對殺人者復仇；但是屋大維說了很多感謝的話敷衍大家，隔天一大早我們便靜靜的從布林迪西出發，沿著亞壁[9]，一路到達波佐利。我們計畫在那裡等待一個有利的時間進入羅馬。

Ⅲ. 昆圖斯・撒維第也努斯・魯佛斯：布林迪西日記（西元前四十四年）

我們知道的多；我們了解的少。據說有超過六十位密謀者。其中最主要的是瑪爾庫斯・尤尼烏斯・布魯圖斯、蓋烏斯・卡西烏斯・朗基努斯、德斯母・布魯圖斯・阿爾比努斯、蓋烏斯・特萊包涅斯——全都被認為是凱撒的朋友，有些名字是我們從小就認得的。還有一些我們還不知道是誰。馬克・安東尼口中譴責兇手，但晚上招待他們晚餐；多拉倍拉同意暗殺凱撒，當上了執政官，任命他的正是同一位安東尼，那曾經譴責凱撒政敵的安東尼。

安東尼玩什麼把戲？我們下一步該如何走？

Ⅳ. 書信：瑪爾庫斯・圖利烏斯・西塞羅致馬歇爾・菲利浦斯（西元前四十四年）

我剛剛得知你的繼子和他的三個年輕朋友幾天前才到達布林迪西，甚至已經從布

9 亞壁（Appian），今日稱為亞壁古道。

林迪西啓程了；我趕快寫這封信給你，好讓你在他們到達前收到。

謠傳說儘管你寫了信給他提出建議（該信的副本你出於好意寄了給我，我十分感謝），他仍是計畫要接受凱撒遺囑裡的安排。我希望這不是眞的，但是我仍對這年輕人的莽撞行爲有點畏懼。我懇求你利用你所有的影響力勸止他，或者，如果他已經開始進行繼承，便說服他宣布放棄。爲此，我會很樂意提供我一切的協助。未來幾天我會做好準備，離開我阿斯杜拉河這裡的渡假別墅，在他到達波佐利之前與你會合。我過去對他不錯，我相信他也欣賞我。

我知道你對這個孩子有幾分關愛，但你必須了解，不管他與凱撒的關係多遠，他還是凱撒的後裔，如果我們允許他按自己的路走下去，對我們的理想不以爲然的人便會利用他。面對這種局面，忠於我們的共同目標必須優於親屬關係；我們中間沒有人想要他受到傷害。這一點，你必須要想盡辦法說服你的妻子（我記得她對他的兒子有極大的影響力）。

我有來自羅馬的消息。那裡情況不太理想，但也不代表絕望。我們的朋友還未敢在羅馬露臉，就連我親愛的布魯圖斯也得在鄉下進行他的工作，而不留在羅馬，重建共和制度。我曾經希望進行暗殺之後我們會立刻重獲自由，回到我們光榮的過去，並且剷除那些政治新貴；他們企圖擾亂我們熱愛的秩序。但是現在共和制度沒有重建；那些該努力有所作爲的人似乎無法作出決定，而安東尼則像野獸一般悄悄地找尋一個接一個獵物，竭盡所能地掠奪財寶，集權於身。要我們容忍安東尼，幾乎等於要我後悔殺了凱撒。但是我們不必容忍他多久——這點我很有把握。他膽大妄爲的行徑終會毀掉自己。

我太理想主義了，我知道——連我最親愛的朋友也不否認。但是我很合理地充滿信心，我們的理想最後會得以伸張。傷口復元、施加於身上的痛苦停止、元老院會找回已被凱撒消滅的國家古老目標與尊嚴，而你和我，我親愛的馬歇爾，會在有生之年再看見我們常談及的傳統美德，像桂冠一樣佩戴在羅馬的頭上。

過去幾星期的事件壓在我的心頭，花了我很多時間，讓我忽略了私人事務。負責我名下地產的一位管理人克瑞斯普昨天來找我，認眞地告誡我，我的兩間店舖已經倒塌，其他的已經開始崩壞，連老鼠也住不下，要往外逃了！多幸運我是蘇格拉底的信徒呀——其他人會說這是一場災難，但我連說它是麻煩也不會。多微不足道呀！總之，與克瑞斯普長時間討論後，我已擬好計畫，賣掉幾棟房子，花錢把其他幾棟修好，讓損失變爲獲利。

V. 書信：瑪爾庫斯・圖利烏斯・西塞羅致瑪爾庫斯・尤尼烏斯・布魯圖斯（西元前四十四年）

我去看過屋大維了。他住在波佐利他繼父的別墅裡，就在我別墅的旁邊；馬歇爾・菲利浦斯是好友，所以只要我有需要，就可以穿門踏戶的去看他。我必須要趕快告訴你，他的確已經接受我們已死的敵人留給他的遺產和名號。

但在你感到絕望之前，容我趕快向你保證他接受遺囑的安排並沒有我們想像中的重要。這個孩子一無是處，我們不必恐慌。

在他身邊是他的年輕朋友：一個是瑪爾庫斯・阿格里帕，土包子一個，看來比起在客廳走動，他較適合到犁溝裡幹苦工，不管是站在犁的前面還是後面[10]；一個是蓋烏斯・克尼烏斯・梅塞納斯，五官長得粗糙卻有一股奇怪的女性化傾向，走路搖風擺柳的，眨巴著眼睛讓人生厭；一個是撒維第也努斯・魯佛斯，身材瘦削卻熱情洋溢，太過於笑口常開，但在幾人之中似乎是最可以被接受的一個。至今在我看來，他們都是無足輕重，既無顯赫的家世背景，也無可觀的財富。（說到這點，當然屋大維的血統也不是完美無瑕；他的祖父只是鄉下一個放債的人，除此之外天曉得他從哪裡來）。

總之，他們四人在那棟房子裡閒逛，無所事事，只與來訪者聊天，並讓自己惹人生厭。他們似乎毫無見識，因爲你很難從他們的回應中聽到任何獨到的看法；他們問愚蠢的問題，卻又似乎不明白別人的回應，因爲他們會茫然地點頭，眼睛看到別的地方去。

但是我不會顯露對他們的鄙視，或我心中的亢奮。我在他們面前認眞地演出。他剛來的時候，我對他失去親人一事誇張地表達憐憫之意，而且說了不少陳腔濫調。從他的回應，我便相信他的痛苦是屬於個人的感情流露，而不是要弄政治手腕。然後我就說了一些模稜兩可不著邊際的話，並暗示說不管這刺殺事件有多不幸（請恕我虛僞地說是「刺殺」吧，親愛的布魯圖斯），還是有很多人認爲其動機是大公無私的，而且是愛國的。我在他的臉上並沒有發現他因我的步步進逼而惱怒。我相信他對我是有幾分敬意，如果我能夠細緻地處理此事，他有可能被說服而站到我們這一邊來。

他是一個小孩，而就此事看來，是一個愚蠢的小孩；他對政治一竅不通，更

---

10 西塞羅說話相當刻薄，通常在犁田的時候，人會站在犁的後面推，動物會站在前面拉。西塞羅的說法把阿格里帕貶低到動物的層次。

不用說有政治的立場。他的動力既不是來自榮譽感，也不是野心，而是來自他對一位可能成爲他父親的人所產生的淡淡的感情。他的朋友只是想在他的寵愛之中獲得好處。因此我相信，他不會對我們構成危險。

另一方面，我們或許能夠翻轉這個局面，讓我們得利，因爲他的確有權力繼承凱撒的名號及遺產（如果他眞的能得到）。某些人一定會跟隨他，只因他繼承了名號；其他的像退役軍人或者是家臣也會跟隨他，因爲他們還記得傳位給他的那個人；還有其他的會因爲頭腦不清或忽發奇想而效忠。但是最重要的一點我們要記得，我們不會損耗一兵半卒，因爲那些會追隨屋大維的人，本來是會投靠安東尼的！如果我們能說服屋大維到我們的陣營，我們便獲得雙重勝利；因爲就是最壞的狀況，我們也能夠削弱安東尼的勢力，但就這一點我就贏得夠多了。我們要先利用這個小孩，然後把他甩到一旁，戳斷暴君的血脈。

你不難理解，這些想法我不能隨便跟馬歇爾・菲利浦斯說；雖然他是我們的朋友，但是他的立場尷尬；畢竟，他與這個孩子的媽媽有婚姻關係；沒有一個男人會對婚姻責任偶爾衍生的弱點完全不受影響。此外，他的身分並不重要到可以被託付任何事情。

在這較爲安全的時刻，你可以把這封信留著，但是請不要把副本轉給我們的朋友阿提庫斯。他基於對我的欣賞，及因我們之間的友誼而感到得意，他會把我的信在所有人面前炫耀，儘管他沒有把內容公開。在我的觀察還沒有被證實爲正確以前，這封信的大部分內容不能讓人知道。

附言：凱撒的埃及娼婦克莉奧佩托拉已經逃離羅馬，爲了保命，或者是她的野心遭受挫敗，我不知道；沒有了她我們很好。屋大維去了羅馬繼承遺產，一路極爲安全。聽到他這個決定讓我難掩憤怒及悲痛，因爲這個小伙子和他粗魯的朋友可以到羅馬而不必擔心自身的安危，而你這位三月十五日[11]的大英雄和我們的卡西烏斯必須要像被追捕的獵物一樣，躲在羅馬城郊外的藏身地。

VI. 書信：瑪爾庫斯・圖利烏斯・西塞羅致瑪爾庫斯・尤尼烏斯・布魯圖斯（西元前四十四年）

簡單的說明。他是我們的了——我很肯定。他去了羅馬，對羅馬人說了話，但只

11 尤利烏斯・凱撒被刺殺的日子。

繼承了遺產。有人告訴我他沒有譴責你，或者卡西烏斯，或任何其他人。他用最溫和的措辭讚美凱撒，並讓大家知道他繼承遺產是出於責任，繼承名號則是出於對凱撒的崇敬，他也說已計劃在結束身邊的事務後，便會回到平凡的生活。我們能相信他嗎？我們一定要，那是必須的！我回到羅馬後會設法討好他，因為他的名號對我們還有利用價值。

VII. 書信：馬克・安東尼致馬其頓軍事指揮官蓋烏斯・桑歐爾・塔烏斯（西元前四十四）

桑歐爾，你這個愛玩的老兄呀，安東尼向你問好，並向你報告一下最近發生的瑣碎事情——現在治理國家的重擔既然落在我身上了，那只是我每天面對的事情之一。我不知道凱撒怎樣一天一天熬過來的；他是一個怪人。

屋大維這個臉無血色的小混蛋昨天早上來見我。他上個星期就來到羅馬，擺出一副哀傷的寡婦模樣，還叫自己凱撒，一派胡言。我兩個白痴兄弟格奈烏斯和盧基烏斯沒有知會我，就讓他在廣場上對群眾演說，聽說是有得到承諾他的演說不會有政治意涵。你有聽過沒有政治意涵的演說嗎？好吧，至少他沒有煽動群眾；這樣他還不完全是個傻瓜。他有得到群眾的同情，那是肯定的，不過就僅僅如此而已。

但是肯定的是，如果他不完全是個傻瓜，至少也有幾分；他讓人感覺到他有一股小孩子般令人反感的自以爲是，尤其是那種祖父當賊的小孩，那種唯一能示人的名號都是借來的小孩。他接近中午來到我家裡，沒有先約好。當時已經有五六個人等著要見我，他身邊有三個人隨行，看似一個惹人討厭的官員領著三位扈從。我猜想他以爲我會丟下所有事務跑出來接見他；我當然不會。我吩咐我的助手告訴他需要等在其他人後面；我半預料半希望他就此離去，但他沒有，所以我讓他等到差不多中午才讓他進來。

我必須要承認，儘管我和他在玩一場遊戲，但心中總是有點疑惑。我只看過他幾次，一次是六、七年前，他那時差不多十二歲，凱撒讓他在祖母茱莉亞的葬禮中朗讀頌詞；一次是兩年前，凱撒在阿非利加一役後在羅馬舉行凱旋式，我與凱撒同坐一輛馬車，那個小孩坐在下一輛。有一次，凱撒跟我談起他，說了很多；我現在懷疑我當時聽漏了什麼。

好吧，我沒有聽漏。我永遠不會明白我們「偉大的」凱撒爲何會讓這個小孩繼承他的名號、他的權力，和他的財富。我向天發誓，如果那遺囑不是早已經被接受，並記載在灶神廟中，我就會找機會親自把它改過來了。

如果他有把自以爲是的態度留在接待室，像其他人一般進入我的辦公室，我不會像現在那麼生氣。可是他沒有。他進來時三個朋友走在他的兩側，並逐一介紹給我認識，以爲我有多稀罕。他對我說話禮貌周到，恰如其分，然後等著我回應。我看著他很長一段時間，沒有說話。我必須要說：他很冷靜。他沒有要打破僵局，還是不開口，而我卻看不出來他是否因爲我讓他久等而感到憤怒，因此最後我說：

「那麼，你想要什麼？」

就是聽了這話後，他的眼睛還是不眨一下。他說，「你是我父親的朋友，我來這裡要向你表達敬意，並且在執行遺囑的步調上，要徵詢你的意見。」

「你的舅公，」我說，「留下一團混亂。我建議你在混亂還沒平靜下來之前，不要留在羅馬。」

他一句話不說。我告訴你，桑歇爾，這個小孩就一定是有些地方惹到了我，讓我對他無法抑制住脾氣。我說，「我也建議你不要那麼隨便地使用他的名號，好像那是屬於你自己的。那不是你的，你是知道得很清楚的，在元老院還沒確認你被收養之前還不是。」

他點頭。「很感激你提供的意見。我用他的名號表示我對他的尊敬，不是我的野心。但是撇開名號的問題，或甚至是我分得的財產，還有凱撒贈予羅馬公民的部分。我研判老百姓的心情是……」

我向他大笑。「孩子，」我說，「這是今天早上我給你的最後一點建議。你爲什麼不回去亞波羅尼亞讀你的書呢？那裡會比較安全啊。我會用我自己的方法，在我認爲適當的時機，處理你舅公的事務。」

你無法羞辱這個人。他對我冷冷的微笑，「我很高興知道我舅公的事務不至於所託非人。」

我從位子站了起來，拍了拍他的肩膀，「這才是嘛，」我說，「好吧你們還是趕快回去吧，我還有一個下午要忙。」

就這樣結束了我們的會面。我想他知道他的位置，我不認爲他會有什麼大計畫，他是一個裝模作樣的小伙子，平凡庸碌，如果他沒有多少使用那個名號的權力，我們根本不值得討論他。那個名號對他沒有多大作用，只是讓人感到討厭。

不想再說了。你來羅馬吧，桑歇爾，我向你保證絕口不提政治的事。我們會去阿米利亞的家裡看默劇。有一個執政官（他的名字我就不說了）會給我們特別許可，讓女演員們的演出可以解除衣服的束縛；到時我們要喝個夠，並讓那些演員們評比一下我們誰較有男子氣概。

但我眞的希望那個小雜種離開羅馬，跟他的朋友一起滾。

Ⅷ. 昆圖斯・撒維第也努斯・魯佛斯：日記速寫（西元前四十四年）

我們見到了安東尼。令人擔憂；我們任務重大。他與我們敵對，很明顯地。會用各種手段阻止我們。相當聰明。讓我們感到自己的青澀稚嫩。

但他最是令人印象深刻。自負，但敢於如此。雲白色的外袍（更凸顯那晒黑到發亮的粗壯雙臂），衣帶是明亮的紫色，精緻地鑲了金邊；身材壯碩得像阿格里帕，但行動像隻貓而非公牛；顴骨明顯的臉部是黝黑英俊，幾處刀疤呈現微白；南方人細長的鼻子，鼻梁曾經斷裂過；豐厚的雙唇在嘴角處微向上彎；淺褐色的大眼在憤怒時會閃出亮光；低沉有力的聲音，可讓人感到溫馨關愛，或是陷於無可抗拒的力量。

梅塞納斯和阿格里帕以不同方式表達了憤怒。梅塞納斯極度的冷淡（他認眞的時候會拋下所有矯飾，連身體也似乎變得僵硬）；看不出有和解的可能，也不想要。阿格里帕往往漠不關心，也開始憤怒得發抖，漲紅著臉，雙拳緊捏。但是說也奇怪，屋大維（我們現在必須公開稱他爲凱撒）似乎感到高興，一點都不生氣。他微笑，談笑風生，甚至大笑（那是他在凱撒死後第一次的大笑）。在最艱困的時候，他似乎是最不在乎的。他的舅公在危難時也像這樣子嗎？我們有聽過類似的故事。

屋大維沒有談及早上的事。我們通常在公眾浴室沐浴，但今天我們到他山上的家裡去；他說在我們充分談論早上的事之前，他不想與陌生人提及。我們先玩了一陣子拋球遊戲（側記：梅塞納斯和阿格里帕太生氣，表現差勁，沒接到球，或心不在焉的拋……。屋大維表現沉著冷靜，技巧高超，姿勢優美，不時發出笑聲；我被他的情緒感染，與屋大維在其他兩人身邊跑動，直到他們不知道是對屋大維生氣，還是對我們二人的舉動生氣。）梅塞納斯把球甩開，對屋大維大聲吆喝：

「瘋子，你知道我們要面對的是什麼嗎？」

屋大維停了下來，想要變得嚴肅，卻又忍不住笑了出來，並走到梅塞納斯和阿格里帕面前伸出雙臂抱著他們的肩膀。他說，「很抱歉；我無法不一直想著今天早上與安東尼玩的一場遊戲。」

阿格里帕說，「那不是遊戲。那個人非常認眞。」

屋大維仍是微笑著，「他當然是認眞的；但是你看不出來嗎？他怕我們。他怕我們多於我們怕他，但是他沒發現這一點。他連這一點都沒發現，這才好笑。」

我開始搖頭，恍然大悟，但阿格里帕和梅塞納斯則用異樣的眼光看著屋大維。一陣冗長的沉默。梅塞納斯點頭，臉部開始軟化，聳聳肩，回復他一向的矯情做作，漫不經心地假裝提出異議，「喔，好吧，如果你要當起算命師揣度人心的話……」說完後又再聳聳肩。

我們去沐浴。稍晚共進晚餐繼續談。

我們達成了共識；不倉促行動。我們談到安東尼，知道他是我們的絆腳石。阿格里帕認爲他是權力的源頭。但如何取得？我們自己沒有兵力從他手中把權力搶過來，就算我們有這個膽量。我們必須用方法使他重視我們；這會是我們第一個佔得的小小優勢。現在用兵太危險了，儘管是要報弒君之仇；安東尼在這事件中立場曖昧。他會像我們一樣想要復仇嗎？他只想要權力嗎？他是密謀者之一也不無可能。在元老院，他支持了通過寬恕殺人兇手的法案，還讓布魯圖斯管治一個省分。

梅塞納斯認爲他是一個有魄力、有行動力的人，但是沒有能力設想他的行動會把他帶向何處。「他只會設局，不會擘劃，」梅塞納斯說。他不會行動，除非他有明確的敵人。但是我們必須要使他行動，否則雙方陷入僵局。問題：如何使他行動，又不會讓他發現自己對我們的恐懼。

我說得有點猶豫。他們會認爲我太膽小嗎？我說我認爲安東尼追求的目的跟我們一樣。強而有力，或軍隊的支持……等等。是凱撒的朋友。對我們粗暴無禮不可饒恕，但可以理解。等待。以我們的忠誠說服他。提供服務。與他合作，說服他使用他的力量以達到我們所談到的目的。

屋大維緩慢地說，「我不信任他，因爲有一部分的他不信任他自己。向他投誠會把我們固定在他的路線上，而安東尼或我們都無法確認這路線會帶他到哪裡去。如果我們要自由地做我們必須做的事，就必須要使他投向我們。」

我們繼續討論；一個計畫浮現。屋大維要跟老百姓說話——零星分散的，一批一批的，非正式的。屋大維說，「安東尼已經說服自己我們是無知的一群，讓他繼續自我欺騙對我們有好處。」所以我們不要說任何具煽動性的話——但我們會大聲提出疑問爲何兇手還沒繩之以法、爲何凱撒承諾賜予老百姓的銀幣還沒有下文、爲何羅馬把這一切忘記的那麼快速。

然後屋大維會向老百姓正式地演說，宣布安東尼無法（或不願？）把錢下放給他們，而屋大維自己會用他口袋的錢，把凱撒所承諾的交給老百姓。更多的討論。阿格里帕說如果安東尼不釋出儲備，屋大維會耗盡自己的家財，到時如果需要軍隊，我們會孤立無援。屋大維說如果沒有老百姓的善意，軍隊在任何事情上都不會發生功效；我們會在看來不需要人力的情況下收買人力；無論如何安東尼都會被逼作出行動。

一切底定。梅塞納斯會爲演說擬稿，屋大維作定稿，大家明天開始進行。屋大維對梅塞納斯說，「請記得，我的朋友，這是一篇簡單的演說，不是寫詩。不管如何，我肯定我必須要在你那獨一無二的曲折文體中理出思路。」

他們都錯了。馬克・安東尼沒有怕我們，或者是不再怕我們。

IX. 書信：蓋烏斯・克尼烏斯・梅塞納斯致蒂托・李維（西元前十三年）

幾年前我的朋友賀拉斯向我描述他寫詩的方法。那天我們喝了點酒，都很認眞地談，而我相信他那個時候的描述，比起他最近在一首以詩論詩[12]的所謂〈致皮索的一封信〉中所說的更爲精確，（我必須老實說，我沒有特別喜歡這首詩）。他當時是這樣說的，「在我被某種強烈的情感驅使下，會決定寫詩——但我會等到感情變得更鮮明，成爲一種決心；然後我會構思出一個目的，越簡單越好，好讓我的情感有一個發展的方向，儘管我往往看不出那情感的取向是如何。然後我便開始寫，利用我能駕馭的所有手段。借鑑他人的作品——沒關係，必要時無中生有——沒關係。我用我了解的語言，在其規範中遊走。但重點是：我最後達到的目的，並不是我當初所設想的。因爲每一個解決方法都會帶來新的選擇，每一個選擇都會提出新的問題，必須要發現其解決方法，無了無休。詩人的內心深處，總是因爲不知道他的詩往哪去而感到驚訝。」

今天早上當我正要坐下來再次寫信給你，述說那些早年的日子，我又想起了那次談話；我覺得賀拉斯有關寫詩的描述，與我們在塵世間成就我們的天命，有

12 即以詩的形式談論詩藝。

著明顯類似的地方。（雖然如果賀拉斯聽到我這番話，並回想起他所說的，他會毫無疑問地對我怒目而視，認爲我胡說八道，他會說人們寫詩是先發現題目，然後把題目恰當地處理，一個喻詞與另一個喻詞爭妍鬥麗、音步的安排配置與文字的情感角力比拼……如此這般）。

因爲我們的情緒——或毋寧是我們被捲入其中的屋大維的情緒，就像讀者被捲入詩中的情緒一樣——是源自那不可思議的凱撒之死，那是一個越來越看似實際上使我們的世界徹底毀滅的事件；我們設想的目標，是爲了我們的榮譽以及國家的榮譽，要報復那些兇手。就是那麼簡單，或表面看來如此。但是人世間的神祇和文學世界的神祇的確是明智的；祂們多少次從我們以爲正在邁向的目標拯救回來呀！

我親愛的李維，我不想對你倚老賣老；在我們的君主成就了他的天命，並統治天下之前，你還沒有來到羅馬。讓我稍微向你訴說一下那些日子，好讓你在相隔那麼多年後，能夠在心中重建我們當時所面對的一片渾沌的羅馬。

凱撒已死——「依老百姓的意志」，兇手們說；但他們卻必須要把自己封鎖在卡比托利歐山裡，躲避那些「指揮」他們殺害凱撒的老百姓。兩天後，元老院對兇手們致意，但隨即又把凱撒倡議，卻因而被殺害的提案一一通過，成爲法令。

儘管謀殺事件駭人聽聞，那些密謀者卻勇於行事，而且全力以赴；完成任務後，他們卻四處逃竄，怕得像驚慌失措的女人。身為凱撒的朋友，安東尼煽動老百姓與兇手對立；但在三月十五日事發前一天晚上，他卻宴請兇手，而在事發當下，他又被看見與其中一個兇手（特萊包涅斯）親密對話，兩天後的晚上又再宴請同一批人！他煽動老百姓到處縱火劫掠，作為對殺害凱撒的兇手的抗議，然後又同意逮捕及處決他們的違法行為。他公開宣讀凱撒的遺囑，然後又用盡全力反對執行遺囑的內容。

總之，我們知道不能信任安東尼，也知道他是一個難以對付的敵人——不是因為他的精明與靈巧，而是因為他的思慮不周與膽大妄為。儘管某些年輕人對他的支持流於感情用事，但他並非有智慧的人；在他瞬間的意志和決心以外，並沒有眞正的目的，而且他的勇敢也並非異於常人。他連最後自行了斷的一幕也演得糟透，到了情況不可收拾才進行，拖延到最後，死了也得不到尊嚴。

他是一個完全非理性、難以捉摸，卻又因其野獸般的精力及時勢的種種機緣巧合，而獲得最令人膽戰心寒的權力；你如何對抗這樣的一個敵人？（回頭一想，總覺得奇怪，我記得當下我們的理解中，安東尼就是我們的敵人，而不是元老院，儘管我們最明顯的敵人是在元老院裡；我本能地推測，我們覺得如果笨拙如安東尼的人都可以對付得了那些元老，我們來對付安東尼，也不會有多大困難，當時機已到的時候）。我不知道你會如何對抗他；我只知道我們是如何做的。讓我詳細告訴你。

我們與安東尼見過面，也被他粗魯地攆走。他是羅馬最有權勢的人物；我們除了自己的名字以外，一無所有。我們決定第一要務是要爭取到他的肯定。我們主動表示友好而不可得，因此便退而公開表示敵意。

首先，我們在安東尼的敵人或朋友間交談。或更正確地說，我們天眞地提出問題，彷彿想要了解當前的局勢。他們認爲安東尼會在什麼時候處理凱撒的遺囑？弒君者在哪兒——布魯圖斯、卡西烏斯，還有其他人？安東尼已經和共和政體的支持者結盟了，還是仍然忠於凱撒平民派的主張？諸如此類的。我們很愼重地確認這些談話內容會傳到安東尼的耳邊。

開始的時候他全無反應。我們堅持。最後我們聽到他憤怒的相關描述；他對屋大維的辱罵開始傳來傳去；對屋大維的謠言與指控一傳十，十傳百。後來我們採取行動，必須要把他攤在陽光下。

屋大維在我小小的協助下，擬了一篇講稿（我可能有留下副本，就在我的文件堆中；如果我的助手能找到，我會交給你）。在講稿中他痛苦地宣布，儘管凱撒的遺囑有明白的指示，安東尼卻沒有把凱撒的遺產釋放給他，不過他（屋大維）既然已經接受了凱撒的名號，將會完成凱撒的承諾——凱撒對人民的贈予會從他自己的財產支出。演說完成，沒有半點煽動性，口氣是悲痛、遺憾，帶點無知的困惑。

但是安東尼倉猝地行動，一如我們希望他應有的表現。他立即在元老院提案，防止屋大維被合法收養；他與多拉倍拉結盟，此人當時與安東尼共為執政官，與密謀者關係密切；他也得到瑪爾庫斯・埃米利烏斯・雷必達的支持，此人在暗殺事件後便立即逃離羅馬回到他在高盧的軍團；他更公開地威脅要取屋大維的命。

現在你應該知道，很多士兵或羅馬公民的立場極為困難——或至少對他們來說似乎如此。有錢的和有權的幾乎毫無例外地反對凱撒，所以也是反對屋大維的；士兵和中層老百姓幾乎毫無例外地擁護凱撒，也因此偏向屋大維；但他們知道馬克・安東尼曾經是凱撒的朋友。他們眼見的，是僅餘的兩個會代表他們對抗富人及貴族的人，要展開一場毀滅性的戰爭。

恰好阿格里帕比我們任何一人都了解軍人的生活、語言，及思維模式，常與低級軍官、百夫長及一般士兵混在一起，他們是參加過各種戰役的老戰士，是凱撒的朋友。阿格里帕懇求他們利用他們的職位及忠誠度，來平息馬克・安東尼與屋大維（他向他們稱呼屋大維爲凱撒）之間不必要加劇的衝突。在確認了屋大維的愛，及明白到安東尼不可能視他們的努力爲造反或不忠之後，他們便開始行動。

我相信他們約有幾百人之多，被說服首先前往安東尼在山上的住家去示威抗議。他們率先行動是很重要的，你應該了解。屋大維假裝吃驚，傾聽他們要求他與安東尼維持友好，並發表了一篇簡單的演說，表示他寬恕了安東尼對他的侮辱，同意與安東尼重修舊好。你應該不用懷疑，我們已確認安東尼了解衝突的爭議點；如果他們沒有先提出警示便到他家抗議，他很容易便會誤會他們的意圖，認爲他們是因爲他威脅到屋大維的性命而作出反擊。

安東尼住在一棟華麗宅第，是龐培之前住過的，在凱撒被殺後據爲己有。他早知道人們要來抗議；我常常企圖想像他當時獨自一人在偌大的公館裡等待時憤怒的神情，因爲屋大維知道他不得不等待，而他有可能心裡已明白他的人生已走上哪個方向。

在阿格里帕的提醒之下，老戰士們堅持屋大維一同前往；屋大維答應，但婉拒走在隊伍的最右方代表最崇高的位置，只是走在最後方，身邊有人護送著。我必須說當我們的隊伍挺進到院子裡時，安東尼的表現相當不錯。一個老兵向他致敬，他便出來向大家致意，並聆聽屋大維預先準備好的演說，儘管在相互和解的議題上他顯得敷衍了事，而且面露慍色。然後屋大維被簇擁到前排；他向安東尼問好，安東尼向他致意，老兵們大聲歡呼。我們沒有久留；他們二人碰面時我距離他們相當近，我一直都相信他們握手時，安東尼的臉露出一抹感激的微笑，儘管是十分地輕微，而且有點勉強。

這就是我們第一次得到的一點點的力量，便成爲我們繼續茁壯的基礎。

親愛的李維，我有點累了。我的健康容許的話，我會很快就再度握筆。因爲還有更多話可以說的。

附言：我有信心你會謹慎使用我所告訴你的。

X. 書信：瑪爾庫斯・圖利烏斯・西塞羅致瑪爾庫斯・尤尼烏斯・布魯圖斯（西元前四十四年，九月）

幾個月來發生的事讓我十分沮喪。屋大維與安東尼反目；我充滿希望。他們相互和解，並站在一起；我感到恐懼。他們再度反目，有關陰謀的謠言滿天飛；我感到困惑。再一次他們重修舊好；我快樂不起來。這一切是什麼意思？他們都知道自己的方向嗎？他們的爭執和和解讓羅馬陷於混亂，同時又讓刺殺暴君一事在人們心中記憶猶新；而經過這一切，屋大維的力量與知名度漸漸提升。有時候我幾乎相信我們誤判了這個小孩——然而我也相信是機緣巧合，讓他看來更爲能幹。我不知道。太不可思議了。

我認爲我們有必要在元老院裡對安東尼直言不諱，雖然這會讓我身陷險境。屋大維在私下的談話中給予我支持，但他在公開時則三緘其口。總之，現在安東尼知道我是他的死敵。他威脅我的人身安全，使我不敢再在元老院做第二次演說；不過我會再做公開的演說，全世界都會聽得見。

XI. 書信：瑪爾庫斯・圖利烏斯・西塞羅致瑪爾庫斯・尤尼烏斯・布魯圖斯（西元前四十四年，十月）

膽大妄爲，膽大妄爲！安東尼已經動員馬其頓的軍團，他正前往布林迪西與他們會合；屋大維正在徵募凱撒在坎帕尼亞[13]軍團裡的退役老將。安東尼計畫進軍高盧，攻打我們的朋友德斯母[14]，表面上是為凱撒復仇，實際上是要取得駐紮高盧的軍團，以壯大自己的軍力。有謠言說他會進軍羅馬，向屋大維展現實力。義大利會再次發生戰爭嗎？我們的理想能付託給一個那麼年輕的孩子，一個擁有（就如同他自稱）凱撒名號的孩子？喔，布魯圖斯！現在羅馬需要你的時候，你在哪呢？

XII. 執政官[15]頒布軍令（含書信）：受令者馬其頓軍事指揮官蓋烏斯・桑歇爾・塔烏斯，於亞波羅尼亞（西元前四十四年，八月）

以羅馬元老院執政官、馬其頓總督、牧神節大祭司、馬其頓軍團總司令馬克・安東尼之權力，特此任命蓋烏斯・桑歇爾・塔烏斯，下令馬其頓各軍團之指揮官動員兵力，作渡海到布林迪西之準備，並在他指揮下早日渡海，駐守於當地等候最

13 即以詩的形式談論詩藝。
14 即德斯母・布魯圖斯・阿爾比努斯，刺殺尤利烏斯・凱撒的兇手之一。

高統帥到達。

桑歇爾：這事情十分重要。他去年有好幾個月在那裡生活，可能結交了一些指揮官。這點要非常仔細調查。如果其中有指揮官似乎傾向於他的話，立刻將之調離軍團，或用別的方法給鏟除掉。就是要把他們鏟除掉。

XIII. 毀謗：在布林迪西馬其頓軍團中散布（西元前四十四年）

給已故凱撒的追隨者：

你是要攻打高盧的德斯母・布魯圖斯・阿爾比努斯，還是要攻打羅馬的凱撒之子？

問馬克・安東尼吧。

你被動員來剿滅已故凱撒的敵人，還是來保護殺害凱撒的兇手？

問馬克・安東尼吧。

凱撒的遺囑在哪裡？要賜予每一個老百姓三百枚銀幣的承諾呢？

問馬克・安東尼吧。

刺殺凱撒的兇手與密謀者被元老院縱放，所根據的法令是馬克·安東尼通過的。

兇手之一蓋烏斯·卡西烏斯·朗基努斯出任敘利亞總督，其職位是由馬克·安東尼任命的。

兇手之一瑪爾庫斯·尤尼烏斯·布魯圖斯出任克萊特總督，其職位是由馬克·安東尼任命的。

在敵人環峙之下，誰是已故凱撒的朋友？

凱撒之子向你呼喚。

XIV. 處決令：於布林迪西（西元前四十四年）

受文者：蓋烏斯·桑歇爾·塔烏斯，馬其頓軍事司令

15 即馬克·安東尼。

發文者：馬克・安東尼，馬其頓軍團總司令
主旨：第四軍團及戰神軍團之叛國行爲。

於十一月十二日破曉時分解送以下指揮官至軍團總司令部：

盧基烏斯
塞維烏斯
波提烏斯
佛拉維烏斯
蒂提烏斯
馬略

上列人等將被斬首。另外，第四軍團及戰神軍團以下之二十個步兵大隊中各自抽籤決定十五人，與上列指揮官同時施以極刑。

馬其頓各軍團之指揮官及士兵必須出席以見證執法過程。

XV.《奧古斯都功業錄》（西元十四年）

十九歲那年，我自發性地，並使用自己的經費組成了一支軍隊，使受盡派系分裂所蹂躪的共和體制重獲自由。

Chapter

III

I. 書信：蓋烏斯・克尼烏斯・梅塞納斯致蒂托・李維（西元前十三年）

親愛的老朋友，我從來沒有設想到這些你要求我寫的信件，會把我帶回那逝去的日子，且這過程必須要經歷如此不可思議的情緒糾葛！此刻，在我平靜的退休生活，當生命正邁向其終結之際，日子更是不尋常地加速消逝；只有過去才是眞實，因此我回到過去，彷彿是一種重生，重生在另一個時間、另一個身體，就如畢達哥拉斯所說的。

很多事物在我腦中迴旋——那些失序的日子呀！我能一一了解，或者向你這位比任何人更了解我們歷史的人說清楚嗎？我以我的自信安慰自己，自信你會了解我向你所說的，即便是我所說的連我都無法了解。

馬克・安東尼出發前往布林迪西，要與他從馬其頓徵召的軍隊會合，我們便知道必須要行動了。我們沒有錢：屋大維已花光他的財產及賣掉所有的土地，以兌現凱撒遺贈老百姓的承諾。我們沒有權：按照法令，屋大維還要等十年才能成爲元老院的成員，而當然安東尼已經阻止元老院可以讓他能享有任何特權。我們沒有兵力：只有幾百個凱撒駐紮在羅馬的軍隊裡的老兵清楚表態支持我們。我們只有一個名號，以及我們的決心。

因此屋大維和阿格里帕立刻前往南部坎帕尼亞沿岸的農舍，尋找很多被凱撒安置在那裡的退伍軍人。我們知道安東尼以賞金招募新兵；我們把賞金增加到五倍。我們承諾的金錢並不存在；那是一場豪賭，但那是必要的。我留在羅馬撰寫郵件，是要在名義上由安東尼指揮的馬其頓軍團間散播。我們稍早已經得到該軍團的承諾，且有理由相信，當時機成熟，會有更多軍人投向我們。你知道的，我寫的信有其效果——儘管嚴格來說那不是我們所預料的。

因爲就在那時，安東尼首次犯下了他種種嚴重錯誤之一。起因於安東尼對兩個軍團——即馬其頓第四軍團及戰神軍團——差不多三百名軍官及士兵處以極刑，使軍心動搖。這個舉措，比起我的郵件還更爲有利，這點我是非常確定的。在安東尼進兵羅馬時，這兩支軍團直接轉進阿爾巴朗格，並傳出消息給屋大維，表示願意與我們共赴患難。我不認爲是安東尼的殘暴讓他們感到憤慨；軍人對殘暴和死亡早已習以爲常，但他們無法把自己託付給一個在不必要的事情上魯莽行事的人。

在同一時間，屋大維與阿格里帕在培養新力軍以對抗安東尼的威脅一事上，已稍見成效。大約三千名武裝軍人（雖然我們會讓人認爲有兩倍於此）接受屋大維的指揮；另外有相同數目的非武裝軍隊許諾與我們的未來共同奮鬥。屋大維帶領著大部分的武裝軍人前進羅馬，其餘的軍力由阿格里帕指揮，並負責領軍前往阿雷佐（那是我出生的地方，你應該記得），沿途努力招募更多新兵；相較於敵軍，我們的軍力眞是弱得可憐；但是已經比開始的時候提升不少了。

屋大維的軍隊在羅馬城外不遠處紮營，他只爲安全因素自己帶著少數兵力進城，想要爲元老院及當地居民抗拒安東尼；大家都知道安東尼正在朝羅馬前進，但沒有人能確定他的目的爲何。但分裂與無能的元老院拒絕屋大維；而老百姓在紛亂與恐懼中則意見不一。結果，我們以巨大花費建立的軍隊漸漸潰散，最後剩下不到一千人駐紮在羅馬，只剩下幾百人跟隨阿格里帕前往阿雷佐（我們當時認爲是徒勞無功的行動）。

屋大維曾向自己、他的朋友，以及老百姓發誓爲父親復仇。而現在安東尼的軍隊要經過羅馬前進高盧，（他說）是要懲罰密謀者之一德斯母・阿爾比努斯。但是我們知道（而羅馬也驚覺到）他眞正的目的，是要奪取德斯母在高盧的軍力。有了那些軍團在手，安東尼可說是無懈可擊；天下就像一個不設防的寶藏，讓他予取予求。我們只睜眼看著凱撒犧牲性命保護住的羅馬面臨崩潰。

你明白我們的處境嗎？我們必須要保護一個我們曾經發誓要剿滅的兇手，免於他應得的懲罰！我們毫無預期地發現，另一個目標已找上我們——那是遠超過僅僅是復仇、遠超過我們的抱負的。整個世界，以及我們的任務在我們眼前不斷擴大，我們覺得已窺見一個無底的深淵。

沒有金錢、沒有人民的支持、沒有來自元老院的權力——我們只能等待可能發生的事情一一發生。屋大維帶領著手上僅餘的軍力撤離羅馬市郊，慢慢地追隨阿格里帕的小量兵員前往阿雷佐——儘管現在看來，他們似乎不可能牽制安東尼，或甚至拖延他前進高盧的速度。

隨之，安東尼犯下了他第二個嚴重錯誤。

由於他的虛榮與魯莽，他帶著軍隊長驅直入羅馬城，全副武裝。

當年馬略和蘇拉的鬥爭引起的內戰造成空前的浩劫，生靈塗炭，四十年來羅馬人從未見過武裝軍人出現在城牆之內。曾目睹當時慘劇的人猶記得街道上的鵝卵石沾滿鮮血，當年仍年輕的元老院元老目睹講壇上堆滿被處死元老的頭顱，其身軀則丟棄在市中心的廣場上，任由野狗啃食。

就這樣，安東尼昂首闊步、趾高氣揚地在羅馬城中酗酒狎妓，他的軍隊對宿敵的家園進行掠奪；元老們畏縮不前，不敢反對安東尼。

不久，戰神軍團叛變並宣示效忠我們的消息從阿爾巴傳到安東尼耳中。據說他接獲此消息時正爛醉如泥；但無論如何，他的反應彷彿證實了傳言。他倉猝地在元老院召開會議（要記得他仍是執政官），並在冗長而慷慨激昂的非理性叱責中要求元老院給屋大維冠以公敵之名。但是在演說結束前，另一個消息傳到羅馬城，元老之間竊竊私語，儘管安東尼還在激動發言。繼戰神軍團之後，馬其頓第四軍團也宣示效忠屋大維及凱撒的平民派[16]。

在憤怒中，安東尼剩下的一點點判斷力也消失殆盡。他帶著武裝軍人進入羅馬城已經是藐視憲法；現在他又藐視法令與慣例，在夜間舉行元老會議，並揚言如果反對派敢參與會議，會對其不利。在非法的會議中，他達成了幾個事項：他讓自己的弟弟管治馬其頓，讓自己的支持者管治阿非利加、克萊特、利比亞，以及亞細亞等行省。他隨之匆忙出發與他在蒂沃利的剩餘兵力會合，再進軍里米尼，在那裡爲進攻身在高盧的德斯母做好準備。

就這樣，屋大維因過度謹慎而未能達成的事，安東尼的膽大妄爲正好爲我們一一達成。在絕望之中，我看到了希望。

現在，我的老朋友，我要告訴你一件沒有人知道的事；你可以寫在你的歷史

16 羅馬共和制後期形成的政治派系，傾向於透過平民會議，打破顯貴與貴人派壟斷政壇的局面，爭取在政治上的權力。

裡，如果你想要的話。我在前面所述種種事件一一發生的時候，屋大維正在與他七拼八湊的軍隊緩緩地前進阿雷佐；沒有人知道的，是正當安東尼公開蔑視元老院和法令、正當我對元老院及老百姓的態度作出正確的判斷時，便緊急送了一封密函給屋大維，請他祕密地回到羅馬，好讓我們能夠好好地計畫。當安東尼大搖大擺吵吵嚷嚷地離開羅馬城，屋大維便悄悄地進到城來。

我們在那裡定下我們得天下的計畫。

II. 書信：瑪爾庫斯・圖利烏斯・西塞羅致瑪爾庫斯・尤尼烏斯・布魯圖斯，於都拉基烏姆（西元前四十三年一月）

親愛的布魯圖斯，從雅典傳來羅馬的消息讓我們這些共和體制的擁護者感到歡欣鼓舞，對未來充滿希望。如果我們的英雄們都像你一樣英明果斷且勇於行事的話，我們的國家就不會陷入如此混亂的局面。想想看，馬克・安東尼非法任命他愚蠢的弟弟蓋烏斯為馬其頓總督，才短短的時間內，這同一位蓋烏斯已經懼怕得縮了起來，而你的軍隊則不斷擴大，力量日漸雄厚，終有一天會使我們得救。如果九個月前的三月十五日前夕我們的餐敘後，你的表弟德斯母有像你一般的果斷與本領，那該是多好呢！

我肯定他令人不安的瘋狂行爲，連你在都拉基烏姆都已有聽聞。他不顧一切法律與慣例，讓整個羅馬感到恐慌；現在他前進高盧，要攻打德斯母。幾個星期前情況開始漸漸明朗，安東尼會贏得此戰。

但年輕的凱撒（我現在稱他爲凱撒了，儘管這名號使我厭惡）及他的年輕朋友梅塞納斯帶著他們的計劃與我祕密會面。這小孩曾經徵詢過我的意見，對我獻過殷勤；但是到最近我才相信他可能有其重要性，且對我們有相當幫助。儘管他的年輕令人不可思議，態度也過度缺乏自信，他在過去幾個月來達成的事卻令人耳目一新。

屋大維正確地點出，他僅維持兵力以牽制安東尼：一支軍隊由阿格里帕指揮，正往阿雷佐前進，那裡是安東尼進入高盧的必經之路；另外一支本來一直在羅馬城外幾哩處低調地駐紮，也想要移動，追隨阿格里帕；天曉得他們在行進中募得多少退役軍人或新兵！但是他不會非法地動員軍隊（而這正是我開始信任這年輕領袖的地方）；他必須要得到元老院及老百姓的批准。而他提議我以我的職務之便（我想我的影響力還不算太小）來促成此事。

我已經答應了，而且雙方的條件合意。在他的部分，屋大維・凱撒要求元老院批准他募集軍隊；已經宣示效忠的退役軍人，以及馬其頓第四軍團和戰神軍團正式獲得老百姓的表揚與感謝；法律上授權他指揮自己募集的軍人，而且他在軍事上擁有最高權力；國家支付軍隊的開銷，並結清他對接受徵召的軍人承諾過的犒賞；軍兵退役後獲得土地的分配；元老院豁免（行之有年的）新兵入伍的年齡限制，且在他進兵穆第納並成功解除了安東尼對德斯母的圍困後，他得回到羅馬出任元老院元老的職位，並允許角逐執政官一職。

在不同的時空，不同的環境，這些要求可說是過分；但是如果德斯母落敗，我們也會跟著滅亡；布魯圖斯呀，我坦白向你說，我會願意對他作出任何承諾呀！但是我還是板起臉孔，爲我方作出了一些要求。

我要求他以及他的人不可以按他們稍早揚言的，對德斯母作出復仇行動；他當元老後，不可以推翻我將要針對德斯母在高盧的職務所做的立法；他也不得利用元老院批准他募集的軍隊，對身在馬其頓的你，和我們身在敘利亞的卡西烏斯作出任何攻擊行爲。

他完全答應這些條件，並表示只要元老院履行此協定中的各種承諾，在他的權力範圍內不會採取行動，也不允許在他指揮下的軍人如此做。

就這樣，我們達成共識。我已經在元老院公開演說提出了這議案；但是你知道的，實際的工作在沒有進行之前，我是不敢透露的，我現在還是忙不過來。

Ⅲ. 昆圖斯・撒維第也努斯・魯佛斯：日記速寫，於羅馬（西元前四十四年，十二月）

我焦躁不安地等待著命運的到來。蓋烏斯・屋大維祕密地來到羅馬；阿格里帕領軍往北；梅塞納斯跟每一個人私下接觸，不管是友是敵。昨天下午他花了一個下午與福爾維婭本人見面，這個紅面老潑婦的丈夫，與我們要進攻的安東尼正是同一個人。元老院已授予屋大維・凱撒的權力，是我們一個月前難以想像的：下一任的兩位執政官希爾提烏斯和龐薩的軍團，全歸我們指揮；屋大維的軍力已經無人能及，而且將來在我們高盧戰役回來後，得進入元老院的階層——在元老院的允許下，屋大維也親自任命我為一支軍團的指揮官。那是我花很多年都不可能期望得到的榮譽。

但是，我還是焦躁不安，心裡充滿不詳的預兆。我首次懷疑我們的方向是否正確。每一次的成功揭示無法預期的困難，每次的勝仗讓我們可能失敗的範圍變得更大。

屋大維變了；他不再是我們在亞波羅尼亞時的那個朋友。他很少笑，幾乎不喝酒，也似乎對於我們平常無傷大雅逢場作戲的男女之事感到不屑。就我所知，在我們回到羅馬後，他從未接近女色。

「就我所知，」我知道我說了什麼。曾經，我們對彼此瞭若指掌；現在，他變得內斂、孤僻，幾乎是遮遮掩掩的。我曾經是他傾訴心事的知己；我對他也是坦蕩蕩的毫不保留；我們彼此分享夢想與希望——我不再認識他了。他是否仍對他舅公的死感到痛苦？是否這種痛苦已轉化成他的野心？或者是有其他我無法命名的原因？無情的憂傷已支配著他，離我們越來越遠。

這些問題，當我在羅馬閒著沒事，等著執政官的軍隊成軍之際，不斷令我陷入長考，感到十分疑惑。或者到我老一點、聰明一點的時候，可以一一了解。

蓋烏斯・屋大維說到西塞羅：「西塞羅是一個不稱職的密謀者。他不寫信告訴他朋友的話，會直接講給他的奴隸聽。」

我心中的不信任，是什麼時候開始的呢？——如果那是不信任的話。

那個早上屋大維和梅塞納斯對我宣告他們的計劃時嗎？

我說，「我們要幫助德斯母？他是刺殺凱撒的兇手之一啊！」

屋大維，「我們是幫助自己，這樣才可能活。」

我不說話；梅塞納斯一直沒有開口。

屋大維說，「你還記得那天晚上我們在亞波羅尼亞的誓言嗎？——你、我、阿格里帕和梅塞納斯？」

我說，「我沒有忘記。」

屋大維微笑，「我也沒有……。我們會援救德斯母，雖然我們恨他。我們會爲了那誓言而援救德斯母，我們會把他留給法律來處理。」他好一陣子冷冷地看著我，雖然我認爲他沒有在看我。然後他再一次微笑，彷彿回過神來。

他的改變是從這裡開始的嗎？

事實：德斯母是兇手之一；屋大維前往援救；克斯卡是兇手之一；屋大維不反對他競選平民護民官一職；馬克·安東尼曾是凱撒的朋友；屋大維現在反對他；西塞羅公開頌揚弒君行爲；屋大維已經與他結盟。

瑪爾庫斯・布魯圖斯和蓋烏斯・卡西烏斯在東方建軍，在各行省進行掠奪，不斷壯大他們的實力；瑪爾庫斯・埃米利烏斯・雷必達在西方擁兵自重，好整以暇——目的爲何沒有人知道；在南方，塞克圖斯・龐培任意橫行海域，建立非正規軍[17]，有朝一日可能摧毀我們。我指揮的軍團——義大利的所有軍團——責任是不是太重大呢？

但蓋烏斯・屋大維是我的朋友。

IV. 書信：瑪爾庫斯・圖利烏斯・西塞羅於羅馬致瑪爾庫斯・埃米利烏斯・雷必達於納博訥[18]（西元前四十三年）

親愛的雷必達，西塞羅向你問好，並懇求你不要忘記你對元老院及共和體制的責任。如果我沒有對你過去對我的友善感激萬分，我現在就不會向你提及我透過我所享有的特權爲你所做的事。在過去我們曾經彼此保證，我們之間的分歧一直都是基於高尚的情操，其出發點也是對共和的愛。

雖然我不太相信，但是羅馬仍是謠言滿天，說你會與馬克・安東尼聯手對付德斯母。我不會認眞思考這個可能性。我只是把這個謠言視作我們可憐的共和體制情勢不穩定下的種種表徵。但我認爲你該了解，謠言無日無之，爲了你自身的安危與名譽，你可能需要以斷然的手段，證明謠言毫無根據。

年輕的凱撒獲得元老院及整個共和的祝福，正進軍穆第納，以牽制安東尼這個亡命之徒，使其無法拿下德斯母。他可能需要你的援助。我知道你現在，就如同你過去一般，爲了你的地位以及羅馬的安全，會遵守法律，並拒絕目無法紀所帶來的混亂。

V. 書信：馬克・安東尼從穆第納致瑪爾庫斯・埃米利烏斯・雷必達於納博訥
（西元前四十三年）

17 盤踞於義大利南部，主要掠奪往來商船。

18 納博訥（Nabonne），今法國南部。

雷必達：我在穆第納，正對抗刺殺凱撒的兇手所雇用的傭兵。德斯母已被我圍困，無法突圍。

我被告知西塞羅及跟他同聲同氣的一幫人已經寫信給你，敦促你背叛我們對尤利烏斯的感念。我聽說你的反應相當曖昧。

我不精於算計，也不會諂媚；而你也不是傻瓜。

你有三條路可走：你可以從你的軍營出兵與我會合，殲滅德斯母及凱撒的敵人，從而得到我永恆的友誼，以及發自人民的愛而賦予你的權力；你可以維持漠不關心及保持中立，留在你舒適的軍營裡，不再受到我的譴責或招致老百姓的仇恨——或得到他們的愛；你可以來援助德斯母這個叛國賊及他的「救星」，我們領袖的假兒子，從此以後與我為敵，被全體老百姓永遠唾棄。

我希望你有足夠的智慧選擇第一條路；但我擔心你出於謹慎而選了第二條路；不過我懇求你，為了你的安全，不要選第三條路。

VI. 瑪爾庫斯・阿格里帕回憶錄：片段（西元前十三年）

我們所進入的羅馬城，已被衝突與野心所撕裂。一直假裝與已故凱撒友好的馬克・安東尼，與兇手結盟，不讓他（我們已經尊稱爲屋大維・凱撒）接受父親所授予的榮譽與權力。在確認了安東尼的竊國意圖後，屋大維・凱撒便隱退到鄉間。那裡是父親的退役軍人務農的地方。我們把他們組織成一支忠於已故凱撒的軍隊，願與我們對抗篡奪國家的未來的敵人。

馬克・安東尼非法徵用馬其頓的軍隊，前進羅馬，繼而進軍穆第納，圍困德斯母・布魯圖斯・阿爾比努斯。而雖然德斯母是刺殺凱撒的兇手之一，爲了制度與國家穩定，屋大維・凱撒答應維護他作爲高盧總督的合法身分，以對抗違法的安東尼；而在元老院的感激與許可下，我們整軍前進穆第納。當時安東尼已經把德斯母的軍隊團團圍住。

我必須要說說穆第納一役。那是我在屋大維・凱撒以及羅馬麾下第一次負責的戰爭。

元老院的軍隊是由當屆執政官蓋烏斯維比烏斯龐薩和奧盧斯・希爾提烏斯二人指揮，後者是已故凱撒最信任的將軍。屋大維・凱撒指揮戰神軍團和馬其頓第四軍團，後者由我行使軍事領導權。昆圖斯・撒維第也努斯・魯佛斯被授予指揮權的軍隊，是我們在坎帕尼亞鄉間所徵召而來。

安東尼圍困德斯母，已是滴水不漏，他打算守株待兔，直到德斯母的軍隊因飢餓而必須要突圍。我們確認德斯母在穆第納城內已經儲備足夠的糧食後，便在穆第納兩哩外的伊莫拉紮營過冬。軍隊從伊莫拉行進至穆第納只需兩個小時，一旦德斯母對安東尼進行突襲，我們便能迅速前往支援。但是他蜷縮在安全的城牆內，無心作戰。到了春天，我們便考慮主動突破安東尼的封鎖，直接救援那不願意自救的德斯母。四月初，我們決定行動。

穆第納附近的地勢崎嶇不平而多沼澤，壑谷和溪流交纏；安東尼的軍隊駐紮在沼澤區以外。我們暗中探勘，找尋進攻的路線，最後找到一個無人防守的峽谷。在一個深夜裡，屋大維・凱撒、撒維第也努斯和我帶領著戰神軍團及其他士兵，與龐薩率領的五支步兵會合後，進入峽谷。我們用布把劍和長矛包裹起來，不讓敵人對我們的行進產生警覺。當晚滿月，但地面被濃霧籠罩，前方視野不清。我們排成一列縱隊前進，每個人的手撫著先行者的肩膀，盲目地穿越發亮的霧靄緩慢移動，不知道往那裡去，會遇上了誰。

我們徹夜緩慢前進，清晨到達沼澤區的一處稍高的通路，等待霧靄散去，前方仍看不見有敵人。但忽然間樹叢中閃出一抹冷光，同時傳來一陣低沉的聲音，我們便知道被包圍了。號角響起，士兵在稍高的地勢整隊備戰。龐薩命令新兵站到一旁，以免阻礙老兵行動，但仍是做好準備，必要時提供支援。

那些老兵屬於戰神軍團，對於他們的同袍在布林迪西被殺害一事，記憶猶新。戰場的空間極為狹窄，雙方都無法包抄對方，只能兩兩相鬥，活像競技場上的格鬥士，揚起的塵土比前一夜的霧靄還要濃厚，空中滿是刀劍互擊的聲音，但沒有人發出吆喝聲，只聽到傷兵的呼叫聲，及垂死者的呻吟。

我們戰了一整個早上及下午，一個縱隊疲憊後換另一縱隊迎戰。有一次屋大維・凱撒幾乎喪命，為的是要接住軍旗手因受傷而脫手的軍旗，而執政官龐薩也因此而受到重傷。另一方面，安東尼命令新力軍投入戰場，我方則節節敗退；但在撒維第也努斯的指揮下，新募得的軍力不亞於老兵，讓我們得以安全退回我們的駐紮地。入黑後安東尼停止繼續攻擊，所以我們再回到滿布我們同袍屍體的沼澤地，把傷兵運回。那天晚上，我們看見沼澤的另一端安東尼的軍隊點起營火，並聽見士兵們唱起勝利之歌。

我們擔心第二天戰事將會帶來的傷亡，因為我們已極為疲憊，且軍力只剩原來的一半；而我們知道安東尼還有未投入戰事的軍力。但當天晚上，另一名執政官希爾提烏斯的軍隊趕緊前來增援，並趁著安東尼的軍隊仍陶醉在虛假的戰功中，志得意滿、軍紀廢弛之際，立刻與我軍聯手攻打安東尼的營地。此戰持續多天，期間安東尼的軍力折損一半；而我方傷亡較輕微。撒維第也努斯從垂死的龐薩手中接下軍隊指揮權，表現勇猛靈巧。最後，我軍攻進安東尼的營地，英勇的希爾提烏斯在安東尼帳篷外被守衛所殺；那帳篷是安東尼曾經作息之處，但早已逃逸。

這次戰敗，使安東尼心灰意冷；而在整頓好剩餘的軍力後，他便不顧整體戰力的虛耗，毅然往北跨越阿爾卑斯山，與正在納博訥暫作苟安的瑪爾庫斯・埃米利烏斯・雷必達聯手。

安東尼逃走後，德斯母得以脫困，便貿然走到穆第納城外。他派信差求見屋大維・凱撒，感謝他的幫助，並宣稱他是在其他密謀者蒙蔽之下參與刺殺凱撒一事；他要求當著證人面與屋大維・凱撒對話，好讓他相信自己誠心誠意地表達感恩之情。但屋大維・凱撒婉拒了他的謝意，他說，「我並不是來拯救德斯母；所以我不會接受他的致謝。我來這裡是拯救我的國家；所以我會接受國家對我的致謝。我也不會與我的殺父兇手說話，也不會看他一眼。在元老院，而不是我的權力範圍下，他可以安全離開。」

六個月後，德斯母被一支高盧族的酋長突擊並殺害。他把德斯母的頭顱砍下，送給馬克・安東尼。馬克・安東尼給予小小的獎賞。

Ⅶ.元老院會議記錄(西元前四十三年，四月)

本月第三天：就平定叛亂分子馬克・安東尼的高盧戰役，向元老院報告最新消息；報告人瑪爾庫斯・圖利烏斯・西塞羅。

德斯母・布魯圖斯・阿爾比努斯的危機已解除；馬克・安東尼軍力已嚴重耗損，對共和沒有立即的威脅；安東尼的殘餘部隊在混亂中逃往北部；執政官奧盧斯・希爾提烏斯及蓋烏斯・維比烏斯・龐薩已殉職，其軍團暫時由屋大維・凱撒指揮；屋大維・凱撒現時駐軍在穆第納城外。

本月第六日：瑪爾庫斯・圖利烏斯・西塞羅做成決議。

宣布未來五十天進行感恩活動，羅馬公民為馬克・安東尼戰敗及德斯母・布魯圖斯・阿爾比努斯獲救而向眾神及元老院軍隊表達感恩之意。

殉職的希爾提烏斯及龐薩兩位執政官以最隆重的公開儀式舉行葬禮。

建立紀念碑以紀念希爾提烏斯及龐薩軍團之光榮戰績。

德斯母・布魯圖斯・阿爾比努斯英勇戰敗叛將馬克・安東尼，元老院舉行凱旋式予以獎勵。

以下政策指示需送往穆第納蓋烏斯・屋大維本人（已附加副本）：

「行政長官、護民官、元老院、羅馬貴族與平民，向執政官集團軍[19]的臨時統帥蓋烏斯・屋大維致意：

在德斯母・布魯圖斯・阿爾比努斯英勇擊敗以馬克・安東尼為首的叛軍一役，你給予援助，元老院為此致上敬意，並特此奉聞，現按元老院所頒發命令，德斯母・布魯圖已被任命為唯一執政官集團軍統帥，繼續追擊安東尼率領之叛軍。因此你必須立即把希爾提烏斯及龐薩所指揮的執政官集團軍移交德斯母・布魯圖。此外，你必須解散自行徵召的軍團，並代表元老院致意；元老院已組成委員會，就是否該對他們的服務給予獎勵一事，進行研究。元老院已派出代表前往穆第納處理軍團移交事宜，一切必須按代表人之職權處理之。」

元老院通過瑪爾庫斯・圖利烏斯・西塞羅所有決議。

VIII. 書信：蓋烏斯・克尼烏斯・梅塞納斯致蒂托・李維（西元前十三年）

我們都聽過西塞羅的妙語：「我們尊敬那小孩，我們讚賞他，我們剷除他。」但我認爲即便是屋大維也沒有預料到會遭到元老院及西塞羅如此明目張膽且不留情面地打發。可憐的西塞羅！……儘管他給我們添了麻煩，而且心懷惡意，我們總是蠻喜歡他的。如此一個蠢材，但是行事如此充滿熱情、虛榮，以及信念。我們早就知道受不起元老院曾許下的種種豐厚承諾；在必要離開的時候，我們離開，基於算計、策略，及必要性。

穆第納一役發生的同時，我當然是在羅馬；你知道的，我當年有指揮軍隊的經驗（指揮得也不算差，我可以這樣說），但我總是覺得這工作相當無聊——更不用說爲我帶來種種不便。因此，如果你需要實際戰況的描述，你就得找別人。如果我們的朋友瑪爾庫斯・阿格里帕完成了他揚言要完成的自傳，你可能在其中找到一些有用的資料。但是這可憐的傢伙呀，他的難題夠多了[20]（我肯定你知道我的意思），恐怕無法完成吧。

19 按羅馬傳統，一旦有戰事爆發，執政官需要擔負起從合格的公民中臨時徵集一支軍隊的職責，由兩名執政官其中一人率領這支軍隊開赴戰場。

20 可能指涉他的妻子茱莉亞在東方發生的醜聞。

屋大維需要有人在羅馬，多於需要一個興趣缺缺的將軍——他需要一個他能信任的人，可以隨時針對忽發奇想的元老院所做的改變、最新的陰謀詭計或是私通結盟等事情向他報告。這項任務，我相信是勝任有餘的。那時候（也就是差不多三十年前了，請不要忘記），我自命清高，認爲任何野心皆是俗不可耐，我每天說長道短，到了無可救藥的地步，讓沒有一個人覺得我是認眞的。就這樣，我每天給他打報告，而他會向我描述高盧的戰況。

因此西塞羅和元老院的決定，他不會毫無預警。

我親愛的李維，我常常嘲笑你對共和體制及龐培的同情；雖然我是基於對你的情感，我肯定你了解我對你的批評有其認眞的一面。你成年以前一直住在北部寧靜的帕多瓦，多少世代以來未受鬥爭與衝突所干擾；而你甚至是在亞克興海戰及元老院改革後才踏足羅馬。如果你有機會，你很有可能會與瑪爾庫斯・布魯圖斯聯手對付我們，就如同我們的朋友賀拉斯在腓立比一戰中所做的選擇[21]，那是很多年前的事了。

儘管到了現在，你似乎很不願意接受的，是那支持古老的共和體制的理想，並沒有實現在那古老的共和體制中；是那「共和」二字隱藏了可怖的行爲；是傳統與秩序的外表包裝了腐敗與混亂的現實；是自由與解放的呼喚讓人們（也包括了呼喚者自己）變得盲目，盲目於被剝削、被壓制，以及殺人的合法化。而我們是學會了必須要做該做的事，不會被矇騙世人的假象所威懾。

簡單地說，屋大維公然挑戰元老院。他沒有解散他徵召的軍隊；他沒有把希爾提烏斯和龐薩的軍團交給德斯母；他不讓來自羅馬的元老院代表與德斯母有任何接觸。他一直等待到夏天，元老院開始焦慮。

德斯母有所顧慮而不做行動；他自己的軍隊對他的懦弱產生反感，數以千計士兵投向我們。

西塞羅因我們的抗拒而心生畏懼，誘導元老院命令瑪爾庫斯·布魯圖斯從馬其頓領軍回義大利。

我們靜觀其變，並知道安東尼及其殘餘兵力已進入高盧，與雷必達的軍隊結合。

我們有八個軍團，且有足夠的騎兵爲支援，另外有數千名配備輕型武器的後備軍人。屋大維把三個軍團及後備軍人交由撒維第也努斯指揮，留在穆第納。我們通知屋大維的母親和妹妹阿提雅和屋大維婭先躲到灶神廟，以避免暴力報復。

21 賀拉斯在希臘求學，中途加入布魯圖斯陣營，對抗馬克·安東尼。

而我們則進軍羅馬。

這是必須要的行動，你必須要了解；即便是屋大維有意願交出我們已掌握的權力，並從公共事務中隱退，他幾乎肯定如此做會危及他的生命。因爲情況已經明朗（儘管那是遲來，卻是無可避免的），元老院正要著手處理刺殺事件所帶來的後果：凱撒的剩餘勢力必須要剷除。現在兇手布魯圖斯和卡西烏斯（已受元老院之邀請）駐紮在亞得里亞海的對岸馬其頓，軍力本已強大，現在更擁有了執政官集團軍[22]的軍力，不僅安東尼會一敗塗地，義大利也面臨被侵佔的危機；而屋大維無論如何都會遇害，不管是透過元老院的命令，或更有可能的遭到暗殺。就這樣，忽然間，安東尼所追求的利益，變成了我們的利益；那是要生存；生存仰賴結盟；結盟則仰賴我們的實力。

我們領著自己徵召的軍團進入羅馬，全副武裝，彷彿要發動戰爭；我們逼近羅馬的消息像風一般的領先在我們之前。屋大維把軍團駐紮在羅馬城外的埃斯奎利諾山上，讓羅馬人和元老們向東面一抬頭便看到我們的軍力。

一切在兩天內就結束了，羅馬人沒有流一滴血。

穆第納之戰前對士兵承諾的酬金送到士兵手上；凱撒認養屋大維一事享有法律地位；屋大維塡補執政官希爾提烏斯的遺缺，共十一軍團接受我們指揮。

八月十五日之後的第四天[23]，屋大維進入羅馬，主持祭祀儀式，同時就任執政官。

一個月後，他慶祝二十歲生日。

IX. 書信：瑪爾庫斯·圖利烏斯·西塞羅致屋大維·凱撒（西元前四十三年六月）

你說的很對，親愛的凱撒；以我對國家所付出的辛勞，也該得到我應有的平靜與安寧。因此我將要離開羅馬，隱退到我熱愛的圖斯庫魯姆，以我的餘生致力於研究，那是我一直深愛著的，僅次於我的國家。如果我在過去錯估了你，那是出於愛；這種愛往往殘酷的使我們必須違背較爲溫雅及自然的本性。

無論如何，我很高興你准許菲利浦斯[24]與我的請辭；因爲這代表對過去的宥

22 即希爾提烏斯及龐薩所指揮的執政官集團軍，軍力隸屬元老院。

23 屋大維在西元前二十七年就任爲羅馬皇帝，尊稱爲奧古斯都，把六月的名字改爲以自己的稱號命名。文中所說的八月，按現代的觀念，實爲六月。

24 馬歇爾·菲利浦斯，屋大維之繼父。

恕，及未來的寬容。

X. 書信：馬克・安東尼於亞維儂瑪爾庫斯・埃米利烏斯・雷必達軍營致屋大維・凱撒（西元前四十三年九月）

屋大維：我的朋友我的副官德斯烏斯被你釋放後，已從穆第納回到我這裡。他說我的軍隊在你手上獲得你仁慈與尊嚴地對待，爲此我十分感激。他更告訴我你明白表示對我並無惡意，也拒絕把你的軍隊移交給他……等等。

看來我們沒有理由不坐下來談談，如果你認爲這樣做會有好處。也的確，你和我的目標，比你與元老院裡趨炎附勢者的目標，更爲相近。順便一提，就如我一直擔心的，他們是否確定把我們的朋友雷必達列爲全民公敵？才幾個月前，他們在廣場上豎立了他的雕像來表揚他！沒有什麼事讓我更驚訝的了。

你可能有聽到德斯母的死訊。他是被一幫高盧的蠻夷突襲，眞是一場鬧劇。我本應該親自處理他的，過些時候。

我們下個月可以在波隆那見面；我要去處理一些事情，主要是爲了德斯母的殘餘軍隊，他們已決定追隨我。我建議我們不要帶軍隊，或許幾隊步兵就好，以確保我們個人的人身安全。如果雙方都戒備森嚴，我的士兵恐怕容易失控，到時雷必達也可能要插手，而且他一定會的。我們雙方可以再談相關細節。

XI. 元老院會議記錄：執政官昆圖斯・皮迪烏斯及屋大維・凱撒（西元前四十三年九月）

前判決瑪爾庫斯・埃米利烏斯・雷必達及馬克・安東尼違法一案，宣告無效；元老院將致函二人及其軍團之軍官，表達歉意及安撫。

通過。

元老院審理案件：檢控尤利烏斯・凱撒遭刺殺一案兇手及密謀者。檢察官盧基烏斯・克尼菲基烏斯及瑪爾庫斯・阿格里帕。

未到案兇手瑪爾庫斯・尤尼烏斯・布魯圖斯停止發送酬金，並繼續追究其罪責。

未到案兇手蓋烏斯・卡西烏斯・朗基努斯停止發送酬金，並繼續追究其罪責。

護民官塞維里烏斯・克斯卡畏罪潛逃，不履行元老院職務，應停止發送酬金，並繼續追究其罪責。

密謀者海盜塞克圖斯・龐培停止發送酬金，並繼續追究其罪責。

元老院陪審團宣布所有密謀者及謀殺者均有罪責，處以極刑。

XII. 書信：蓋烏斯・克尼烏斯・梅塞納斯致蒂托・李維（西元前十二年）

親愛的李維，你的提問不斷往我靈魂深處的記憶挖掘，現在，你要來到最悲傷的一段了。有好幾天我一直拖延者，沒有下筆，心裡明白我必須再次面對那塵封多年的痛苦。

我們要在波隆那與安東尼會晤；我們從羅馬行進，後面有五個軍團隨行，先前大家的默契是安東尼與雷必達的兵力不會超過我們。會議在一個小島上進行。小島位於拉維尼烏斯臨海的河口中央，用窄小的橋樑連結兩岸；島上地勢平坦，軍隊可以停駐在岸邊，卻又隨時注意到對方的動態，兩方在橋樑的入口處各派了約一百名守衛。我、阿格里帕和屋大維三人緩緩渡橋，而對岸是雷必達與安東尼，各帶著二名隨從，也以相同的速度渡橋登島。

我記得當時下著雨，天上灰濛濛一片。渡橋後我們朝幾碼外一間由粗糙的石塊砌成的小屋走去，在門外正好與安東尼和雷必達相遇。進門之前，雷必達檢查我們身上的武器，但安東尼微笑向他說：

「我們不會傷害對方的，我們來這裡爲的是要摧毀殺人兇手，不是要模仿他們。」

我們彎身走過那扇低矮的門，屋大維坐到小屋中央頗爲簡陋的桌子一端，安東尼和雷必達坐在另一端。你當然知道，在我們會面之前已達成某種協議：屋大維、安東尼和雷必達模仿二十年前凱撒、格奈烏斯・龐培和克拉蘇組成三頭同盟，將持續執政五年。三頭同盟攜手統治羅馬，有權力晉用副政務官，及指揮各行省之軍隊。西部的行省由新的執政同盟瓜分（卡西烏斯和布魯圖斯佔據東部行省）。我方之前已經答應接受最小的部分——阿非利加兩個省分，以及西西里、薩丁尼亞和科西嘉三島。我們十分懷疑是否眞的擁有這三島，因爲塞克圖斯・龐培已非法佔領了西西里，且控制了整個地中海；不過土地並非我們加入聯盟的原因。雷必達仍擁有他以前所佔有的，包括納博訥及西班牙二省分；而安東尼分得高盧，是在三人中獲得最豐厚的分配者。三頭同盟的背後，當然是有整合力量的必須性，這樣我們才能打敗遁逃東方的布魯圖斯和卡西烏斯、制裁刺殺凱撒的兇手，以及爲義大利帶來安定。

人們很快便看穿，雷必達只是安東尼的工具。他是一個浮誇而昏庸的人，儘管他不說話時外表看起來還是儀表堂堂。你知道他屬於哪一類——他像一個元老。安東尼會讓他滔滔不絕好幾分鐘，然後擺出一副不耐煩的姿勢。

「我們晚一點再回到細節，」他說，「我們當下有更重要的事。」他看著屋大維，「你知道我們敵人不少。」

「是，」屋大維說。

「雖然你在離開時整個元老院對你必恭必敬打躬作揖，你很清楚他們正在密謀對付你。」

「我知道，」屋大維說完，便等著安東尼說下去。

「還不只在元老院，」安東尼說著，站了起來在房中心神不安地踱步，「是整個羅馬。我一直想到你的舅公，」他搖搖頭，「你不能信任任何人。」

「是的，」屋大維臉上露出淺淺的笑容。

「我一直想起那些人——軟弱、肥胖、富裕、越來越富裕，」他一拳捶到桌面上，一些紙張被震落到紅土地上，「而我們的軍隊飢餓，而且今年過後情況會更嚴重。軍隊空著肚子，而且對勝利所帶來的種種沒有期待，是不會打仗的。」

屋大維看著他。

安東尼說，「我一直想起凱撒。如果他對付他的敵人有多一點點決心……」他再次搖頭。

接著是冗長的沉默。

「有多少？」屋大維平靜地問。

安東尼咧嘴笑著回到他的座位，「我心中有三、四十個名字，」他漫不經心地說，「我想雷必達自己心中還有幾個。」

「你有跟雷必達討論過這個名單嗎？」

「雷必達有同意，」安東尼說。

雷必達清清喉嚨，雙臂伸直，手掌按著桌面，身體往後靠，「我必須要做這個決定，感到十分遺憾，這是我們面前唯一的路，儘管這是多麼令人不快。不過我向你保證，我親愛的孩子……」

「不要再稱呼我是你親愛的孩子，」屋大維用平淡的語氣說，就像他的臉部，沒有絲毫表情。「我是凱撒的兒子，是羅馬的執政官，你不要再叫我孩子了。」

「我向你保證……」雷必達話未說完，便看著安東尼。安東尼大笑。雷必達甩雙手，「我向你保證，我沒有……沒有懷著……」

屋大維不理雷必達，轉過頭來向安東尼說，「那麼，你是說要頒放逐令，就像蘇拉當年所做的。」

安東尼聳聳肩，「隨便你叫它什麼，但是有這個必要，你知道的。」

「我知道，」屋大維緩緩地說，「但我不喜歡。」

「你會習慣的，」安東尼的口氣變得爽朗愉快，「那是早晚的事。」

屋大維心不在焉的點頭，把披風拉緊，站起來走到窗戶旁。外面下著雨。我看得見他的臉。打在窗扉上的雨滴，再彈到他的臉上。他沒有動，彷彿雨滴打在石頭上。就這樣過了很久，他才轉身向安東尼說：

「讓我看看你的名單。」

「你會支持的，」安東尼緩緩地說，「即便是你不喜歡，你還是會支持的。」

「我會支持，」屋大維說，「讓我看看你的名單。」

安東尼打了個響指，一個隨從遞給他一張紙。他瞄了一下，抬頭看著屋大維，露齒笑著。

「西塞羅，」安東尼說。

屋大維點頭，緩緩地說，「我知道他爲我們帶來麻煩，而且冒犯了你，但是他已向我承諾要退休。」

「西塞羅的承諾，」安東尼往地上吐了一口口水。

「他老了，」屋大維說，「沒有多少年可活。」

「多一年，或半年，或一個月都是太長了。他手上權力太大了，即使是在他被打倒的時候。」

「他曾經對我造成危害，」屋大維說，「但是我喜歡他。」

「我們在浪費時間，」安東尼說，「任何人——」他指頭紙張上敲著，「——我都可以跟你談，但是西塞羅沒得談。」

我覺得屋大維的嘴角幾乎露出一陣微笑。「是的，」他說，「沒得談。」

之後，屋大維對他們所說的似乎失去興趣。安東尼和雷必達爭辯著一些名字，偶爾徵求他的同意。這時候他會心不在焉的點頭。有一次，安東尼問他是否要在名單上增列自己要的名字，屋大維回答說，「我還年輕。我還活不夠長與那麼多人結怨。」

就這樣，那天晚上到了深夜，在隨著空氣流動而閃爍的燈光下，他們完成了名單。十七個最富有、最具權勢的元老立即處決，財產全數充公；另外其他一百三十多位隨後會立即被頒布禁制令，這使羅馬不會產生過度恐慌。

屋大維說，「如果一定要頒布禁制令，就儘快進行，不要拖延。」

隨著我們便就寢。我們就像一般的士兵，只裹在毛毯裡，躺在小屋的地上——我們之前有過協議，在未完成條約的細節前，不得與我們的軍隊說話。

親愛的李維，你是知道的，有關禁制令的種種，有很多人談及，也有不少相關文獻，有褒有貶；說真的，當時禁制令的施行有點失控。安東尼和雷必達不斷在名單上添補名字，有不少軍人趁著混亂報仇雪恨，並讓自己致富；但這是意料中事；人在激情中，不管是打仗或是熱戀，驕橫放肆，在所難免。

不過一直讓我感到困惑的，是人們在承平時代，對該措施提出褒貶。我覺得不論正反，此類評價皆非合宜。作出評價的人，是出於反對或是支持當時那種殘酷無情的必要性，多於關心此措施的對與錯。而必要性只是當時的時勢使然；那是過去。

我們渡過一夜，黎明前就醒來——現在，我親愛的朋友，我要說到這封信開頭提到的最悲傷的一段了。也是由於我面對此悲傷而卻步，讓自己陷入剛才對膚淺的道理高談闊論，不過我相信會得到你的諒解。

等到禁制令的名單確定，便剩下在未來五年中，三頭同盟如何解決羅馬的相關事宜。他們早已決議，屋大維將放棄才剛剛被元老院任命的執政官一職。雖然光憑他們的身分，便各自擁有執政官的權力，但是他們認爲這些元老院的職務，可以交由他們的副手擔任，並認爲這是較明智的做法，一方面好擴大他們在元老院的權力基礎，另一方面可以讓三人各自毫無罣礙地進行他們的軍事霸業。因此第二天的工作，是要選出未來五年的十位執政官[25]，對羅馬實行統治，以及就現有的軍團做分配。

我們的早餐是粗糙的麵包及棗子；安東尼哀怨太過簡陋；屋外仍下著雨。到中午，軍團完成分配，安東尼得到我們手中的十一支軍團，另外三支是我們沒有指揮過的。到下午我們處理執政官的人選。

那是一個很重要的協商過程，你是了解的；在我們達成的種種協議之外，有著馬克・安東尼和屋大維・凱撒之間極爲不同的目的，而其中的差異，大家都很清楚，卻沒有說出口。執政官的人選代表了三頭同盟整體及個人在羅馬的利益；我們有必要選出我們信任，同時又被其他二人接受的人。你可以想像，這是一件十分敏感的事情；我們到黃昏前，才談到第四年的人選。

25 兩位執政官，任期一年。

屋大維提出撒維第也努斯・魯佛斯的名字。

我肯定你就像我們一般人，曾經有過先見之明這種神祕的經驗。這經驗出現在某一個讓你忽然間產生不祥預兆的時刻，毫無道理、毫無原因，只憑一個字、或眼皮的一個輕微抖動、或是任何事物，然而那是什麼不祥預兆，卻無人能知。我沒有什麼宗教信仰；但有時候我幾乎不由得不相信那是神靈對我們說話，只是祂的話，是在我們毫無防備的時候才聽得見。

「撒維第也努斯・魯佛斯，」屋大維說；我心中隨即泛起一陣恐懼，彷彿我從高處猛烈下墜。

安東尼當下毫無反應；最後打了一個哈欠，懶洋洋地說，「撒維第也努斯・魯佛斯……你肯定他就是你的人選？」

「他是我的人選，」屋大維說。「你應該不會反對他的。如果不是我來這裡之前把留守的軍團交由他指揮，他現在就會像阿格里帕和梅塞納斯一樣，在我的身邊。」屋大維還淡淡地補充說，「我相信你應該還記得，他在穆第納與你對抗時是多麼英勇。」

安東尼露齒笑著，「我記得。四年呀……你不認為他那時候可能已經失去耐性了嗎？」

「我們需要他對付卡西烏斯和布魯圖斯，」屋大維很有耐性地說，「我們還需要他對付塞克圖斯・龐培，如果他都能贏，執政官一職，也就實至名歸了。」

安東尼一臉狐疑卻帶著嘲弄的神色看著他很久，然後點頭，彷彿心中已有盤算。「好，」他說，「你可以選他，當執政官或者加入禁制令的名單都可以，你自己考慮。」

屋大維說，「這個玩笑我不太懂。」

「這不是玩笑，」安東尼打了個響指，一個隨從把一張紙遞給他。安東尼漫不經心地把它放在屋大維面前，「他就由你處理。」

屋大維撿起那張紙，翻開並閱讀，臉上神情沒有改變。他讀了很久，然後把紙傳給我。

「那是撒維第也努斯的筆跡嗎？」他語氣平靜地問。

我看了內容，聽到自己說，「那是撒維第也努斯的筆跡。」

他從我指間取走那封信，放在面前，沉思良久。我看著他的臉，耳中聽著雨水打在茅草屋頂上發出悶響。

「條件沒有很好，」安東尼說，「既然我們已達成協議，他對我的用處不大。既然你和我已建立聯盟，我也無法信任他。這種祕密對我們沒有好處。」他指著那封信說，「我與雷必達在亞維儂會合後他才寄給我，我必須說我有心動過，但是我還是決定等等看我們的會面會有什麼結果。」

屋大維點頭。

「我們要把他放到名單裡嗎？」安東尼問。

屋大維搖頭。「不要，」他輕聲地說。

「這種事情你必須要習慣，」安東尼顯得不耐煩，「他現在，或是在未來，會對我們造成危險。把他的名字放進名單裡吧。」

「不要，」屋大維說。他的聲音保持平靜，但他說的每一個字迴盪在屋子裡。他雙眼閃著藍色的光，轉向安東尼，「他不會被頒布禁制令。」他隨即把頭轉開，眼神變得呆滯，輕聲地說，「這件事沒有協商的餘地。」他沉靜下來，然後對我說，「你要寫信給撒維第也努斯，通知他不再是我軍團的將軍，不再服務於我，而且——」他頓了一下，「——他不再是我的朋友。」

我沒有再看那封信；我不需要看；一字一句都在我心中，超過二十五年了，仍然清晰，像一道老舊傷疤。我可以把內容告訴你，一如信中所載：

「昆圖斯・撒維第也努斯・魯佛斯向馬克・安東尼問好。我現在指揮三支羅馬軍團，但是因為德斯母・布魯圖斯・阿爾比努斯正在整軍，可能要對你和你的軍隊展開追擊，因此我也受到牽制，無法有所行動。屋大維・凱撒已經被元老院出賣，回去羅馬也白費心力。我對他的決定感到失望，對我們的前途也不樂觀。我只能在你身上看見那股企圖心及意志，要懲戒殺害凱撒的兇手，以及讓羅馬不再陷於貴族統治的暴政。所以，我願意把我的軍團交由你差遣，只要你答應我和你皆擁有相等的指揮權，並同意繼續追尋那個讓我投入屋大維・凱撒陣營，卻已經被野心與妥協所背叛的理想。我隨時準備領軍前往亞維儂與你會合。」

我傷心地把信寫好，德斯母・卡福倫努斯當信差，把信送給這位曾經是我們的兄弟。他與撒維第也努斯在穆第納一役共同指揮部隊。以下發生的事，我是從卡福倫努斯口中得知。

撒維第也努斯早已知道卡福倫努斯的任務，便留在帳篷裡等著他前來。卡福倫努斯說他臉色慘白，卻保持鎮靜沉著。他的臉剛刮洗乾淨，按照習俗，他必須要把鬍子放在他面前桌上一個銀製的盒子裡。

「我已經告別我的少年時代，」撒維第也努斯指著盒子說，「我現在可以接下你的信息。」

卡福倫努斯感動得無法說話，把信遞給他。撒維第也努斯站著把信看完、點頭，然後坐到桌子前面，面對著卡福倫努斯。

「你要做回應嗎？」卡福倫努斯最後開口詢問。

「不必了，」撒維第也努斯說完，然後再說，「是的，我會回應。」毫不猶豫地，他從托加長袍的褶縫緩緩抽出一把短刀，當著卡福倫努斯的面插進胸部。卡福倫努斯要衝向前，但撒維第也努斯舉起左手要他停步。他的呼吸開始短促，用低沉的聲音說，「告訴屋大維，如果我活著不能當他的朋友，我死後會達成心願的。」

他坐在桌前直到目光呆滯無神，然後身體倒在紅土地上。

XIII. 書信：匿名人士致瑪爾庫斯・圖利烏斯・西塞羅於羅馬（西元前四十三年，十一月）

我出於疼惜你退休生活應該享有的平靜與安寧，懇求你離開這個你熱愛的國家。只要你留在義大利，你就會陷於立即而致命的危難。不可避免的現實，殘酷地迫使人違逆他慈悲而樸實的本性！你要立即行動啊。

《羅馬史》，蒂托・李維：片段（西元十三年）

瑪爾庫斯・西塞羅在三頭同盟的執政官到達羅馬之前不久，已經離開，心中確信就如同卡西烏斯和布魯圖斯難逃屋大維・凱撒的追究，自己也必定遭到安東尼的報復。他最早逃到羅馬東南方塔斯奇亞勒的別墅，後來沿陸路到了福爾米亞的另一間別墅，計畫坐船到加埃塔。他好幾次要出海，都被逆風吹回來；海上波浪滔滔，船上的折騰最後讓他無法忍受，對逃命一事感到意興闌珊，萌生厭世的念頭，便轉頭回去位於地勢較高的別墅，距離海邊約一哩左右。

「讓我死吧，」他說，「死在自己的國家，我曾經多次拯救的國家。」

他知道勇敢而忠心的家奴會誓死保護他，但是他卻命令他們把轎子卸下，安靜地忍受那無法逆轉的殘酷命運。他把頭伸出轎子外頭，直著脖子，好讓劊子手把他的頭砍下，完成任務。但是這並未讓那些兇殘的士兵感到滿足，連他的雙手也砍下，為的是要報復他曾經寫過幾篇抨擊安東尼的演說。所以，他的頭顱被帶到XIV.安東尼面前，安東尼令人把它放在演講台上，雙手放在頭顱的兩側；那是他身為執政官公開致詞的地方，就在那個地方，就在同一年，他對安東尼言詞犀利的謾罵曾獲得空前的激賞。人們含淚的雙眼，幾乎難以直視他們同胞的殘餘軀體。

Chapter

IV

I. 書信：斯特拉波・阿馬西亞[26]自羅馬致尼科拉烏斯・達馬斯庫斯（西元前四十三年）

親愛的尼科拉烏斯，我與我們的老朋友及導師泰瑞尼恩在羅馬向你問好。我上星期才經過漫長而疲累的旅程，從亞力山卓，途徑科林斯來到這裡：我坐過大船小船，坐過二輪運貨車、四輪馬車，也騎過馬，有時候甚至走路，肩上的書本壓得我搖搖欲墜。人看地圖，總是不能眞正體會世界多大、多豐富多彩。那是一次學習之旅，不需要導師授予。而的確，倘若人能四處遊歷，假以時日，必能成爲一名導師；我們的泰瑞尼恩即便如此博學，也不厭其煩地詢問我旅途上所見所聞。

我現正在泰瑞尼恩家裡作客，他的家位於一個山丘上的幾間小屋之一，可以俯瞰羅馬城。在我看來，這裡是一個教育聚落，有好幾位已具名望的導師（人們不稱他們爲哲學家，在羅馬哲學令人起疑）住在這裡，另外有些像我一樣的年輕學者被邀請到這裡來居住，與他們以前的導師一起學習。

26 斯特拉波（Strabo, 西元前 63 年 - 西元 23 年），古希臘歷史學家、地理學家，生於現在土耳其的阿馬西亞，著有《地理學》（*Geography*）十七卷。

泰瑞尼恩遠離城市把我帶到這裡來，讓我感到驚訝；不過聽到他說的理由讓我更感驚訝。羅馬的公共圖書館似乎比無用猶有過之，藏書之少令人難以置信，且往往抄寫的品質拙劣，藏書之中以可怕的拉丁文寫的書，數量又與我們希臘文寫的差不多！但是泰瑞尼恩向我保證，我需要的書一應俱全，雖然是私人收藏品。他的一個朋友，也是在這裡作客的，是我們在亞力山卓時就久聞其名的阿瑟諾多努斯；泰瑞尼恩向我保證，他在羅馬城裡可以找到最豐富的私人藏書，我們這些流浪學者歡迎隨時享用。

有關這位阿瑟諾多努斯我必須要說幾句話。他是一位令人印象深刻的人，他只比泰瑞尼恩年長幾歲，或許才五十多歲，但是在我印象中，他擁有人類古往今來的智慧。他個性孤傲而嚴酷，卻並非無情；他很少說話，從不陷入那些我們常常樂在其中的戲謔式辯論；雖然他沒說過要作爲領導者，我們卻似乎對他言聽計從。據說他有不少有勢力的朋友，但他從不提起任何一個名字；而他的個性讓我們幾乎無膽與他談及此類話題，即便是他不在場。然而儘管他擁有世上的種種權力及智慧，他心中總有一股哀愁，其來源是我們不得而知的。即便是帶著幾分惶恐，我仍曾經鼓起勇氣與他說話，學習我所能學到的。

其實，我是透過他的協助，才可以讓你讀到以下的信；他有管道可以利用每週前往大馬士革的外交郵件遞送服務，而他有告訴我可以幫我把這些信一併送出。

所以，我親愛的尼科拉烏斯，我人生的歷練就這樣開始了。按照我的承諾，我會有規律地寫信給你，與你分享任何我學到的新知識。很遺憾你不能與我同來，我希望讓你無法離開大馬士革的家務事很快便能解決，能夠來到我這個奇異的新世界。

你一定覺得我是一個不稱職的朋友，當哲學家更是不及格；我的確是不稱職的朋友，但我或許是越來越糟糕的哲學家。我曾經下定決心每週寫信給你——而今我已經差不多一個月沒有提筆了。

不過羅馬是一個最特別的城市，在那裡即使是最堅強的意志恐怕也會被吞噬。日子一天比一天墮落，其瘋狂程度是我們在平靜的亞力山卓讀書那些年無法想像得到的。我更懷疑在大馬士革這個你熱愛的國家裡，浸淫在幸福與滿足之中，你能否體會我正在努力傳達給你的感覺。

我常常懷疑（或許這只是一種感覺），我們希臘人對自己的歷史和語言過於自鳴得意，並過於容易對那些樂於稱自己爲主人的西方「蠻夷」，展現出某種優越感。（你看得出來，我已離哲學家有點兒越來越遠，而某種程度上漸漸成爲飽經世故的人。）我們的家鄉有其迷人之處，及豐富的文化，那是毫無疑問的；但是羅馬有著某種生命力，那是在一年前我無法相信，亦無法對我有絲毫的吸引力。一年前，我只聽說過羅馬；現在，我已經看過它了，而在當下，我已不肯定我會再回到東方，或回到我的出生地朋土斯[27]。

這樣說好了，你可以想像一個城市，有我們少年時求學的阿歷山卓約一半大小，再想想這同一個城市，擁有超過阿歷山卓兩倍的人口。這就是我現在居住的羅馬，曾經有人告訴我它是一個擁有接近百萬人口的城市。我從未看過類似的城市，人們來自世界各地——來自阿非利加炙熱沙土的黑人、來自北方冰封世界的白人，以及介於黑與白的諸色人種。一時南腔北調！但是每個人都說一點拉丁文或希臘文，沒有人會覺得自己是外方人。

他們大家多麼地緊靠在一起，這些羅馬人呀！城外是一些你所能想像的最美麗的鄉間；但是城裡窄小曲折的街道四向蜿蜒分岔，延綿好幾哩遠，人們總是摩肩擦踵的熙來攘往，像是被困在網裡的魚一般擠在一起。在白天，這些街道——每一條街道——是名符其實的塞滿了人，噪音與惡臭令人不可思議。凱撒死前幾個月才下令，四輪馬車、手推車、及負載的動物只能在每天黃昏到第二天早上進城，我們可以想像，在那道命令未頒布之前，牛隻、馬匹、各式各樣貨運車輛與行人交纏在那些不堪負荷的街道上時，會是何種景象。

因此住在市中心的一般羅馬人一定是無法入眠的。在夜晚，趕著馬匹和牛隻的牲畜販子口中的咒罵聲、木製的貨車在鋪著鵝卵石的街上發出的吱嘎聲和咔噠聲，把白天的噪音化作一片喧鬧。

沒有人敢在入黑後獨自外出，除非是必須出門交易的商人或者有能力僱用貼身保鑣的富人；即使是在圓月之夜，街道上也是漆黑一片，因爲無數搖搖欲墜的公寓高樓，使得一絲月色也無法照進街上。而街上也滿布絕望的貧民，會進行搶劫，或爲了你身上的衣服或幾塊銀幣而把你的喉嚨割破。

然而住在這些巍峨的破爛公寓裡也不見得比晚上露宿街頭的遊民有多一點安全，因爲他們總是活在火災的恐懼裡。在晚上，從我山坡上安逸恬靜的小屋遠遠看去，黑暗中火光像花一般綻放，耳中聽見的是恐懼與痛苦的呼喊。救火隊是有的，無庸置疑，但是由於貪污腐敗，而且人數不足，難以成就好事。

27 朋土斯（Pontus），黑海南部，希臘的殖民地。

然而在這一片紊亂的城市中心，有一個彷彿是世外桃源的大廣場。那是類似我們在一些行省的城市裡看過的公共集會場地，只是比我們看過的更宏大而已——大理石巨柱撐起的政府建築物、幾十座雕像，有多少歸化羅馬的神祇就有多少個廟宇，還有更多體積較小的建築物，作爲政府的辦公場所。廣場的空間非常遼闊，在某種程度上周邊城市的臭味及煙塵似乎一點都沒有滲透進來。在那裡，人們在陽光下的巨大空間走著，輕鬆地閒聊，彼此傳播謠言，或在元老院外閱讀張貼在四周演講台上的最新消息。我幾乎每天都來到廣場上，感覺自己站在世界的中心點。

我開始了解羅馬人爲何鄙視哲學。他們的世界是當下的世界——追求原因與結果、謠言與事實、利益與損害。即使是我這個一直以來把生命投入知識與眞理的人，對於這種做成他們鄙視哲學的社會氛圍，也有幾分憐憫。他們把學習彷彿視爲達到某種目的的手段、把眞理視爲是一件彷彿可用的物件。即使是他們的神，也要爲國家服務，而不是該倒過來，國家爲神服務。

下面是一首我抄錄下來的詩，是今天早上在每一個重要的城門都能看得見的。我不打算翻譯出來，只是直接抄錄原文：

停步吧，旅人，在你進入這農莊之前，
先要看清楚。有個孩子住在裡面，
他取了父親的名。你將會跟他一起晚餐，
但冒著危險。喔，他會邀請你的，不用擔心；
他邀請每一個人。上個月，他父親去世；
現在，這孩子鎮日鬧飲歡宴，
放蕩不羈，家裡的牲口亂跑，
衝破柵欄遠走——只剩下一隻，
一隻來自受寵幸的母豬生的小豬，被他
親自挑選，帶回家。你家裡有女兒嗎？
也要看緊。這小孩曾經喜好
像她一樣可愛女子。他也許會換口味。

我就按照我們以前老師教的方法，把詩註解了一遍。「取了父親的名」的孩子，當然就是蓋烏斯・屋大維・凱撒，給他名字的便是「尤利烏斯・凱撒」；「小豬」指的是克羅迪婭，「受寵幸的豬」是她的母親，就是馬克・安東尼的妻子福爾維婭（「豬」是她的宿敵給她的綽號）。詩中最後一行提及的「女子」名叫塞薇利婭，是一名曾任執政官的女兒，與屋大維訂過婚。後來屋大維與安東尼忽戰忽和，（據說）在他備受來自雙方軍隊的壓力以前，屋大維便接受與安東尼的繼女克羅迪婭成婚。[28]這段婚姻當然是其契約意義大於實質內容；據我了解，克羅迪婭當時只有十三歲。但這段婚姻明顯地平息了某種壓力，希望看得見屋大維與安東尼彼此展現友好。這首詩本身明顯地有暗指一些我不了解的當地事物；幾乎肯定的，是不願看見屋大維與安東尼二人達成和解的元老院派人士所委託散播；這是下流的手段……但卻是有其弦外之音，不是嗎？

我總是感到訝異。屋大維・凱撒的名字幾乎掛在每個人的嘴上。他在羅馬；他不在羅馬。他是國家的救星；他會毀了義大利。他會懲罰弒君的兇手；他會獎賞他們。不管事實如何，這神祕的年輕人已引起整個羅馬的想像；而我自己也無法自外。

因此，當我知道阿瑟諾多努斯在羅馬住了一段時間，便在昨天晚上與他晚餐後問了他幾個問題。（他現在對我較為隨和，彼此交談時話也變多了些）。

我問他這位自稱屋大維・凱撒的人，是個怎樣的人，我同時把一份我剛才抄錄的那首詩給他看。

阿瑟諾多努斯看著那首詩，他細長的鷹鈎鼻子幾乎碰到紙上，瘦削的臉頰陷到骨頭裡，兩片薄唇緊閉。然後他把詩還給我，神情就像他把我交給他修改的文章後歸還給我的時候一模一樣。

「格律不合，」他說，「內容瑣碎。」

我已學會對他要有耐性，便再一次詢問他有關這位屋大維。

「他跟任何人都一樣，」他說，「他會成爲他將要成爲的人，憑他個人力量，與命運的偶然。」

我問阿瑟諾多努斯有否看過這位青年，或者與他談過。阿瑟諾多努斯皺著眉頭低聲咆哮：

「我是他的老師。當他的舅公遇刺時我正與他一起在亞波羅尼亞。他選擇了一條把他帶到今天的道路。」

28 克羅迪婭的母親與前夫生下克羅迪婭。

霎時之間，我以爲阿瑟諾多努斯的話是一個隱喻；不過我看他的雙眼，便知道他在說一個事實。我結巴地說，「你——你認識他？」

阿瑟諾多努斯嘴角露出一絲微笑，「我上星期與他共進晚餐。」

但是他並沒有多談論他，也沒有回答我的問題；他似乎覺得這些都不重要。他只是說他這位過去的學生會成爲一個優秀學者，如果他選擇的話。

就這樣，我比想像中甚至更靠近世界的中心了。

我參加了一個喪禮。

屋大維・凱撒的母親阿提雅去世了。一個傳令官沿街宣布喪禮會在第二天早上大廣場舉行。因此我終於看見那位現今羅馬，也就是（我假設）全世界，最有權力的人。

我一大早就到了大廣場，好讓自己找到好位置。窩在講台前等著，屋大維・凱撒會在那裡發表悼詞。早上五點鐘，廣場已差不多擠滿人。

然後，列隊進場——引路員手持火把，雙簧管、喇叭、號角齊奏著緩慢的調子、載著遺體的靈床、送葬隊伍。列隊後方是一個瘦小的身影，獨自一人；我當初以爲是一個少年，因爲他的托加袍有紫色的滾邊；我也不覺得他有可能是一位元老。但是不久大家便知道他就是屋大維本人，因爲他經過群眾時引起一陣騷亂，大家爭相探頭想要看得更清楚。扶靈者把靈床放在講台前，主要送葬者坐到最前排的小椅子上，然後屋大維．凱撒緩步走到靈床前，看了母親的遺體一會，便站上講台，面對著聚集觀禮的人群，約有一千人，或許更多。

我站得很近，不超過十五碼遠。他臉色非常蒼白，神情平靜沉著，彷彿他自己就是那具屍體。只有他的雙眼是活著的——藍得令人吃驚。群眾開始安靜下來，我可以聽得見來自遠處鬧市的隆隆聲，自顧自地像一頭暗啞的野獸在悶哼。

不久他便開始說話。他的語氣平靜，但聲音嘹亮而清晰，每個在場群眾都聽得清楚。

我把他的講稿寄給你；所有的文字紀錄都刻在蠟板上，第二天城裡的書報攤就買得到他的講稿了。

他說：「羅馬再看不到妳，阿提雅，妳就是羅馬。若非妳德範長存，這個損失著實令人難以忍受；亦因妳的德範，使得過度沉湎於傷痛，實則違背妳一生存在的意義。

「妳是我生父蓋烏斯．屋大維的忠誠妻子，他曾任馬其頓執政官與總督，他的猝逝使他無法就任羅馬執政官。妳是妳的一雙兒女嚴厲卻慈愛的母親，屋大維婭她正在妳的靈床邊哭泣，而我則站在妳的前方，最後一次說出這些不足以達意的話。妳是尤利烏斯・凱撒盡責守分的姪女，他最後收養妳兒子我這個命中註定無父的孤兒，成爲他兒子，也在妳尊貴的身軀躺臥的靈床不遠處，被惡毒地殺害。

「妳來自羅馬尊榮的家族，擁有世上最傳統的美德，滋潤和延續這個國家，千秋萬世。妳的才能與毅力使家門如披錦繡，妳視家僕如親，妳敬奉神明以保家衛國，妳溫柔敦厚不與人結怨，只有時間是妳的敵人，現在已奪走妳的生命。

「羅馬呀！看看躺在這裡的人，看看妳的美麗造物、妳精美的傳統。不久我們便要把這一切移到城外，在那火葬柴堆上，阿提雅曾經擁有的身軀將要耗盡。但是，我命令你，羅馬的公民們，不要讓她的美德隨著她的灰燼而被埋沒；而是要讓這美德成爲你的生活；即使阿提雅已化爲灰燼，她這美好的部分將成不朽，並長存羅馬人的靈魂中，直到永遠。

「阿提雅！願亡靈守護妳長眠。」

人群保持沉默。屋大維站了一小段時間，便步下講台，扶靈者把靈床移離廣場，走出城門外。

我無法讓自己相信我所看見的，或聽見的。在這渾沌中，沒有官方的消息，也沒有任何東西張貼在元老院的外牆；人們更懷疑元老院是否仍然存在。屋大維・凱撒已經與安東尼和雷必達締盟，實際上成了軍事獨裁體制，而尤利烏斯・凱撒的敵人已經被頒布禁制令。超過一百個元老被處決，其房產及財物被充公；更多倍於此的富裕羅馬公民，往往是貴族，或是被謀殺，或是逃離羅馬，其房產及財物則落入執政的三人手中。殘忍啊！被頒布禁制令的，帕魯斯是雷必達的親兄弟、盧基烏斯・凱撒是安東尼的叔父；甚至是享有盛名的西塞羅也在名單上。這三人，及其他更多人，我想已經逃離羅馬，可能是身無分文。

最血腥的暴行似乎是安東尼的軍隊所爲。我親眼目睹元老的無頭屍體散布在廣場上，才一個星期前，那裡代表了他們一生的重要成就；而在我安全的山上，更聽見遠處傳來富人的慘叫聲，他們一直滯留在羅馬，想要帶著財富逃走。窮的、稍有家產的，以及凱撒的朋友，不論名字有沒有被公布，莫不憂心忡忡，對未來感到徬徨。

據說屋大維・凱撒安坐家裡，不露臉、不查看曾經是他同僚的屍體。也據說是屋大維自己堅持要立刻嚴格執行禁制令，不留情面。人們不知道可以相信什麼，而不必帶來災害。

經過了這風起雲湧的幾個月，這就是我認爲我漸漸認識的羅馬嗎？我有絲毫了解這些人嗎？阿瑟諾多努斯不會跟我談論這些話題；泰瑞尼恩總是悲傷地搖頭。

或許我相信年輕的我，多於成年的我。

西塞羅沒有逃跑。

昨天，在一個清涼而明朗的十二月午後，我在廣場後方的商店區逛書攤時（現在逗留在街上是最安全的），聽到一陣騷亂；我不由自主地，被那總有一天會爲我帶來盛名或死亡的好奇心所驅使，走進廣場裡。元老院附近的講台前萬頭攢動。

「是西塞羅，」有人說，然後這個名字在人群裡輕輕的悲嘆聲中傳著，「西塞羅……」

我不知道心中期待著什麼，卻又害怕眼前所見，我擠進人群裡往前走。講台上，在兩隻被砍下來的手掌之間，停放著瑪爾庫斯・圖利烏斯・西塞羅的人頭，憔悴而皺縮。有人說是奉安東尼之命放置在那裡。

那是同一個講台，僅僅在三個星期前，屋大維・凱撒溫柔地向逝去的母親娓娓傾訴。現在，講台上是另一個亡魂；那一刻，不知怎地，我不禁感到慶幸，慶幸他母親在目睹兒子所作所為之前，已經死去。

II. 書信：瑪爾庫斯・尤尼烏斯・布魯圖斯於士麥那致屋大維・凱撒（西元前四十二年）

我難以相信你眞的了解你的地位如何重要。我知道你對我沒有一點愛，而如果我假裝我愛你比你愛我更多，我便是傻子；我寫這封信不是基於我對你本人，而是我對國家的關懷。我不可能寫給安東尼，他是一個瘋子；我不可能寫給雷必達，他是一個蠢材。我希望既不是瘋子又不是蠢材的你，能聽得見我的話。

我知道是你透過你的影響力，使我和卡西烏斯被宣告為罪犯，並遭到放逐；但不要讓我們相信我的判罪，在法律上的效力，能夠比已經方寸大亂和士氣低落的元老院還能持久；也不要讓我們假裝這種法令有多少持久性，有多少效用。讓我們面對現實地談談。

整個敘利亞、整個馬其頓、整個伊庇魯斯、整個希臘，整個亞細亞都是我們的。整個東方皆與你對抗，而東方所擁有的權力與財富是不可小覷的。我們完全控制了地中海以東；因此你無法期待你舅公的埃及小老婆會施予援助，她本來是可以提供金錢與人力來支持你的理想的。而雖然我對塞克圖斯・龐培沒有好感，但我知道這個海盜正在你的西面虎視眈眈。所以我自己，以及我的軍隊對面臨的戰爭一點都不擔心。

但是我擔心羅馬，及國家的未來。你和你的朋友在羅馬所下的禁制令已見證了我的憂慮，而我個人的痛苦應屬其次。

就讓我們忘記了禁制令或種種暗殺事件；如果凱撒的死你能寬恕我，或許西塞羅的死我會寬恕你。我們彼此不能當朋友；我們不需要彼此的友誼。但是或許我們可以成爲羅馬的朋友。

我懇求你，不要和馬克・安東尼聯手。我擔心羅馬人之間再來一場戰爭，就會毀了我們國家僅餘的一點點價值。而安東尼沒有你，是不會出兵的。

如果你不出兵，我向你保證你會得到我的尊敬與我的感激；而你的未來也得到保證。如果我們不能基於友誼而彼此合作，我們或許能爲了羅馬的幸福而攜手。

但讓我趕快補充。如果你拒絕我伸出的友誼之手，我將會全力抵抗；而你將會敗亡。以上我是以沉痛的心情說出；但我還是說了。

III. 瑪爾庫斯・阿格里帕回憶錄：片段（西元前十三年）

而在三人執政聯盟組成，以及尤利烏斯・凱撒及凱撒・奧古斯都在羅馬境內的敵人被剷除後，還剩餘西面海盜塞克圖斯・龐培的勢力及東面正被流放的布魯圖斯和卡西烏斯。這兩個刺殺神聖的尤利烏斯[29]的兇手危害著羅馬的安全與秩序。凱撒・奧古斯都謹守其誓言，決心嚴懲殺父兇手，恢復國家秩序。他延後處理塞克圖斯・龐培到另一個時程，只採取必要的行動以維持當下自身的安全。

我此時的全副精力，皆投注在為義大利建立軍團及增加軍備，以攻打東方的布魯圖斯和卡西烏斯，並為此遠方的戰場安排補給路徑。安東尼會派遣八個軍團到馬其頓愛琴海岸線上的安菲波利，企圖威嚇布魯圖斯和卡西烏斯的軍隊，讓他們無法取得具有優勢的戰略位置。然而安東尼的軍團延遲了出發，只能被逼駐軍在腓立比西面的低窪地帶，而布魯圖斯軍隊則居高臨下，以逸待勞。這使得安東尼必須要派遣其他軍團前往馬其頓以作支援，但是布魯圖斯和卡西烏斯的艦隊盤

29 尤利烏斯・凱撒死後被封為聖人。

據在布林迪西的港口；因此奧古斯都命令我確保安東尼的軍團安全抵達。我便利用我在義大利建立的艦隊與軍團，與安東尼的軍團突破瑪爾庫斯・尤尼烏斯・布魯圖斯的封鎖，全數十二支軍團抵達馬其頓海岸線上的都拉基烏姆。

但是在都拉基烏姆，奧古斯都生了重病，我們得停下來等待，恐怕他性命不保；然而他命令我們前進，知道如果延後對逃犯的軍隊發動攻擊，便會前功盡棄。於是八支軍團便越過荒野前往安菲波利，要與安東尼被圍困的先遣部隊會合。

我們的路線被布魯圖斯和卡西烏斯的騎兵部隊所牽制，途中傷亡慘重，到達安菲波利時軍隊已經筋疲力盡，而且士氣低落。我們清楚了解布魯圖斯和卡西烏斯的軍隊已穩固地駐紮在腓立比的高地，北面有丘陵帶的屏障，南面則從軍營到海岸盡是沼澤地，我便決定緊急捎信凱撒・奧古斯都，因爲我們的任務對我們的軍隊來說似乎毫無勝算，而我知道必須要提振他們低落的士氣。

因此，奧古斯都不顧自己身染重病，仍奮力循路越過荒野到來增援。他已衰弱得不能行動，途中只能坐在轎子上；雖然他的臉部已與死人無異，雙眼卻是炯炯有神，強悍而堅定，嗓音洪亮，使人面對他而感到振奮，一往無顧。

我們決定奮勇抗敵，而且立即採取行動，因爲每耽擱一天，就會多虛耗一天的軍糧，而布魯圖斯和卡西烏斯則控制了海上的支援路線。所以奧古斯都的三個軍團在我的指揮下，假裝努力建構一條穿越沼澤地的堤道，以瓦解敵軍南面守勢。這個行動一方面引出大量的共和軍[30]來攻擊我們，另一方面馬克・安東尼的軍團強力攻擊卡西烏斯方面已被削弱的防線，在他還沒從驚慌失措中回過神來之前，奪取他駐軍的營地。卡西烏斯與他的幾個軍官站在一個小山崗上，（據說）往北面看，他以爲看見布魯圖斯的軍隊在敗逃；他知道自己的軍隊已敗陣，覺得自己一敗塗地而感到絕望，便引刀自刎，在腓立比沾滿血液的塵土上了結自己的生命，彷彿爲兩年七個月前刺殺神聖的尤利烏斯一事，親手向自己進行報復。

卡西烏斯所不知道的，是布魯圖斯的軍隊並沒有敗逃。反而是他參透了我們的計謀，知道奧古斯都掉虎離山之計實則分散了軍力，便趕忙前往襲擊並佔領我們的營地，擄獲不少我們的士兵，有更多的是被當場殺害。奧古斯都處於半清醒的狀態，無法行動，被軍醫移到帳篷外，躲到沼澤地裡，直到戰事結束，天色昏暗後，才偷偷地把他抬到我軍與安東尼軍隊共同退守之地。軍醫信誓旦旦說他做了個夢，說他必須要把奧古斯都帶走，以保住他的性命……。

30 布魯圖斯和卡西烏斯均以恢復共和體制作爲號召。

VI. 書信：昆圖斯・賀拉斯・弗拉庫斯自腓立比西部致父親（西元前四十二年）

親愛的父親，如果你有收到這封信，你便會知道你的賀拉斯，才一天前是瑪爾庫斯・尤尼烏斯・布魯圖斯部隊中一個驕傲的士兵，此刻，在這寒冷的秋夜，他坐在帳篷裡，在閃爍的燈光下寫下這些字，對自己，如果不是對他的朋友，感到十分羞恥。但是他感到一股莫名的自由，不再被過去這幾個月來的執念所束縛；如果說他不快樂，他也至少開始知道他是誰……。今天我打了第一場仗；我必須要立刻向你說，當我感到自己處於極度危險的那一刻，我便丟下盾牌和劍，掉頭狂奔。

我爲什麼甘冒這趟危險，連我都不知道；而我肯定，以你的聰明才智，也不會知道。我過去習慣沉浸在你的慈愛中而不自覺，而當你出於那份慈愛，在前年把我送到雅典去求學時，我從來沒有想過會讓自己投身在任何像政治這種愚昧的事裡。我是否在想以卑鄙的方法，透過支持布魯圖斯，並投入他的部隊以獲得酬金，企圖從我卑微的出身，晉身貴族階層？賀拉斯是不是以擁有一個解放奴爲父親而感到羞恥？我不能相信這是眞的；即使是在我年輕氣盛的時候，我已知道你是世上最優秀的人，我不可能再找到一個像你一樣崇高、寬厚，而且慈愛的父親。

我想我是在追求學問的同時，忘記了塵世，並開始幾乎相信哲學就是眞理。自由。我爲了這兩個字，便投入了布魯圖斯的理想；而我並不了解這兩個字的意義。一個人可以一整年活得像傻瓜，而在一天內變聰明。

我現在必須要告訴你，我在戰場上落荒而逃，並不是出於膽小懦弱——無疑這是原因之一。但是當我忽然看見凱撒·奧古斯都的一個士兵（那可能是屬於安東尼的，我不知道），向著我走來，出鞘的鋼刀在他的手上、在他的雙眼裡閃著，這時候時間彷彿頓時停止下來；我想起了你，以及你對我未來的種種期望。我記得你生爲奴隸，努力地要贖回你的自由；你的辛勞、你的一生一早便奉獻給你的兒子，使得他能過著安逸、舒適、安全的生活，那是你從來沒有過過的。我看見那個兒子爲了一個他不明白的理想，毫無意義地死在那片他毫無感情的國度裡——而且我有體會到你在知道兒子生命被虛耗掉後，如何渡過餘生。我就逃了。

倘若命運對我有所眷顧，我會回到義大利你的身邊，不再從軍了。明天我會把這封信寄出，並收拾一切。如果我們沒有被襲擊，我應當沒有危險；如果被襲擊，我會再一次逃走。無論如何，我不會再戀棧於漫無目的的大屠殺。

我不知道哪一方會戰勝——凱撒派或者是共和派。我不知道我國家的未來，或者是我的未來。或許我會令你失望，像你一樣當一個稅務員。即使在你眼中這工作十分低微，那還是一個職位，是你曾經在任內賦予它尊嚴與榮耀的工作。我是你的兒子，賀拉斯，並以此為榮。

V. 瑪爾庫斯・阿格里帕回憶錄：片段（西元前十三年）

而布魯圖斯再次退回到腓立比高地的壕溝，很清楚地他沒有計畫要撤軍。我們或許比布魯圖斯更清楚知道，每一天的等待都讓我們付出昂貴的代價，因為我們的軍糧正在減少，在布魯圖斯的海軍所控制的海域，任何物資都無法送達；我們身後是馬其頓的荒蕪平原，前面則是希臘領土上難以克服的荒山野嶺。於是我們便變成了複寫紙一般，一再重複地咒罵布魯圖斯的軍官，嘲笑他們的膽怯與懦弱；在晚上，我們隔著營火挑釁，令士兵們無法有尊嚴地睡覺，只能在羞愧中斷斷續續地打盹。

布魯圖斯足足等了三個星期，直到最後他的軍隊在無所作為的壓力下開始發怒，無法再等待；而布魯圖斯擔心逃兵的情形嚴重，到最後會潰不成軍，便命令軍隊從本來可以掩護他們的壕溝往低地走，進攻我軍營。

接近黃昏時，他們像暴風雨一般從山丘往下，口中沒有發出叫喊聲，只有笨重的馬蹄聲中夾雜著輕步快走的軍隊像雲霧飄來。我命令前線在短兵相接前往後撤退，到敵軍漸漸聚集，我軍從兩邊圍攏，讓敵軍必須要左右開弓。我們把敵軍拆分成兩塊後，再各自再拆分成兩塊，這使得他們無法重新整隊來抵禦我們的攻擊。入黑之後，戰事結束，天上繁星聽著傷兵的呻吟聲，無情地看著毫無動靜的軀體。

布魯圖斯與軍團的殘兵一起逃逸，離開被我們佔據的壕溝，進入荒野裡。他本可以率領他剩餘的軍力再度襲擊我們，但是他的軍官拒絕冒險；在十一月十五日隔天的黎明時分，在一個俯瞰著由他的意志與決心釀成了大屠殺的孤獨山丘上，在幾個忠心的軍官陪同下，引刀了結了自已的生命。從此再沒有共和軍。

就這樣，凱撒的仇已報，也就這樣，在我國君主蓋烏斯・屋大維・凱撒（現稱為奧古斯都）的治理下，混亂、背叛、分裂結束，帶來很長時期的秩序與和平。

VI. 書信：蓋烏斯・克尼烏斯・梅塞納斯致蒂托・李維（西元前十三年）

在腓立比一戰後，緩慢地、走走停停地，他回到羅馬時，已是半死不活；他在海外殲滅敵人，拯救了義大利，他接下來要做的，是要讓內部極度分裂的國家療傷止痛。

我親愛的李維，我無法形容我隔了幾個月後第一眼看他被祕密地帶到他在巴拉丁諾山上的家裡時，心中感到的震撼。我當然是遵照屋大維的命令，在他們在外作戰時留守在羅馬，以監視一切，並盡我所能防止雷必達擾亂義大利的內政，無論是透過他的陰謀或無能。

那個冬天他回到義大利時還沒滿二十二歲，但是我向你發誓，他的樣子看來是兩倍於他的年齡——甚至三倍。他的臉色蒼白，而且雖然他一向身型瘦小，現在他體重嚴重下降，讓皮膚鬆垮垮地掛在骨架上。他只有能力用嘶啞的聲音輕聲細語。我看著他，覺得他已活不了多久。

「不要讓他們知道，」他說，同時頓了一段時間，彷彿那句話已令他筋疲力盡。「不要讓他們知道我的病，無論是人民或者是雷必達。」

「我不會，我的朋友，」我告訴他。

他的病其實在前一年頒發禁制令期間就發作了，變得越來越嚴重；我們重金禮聘照顧他的醫師，並提醒他們一旦違反保密原則，對外洩漏了病情，必會影響他們未來生計，若非他們的性命。那些誠惶誠恐的醫師，都情願不曾被邀請（過去如此，到今天也是一樣）；他們束手無策，除了開了一些具有毒性的草藥方子，或是引進冷熱交替療法。他幾乎無法進食，有好幾次還吐血。但是，當他的身體越來越孱弱，意志卻越來越堅強，在生病的時候對自己的鞭策，比健康時還要猛烈。

「安東尼，」他透過痛苦的聲音說，「還不會回到羅馬來。他已去了東方接收他的戰利品，及壯大自己的勢力。我默許他這樣做——我寧願他向亞細亞人或埃及人，而不是羅馬人掠奪……我相信他正預期我會死去；而雖然他希望我死去，我懷疑他不想在我死的時候他身在義大利。」

他向後躺回床上，閉上眼睛，呼吸短促。最後他恢復了一點力氣，又說：

「說說羅馬城裡的情況吧。」

「你該休息，」我說，「當你好一點後我們會有很多時間。」

「說吧，」他說，「我的身體不能動，腦筋還可以。」

我能告訴他的都是壞消息，但是我知道如果我企圖粉飾太平，他是不會饒恕我的。我說：

「雷必達正在與海盜塞克圖斯‧龐培祕密協商；我相信他有計畫與龐培結盟，對付你或者是安東尼，看看到時誰比較弱。我有證據；但如果我們質問他，他會發誓說他的舉動只是要爲羅馬帶來和平……。腓立比一役後，安東尼變成英雄，你變成懦夫，他豬一般的妻子和禿鷹一般的弟弟到處散布捏造的故事，說正當你躲在沼澤區發抖的時候，安東尼勇敢地懲罰了凱撒的敵人。福爾維婭公開對軍隊說，你不會支付安東尼答應他們的賞金；另一方面盧基烏斯跑到農村裡散播謠言，挑起地主和農民的情緒，說你會充公他們的土地和財產，來安置退役軍人。你還要繼續聽下去嗎？」

他還微笑了一下。「如果有需要的話，」他說。

「國家已經瀕臨破產。雷必達收到的一點點稅金，少部分進到國庫裡；其他的都在他手上，據說福爾維婭也分一杯羹，也據說她準備要在安東尼合法擁有的軍團之外，要招募另一支獨立的軍團。這我沒有證據，但我想應該是事實……。所以你在羅馬似乎比較沒有討價還價的實力。」

「我寧願擁有積弱的羅馬，而不要遠在東方的權力，」他說，「雖然我確定那也不是安東尼心中想要的。他心中盤算假如我沒死，也會被這裡的一堆問題牽制著。但是我不會死，也不會被牽制。」他稍稍直起腰桿，「我們有很多事情要做。」

第二天，他撐著脆弱的身軀走下床，對自己的疾病視而不見，若無其事。

我們有很多事情要做，他說……。我親愛的李維，你那令人欽佩的鉅著，會如何寫下腓立比一役後那些年的忙碌與延誤、勝利與失敗、歡樂與絕望？那是不可能的，而毫無疑問，你也不該這樣做。但是我不可以岔開話題，儘管是在稱讚你；因爲你會再一次責備我。

你要求我更精確地說明我爲我的君主所完成的任務，彷彿我在你的鉅著中值得佔一席位。你對我的尊重超乎了我的功勳。但是我很高興我沒有被遺忘，即便是我已經從公共事務退了下來。

我爲君主完成的任務……我必須要承認在現在看來似乎很可笑，雖然那個時候當然不是如此。婚姻吧，舉例來說。透過我們君主的影響力及他的命令，一個有崇高地位而且雄心勃勃的人，在合理的前提下安排一段婚姻是不無可能的……如果「合理」二字不至於產生太大的矛盾，來描述這種奇怪，而且（我有時候認爲）不自然的關係。一個人會爲了利益及政治上的必須性而結婚，的確就像我一樣，雖然我的特倫提亞偶爾會是一個有趣的伴侶。這在那個時候的羅馬是不可能發生的，至少在公眾人物的圈子裡如此。

我必須說，我很會做這種安排——而我也必須告白，我做的安排中，沒有一次是有利可圖，或甚至有其必須性。我常常懷疑，屋大維是了解到這點，才會訂定那些不太成功的婚姻相關法令，而不是要規範婚姻中的「道德」問題。他常常嘲笑我那個時候替他做的安排，因爲每次都是一個錯誤。

舉例來說，我爲他安排的第一段婚姻是在很久以前，在三頭同盟形成之前。那個女孩叫做塞薇利婭，她的父親是塞維里烏斯・伊薩瑞庫斯。他在穆第納之戰後，當西塞羅公然對抗屋大維的時候，答應與屋大維共同擔任執政官，以制衡西塞羅。與他的女兒結婚，是保證他在有需要的時候會受到我軍的支持。結果證明塞維里烏斯無能力與西塞羅斡旋，對我們的幫助不大；婚禮也從未舉行。

第二段婚姻比第一段更爲荒唐。對象是克羅迪婭，是福爾維婭的女兒，馬克・安東尼的繼女，是三頭同盟組成時的一項約定；軍隊期待這段婚姻關係，而我們也找不到理由拒絕他們忽發奇想，儘管那是毫無意義。那女孩十三歲，跟母親一樣醜陋。我相信屋大維只看過她兩次，而她從未踏足他的家門。你知道的，這段婚姻無法安撫福爾維婭和安東尼；他們仍繼續密謀與背信。因此在腓立比一戰後，當安東尼留在東方，而福爾維婭公開的威脅要引發內戰，攻擊屋大維，我們爲了要劃清界線，便與克羅迪婭離婚。

但是，我想是我安排的第三段婚姻，眞的幾乎讓屋大維大發雷霆。這次我是安排了斯里柏尼婭，就在他與克羅迪婭離婚不到一年的時間；那段時間是我們最艱難的時刻，不論是在義大利被安東尼發起的暴動所壓制，或是在南部塞克圖斯・龐培的入侵。現在看來，即使達成和解的努力似乎有點孤注一擲，我還是前往西西里與塞克圖斯・龐培進行協商；那是一個不可能的任務，因爲龐培是一個難以對付的人。他有點像個狂人，我覺得——像野獸多於像一個人。他是一個逃犯，而這個身分實際已超乎其法律上的意義；他是少數與我交談過的人之中一個讓我感到反感而難以應付的人。我親愛的李維，我知道你欣賞他的父親；但是你從來沒有見過他們任何一人，也肯定不認識他的兒子……。無論如何，我跟龐培談了，從中我認爲有達成某種共識——並以安排與斯里柏尼婭的婚姻，確認這個共識的效力。斯里柏尼婭是龐培岳父的妹妹。斯里柏尼婭、斯里柏尼婭……對我來說她似乎是女性特質的綜合體：冷漠而多疑、謙和而易怒、狹隘而自私。我的朋友能原諒我做出這個安排，可說是一項奇蹟。或許隨著那段婚姻而來的，是一個他鍾愛如羅馬的結晶——他的女兒，他的茱莉亞。他在女兒出生當天便跟斯里柏尼婭離婚，而我們懷疑他此後會否再次結婚。但是他眞的再婚了，不過那次不是我所做的安排……。正如結果所示，當初他與斯里柏尼婭的婚姻便是一場騙局；原因是當我開始與龐培協商的時候，他自己卻已經與安東尼在起勁地進行協商了，婚姻的安排只是一種策略，以平息我們的疑心。我親愛的李維，這就是那個時候政治的本質。但我必須要說（雖然我不會對我們的君主重複這番話），回顧這一切，這些風流韻事，有其幽默的一面。

只有一件我負責安排的婚事，曾經讓我感到羞恥；即使到現在，我還無法按我該有的方式淡然處之——雖然我認爲這並沒有帶來巨大災害。

大約在我與龐培進行協商並安排與斯里柏尼婭聯婚之際，福爾維婭及盧基烏斯・安東尼煽動遠西班牙省未開化的摩爾人反抗我們的政府；同樣地，我們在阿非利加的將軍，被福爾維婭及盧基烏斯・安東尼唆使而引發戰爭；盧基烏斯・安東尼假裝生命受到威脅，便聯合福爾維婭的軍團前進羅馬。他們在羅馬被我們的朋友阿格里帕擊退後，便轉而圍堵佩魯賈城。那裡的居民（幾乎都是龐培或共和的支持者）傾全力且熱情地給予援助。我們眞的不知道馬克・安東尼涉入有多深，雖然我們滿心懷疑；所以我們不敢剷除他弟弟的勢力，擔心如果馬克・安東尼有涉入其中，他便會以此爲藉口，從東方向我們進攻；但如果他並未涉入，便會誤會我們的行動，並採取報復的手段。所以我們沒有懲罰盧基烏斯，反而對那些協助他的人毫不留情，把最背信棄義的全部處死，而情節較輕的則流放到異地——我們沒有向一般老百姓問罪，所有我們所損毀的財產都作出賠償。被流放的人裡有一位名爲提比略・克勞狄烏斯・尼祿的（我親愛的李維，以你對反諷修辭極爲敏銳的感受，他一定對你有相當吸引力），被允許前往西西里，與他同行的是他剛出生的兒子提比略，及他非常年輕的太太莉薇亞。[31]

義大利那幾個月來的動盪不安中，我們常常寫信給安東尼，企圖向他描述他妻子及弟弟的所作所爲，以探知他個人在這些騷亂中的角色；雖然我們有收到他的回信，卻沒有一封直接回應我們的信函，彷彿從沒有收到一般。我們寫的最急迫的時候當然是在冬天，海上的航線幾乎全部封閉；他很有可能沒有收到信。總之，到了隔年的初夏，我們仍沒有得到他半句實話；但忽然間我們接到來自布林迪西的緊急消息，說他的艦隊正航向布林迪西港，龐培的海軍正向北面前進與他會合。而我們知道好幾個月前福爾維婭已經渡海前往雅典與她的丈夫重聚。

我們不知道會發生什麼事，但我們卻沒有任何選擇。我們所有的軍團已分散在領土的邊疆或國內不同的地方，以平亂事；儘管武力不足，我們還是前進到布林迪西，因爲擔心安東尼已經登陸，並帶兵找上我們。但是我們知道布林迪西已經拒絕安東尼進港，因此我們先紮營屯兵，看清局勢。如果安東尼傾全力發動攻勢，我們毫無疑問是不可能活命的。

31 不久後尼祿與奧古斯都友好，在政治利益的交換下莉薇亞也成爲奧古斯都的妻子。這段婚姻影響深遠，構成第二部複雜的權力遊戲。

但是他沒有進攻，我們也沒有動靜。我們的士兵糧食短缺，軍備不足；安東尼的士兵也舟車勞頓，只想看望他們在義大利的家人。我們任何一方的任何一個盲動，都可能引起兵變。

後來，我們安插在安東尼軍隊裡的情報員歸隊，告訴了我們一個驚人的消息。安東尼與福爾維婭在雅典時發生嚴重爭執；安東尼負氣離開；而現在福爾維婭已死去，事出突然，而且原因不明。

我們鼓勵一些可被信賴的士兵與安東尼的士兵打交道；很快地，雙方的代表團各自與其領袖會面，並要求安東尼和屋大維再次針對他們的歧異進行和解，不讓羅馬人打羅馬人的事情再度發生。

因此，兩位領袖會面，避免了另一場戰爭。安東尼強調福爾維婭和他的弟弟的行動未經他授權，而屋大維表明他因爲考慮到他們二人與安東尼的關係，並未對二人的行動進行報復。他們簽訂了協議；宣布特赦所有目前羅馬的敵人；安排了一樁婚事。

這段婚姻是我從中協調的；是安排安東尼與屋大維婭結婚。屋大維婭是我們君主的姐姐，幾個月前丈夫才去世，身邊帶著出生不久的兒子馬塞盧斯。

我親愛的李維，你是知道我的品味的——但是我幾乎會相信我會喜歡女人，如果她們大部分都長得像屋大維婭。我欣賞她，以前是，現在亦如此——她個性溫柔不做作，也十分美麗，是我認識的兩位女性中，其中一位既博學，又對哲學和文學有相當造詣的，另一位就是屋大維自己的女兒茱莉亞。屋大維婭不是一個玩物，你是知道的。我的老朋友阿瑟諾多努斯以前常說，如果她是一個男人，而且不那麼聰明，她有可能成爲一個偉大的哲學家。

屋大維向他姐姐解釋這段婚姻的必須性時，我也在場——他很喜歡他的姐姐，你也知道的。他說話時無法直視她的雙眼。但是屋大維婭只是向他微笑，她說，「我的弟弟呀，如果有此必要，那就必須要進行；我會是安東尼的好妻子，和你的好姐姐。」

「那是爲了羅馬，」屋大維說。

「是爲了我們，」她姐姐說。

那是必須的，我想；我們希望這段婚姻會帶來長久的和平；我們知道這會爲我們爭取到幾年的時間。但是我必須要說，我至今仍然感到那陣陣的悔恨與痛楚；屋大維婭必定有一段難過的日子。

話雖這樣說，但結果是，安東尼也不是一個完全投入的丈夫。這或許讓她較能忍受。但她從不在他背後說出苛刻的話，即便是在往後的日子裡。

Chapter

V

I. 書信：馬克・安東尼致屋大維・凱撒，自雅典（西元前三十九年）

馬克・安東尼向屋大維致敬。我不知道你對我期待什麼。我譴責我已故妻子、毀了我弟弟的功業，因爲他們的行爲惹你討厭。爲了鞏固我們的統治聯盟，我與你的姐姐結婚；他雖然是個好女人，卻可惜不合我的胃口。爲了向你保證我對你的誠信，我已經把塞克圖斯・龐培及他的海軍船隊送回去西西里，雖然（你應該很清楚）他本來會與我聯手對付你。爲了要增加你的權力，我答應了收回雷必達所治理的行省，只留阿非利加給他。我甚至答應與你的姐姐結婚後，被指派擔任尤利烏斯的祭司——雖然當老朋友的祭司似乎有點奇怪（我們曾經一起飲酒），雖然我接受這個工作對你的名聲多於對我的名聲有好處。最後，我離開了我的祖國，好讓自己能在東方聚積財富，以鞏固我們未來的權力，並爲已經陷入混亂的東方各行省建立新秩序。就如我剛才所說的，我不知道你對我期待什麼。

如果我容許那些希臘人假裝我是復活的酒神巴克斯（或者你會較喜歡說是戴歐尼修斯？），那是因爲他們對我的愛，可讓我對他們稍微加以控制。你批評我「假裝希臘人」、批評我在雅典娜節化身爲酒神巴克斯。但是你必須要知道，我同意這樣做的時候，我堅持雅典娜女神賜給我一份禮金，而因爲我的堅持，我增加了庫房的收入，那是大大超過稅賦的收入，同時也避免人們因繳稅而產生的憤怒。

至於你巧妙地提及的埃及問題：第一，我接受了某些埃及王后的子民作爲我的助手，這是事實。不過這個做法不僅有助於我達成任務，在外交工作上也是不得不這樣做。但即使這一切僅僅是出於我個人喜好，我也看不出你有反對的理由：阿姆尼烏斯你是認識的，因爲他與你剛過世的舅公（或者是你「父親」吧，就如你會這讓稱呼他）素有交情——他現在服務於我，就如同服務尤利烏斯，或是他的女王一樣的忠誠。至於艾皮馬可斯，你僅以「算命先生」稱呼他，如此的指稱（請恕我直言）顯示出你對東方的事務相當的無知。這位「僅僅是算命先生」是極爲重要的人物：他是埃及太陽城[32]的大祭司，是埃及智慧之神托特的化身，而且是《魔法書》的守護者。他比我們任何一位「祭司」都重要太多了，而且他對我有助益；此外，他是一個很有趣的人。

第二，我兩年前在亞力山卓與埃及王后的關係，從來都不是祕密。但是我要提醒你，那是兩年前的事，是在我們沒有想過我會成爲你姐夫之前。而克莉奧佩托拉帶來了兩名孩子這件事，也不需要你來提起；他們可能是，也可能不是我所出；是或不是也不重要。我在世界各地留下我的種，這也不是什麼祕密；這些新來的，比起其他的，對我來說是沒有多一分或少一分的問題。我公事辦完了有時間，就會找樂子，而我到哪裡就找到哪裡。我還會繼續這樣做。我的姐夫呀，至少我不會隱藏我的癖好；我不是僞君子；而我該指出，你自己的事，也沒有像你想像般隱瞞得那麼好。

按你對我的了解，應該不會認爲（如果你眞就如你現在假裝一般的這樣認爲）我與克莉奧佩托拉之間的關係，意味著我認可她擁有了埃及的主權，因爲如果這種認可對我有好處，也意味著也對你有好處。埃及在東方各國之間是最富有的，它的國庫之門也會爲我們大開，如果我們有此需要。此外，它是東方諸國中唯一擁有像樣的軍隊，而至少有其中一部分會讓我們支配。最後，一個強而有力而且統治地位穩固的國君，比起幾個地位朝不保夕的國君，會比較容易對付多了。

聰明如你，這些我說了的，還有很多沒說的，你應該很清楚。

不管你正在耍什麼把戲，你的任何提議我一概不接受。

32 太陽城（Heliopolis）是古埃及最重要的城市以及宗教中心，供奉太陽神拉（Ra）。

II. 書信：馬克・安東尼致蓋烏斯・桑歇爾・塔烏斯（西元前三十八年）

那該死的無恥的小騙子！我又好笑，又生氣——對這個騙子我感到好笑，而藏在他騙術背後的種種則讓我生氣。

他以爲我在雅典就沒有消息來源？他所做的一切我不感到驚訝，也不會大唱道德的高調，那是他最愛假裝的。他可以跟斯里柏尼婭離婚，離一百次都無所謂，甚至就在她爲他（就她的個性而言）生下了女兒的當天；他甚至可以在幾個星期內，去娶另外一個妻子，儘管她已經懷著前夫的孩子。他可以公開演出這令人關注的醜聞（或甚至是那些你曾經向我報告過的見不得人的），而不會得到我的譴責；在他個人的偏好上，他愛多怪異就多怪異。

但是我了解我這位新結交的「兄弟」；他做事不會出於一時衝動，或者是突發念頭。他像魚一般的冷血，我幾乎要佩服起他來了。

很清楚地，他跟斯里柏尼婭離婚，是意味著我們對她的親戚塞克圖斯・龐培不再有默契。我該如何思考這件事？他爲何事先沒有徵詢我的意見？這是不是意味著我們要向塞克圖斯宣戰？或者是屋大維自己會單槍上陣？

而他的新婚妻子又是怎麼回事？這個莉薇亞？你告訴我屋大維把她的丈夫流

放，驅離義大利，因為他是共和派，而且在佩魯賈一役中與屋大維為敵。這段婚姻是否意味著他要與共和信徒的殘餘勢力示好？這是我無法參透的……。桑歇爾呀，你必須要常常寫信來；我必須要保持消息靈通，而我現在能信任的只有寥寥幾人。但願我在羅馬；可是我又丟不下這裡的事情。

我一直企圖說服自己，我現在所過的生活，是值得我費力去追尋的。我現在的妻子態度冷漠卻又表現得體，恰恰是她的弟弟努力假裝的。雖然我可以在外到處找樂子，但是我往往得謹慎行事而使我的樂趣幾乎付之闕如。我每天都想著要她收拾行李回家；但是我沒有藉口，她正懷孕，現在跟她離婚會破壞我和她的弟弟之間的關係，那是我無法承受的。

III. 報告摘要：太陽城大祭司艾皮馬可斯致克莉奧佩托拉，伊西斯的化身，女王之王（西元前四十至三十七年）

女王陛下，今天馬克・安東尼和屋大維・凱撒玩擲骰子遊戲，開始的時候是為了娛樂，後來就動了氣。他們玩了幾乎三個小時，馬克・安東尼一直居於下風，擲四次才贏一次。屋大維十分高興，安東尼則感到惱怒。我開始施法術，處於出神的狀態，說了歐律斯透斯和赫拉克勒斯的故事，及赫拉克勒斯如何受到天神的作弄而成爲歐律斯透斯的僕人。我建議妳下次寫信給他時，說在妳的夢中他必須要爲一個比他弱勢，而且出身比他低微的人做一些有失身分的事。我的態度會極爲認眞，並預示不祥；而妳必須表現幽默輕鬆。

我的預言徒勞無功；他娶了敵人的姊姊屋大維婭。那是一種保證，讓老百姓和軍人感到滿意。

我給妳兩個臘像。妳要在皇宮裡找一個隱密的房間，要只有一道門的。妳要把安東尼的臘像放在有門的房間裡，屋大維婭的臘像則放在另一間沒有門的房間裡。妳必須要親手做，不要找幫手；這樣做就是在兩個臘像之間築了一道厚牆，從地板延伸到屋頂，之間不能有縫隙。每天日出日落，我的祭司愛比克泰德會到門前唸咒語。他知道怎麼做。

我們與屋大維婭到雅典，她已懷了身孕，再三個月就要生產。我送了一對長得一模一樣的獵犬給安東尼，他常與牠們到外面跑，並對牠們喜愛有加。屋大維婭的孩子出生當天，我會讓兩隻獵犬消失。妳必須要在事發的幾週內寫信給他，說妳夢中見到那兩隻獵犬的事。

屋大維婭誕下一個女娃，因此就不可能繼承他的名號。太陽神順從了我們的意願，回應了我們的懇求。

他跟屋大維發生爭執；屋大維婭從中調停，站在丈夫的立場反對弟弟。安東尼對她的疑心已幾乎打消，也似乎勉勉強強地對她有好感，儘管還是不能忍受她的沉默與平靜。愛比克泰德有按照妳的命令誠心唸咒語嗎？

他做了一個夢，夢中被綁在床上，身邊的帳篷在起火燃燒。他的士兵走過起火的帳篷，沒有理會他的呼喊，彷彿沒有聽見。最後他掙脫了束縛，但火勢已經蔓延到他身邊，猛烈到他無法看清逃走的路。他惶恐地醒來，把我召見。

我齋戒了三天後，把夢景的預兆告訴他。我說火代表了羅馬的陰謀，由屋大維・凱撒架柴生火。他在帳篷裡，我說，揭示了兩件事情：他的處境（他在羅馬的疆土上沒有安全而永久的位置），以及他的本性（他是一個軍人）。他被綁在床上，我說，意味著他的不作爲背叛了他的本性，讓他變得虛弱，面對危及自身的陰謀，或是命運的安排時，感到無能爲力。他的士兵沒有聽從他的號令，表示他在背叛自己本性的同時，也失去對下屬的駕馭能力；他是一個光說不練的人；人們會折服於他所爲，不是他所說。

他開始深思熟慮，開始研究地圖。我不發一語，但是我相信他再一次考慮攻打帕提亞。爲了達成這個目的，他會知道需要妳的幫助。妳要小心謹愼地讓他知道妳會隨時給予援手。這樣，妳就能夠讓他貢獻於我們的理想，確保埃及未來的光榮。

Ⅳ. 書信：克莉奧佩托拉自亞力山卓致馬克・安東尼（西元前三十七年）

我親愛的馬克，你一定要寬恕我長期的沉默，就如同我以前寬恕你一樣。而且你也必須寬恕我，如果我不是以一個王后、隨你差遣的盟友的身分，而是以一個普通女人的身分寫信給你。我過去幾個月生了嚴重的病，而且也不希望因我的病而使你擔心；的確，現在如果不是因爲我的脆弱，加上我已不顧及我女王的身分，我是不應該寫信給你的。

睡眠不肯讓我雙眼闔上；我的體力被熱病虛耗，甚至是我醫師奧林帕斯的高明醫術，也無法緩和；我食不下咽，絕望有如蟒蛇般偷偷地進駐我空虛的靈魂。

啊，馬克，這一切一定讓你感到疲憊！但是我知道你的仁心，也知道你對老朋友的弱點有所容忍，她常想著你，有很多事情也不能忘記。

或許是那一切的回憶，而不是奧林帕斯的建議，讓我踏上了從亞力山卓到底比斯這段路程。奧林帕斯說底比斯的神廟裡最高無上的阿蒙拉神會去除我的病痛，恢復我的體力。你過去常常嘲笑我對埃及神祇的敬重；你或許是對的，就像你對很多事情的判斷一樣。我幾乎已經拒絕祂了；但是我又想起（彷彿已經很久以前的）某個春天，我和你坐船沿著尼羅河走著，我們倚偎在長榻上，兩岸豐茂的美景在我們眼前滑過，沁涼的河風輕拂我們的身體；岸上的農民和牧人跪著致敬，連牛群羊群都似乎懷著敬意地停下來，抬頭看我們經過。我也想起，在孟菲斯，他們爲我們舉行鬥牛表演；在艾莫波利斯和阿肯太頓，我們成爲冥王歐西里斯和伊西斯女神的化身；然後在古都底比斯，那昏昏欲睡的白天，狂歡的夜晚……。

想起了這些，我便感到力量恢復了；我告訴奧林帕斯我會按他的建議前往阿蒙拉神廟。但是，倘若我能恢復健康，那將會是因爲沿路上的種種回憶給予我養分，那是跟我的生命一樣的珍貴啊。

V. 書信：馬克・安東尼致屋大維・凱撒（西元前三十七年）

你已經毀了我們與塞克圖斯・龐培之間的協議，那協議我作出了承諾；現在有傳言說你會攻打他，雖然你還沒有徵詢我的意見；你陰謀破壞我的名譽，雖然我從未傷害你與你的姐姐；你企圖顛覆我在義大利僅有的些微力量，雖然我已經出於我的誠信給予你現在所擁有的權力；總之，你以背叛償還我付出的忠誠、以背信棄義償還我的正直道義、以自私自利償還我的寬容慷慨。

你在羅馬可以爲所欲爲；我不會再關心。今年初我們同意延續我們的三頭同盟時，我是希望我們或許至少可以合作。但我們不能。

我把你的姐姐和她的孩子送回到你那裡。她到達時你可以告訴她不必再回到我身邊。雖然她是一個好女人，我已不想要和你的家族有任何關係。至於是否離婚，我將交由你來決定。我知道你會按你的個人利益來做決定。我不管了。

我不會再在你面前掩飾；我已無這個需要；我不再害怕你和你的陰謀。

今年春天我會開始進攻帕提亞，不必用到你答應過卻從來沒有移交給我的軍團。我已經召喚克莉奧佩托拉到安提俄克，她會提供我需要的軍力。

倘若羅馬在你編織的天羅地網中敗亡，埃及會在我投入的力量中興起。我把屍體留給你；對我來說，我寧可要一個活人。

VI. 書信：馬克・安東尼致克莉奧佩托拉（西元前三十七年）

尼羅河的女王、太陽神的王后、我痛愛的朋友——請從范提烏斯・卡比都手上接過這封信；我請他把這封信唯一交到妳的手中。妳可以信任他，如同信任我一般，並詢問他信中未提及的所有事情。我不是一個光說不練的人，就如妳往常睿智地觀察到的一樣。

我聽到妳染上重病時，心中所感到的絕望並非言語所能表達。而當我知道妳從底比斯回程時，行經我倆走過那難忘的路途，健康日漸復原，快活得像要回巢的小鳥一般，我的悲傷一掃而空，心中的歡欣也是筆墨難以形容。妳一定感到奇怪我知道得那麼清楚。我必須要坦白承認，我在妳的身邊安插了善意的線人，他基於對我們的愛，以及尊重我對妳深切的關懷，一直以來都讓我清楚了解妳的狀況。儘管外在情勢讓我們分隔兩地，我對妳的關懷未嘗動搖；有時候我沒有來信，是因爲那只會提醒我們曾經有過的歡愉，而召喚起的失落感，讓我痛苦難當。

但是，就像范提烏斯會告訴妳的一樣，我已經如夢初醒。啊，我的小貓咪，我的王后，妳知不知道我們分隔兩地讓我受盡折磨？妳一定知道——我知道妳能了解。我記得妳曾告訴我在妳少女時期，妳的父親曾把妳嫁給妳的弟弟，好讓妳生小孩，以延續托勒密皇朝的血脈。但是妳還是散發著成熟女子的氣質；就如同伊西斯[33]女神必臻於成熟，海克力斯也必成爲翩翩美男。無論當天帝與女神，或是國王與王后總是一種累贅。

妳會讓范提烏斯把妳帶到安提俄克嗎？我會等妳！即使是妳對我的愛已消逝，我也必須要再看到妳，好讓我能親眼看見妳已無恙。而且有些國家大事我們或許要商議，儘管妳要拒絕談及我們之間的種種。來到我身邊吧，就算是對我們難忘的記憶表示敬意。

VII. 瑪爾庫斯・阿格里帕回憶錄：片段（西元前十三年）

腓立比一戰後，三頭同盟中的安東尼因忙於東方的征戰，屋大維・凱撒只能爲內戰療傷止痛，在羅馬重建義大利的秩序。他一一經歷盟友安東尼的種種叛國行爲，而未曾退卻；在佩魯賈，我帶領的軍隊平息了安東尼弟弟盧基烏斯的叛亂；而由於凱撒・奧古斯都的慈悲，免了他的死罪，即使他惡貫滿盈。

但是在凱撒・奧古斯都與拯救羅馬所需的秩序兩者之間的障礙，其中最爲嚴重的，就是集海盜與叛國賊於一身的塞克圖斯・龐培。他非法地佔領西西里和撒丁二島，其船隊肆意在鄰近海域巡弋，搶劫及損毀商船，使其載運的穀物無法抵達羅馬。塞克圖斯・龐培的掠奪行爲嚴重到讓羅馬陷入飢荒的危機；人民的絕望與恐懼引起街頭暴動，除了釋放心中蠢動的恐慌之外，可說是毫無目的。凱撒・奧古斯都出於對人民憐憫之心，與龐培妥協，因爲我們沒有力量與他開戰。我們簽署了條約，有一段日子穀物能運抵羅馬；同時，我被凱撒・奧古斯都派往北部的

33 伊西斯（Isis）爲古埃及宗教信仰中的一位女神，被敬奉爲理想的母親和妻子、自然和魔法的守護神。

南山高盧當總督。我在那裡的任務是要整頓第三高盧軍團，以對抗越來越張狂的蠻夷部落，並準備次年再回到羅馬當執政官。

然而，條約還沒簽成之前，塞克圖斯・龐培便與安東尼相互勾結，讓條約很快地被廢止，塞克圖斯重操故業，到處搶劫掠奪。我在外未滿一年便被凱撒・奧古斯都召回羅馬；爲了備受飢荒所威脅的羅馬，我們不得不爲戰爭做好準備。

羅馬的智慧藏在它的國土及其土壤；羅馬人在海上就感到不自在。但是我們知道，倘若我們要打敗塞克圖斯・龐培，我們必須與他決戰於海上；因爲龐培就像一些畸形物種，海是他的棲息地，也是他埋伏的所在，即使我們把他驅離他佔有的陸地。凱撒・奧古斯都及元老院任命我爲羅馬海軍司令，史無前例地賦予我建立一支無敵船隊的使命。從凱撒・奧古斯都指揮的少量戰船之基礎上，我被委託增建約三百艘；而爲了獲得人力支援此船隊，奧古斯都以兩萬名奴隸的自由，換取他們的效忠。更由於我們不能公開地在海上練兵——因爲海盜龐培的船隻會在離義大利海岸不遠處出沒——我在那不勒斯附近的魯克連湖和阿汾努斯湖兩個湖泊之間挖出一條水道，形成一大片水域；另外我用火山灰、石灰和碎石製成了混凝土，使接連魯克連湖與外海的一道堤壩（據聞是大力神海克力斯所建）更爲鞏固，並鑿開堤壩的兩端，讓湖海相連，成爲一個海港，現在稱爲尤利烏斯灣，以茲紀念我的統帥及朋友。

那個港灣有四面的陸地作爲保護，在我當執政官那年，以及未來的一年不受氣候和敵軍船隊侵擾。我在那裡訓練海軍，準備對抗海盜龐培麾下老練的退伍軍人。到了夏天，我們一切就緒。

在七月（這個月分已改用神聖的尤利烏斯之名，以茲紀念）的第一天，我們啓航，往南面的西西里去，要與安東尼和雷必達分別來自東方及北方的援軍匯合。但是我們遇上了不該來的強烈暴風雨，折損了兵力；安東尼和雷必達的船隊找了地方避風，但是奧古斯都的羅馬船隊在我們二人的指揮下，冒著暴風雨前進；儘管被拖延了，我們還是在西西里北岸的米列與敵軍船隊相遇，受到我們重挫之後，他們被逼退守淺水區域，我們因此無法窮追；我們佔領了米列鎮，那是海盜龐培的軍隊獲得大部分物資的地方。

龐培的船隊對我們的實力毫無準備，潰不成軍。我設計的三爪錨，讓我們能夠登上很多敵船，加以控制，最後我們佔領的戰船比擊沉的還要多，使我們正在擴張的船隊有更強的陣容。我們繼續攻下海阿拉和汀達魯斯兩個靠近海岸的堡壘，這對龐培來說，除非他能贏得一次決定性的戰爭，把我們的船隊殲滅，否則他沿岸賴以獲得的主要物資的據點，都會落入我們手中；而他將會大敗。

因此他便冒險集中他所有船隊的力量在有利於他的戰船作戰的海域，保衛納洛庫斯。這也是我們必須取得的地方，否則我們先前在南面幾哩外的米列鎮奪得的據點，是岌岌可危的。

龐培精於海戰，但面對我們體積更大的戰船，也無法佔上風。他在謀略上遠勝我們，但是最後他也只能設法攻擊船身兩側的槳座，讓船隻無法移動；不過他的作法毀掉他們的船隻多於癱瘓我們的軍力，連人帶船沉沒的有二十八艘之多；剩下的船隻不是成爲我們的戰利品，就是已經毀壞的不堪使用。他的船隊中只有十七艘逃過我們的攻擊，載著龐培狼狽地指揮駛向東方。

有人說龐培往東想要會合一直缺席的安東尼，希望再煽動他聯手對抗凱撒・奧古斯都；也有人說，他想要與一直與我們的東方行省處於交戰狀態的野蠻帕提亞王佛拉提斯結盟。不管如何，他已經往東方去，繼續他搶劫掠奪的勾當，後來被千夫長蒂提烏斯捕獲。蒂提烏斯曾經在龐培手下撿回一命，但還是讓龐培像一個普通的盜匪般被處決。就這樣，義大利羅馬領海的海盜所造成的禍害最後被平定。

我們的軍隊已疲於爭戰，仍必須要攻下西西里沿岸曾經爲龐培提供物資的其他城市。其中最重要的是墨西拿，是龐培大部分陸上軍隊的據點。按凱撒・奧古斯都的命令，我們是要封鎖這個城市，若有必要開戰，也要等到他到達。但這個時候，三頭同盟中的雷必達，即使從來沒有參與過我們剛結束的海戰，卻領著他的船隊到達墨西拿與我們會合；即使我已向他傳達了凱撒・奧古斯都的命令，卻逕自與當地的領袖進行談判。他來自阿非利加的維和船隊是他增強了實力後，便以他三頭同盟之一的權力，解除了我的指揮權，並接收了龐培駐紮在墨西拿的孤軍，要求他們宣誓效忠，並把這些投誠的軍團納編到他的麾下。我們心力交瘁，只能等待凱撒・奧古斯都的到來。

Ⅷ. 軍令（西元前三十六年九月）

受令者：普林尼烏斯・魯佛斯，龐培駐墨西拿軍團指揮官

發令者：瑪爾庫斯・埃米利烏斯・雷必達，軍事指揮官、三頭同盟執政者、阿非利加總督及阿非利加軍團的大元帥、羅馬元老院執政官及大祭司

內容：龐培駐西西里軍團立即投降

戰敗的塞克圖斯・龐培軍團今天向本人所代表之最高權力投降後，汝應即向

所指揮之軍官與士兵通令如下：

（一）彼等於本日以前對羅馬合法政府所犯之罪行，已獲赦免，本人及任何人不再施予刑罰。

（二）彼等不得與非屬本人所指揮的官員及人士進行協商或交談。

（三）彼等之安全及福利，已獲本人之保證與承擔，彼等不得服從非本人以及非本人麾下之官員所發之號令。

（四）彼等須與本人指揮之軍團自由交融，視彼此爲軍中兄弟，情同手足，不再爲敵。

（五）墨西拿作爲被佔領之城市，對彼等完全開放，就如同對本人指揮的軍隊一般，以促進繁榮景氣。

IX. 書信：蓋烏斯・克尼烏斯・梅塞納斯致蒂托・李維（西元前十三年）

親愛的李維，我今天早上才聽到消息，瑪爾庫斯・埃米利烏斯・雷必達已經在奇爾切奧去世，他在那裡過著他退隱，而且我認爲是可恥的生活，已足足二十五年了。他是我們的敵人，但是經過如此漫長的日子，說也奇怪，敵人的死亡彷彿就如老朋友的死亡一般。我感到悲傷，就像我的君主一樣；他通知我這個死訊，而且告訴我他容許在羅馬舉行公開的葬禮，如果他的後人覺得有必要，也可以按照傳統的儀式。就這樣，過了這些年，雷必達回到羅馬，回到四分之一個世紀之前的那一天在西西里他拋棄了的榮耀……。

我突然想到在我的信中我從未提起過他的事。如果我在一個星期前提及的話，我會毫無疑問的只會輕輕帶過；對我來說，那似乎只會是我記憶中略帶幽默的事情。但是他的死，卻讓我的記憶產生了不同的意義，也讓我感到莫名的淡淡哀傷。

經過一段令人沮喪而充滿血腥的漫長鬥爭，海盜塞克圖斯・龐培大敗於阿格里帕和屋大維指揮的船隊和軍團，以及（據稱）雷必達的援軍。雷必達與阿格里帕需要對西西里沿岸的墨西拿加以封鎖，讓塞克圖斯・龐培的戰船遭到阿格里帕和屋大維破壞後四散於海上找不到安全的港口進行修復。但是有一個名爲普林尼烏斯的指揮官，當聽聞塞克圖斯兵敗後，便在雷必達命令下，不戰而交出墨西拿的管轄權，以及龐培的八個軍團。雷必達接受普林尼烏斯的投降，且不顧阿格里帕的抗議，把龐培的軍團盡收麾下；而且，在墨西拿投降後，本已受到雷必達的保護，但是他卻允許龐培的軍團及其麾下的十四支軍團在城裡進行搶劫掠奪。

我親愛的李維，你明白不會有美麗的戰爭，而且我們必須容忍軍人的某種暴行。在墨西拿被洗劫了一整夜後第二天，阿格里帕和屋大維進城；阿格里帕有稍微轉述眼下所見，但是我們的君王則從隻字未提。

不管有錢人或窮人，他們的房子一律毫無理由地被燒毀；數以百計無辜的市民，他們所犯的錯，不外乎是家園被龐培的軍團所佔領，但是無論老人、婦孺，或甚至是小孩，一一被軍人屠殺或凌虐。阿格里帕告訴我，即使在大屠殺後第二天接近中午，當他和我們的君主騎馬進城時，他們耳中唯一聽見的，是傷者和瀕死者的呻吟聲和哭喊聲。

我們的君主派遣他的手下前往照顧受苦的市民後，終於要面對雷必達，但是他因目睹了種種傷痛而說不出話來；可憐而無知的雷必達誤以爲沉默代表軟弱。他手上忽然掌握了二十二支養尊處優豐衣足食的軍團，必定自以爲天下無敵而陷於一種歇斯底里的精神狀態，竟然意氣風發的命令他的同僚離開西西里，話語中充滿輕蔑與威嚇；他還表示如果屋大維仍希望留在三頭同盟裡，他的唯一選擇是到阿非利加去，而他（雷必達）樂於拱手相讓。那是一篇精彩的演說……。

可憐的雷必達呀，我已經說過了。這是他的癡心妄想。我們的君主沒有回應雷必達荒謬愚蠢的宣示。

第二天，他在阿格里帕及六個護衛陪伴下入城，前往小廣場，向雷必達士兵和塞克圖斯・龐培的降軍說話。他說雷必達對他們的承諾沒有他的同意，只是空話，如果他們執意要追隨一個假領袖，恐怕會白外於羅馬對他們的保護。他繼承了凱撒的名號，就算是雷必達沒有犯下致命的錯誤，他認爲已足以讓面前的士兵回歸理性。可惜的是，雷必達的護衛，在眾目睽睽下攻擊我們的君主，倘若不是他身邊的一個護衛犧牲自己的生命，奮不顧身地擋住長茅，我們的君主便可能受重傷或死亡。

阿格里帕告訴我，當這位護衛在我們的君主面前倒下時，一種詭異的寧靜在廣場上聚集的士兵之間蔓延開來，連行兇的護衛也呆立著不動，不再進一步攻擊。屋大維痛苦地看著躺在跟前的護衛良久，才抬頭面對面前的士兵。

他緩緩地說，但聲音清晰響徹所有人的耳中，「就這樣，在瑪爾庫斯・埃米利烏斯・雷必達的許可下，又一位勇敢而忠貞的羅馬士兵，未曾對他的同袍帶來一絲傷害，卻在異地斷送了生命。」

他命令其他近身護衛高高舉起死者；然後彷彿在舉行喪禮一般，在沒有任何防衛之下，走在最前面，穿過面前聚集的士兵離開廣場，士兵們往兩邊讓路，彷佛強風吹開了田裡的稻穗。

後來，塞克圖斯・龐培的軍團一支接一支地擅自逃離雷必達的麾下，在城外向我們投誠；隨後，雷必達的軍團也因厭惡其統帥的怠惰及缺乏領導能力，也投入我們陣營；最後雷必達只剩下幾支軍團，坐困愁城。

雷必達應該明白自己終於會被攻陷，而且會被處決，但是屋大維並沒有採取行動。人們會認爲在這情況下雷必達會選擇自行了斷，不過他沒有這樣做。他反而派遣他的信差面見屋大維，請求原諒，並祈求能保住性命。屋大維答應，並提出條件。

就這樣，在初秋的一個明澈微涼的清晨，屋大維命令瑪爾庫斯・埃米利烏斯・雷必達和塞克圖斯・龐培軍團裡的軍官和百夫長，以及他麾下的軍官與百夫長聚合在墨西拿城裡的廣場上。雷必達公開地懇求寬恕。

雷必達身穿毫無官階標誌的托加長袍，稀疏的灰髮在風中盪著，在身邊沒有隨從陪同下，他緩緩穿過廣場走向講台。屋大維早已站在講台上，雷必達在講台前下跪，爲他所犯的罪祈求赦免，並公開地放棄所有權力。阿格里帕說他臉色蒼白，木無表情，聲音彷彿來自魂不附體的人。

屋大維說，「此人已被寬恕，他在你們之中已確保安全，不會受到傷害。他將要遭到流放，但仍然受到羅馬的保護；他的所有官階已被撤除，只剩大祭司的頭銜，那是只有天神才可以取回的。」

雷必達不再說話，站起來走向他的居所。阿格里帕告訴我一件有趣的事。在雷必達步離廣場時，阿格里帕對屋大維說，「你讓他生不如死。」

屋大維微笑。「或許吧，」他說，「不過，我可能給了他某種快樂。」

……我不知道他在基爾基流放的這些年，日子是怎麼過的。他快樂嗎？人手中擁有權力，但無法好好掌握，卻又活著——這會是怎樣的呢？

X. 瑪爾庫斯・阿格里帕回憶錄：片段（西元前十三年）

我們回到羅馬、回到羅馬人滿滿的感激之情，因爲他們從飢餓中被拯救出來。義大利的每一個城市，從北方的阿雷佐到南方的維博，紛紛豎立屋大維・凱撒的塑像，人民視他爲家的守護神，虔誠膜拜。元老院及羅馬人民在廣場上豎立了一座黃金打造的雕像，以紀念義大利的國土及海域重建了秩序。

爲了慶祝這番盛事，屋大維・凱撒免除了人民的債務與賦稅，並向他們承諾當馬克・安東尼平定了東部的帕提亞人之後，終將享有和平與自由。他對羅馬所展現的堅定不移表達感謝，然後授予我一頂黃金打造的王冠，王冠上裝飾著我們的戰船。沒有人曾獲得這項殊榮，從此之後也不再有人得到。

就這樣，安東尼在遙遠的東方對付野蠻的帕提亞部落，而在義大利，凱撒・奧古斯都致力於維護國家的疆域，那是已經在多年來的紛紛擾擾中被忽略，而讓國家深受其害。我們征服了潘諾尼亞的部落，及將其盤踞於達爾馬提亞沿岸的入侵部落驅離。在這些戰役中屋大維・凱撒皆親自領軍，也光榮地負傷。

Chapter

VI

I. 書信：尼科拉烏斯・達馬斯庫斯自安提俄克和亞力山卓致斯特拉波・阿馬西亞（西元前三十九年）

親愛的斯特拉波，我親眼目睹一個事件，其重要性只有你這位我最親愛的朋友才能了解。羅馬三頭同盟之一的馬克・安東尼已經當上了埃及的大將軍，實際是王帝了，雖然他沒有這樣稱呼自己。他已經迎娶了克莉奧佩托拉，她是伊西斯女神的化身，埃及的王后，尼羅河之地的女王。

我捎給你的這個訊息，恐怕沒還有任何羅馬人聽過，可能包括那位你常在信中提到，而且非常仰慕的羅馬世界的年輕統治者；由於事出突然，即使是在這東方世界，也是前幾天才知道眞有其事。啊，我的老朋友呀，只要我能看看你此刻臉上的表情，我寧可放棄一點點我們竭盡所能而獲得的智慧！那一定是十分訝異，並帶些許的痛苦？你一定要諒解我這個常常責罵和嘲笑你的人；我無法抗拒去引起你心中那股我認爲是不帶惡意的嫉妒，你一生的好運早已引起我心中同樣的情緒。你很清楚知道你從羅馬捎來的信曾讓我萌生嫉妒。多少次我在大馬士革時我是多希望與你一起在羅馬，在那個像你所說的「世界的中心」，能與你提及過的偉人如此頻繁的、親密的對話。而我現在也進入了這個世界；憑著一點至今我仍難以置信的意外的運氣，我獲得一個極爲重要的職位。我當上了克莉奧佩托拉的孩子的家庭教師、皇家圖書館的管理員，以及皇室家族學校的校長。

這一切發生得如此迅速，連我也不敢相信，而到現在我還沒有完全了解我被聘用的原因。或許是因爲我名義上是猶太人，卻又是一個不至於走火入魔的哲學家，又或許我父親與希律王的宮廷有點小生意往來，而馬克・安東尼爲了要與希律王和平共存，最近冊封他爲猶地亞之王。政治有可能找上一個像我一樣與政治沾不上邊的人嗎？我但願我是太謙虛了；我會認爲是我作爲學者的名氣，讓我在政治上終於有點分量。

其實，我是在亞力山卓的時候被王后派來的密使找上。我到那裡是替父親處理一些公事，順路花些時間借用皇家圖書館；密使現身對我表明來意，我便立刻接受。那個職位除了物質方面的優勢（那是十分豐厚），皇家圖書館也是我見過最令人印象深刻的；我可以不斷接觸到一些很少人用過或者看過的書籍。

而現在我既然已是皇家的一員，便會隨著王后出遊；所以，我三天前來到安提俄克，雖然她的孩子仍留在亞力山卓的皇宮裡；或許安東尼不想太公開的蔑視羅馬的法律，即使他已經把他的運氣全押在東方（我懷疑羅馬法律在此事情上有何意義，因爲有傳言說他已懶得合法地與他的前妻離婚）；或許他只是想讓埃及人清楚了解他並沒有要篡奪王后的權力。也或許並無任何原因。

無論如何，結婚儀式已經進行；在這東方的世界裡，王后與馬克・安東尼已成爲夫婦；不管羅馬如何看待此事，他們是此地的共治者。馬克・安東尼已經公開宣布凱撒里昂（公認爲曾經是他的朋友尤利烏斯・凱撒的兒子），是克莉奧佩托拉王位的繼承人，而她生的雙胞胎會被認爲是合法兒女。另外，他也使埃及的財富和土地倍增；王后現在統治整個阿拉伯，包括佩特拉[34]及西奈半島、死海和耶利哥之間的約旦、加利利和撒馬利亞的部分、整個腓尼基的海岸、黎巴嫩、敘利亞、和奇里乞亞最富庶之地、塞普勒斯全島及克里特島的部分。因此，我曾經是敘利亞的羅馬人，現在可能要考慮自己成爲敘利亞的埃及人了；但是我兩者都不是。我的老朋友啊，就像你一樣，我是一個學者，希望成爲一個哲學家。我不願意當多一分羅馬人或埃及人；亞里斯多德是希臘人，然而他從來不會對他土生土長的愛奧尼亞失去絲毫的愛與驕傲。我要效法這位偉人，滿足於當一個大馬士革人。

34 佩特拉（Petra），位於約旦的一座古城。

然而，就像你常常說的，滾滾紅塵是一個十分有趣的地方；或許，即使是在傲慢自大的少年時代，我們也不應該與外在世界太疏遠，埋頭在學問中。知識之路漫長，終點在遠方；如果要知道所到之處是否爲終點，便必須要在知識的路上到訪很多地方。

我曾遠距離看過她，還沒有機會會晤這位聘用我的王后。馬克・安東尼四處走動，快活、親切、平易近人。他有點像個孩子，我是這樣認爲，雖然他的頭髮已開始花白，而且身材有些微變胖。

我想我在亞力山卓會再次快樂起來，就如同回到我們當學生的日子。

我相信我在上一封信有提到，我只曾經遠距離看過王后——那是在她的婚禮中。那場婚禮連結了她與馬克・安東尼及其羅馬的勢力，只有跟皇室有密切關係的人才能參與。

安提俄克的皇宮不比亞力山卓的皇宮宏偉壯麗，但不輸其氣派；在婚禮中，我被擠到長方型禮堂的最後方；雖然克莉奧佩托拉和安東尼站在黑檀木的平台上，但是從我的角度看去，能看到的實在很少。我只看見王后身上鑲滿珠寶的長袍在火把的光芒下閃閃生輝，以及她的后冠上象徵太陽的黃金圓片。她的動作緩慢而莊嚴，彷彿就是她的名號所宣稱的女神。那是一個安排極爲精心細緻的典禮（我一些新認識的朋友認爲是頗爲簡單），但是其中的意義並非是我能理解的；祭司一個一個進場，以只有他們才會的古老語言吟唱著不同的咒語；不同種類油脂製成的聖膏油；揮舞的棍棒。典禮充滿神祕色彩而（坦白說我覺得）不文明，甚至有點粗野。

就這樣，在一種奇異的感覺中我第一次看見我的女王，彷彿是美狄亞或者是海妖瑟西現身，既不像女神，也不像凡間女子，卻比二者更超乎自然。

我親愛的斯特拉波，我無法向你形容我的驚訝讓我感到多麼的慶幸，而且因我的驚訝而感到多麼的快樂。我預期會看見一個皮膚黝黑肌肉發達的女人，就像是在菜市場裡看到的一樣；我卻看到一個身材苗條、皮膚白皙、淺褐色頭髮、大眼睛的女人，神態自若、態度莊嚴，散發著特殊的魅力。她當下不讓我感到拘束，請我坐到一張與王后坐著那張一樣豪華的長椅上，彷彿我在一個簡單而親切的家庭裡作客一般。最後我們談及一些日常話題時，才眞的是進入了文明的交談對話。她從容地、輕聲地笑，似乎對客人全神貫注。她的希臘文無懈可擊；拉丁文至少與我是伯仲之間；她對僕人說話態度從容，用的是我聽不懂的方言。她的閱讀範圍廣泛，而且理解精闢——她甚至像我一樣的欣賞亞里斯多德，並認眞的告訴我她有讀到我有關亞里斯多德的論著，並因此而對亞里斯多德有更深入的了解。

你知道的，我不是一個愛慕虛榮的人；即使我是，我也相信我對這位最特殊的女性的感激與欽佩，會壓倒我的虛榮心。如此令人著迷的人，亦有能力管治世上最富庶的國度，那幾乎是令人難以置信的。

我回到亞力山卓已經有三週了，也開始了我的工作；馬克・安東尼和王后仍留在安提俄克。馬克・安東尼正在準備今年底進兵帕提亞。我的工作並不繁重；我需要多少奴隸就有多少奴隸，來協助皇家圖書館的管理工作，而照顧小孩只花我一點點時間。

安東尼與克莉奧佩托拉所生的雙胞胎——亞歷山大・赫利俄斯及克莉奧佩托拉・塞勒涅二世——才剛滿三歲不久，因此無法接受任何的教導；但是我有被指示每天至少有短暫的時間用希臘文與他們對話，而甚至（在王后的堅持下）使用拉丁文，好讓他們長大後，不會對這兩種語文感到陌生。

但是已經快十二歲的托勒密・凱撒——被人們稱為凱撒里昂——就是另一回事了。即使我沒有清楚知道，但是我相信他可能是我們偉大的尤利烏斯・凱撒的兒子。他了解自己的天命，也做好了準備；他言之鑿鑿地說他在母親的羅馬寓所內見過他的父親，時間就在他被刺殺之前——儘管事發的時候他還不到四歲。他態度認眞，完全沒幽默感，並格外專注在他處理的事上。他彷彿沒有童年，也不想要有；他提到母親時，彷彿她完全不是他的母親，而是一種權力的象徵；他等待著繼承母親王位到來的一天，耐心地，有把握地，就如同他等待明天的旭日東昇。如果他手上擁有他母親的大權，我相信他會讓我感到有點害怕。

然而他是一個好學生，當他的老師是一件樂事。

好此道者，一定認爲這是一個不祥的冬天——幾乎沒有下雨，今年農作物會短收；一連幾個暴風從東面橫掃敘利亞及埃及，受波及的村落成爲廢墟後，一切被沖到海裡去。安東尼已經從安提俄克出兵攻打帕提亞，據說軍容之浩大，只有馬其頓時代的亞歷山大帝（據說克莉奧佩托拉身上流著他的血液）能媲美：超過六萬驍勇善戰的老將、來自高盧及西班牙的一萬名騎兵、從東方行省招募來的三萬名後備部隊。我這位年少的凱撒里昂（最近已經開始對戰爭的藝術發生興趣），曾帶著幾分年少無知的冷酷，說以這支軍隊攻打東方的蠻夷是一種浪費；如果他是皇帝，他說——彷彿對他來說戰爭只是一場遊戲——他會把軍隊轉向西方，那裡一定會比搶奪劫掠得到更多。

王后已從安提俄克經由大馬士革回來，會留在亞力山卓直到帕提亞的戰事結束。她知道大馬士革是我的出生地後，便好意地請我到會客室告訴我家鄉的事。偉大的人是多麼的思慮縝密、多麼地有人性啊，這眞是令人感到訝異。她在大馬士革會晤了希律王，爲的是要商討某些香料產地的租金；她想起曾經與我對話的內容，便向希律王垂詢我父親的健康，並透過希律王表達他兒子及王后關懷之意。

就此事我還沒有聽到父親的回音，但我肯定他會感到快慰。他年事已高，身體日漸虛弱，我猜想一個人到了這種光景，回顧一生並思考其意義，總是需要一些具體的肯定作慰藉。

II. 書信：馬克·安東尼致克莉奧佩托拉，來自亞美尼亞（西元前三十六年，十一月）

我親愛的妻子。我現在要感謝羅馬的、以及妳埃及的神祇，因爲我沒有屈服於我個人的慾望和妳的決心，允許妳陪同我加入這場戰事。那比我想像中還要艱困；

現在情況很清楚，我原來希望今秋結束的戰事，現在必須要延後到明年春天。

帕提亞人的確是詭計多端，卻又足智多謀的敵人，比我預期中更能聰明地利用地利之便。當年克拉蘇和溫提迪烏斯在攻打他們時所繪製的地圖，實際上是有等於沒有；部分行省的軍團叛變，影響我們東征的大業，加上鄉下地方環境惡劣，無法提供足夠軍糧過冬。

我從已經攻克的佛拉斯帕撤兵了，因爲我們不可能熬過寒冷的氣候；我們連續二十七天穿越荒野地，沿著裏海，最後到達了較爲安全的亞美尼亞，雖然大家都感到十分困頓，而且軍營裡大量士兵染病。

然而大體而言，我相信這次出征是成功的，儘管恐怕很多筋疲力盡的士兵不敢苟同。我看懂了帕提亞人的把戲，而且更精確地掌握了那裡的地形地貌，明年再度進攻便能派上用場。我已經把凱旋的消息傳到羅馬去了。

但是妳必須要了解，儘管這次出征，在戰略上是獲得成功，我卻正處於最困窘的狀態。我們不能在亞美尼亞久留；我不完全信任我們的東道主阿爾塔瓦茲德，他在帕提亞時曾經在重要的時刻棄我於不顧；我現在不能譴責他，我們還是他的客人。因此我會與幾支軍團前進敘利亞，剩下的軍隊則在恢復元氣後再與我會合。

要熬過寒冷的冬季，即使是在敘利亞，我們會需要糧食的補給；我們現在像乞丐一樣一無所有，我們需要食物、衣服，以及一切必須的物料，讓我們能夠修復已經損毀的武裝設備。我們也需要馬匹來補充那些因戰爭或氣候因素而犧牲的，再加以訓練後，明年春天就可以投入戰事。我也急需要金錢，士兵們已經好幾個月沒領到軍餉，有一部分已經要脅要叛變了。這些我提到的都必須要儘快獲得。我隨信附上一張詳細的清單，列舉了我絕對需要的物品，另一張清單列舉的，是入冬後才需要的。我一點都沒有誇大我的需求。

我們會在魯克康姆這條小村子裡過冬，就在貝魯特的南部。妳可能沒有聽過，不過那裡有足夠的船塢停泊妳送來的戰船。一切要小心。妳收到這封信的時候，那些瘋狂的帕提亞人可能已經開始在岸邊監視了。不過我認爲魯克康姆應該沒有被封鎖的危險。我肯定妳很快會收到這封信，不管冬天的海路多難行。沒有糧食我們恐怕撐不了多少日子了。

雪在我的帳篷外下著，我們駐紮的平原已經消失無蹤。我看不見其他的帳篷；我聽不到任何聲音。我覺得寒冷，而在寂靜中我所意識到的寂寞，是超乎妳能想像的。我渴望著妳溫暖的雙臂、妳親切的聲音。與妳的補給船一起出發來敘利亞吧。我必須與我的軍隊留在這裡，否則春天來臨前他們就會逃走；但是沒有妳在身邊，我無法再多撐一個月。來我這裡吧，我們會把貝魯特變成另一個安提俄克，或者底比斯，或者亞力山卓。

III. 報告：太陽城大祭司艾皮馬可斯致克莉奧佩托拉，自亞美尼亞（西元前三十六年十一月）

女王陛下：因妳而得享尊榮，並得妳的扶翼而雄視世界的馬克・安東尼此人，已沒有人比他更勇敢了。他的驍勇善戰，已超乎一般人所理解的所謂精明幹練；他忍受的犧牲與痛苦，足可以使一個經驗豐富的士兵自愧弗如。但是他不是稱職的將軍，而整個軍事行動是一場災難。

倘若我向妳報告的內容，抵觸了妳從其他消息來源所聽到的，請妳必須要了解我所寫下的，是基於與妳丈夫的友誼、對妳的尊敬，以及對埃及未來的憂慮。

今年春天我們從安提俄克前進幼發拉底河畔的澤烏格馬，然後沿河北走，一路上我們糧食充裕。在幼發拉底河和阿拉斯河的分水嶺上，我們往南向帕提亞的重鎮佛拉斯帕走。但是到達佛拉斯帕之前，爲了要節省時間，馬克・安東尼把軍隊一分爲二，讓補給的隊伍帶著我們的食物、行囊、攻城槌及移動攻城塔，取平坦的通道移動，而大部分的軍隊從原路線快速前進目的地。

但是當軍隊安全前進的同時，埋伏在山裡的帕提亞人從山上飛奔下來向緩慢前進的補給隊伍發動攻擊。遭到攻擊的訊息傳到我們耳中，我們趕往救援，無奈爲時已晚。護送兵被殺，補給品被焚毀，攻城塔及器械被破壞；只有幾個士兵迅速築起防禦陣地。後來我們驅散了進攻的帕提亞人，而他們在進行破壞後，便有條不紊地退回他們熟悉的山區裡，那是我們不敢踏足的地方。

那就是馬克・安東尼向羅馬報告的「勝利」。我們統計有八十個帕提亞人喪命。

馬克・安東尼不顧我們攻城的工具已遭破壞，以及補給品和糧食已遭焚毀，他仍堅持進攻帕提亞的佛拉斯帕城。儘管佛拉斯帕毫無防備，但是我們幾乎不可能把它攻下，因爲我們只有身邊攜帶的武器。我們無法引他們出城開戰；而當我們的派遣部隊到處尋找食物時，又被帕提亞的弓箭手偷襲；他們從意想不到的地方出現，很快又消失無蹤。冬天漸漸逼近。我們堅持了兩個月；最後安東尼獲得佛拉提斯王的承諾讓我們在沒有障礙的情況下撤離他的領地。所以，在十月中，在飢餓與疲憊交迫的情況下，我們開始回到五個月前我們出發的地方。

在二十七天中，在寒冷的天氣下，呼呼的狂風夾著大雪，我們奮力爬過山峰，穿越毫無遮蔽的平原；在不同的十八個地方，我們被背信棄義的佛拉提斯王派來的弓箭手襲擊。他們從各處冒出來——後方、側面、正前方，在我們還來不及準備，箭頭已在眼前，然後他們又退到那蒙昧兇殘的黑暗中，只剩我們這些受害的盲目野獸仍踉蹌而行。

就是在這可怕的大撤退中，妳的馬克·安東尼展現了他的男兒本色。他經歷了下屬們經歷的苦難；他們後來只能啃食植物的根莖，或在朽木裡蒐集昆蟲來果腹，他與同袍們吃同樣的食物之外，就沒有吃別的了；而他穿的衣服也沒有比別人的溫暖。

我們已到達亞美尼亞，不過不能久留；這國家的君王名義上是我們的盟友，卻不比我們的敵人可靠，也只提供我們少量的食物。我們很快便會前往敘利亞。不過我已經整理出我們遭受損失的清單，在這裡提交給妳。

在這五個月，我們損失了四萬名兵員，很多是死於帕提亞人的箭下，不過有更多人是死於寒冷與疾病；這四萬兵員中，有兩萬兩千人屬於安東尼的羅馬老將，據說是世界上最精良的戰士；這些缺額是無法被遞補的，除非屋大維·凱撒同意這樣做——不過這是不太可能的。馬匹實際上已經一隻不留了。我們也沒有儲備的糧草。我們沒有衣服，除了身上殘破不堪的。我們沒有食物，除了已經吃下肚子的。

因此，女王陛下，雖然我們已潰不成軍，但是如果妳還願意拯救我們，妳必須要應諾妳丈夫的請求。不過以他驕傲的個性，恐怕是不願意讓妳知道他落魄的景況的。

Ⅳ.備忘錄：克莉奧佩托拉致軍備供應部部長（西元前三十六年）

特此授權軍備供應部部長取得下列物品，並準備運送至敘利亞的魯克康姆港，領受人爲馬克・安東尼大將軍：

大蒜：三噸

小麥麵粉或斯佩爾特麵粉，視供應情況而定：三十噸

鹹魚：十噸

乳酪（山羊）：四十五噸

蜂蜜：六百桶

綿羊（已可供使用）：六百頭

發酸葡萄酒：六百桶

其他：若貯窖中有大量剩餘之各類菜乾，可將剩餘一併運送，否則以上列物品爲準。

軍備部長亦須備妥充足的二等厚絨布（二十四萬碼，寬幅），以製作六萬件禦寒披風；充足的粗麻布（十二萬碼，中幅），以製作相同數目之及膝戰袍；充足的鞣製馬皮或牛皮（二千塊），以製作六萬雙戰靴。

注意運送速度。於適當船隻上選派充足的裁縫師及靴匠，在八至十天航行期內製作相關品項，於抵達目的地前完成。

船隻（共十二艘，已於皇家海港候命）應於三天內出航，於此時間內必須完成所有物品之取得及裝載。若有錯失，後果自負。

V. 備忘錄：克莉奧佩托拉致財政部長（西元前三十六年）

財政部長若接獲任何命令或請求，不論來自馬克・安東尼或其代理人，在沒有本女王之明確許可及授權之情形下，皆不得自國庫核支任何款項。上述許可及授權之文件，必須加印國璽，並由女王本人明確指定之代理人親自授予。

VI. 備忘錄：克莉奧佩托拉致埃及國軍司令（西元前三十六年）

埃及國軍司令若接獲任何命令或請求，不論來自馬克・安東尼或其代理人，在沒有本女王之明確許可及授權之情形下，皆不得自國軍調派軍力，或作任何承諾。上述許可及授權之文件，必須加印國璽，並由女王本人明確指定之代理人親自授予。

VII. 書信：克莉奧佩托拉致馬克・安東尼，自亞力山卓（西元前三十五年冬）

我親愛的丈夫，本女王已經下令全力滿足你英勇的軍隊之需求；你的妻子我彷彿是一個激動得發抖的少女，乘著這不可測的冬日海浪急速前往與你見面。事實上，在你閱讀此信時，你應該在敘利亞的岸上徘徊等待，而我毫無疑問的是站在補給艦隊的最前方，望眼欲穿地期待你的出現，她身體抵擋著寒冷，內心渴望著你的雙臂而感到溫暖。

身爲一國之女王，我因你彪炳的戰功而欣喜；而作爲一個女人，卻因爲與你必須分隔兩地而哀嘆不已。而在收到你的信後這段忙亂的日子，我可以斷言（我有可能錯嗎？）在我身上，女王與女人可能已經合而爲一了。

我會說服你與我一起回到溫暖舒適的亞力山卓，留待他日再來完成你在帕提亞的功業。作爲一個女人，我樂於對你勸說；而作爲女王，那是我的責任。

在東方你所目睹的眾叛親離，已在西方蠢蠢欲動。屋大維仍是在陰謀推翻你，不斷地向支持者誹謗你；他們對你的愛是他們唯一的救贖啊！我知道他正企圖推翻希律王；而我所得到的情報，讓我了解到東方各行省的軍團紛紛背叛你，正是他在幕後策劃一切，使你在帕提亞的戰役受挫。我必須要讓你了解，羅馬多的是野蠻人，這和帕提亞並無二致，但他們利用你的忠貞與善良，卻比帕提亞的毒箭更爲危險。在東方，只有掠奪；而在西方，那是整個世界，其權柄之大只有偉人才能想像。

即使在此刻，我的思緒也偏離了我的話語。我一想到你，人中極品啊——便又回復到一個女人的身分，棄我的國家、戰功、權力而不顧。我終於要回到你的身邊，不過現在還是度日如年啊！

VIII. 書信：蓋烏斯・克尼烏斯・梅塞納斯致蒂托・李維（西元前十二年）

你對事情的了解何等精確啊，我親愛的李維！然而，在那精確的背後所指涉的，是多麼殘忍的想法！我們是「被騙」（所以是傻瓜），或者是「隱瞞」資訊（所以是騙子）？我會用一種比你的問題較不精確的方式回答。

不是的，我的老朋友，我們在帕提亞的事情上沒有被騙；我們怎麼會被騙呢？即使在我們獲得安東尼對帕提亞一役的敘述之前，我們已經知道眞相。我們是對羅馬人撒謊。

我必須說，我對你問題背後所暗示的，比你的問題本身更感到被冒犯。你忘記了我本身是一個藝術家，知道有必要詢問一些對一般人來說似乎極爲無禮，或者是放肆的事情。對於一些我會毫不猶豫，而且是爲了我的藝術而從事的事情，我怎麼會感到被冒犯呢？不，那是你的問題的弦外之音，一點一滴的讓我覺得惱怒；因爲我認爲（我希望我是錯的）我嗅到了道學家的味道。而對我來說，道學家似乎是所有物種之中最無用、最可鄙的。他的無用在於他會耗費精力在做判斷多於增長知識，因爲做判斷容易，獲得知識困難。他的可鄙在於他的判斷反映他自己的眼界，而基於他的無知和驕傲他會把自己的眼界投射到外在世界上。我懇求你，不要做一個道學家；你會毀了你的學問和你的心神。這會是對我們深刻的友誼的一個難以承受的負擔。

就像我說的，我們撒了謊；而如果我們說出撒謊的理由，我不會加以解釋來作爲自我保護。我的解釋是爲了提升你的了解，以及擴展你對世界的認識。

在帕提亞一役潰敗後，安東尼向元老院送來快信，以最意氣風發卻又最含糊的口吻描述他的「勝利」，而且要求舉行凱旋式，即使他本人不在羅馬。我們接受這個謊言，讓謊言散布，也爲他舉行凱旋式。

義大利自兩個世代以來受盡內戰的折磨；一支強大而驕傲的民族，其當代史竟然是一段戰敗的歷史，因爲在內鬥中沒有人是勝利者；塞克圖斯・龐培戰敗後，和平似乎是可能的；而安東尼幾近全軍覆沒的消息，對政府的穩定和老百姓的情感，可能是一場大災難。老百姓可以了無止盡地忍受痛苦的挫敗；但是要讓他們稍稍得到喘息的機會、一點點對未來的希望，便不可能叫他們在毫無提防下再忍受希望的落空。

其實謊言的背後有著更特殊的理由。來自帕提亞的消息是緊隨著我們打敗塞克圖斯・龐培之後傳來的；支援的軍團已經被解散，並回到他們被承諾獎賞的土地；他們可能再被徵召的訊息，會讓羅馬以外的土地，變得一文不值，這對一個已經陷入危機的經濟，會是十分嚴重的打擊。

最後而且是更明顯的理由，是我們仍抱著希望安東尼會放棄他東方帝國的夢想，再一次成爲羅馬人。那是妄想，不過在那個情勢之下，似乎有其合理性。拒絕給予他凱旋式的榮耀——把「眞相」公諸於羅馬——是不可能讓他光榮地、平和地回國的。

我在述說這些事件的時候，我一直用「我們」的字眼；但是你必須要了解，在塞克圖斯・龐培戰敗後的三年裡，屋大維和阿格里帕只是偶爾停留在羅馬，大部分時間都在伊利里亞，保衛著我們的邊疆，以及鎮壓住達爾馬提亞沿岸地區的野蠻部落。那些部落在該地區橫行霸道，甚至連義大利亞得里亞海岸的村落也遭洗劫。在那段日子屋大維把他的國璽託付予我，而前面我提及的作爲，全出於我的決定。我很驕傲地說，我總是得到我們君主的認同，即使往往是在事情發生之後。我記得有一次當他在伊利里亞對抗蠻夷的一場戰役受傷，回到羅馬作短暫療養；他對我說（我認爲是半開玩笑的），有阿格里帕在他的軍隊打頭陣，和有我帶領著政府，儘管是非正式的任命，他覺得國家已經安全到讓他有必要不再假裝擁有軍政大權，並且出於他的興趣，投入我的門下當個首席詩人。

馬克・安東尼……這些年來正反兩面的評價啊！但是在各種評價底下，都潛藏著眞相，儘管世人永遠無法掌握。我們沒有耍陰謀，我們沒那個必要。雖然元老院裡很多屬於共和派的元老不知何故的非理性地改變立場，視安東尼爲重拾過去榮景的唯一希望，大力支持安東尼，並反對我們。然而人民是支持我們的；我們有軍隊；我們在元老院有足夠的勢力，至少可以推動我們認爲最重要的法令。

我們可以忍受馬克・安東尼在東方自命爲最高首長，或者任何他自封的頭銜，只要他還是羅馬人，即使是一個搶劫擄掠的羅馬人。我們在羅馬可以忍受他，即使他是如此的輕率不羈，以及野心勃勃。我們不得不認爲他朝思暮想要成爲亞歷山大大帝，而那個夢想使他病了。

我們爲他舉行了凱旋式，提升了他在元老院的支持度，但是這並沒有吸引他回到羅馬。我們讓他當執政官，他拒絕了，仍滯留在外。最後我們使出可說是孤注一擲的手段，以避免那必然發生的事；我們把他七十艘曾經幫我們擊敗塞克圖斯・龐培的戰船歸還給他，並派遣兩千人的部隊補充已消耗掉的羅馬軍力。屋大維婭隨戰船及軍隊前往雅典，希望能勸阻安東尼放棄他可怕的野心，重新肩負他作爲丈夫、羅馬人，以及三頭同盟的責任。

他接受了船隻；徵召了軍隊；但是他拒絕與屋大維婭見面，也不給她任何棲身之所，直接把她送回羅馬。而且，彷彿是要明確表達心中的輕蔑，他在亞力山卓舉行凱旋式——在亞力山卓啊！——並獻上幾個戰俘作爲象徵，不是給我們元老院，而是給克莉奧佩托拉，一個外國的君主，坐在黃金打造的王座上，一個在馬克・安東尼之上的位階。據說在凱旋式之後，又舉行了一個極爲野蠻的典禮——安東尼穿上了歐西里斯神[35]的服飾，坐在克莉奧佩托拉身旁。克莉奧佩托拉穿著成伊西斯這個最詭異的女神，被安東尼宣稱爲他的妻子，是天下君王中之女王，而她的兒子凱撒里昂是埃及和賽普勒斯共同君主。他甚至鑄造了一面看似是他，一面看似是克莉奧佩托拉的錢幣。

彷彿他事後才想起一般，又寄了離婚書給屋大維婭，在沒有任何儀式或事前通知，便把她驅離羅馬的寓所。

我們無法躲避該要發生的事。屋大維從伊利里亞回來，爲未來一切從東方襲來的瘋狂的事做好準備。

IX. 元老院會議紀錄，羅馬（西元前三十三年）

今天執政官以及羅馬艦隊上將、羅馬元老院市政官瑪爾庫斯·阿格里帕爲了羅馬人民健康與福祉，以及羅馬之榮耀，做以下宣布：

（一）瑪爾庫斯·阿格里帕不尋求國庫的支援，以自身之財力，將整修及重建所有曾經疏於維護的公共建築物，將清理及修復把廢水排放於台伯河之公共溝渠。

（二）瑪爾庫斯·阿格里帕以自身之財力，一年內爲羅馬自由公民提供足夠其所需的橄欖油及食鹽。

35 歐西里斯（Osiris），埃及神話中的冥王，是古埃及最重要的神祇之一。

（三）不論男女、自由人或奴隸，一年內免費使用公共浴池。

（四）爲保障易受騙者、無知百姓，以及窮人，並禁止外來迷信行爲之擴展，所有星象學家、東方占卜算命家，以及幻術師一律禁止於羅馬城內出現。現正從事相關邪惡行業人士必須離開羅馬城，不從者處以極刑，並充公所有財物。

（五）塞拉比斯[36]及伊西斯廟內應停止販售與埃及迷信相關之飾物，販售與購買者皆遭受流放之處罰；該廟宇本爲紀念凱撒征服埃及而建，今日正式宣布爲紀念性之歷史建築物，並非代表羅馬人及羅馬元老院對東方僞神之肯定。

X. 請願書：百夫長昆圖斯・阿皮烏斯致姆納提烏斯・珀蘭庫斯，馬克・安東尼麾下亞細亞軍團指揮官（西元前三十二年）

我是阿皮烏斯，盧基烏斯・阿皮烏斯的兒子，來自科爾內利亞部落，祖籍坎帕尼亞。我父親是一名農夫，在韋萊特里附近留給我幾畝地，自從我十八歲開始，便開始從事耕作，過著卑微粗陋的生活。我的村舍還在那裡，由我年輕時結褵的妻子看管，她雖然是解放奴，仍潔身自愛，忠貞不二；家中農地由我三位仍活著的兒子耕作。我有兩個兒子已經死去，一個是病死，一個在多年前隨凱撒前往西班牙攻打塞克圖斯・龐培時陣亡。

爲了義大利以及我的後代子孫，我三十三歲入伍，當時正值圖利烏斯・西塞羅和我現在的主子馬克・安東尼之叔父蓋烏斯・安東尼二人當羅馬執政官。我在蓋烏斯・安東尼麾下當了兩年二等兵，在一場光榮的戰役中擊敗了陰謀叛亂的喀提林。我第三年便跟隨著凱撒前往西班牙作戰。雖然我當時還年輕，凱撒爲了獎勵我的英勇行爲，任命我爲馬其頓第四軍團的百夫長副手。我從軍已經三十年；我參與過十八次戰役，其中十四次擔任百夫長，一次擔任代理軍團指揮官；我曾經接受過元老院任命的六位執政官指揮；我曾前往西班牙、高盧、亞非力加、希臘、埃及、馬其頓、不列顛，以及日耳曼作戰；我曾經列隊於三次凱旋式之中、五次因拯救了同袍的性命而獲頒桂冠、五次因驍勇善戰而獲頒勳章。

我年輕入伍時所發的誓言，是效忠市政官、執政官，以及元老院，以保衛國

36 塞拉比斯（Serapis），希臘化時代的埃及神祇。

家。我一直忠於這誓言，並竭盡所能以這份榮耀報效羅馬。我今年五十三歲，希望能辦理退伍，好讓我能回到韋萊特里，不受干擾地、平和地渡過餘生。

在法律上，我知道你可能拒絕我的請求，即使我已到這把年紀和我擁有的資歷，因爲我已應允義務參與下一場戰役，而我也知道我以下所說的會讓我置身於險境。倘若如此，我願意接受我命中所注定。

當我從瑪爾庫斯・阿格里帕的部隊被派往雅典，然後到了亞力山卓，到最後現在來到以弗所馬克・安東尼的陣營，我從不提出異議；那是軍人的宿命，自己也已經習慣。我曾經與帕提亞人交戰，我不怕他們。但是過去幾個星期發生的事，讓我深深感到疑惑；我必須要求助於你，因爲我們曾經在凱撒的麾下共同在高盧作戰，也因爲你過去對我展現出光明磊落的行爲，讓我產生希望，希望你能在聽我細說之前，對我的批評不至於太過嚴苛。

現在情勢十分清楚，我們不會再攻打帕提亞，但我們仍繼續武裝、繼續練兵，並繼續製造武器。

我曾經向羅馬執政官和元老院宣誓效忠，我至今仍未放棄誓言。

但是，現在元老院在哪裡？我的誓言在哪裡找到實現的地方？

我們知道有三百個元老及兩位現任執政官已經離開羅馬，現在聚合在以弗所。馬克・安東尼統帥把他們召集到這裡來，爲的是要對抗七百名留在羅馬的元老；而羅馬方面也任命了新的執政官，以取代已經前來這裡的兩位。

我要對誰效忠？元老院所代表的羅馬人民在哪裡？

我不恨屋大維・凱撒，雖然我會與他作戰，如果那是我的任務；我不喜歡馬克・安東尼，雖然我會爲他而死，如果那是我的任務。一個士兵沒有思考政治的空間，愛與恨也不關他的事。他的任務是要履行他的誓言。

作爲一個羅馬人，我曾經與羅馬人作戰，雖然過程中我痛苦萬分。但是我從未在一個外族女王的麾下攻打過羅馬人，也從未進兵我的國家及我的同胞，彷彿他們是某個行省裡紋了身的野蠻部族，要被劫掠及壓制。

我是一個老人，已感到困倦，我懇求能辦理退伍，平靜地回到家鄉。但是你是我的指揮官，我不會反抗你的權威。倘若你決定我不能辦理退伍，我將會履行我曾一生堅守的義務和責任。

XI. 書信：亞細亞軍團指揮官姆納提烏斯・珀蘭庫斯致屋大維・凱撒，自以弗所（西元前三十二年）

雖然我們之間有分歧，我們連敵人也說不上，就正如我和馬克・安東尼之間說不上是朋友一樣。我與他同爲你已故的父親，我們神聖的凱撒麾下備受信任的將軍，也是從那個時候我開始認識他。這些年，我力圖忠於羅馬的同時，也忠於這位朋友。

不過我不再可能對兩者保持忠誠。馬克・安東尼彷彿中了邪一般，盲目地被克莉奧佩托拉牽著走；而她自己則被她的野心牽動，簡單地說就是要征服世界，讓她的子子孫孫爲王，統治她所征服的世界，並建立亞力山卓爲首都。我無法勸服馬克・安東尼從這充滿災難的路回頭，現在，東方各行省的軍隊已集結在以弗所，要與羅馬的軍團會合，將在安東尼的指揮下攻打羅馬。而克莉奧佩托拉的國庫之門已大開，全力支援針對義大利的戰爭；她不僅不會離開馬克・安東尼半步，更不斷鞭策他促成你的滅亡，成就她的野心。據說從現在開始軍隊行進間她會站在他的身旁，並會發號施令，在戰場亦是如此。不僅僅是我，連他所有朋友都懇求他把克莉奧佩托拉送回亞力山卓，好讓羅馬軍隊不會因她的出現而被激怒，但是他不會、或者不能有所作爲。

因此我要在逐漸消失的友誼和對國家矢志不渝的愛兩者之間，被逼做出選擇。我要回到義大利，並放棄東征。我將不會感到孤單，我一生在軍旅中與羅馬士兵渡過，我知道他們的心事；他們之中很多不會在外國王后麾下作戰，那些在迷惑不解中參與戰事的，內心會充滿痛苦與不願，他們的實力及決心會減弱。

我帶著友誼而來，願意爲你服務；倘若前者你不能接受，或許你會覺得後者對你有所幫助。

XII. 瑪爾庫斯・阿格里帕回憶錄：片段（西元前十三年）

我現在要敘述亞克興海戰前發生的事，以及此一戰役後來爲羅馬帶來期待已久的和平。

馬克・安東尼和克莉奧佩托拉王后在東方集中他們的力量，並把軍隊從以弗所移防到薩摩斯島上，再移到雅典，便停駐在那裡，威脅著義大利及其和平。凱撒・奧古斯都當上第二任執政官之後，我成爲羅馬的市政官；我們工作了一整年，完成該達成的任務後，便投入重建義大利軍隊的工作，以擊退來自東方叛逆分子的威脅，但是這項工作需要我們離開羅馬很多個月。我們回來時，發現元老院已被安東尼的同黨所顚覆，這些元老一直與羅馬人爲敵；我們發起抗爭，而當他們清楚知道任何計謀都無法動搖義大利的穩定秩序，當年選出的兩位執政官，以及另外三百名元老，竟對自己的家園失去信仰、失去愛，離開羅馬、離開義大利，與安東尼會合；凱撒・奧古斯都沒有阻攔或威脅，只帶著悲痛，但沒有憤怒，目送他們離開。

而在東方，忠精的羅馬軍隊最初幾十個，到後來數以百計的拒絕一個外邦女王的統御，紛紛回到義大利；而從他們口中，我們知道戰爭已是在所難免，也知道離我們不遠，因爲軍隊的逃亡潮已弱化了安東尼的實力，如果再度延遲，他便要完全依賴以蠻夷組成的軍團及其亞細亞裔的指揮官，他們既反覆無常，且經驗不足。

所以那年的深秋時分，凱撒・奧古斯都第二任執政官任期結束後，在元老和人民的同意下，宣布羅馬人與埃及王后克莉奧佩托拉已經進入戰爭狀態；而在凱撒・奧古斯都帶領下，元老們莊嚴地行進至戰神廣場上的貝羅納神廟，由傳令官宣讀戰書，祭司宰殺了一頭白色小母牛作爲供品，並祈禱懇求羅馬軍隊在未來的戰役中得到庇護。

在塞克圖斯·龐培戰敗後，奧古斯都曾向羅馬人民發誓內戰已經結束，義大利的土壤不再沾染她子民的鮮血。整個冬天，我們在陸地上訓練士兵、修復並擴大我們的艦隊，且在天氣許可下從事海上訓練；到了春天，我們知道馬克·安東尼已經在科林斯灣入口處集合了他的艦隊與軍隊，其目的是能夠迅速越過愛奧尼亞海，攻打義大利的東岸，所以我們出發朝他而去，以免義大利受到戰爭的傷害。

與我們對峙的是整個東方世界所展現的武力——十萬人的軍隊，其中三萬是羅馬人、五百艘戰艦，分布於希臘沿岸、八萬名支援部隊留守在埃及和敘利亞。面對這軍力的是我們五萬人的羅馬軍隊，其中部分是參與擊敗龐培的老將、兩百艘戰艦，皆由我指揮、一百五十艘補給艦。

希臘的海岸是出了名缺乏可堪防禦的港灣，因此我們毫無困難地讓軍隊登陸，準備在陸上迎戰安東尼；而我指揮的戰艦封鎖了從敘利亞和埃及運送補給品的海路，讓克莉奧佩托拉和馬克·安東尼的軍隊只能仰賴陸上的佔領區裡獲取食物及軍備。

我們厭惡傷害羅馬人的生命，整個春天都只有進行小規模戰事，希望達成我們的封鎖戰略，而不是全面交戰；到了夏天，我們挺進最大軍力集中地亞克興灣，希望引出部分軍力來防堵我們僞裝的侵略。這一點我們是成功的，因爲安東尼和克莉奧佩托拉補上全部軍力，要爲那些無意發動攻擊的戰艦與兵員解圍。他們的戰艦抵達前，我們已開始後退，讓他們開出港灣外，那是我們早知道他們終於會出現的地方。雖然他們長於陸戰，我們卻逼他們進行海戰。

亞克興灣的出口不到半哩寬，灣內卻十分寬敞，敵軍戰艦有足夠的空間停靠。海灣內的戰艦都靠岸停放，艦上兵員則在岸上紮營，所以凱撒・奧古斯都派遣步兵及騎兵在陸上強化對他們的包圍，讓他們想要從陸路撤退，便要付出慘烈的代價。我們還是等待，因爲我們知道來自東方的軍隊已受糧食短缺，以及疾病蔓延之苦，沒有足夠的精力從陸路撤退。他們要打海戰。

我們在戰勝塞克圖斯・龐培後歸還安東尼的戰艦屬於大型戰艦，我也知道安東尼爲對付我們而建的戰艦比我們歸還的還要大，有些到達十排槳之大，船身圍上鐵片，防止敵船用破城槌撞擊；這種戰艦在兩軍對壘時幾乎是無懈可擊，特別是遇上較小的軍艦，後者缺乏戰術的機動性。因此我較早時已決定依賴較輕型而機動性較強的船艦所享有的優勢，我們的戰艦小則只有兩排槳，最多也只有六排；我們決定要用耐心，引誘東方艦隊進入外海。因爲與龐培在納洛庫斯的爭奪戰中，我們要在沿岸地方與敵艦對抗，戰艦的速度是毫無意義的。

我們等待；九月的第一天，我們看到戰艦已經排列好備戰，也看到沒有划手的被焚毀；我們便準備好第二天必然發生的事。

第二天的早上陽光明媚澄澈，海灣內與外海的水面平整的像透明的石桌。東方艦隊揚起帆，彷彿想等風一來便追向我們；划手把部分木槳蘸到水裡；三支艦隊形成一堵厚牆，緩慢地掠過水面而來。安東尼親自指揮三隊之中最右邊一隊；但是隊與隊之間又緊密相連，使船槳互相碰撞，而克莉奧佩托拉的船隊則走在前面三隊的正後方，保持一定距離。

我的艦隊正面對著安東尼指揮的艦隊；凱撒・奧古斯都指揮的艦隊在我的另一端。我們艦隊與港灣的入口已有一段距離，把各戰艦的距離拉開，形成一條細長的曲線，身後再沒有其他戰艦。

當敵人步步前進，我們仍然靜止不動；他在港灣入口停了下來，收起了木槳，等了幾個小時。他希望我們進攻；但是我們沒有動靜；我們等著。

而到了最後，可能過於急躁，或是過度膽大，在最左邊的艦隊指揮官往前開進；凱撒・奧古斯都看來似乎要落荒而逃，艦隊指揮不假思索便往前追，繼而整支東方艦隊都動起來。我方處於中間的艦隊往後退，把陣線拉長，敵方艦隊窮追，像魚一般被套進網子裡，我們隨即把他們包圍起來。

直到黃昏，戰爭仍持續著，雖然在任何時刻裡，爲何而戰一直是我們心中的疑惑。我們沒有揚帆，但我們可以迅速地繞著大戰艦走；他們揚起了帆，但是甲板上便沒有空間讓投石者和弓箭手大展身手；而他們的戰艦上的帆卻成爲明顯的目標讓我們彈射火球。我們的甲板空曠，每當我們勾住了敵船，我們的士兵便可以輕易的大量登船，加以控制。

安東尼企圖形成一個楔形陣式，想要突圍；我們用標槍猛攻，破壞他的陣式，所以各戰艦必須單打獨鬥；他企圖再形成陣式，我們再加以破壞，到最後每隻戰艦努力各自逃命。海上火光熊熊，都是被我們點著了的戰艦，我們聽見艦上火焰的怒吼及人們與戰艦同時著火的尖叫聲。而海面被鮮血染的暗紅，滿滿地飄著士兵，微弱地要脫掉被燒燙、被長劍、被標槍、被箭所戳穿的盔甲。雖然他們與我們對抗，但畢竟是羅馬的軍隊，這種耗損讓我們感到厭惡。

在戰鬥的過程中，克莉奧佩托拉的艦隊退縮到靠近海灣入口；而到最後海風吹起，她立即揚帆，繞過困在惡鬥中的戰艦，航向大海，我們無法追上。

這是一個令人好奇的時刻，也是在兩軍交戰中所有的士兵都非常熟識的時刻。凱撒・奧古斯都與我的戰艦彼此靠近到可以看見對方的眼神，甚至在紛亂中仍可聽得對方的呼喊聲；在不足三十碼外，被追趕以及最後被放過的，是馬克‧安東尼的戰艦。我相信我們三人都同時看著克莉奧佩托拉的旗艦揚著紫色的帆離去。我們三人動也不動；安東尼站在艦首，彷彿是一座裝飾船頭的人像，看著那漸行漸遠的女王。然後他轉頭看我們，但是我們不知道他是否認得我們任何一個。他面無表情，像一具屍體。然後他舉起僵硬的手臂，再放下來；艦上的帆迎風而起，船身緩緩轉向，提高速度，馬克‧安東尼便隨著他的女王而去。我們看著他身後那僅剩的幾艘可憐的戰艦，逃離了殺戮，而我們沒有企圖追擊。此後我沒有再看到馬克‧安東尼。

被他們的統帥遺棄後，剩下的戰艦紛紛投降；我們照顧受傷的敵人，他們也是我們的兄弟；我們燒毀了安東尼遺留下來的戰艦；而凱撒‧奧古斯都說沒有一個曾經當過我們敵人的羅馬士兵，應該因他的勇敢而受苦，他們應該回歸羅馬的榮耀與安定。

我們知道已經贏得全世界；但當天晚上我們沒有唱起凱旋之歌，也沒有一絲喜悅。深夜裡我們聽到的，是海水濺潑仍在焚燒的船身時發出的嘶嘶聲，以及傷兵發出的呻吟聲。海灣上仍發出紅色的火光，凱撒‧奧古斯都蒼涼的臉泛著紅光，站在船首望向浮著屍體的海面，都是勇敢的鬥士，不論同志或是敵人，彷彿已經沒有差異。

XIII. 書信：蓋烏斯・克尼烏斯・梅塞納斯致蒂托・李維（西元前十二年）

簡單回答你的問題：

馬克・安東尼有懇求免於一死嗎？有的。這是一件最好被忘記的事。我曾經有留著那封信的副本。已經毀了。屋大維沒有回信。安東尼不是被謀殺的；他是自殺的，雖然他手法拙劣，讓自己慢慢的死去。讓他安息吧；不要太追究這些事了。

有關克莉奧佩托拉：（一）沒有，屋大維沒有安排殺害她。（二）是的，在她自殺之前，他有在亞力山卓跟她說過話。（三）會的，他會饒她一命；他不想要她死。她是個優秀的行政人才，本來有可能在名義上管理埃及。（四）不，我不知道在亞力山卓的談話中發生什麼事；他從來沒有選擇要說。

有關凱撒里昂：（一）是的，他當年只有十七歲。（二）是的，是我們決定他要被處決。（三）是的，是我斷定他是凱撒的兒子。（四）不是，他不是因為他的名號而被處決，而是他的野心，那是毫無疑問的。我跟屋大維談過他的年輕時代，他提醒我他自己曾經十七歲，而且有野心。

有關馬克・安東尼的兒子安提魯斯。屋大維把他處決了，他也是十七歲。他很像他的父親。

有關屋大維返回羅馬：（一）那一年他是三十三歲。（二）是的，他當時接受了三次凱旋式，那是在他就職第五任執政官。（三）是的，那是他生病的同一年，我們再度爲他的生死極度擔心。

親愛的李維，你必須要體諒我這簡短的回覆。我沒有感到被冒犯；我只是感到疲累。我回顧那些日子，彷彿事情是發生在別人身上，幾乎彷彿不是眞的。如果有眞相，我也感到厭煩去一一記住。或許我明天會感到好一點。

Book

II

Chapter

I

I. 陳述：赫爾提亞致兒子昆圖斯，於韋萊特里（西元前二年）

我是赫爾提亞。我母親克里斯帕曾是阿提雅家的奴隸。阿提雅是老蓋烏斯・屋大維的妻子，神聖的尤利烏斯・凱撒的姪女，屋大維（也是當今全世界都認識的奧古斯都）的母親。我不識字，因此以下是我向兒子昆圖斯所說的話。他在韋萊特里管理阿提烏斯・薩比努斯的房屋和土地，他把這些話記錄下來，是要讓我們的後人知道在他們之前發生過的事，且在那段時間裡，他們的祖先所擔任的角色。我今年七十二歲了，面臨生命的終點；我希望在上天永遠閉上我的眼睛前，把這些話說出來。

三天前我兒子帶我進羅馬城，好讓我雙眼在模糊到什麼都看不見以前，再次看看這個我年輕時記憶中的城市；在那裡發生了一件事，喚起了我一些遙遠的記憶，遙遠得我想我再也回不去。相隔了五十年，我再次看見那位現在已是全世界的君主，頭銜多於我可憐的腦袋能放得下的人。但是一當我喊他「我的大維」，並把他像自己兒子般抱入懷中……這我在下面會說到；現在我必須說說我早些年的記憶。

我母親在尤利烏斯家生而為奴隸。她被安排為阿提雅的玩伴，之後成為她的僕人。即使是在年輕時代，她便因忠誠的服務而被給予自由，因此按照法律，她便與另一位解放奴希爾提烏斯成婚，他就是我的父親。我父親是屋大維家族在韋萊特里當地橄欖果園的管理員；而我就是在果園所在山上的別墅旁邊一間小屋出生，並在那個家族的仁慈和善良下渡過了十九年的歲月。現在我已經回到韋萊特里；如果我得上天庇佑，我將會在我兒時滿滿的幸福中離世。

我的夫人和她的丈夫很少在別墅居住；他們住在羅馬，因爲老蓋烏斯・屋大維先生在當時的政府擔任重要的職務。我十歲時，母親告訴我阿提雅的兒子出生了；而且因爲小嬰兒體弱多病，她便決定他要讓他遠離城市的污穢與煙塵，在農村的環境渡過他的幼年。我母親當時懷了一個死胎，正好給夫人的嬰兒哺乳。當我的母親把乳房湊近嬰兒，如同餵哺自己的兒子時，我年輕的心也開始醞釀著當母親的夢想。

雖然我的年紀很小，我會幫他洗澡、換尿布、在他學走路時牽他的小手，並看著他長大。在我兒時的扮家家酒遊戲裡，他就是我的大維。

到那位被我稱爲大維的孩子五歲那一年，他的父親長駐馬其頓後回到羅馬，與家人來到這裡住了幾天；他要往南去位於諾拉的另一個住宅，計畫到冬天我們要去他那裡團聚。無奈他忽然間生病，在我們出發前便去世了；我的大維失去了他從來不認識的父親。我把她抱在懷裡安慰他。我記得他小小的身體在發抖；他沒有哭。

隨後的四年我們仍然照顧他的起居，但是會有一個來自羅馬的家庭教師陪伴他；偶爾他的母親回來探視。我十九歲那年，我母親去世；我的夫人阿提雅——她在服喪後，且完成了她的責任，便已改嫁——決定她的兒子必須要回到羅馬，好讓他做好準備，當一個成年男子。阿提雅出於善意，以及考慮對我未來的保障，便讓我擁有一塊土地，足以使我衣食無憂；而為了我的幸福著想，他安排我嫁給她家族中一位解放奴；他在羅馬北邊穆第納附近的山區飼養山羊，算是微薄卻穩定的財產。

就這樣我從少女成爲婦人，而按人情事理，我必須要告別這位我假裝爲母親的孩子。遊戲玩樂的日子對我來說已經結束；不過，在必須要離開大維時，哭泣的人是我，彷彿我是需要安慰的小孩。他抱著我，告訴我不會忘記我。我們發誓會再相見；我們不相信這會成眞。就這樣，這個曾經是我的大維的小孩，走上他的路，成爲這世界的統治者，而我按著上天所預定的，也找到快樂與人生目標。

一個愚笨無知的老婦人如何在她心目中的那個嬰兒、幼兒和嬉鬧鬥嘴的玩伴身上，看穿所謂偉大的意義？現在，羅馬之外的任何地方，無論在鄉村或小鎭，他已經升格為一個神；我住的穆第納小鎮就有一個以他的名字命名的廟宇，而我聽說別的地方也有不少。他的塑像也豎立在全國每一個家庭的爐灶上。

我不懂世事，也不懂神祇；我記得一個我視如己出的小孩；我必須要說出我所記得的。他的頭髮比秋天穀物的顏色要淺；皮膚白皙得猶如沒晒過太陽；有時候活潑開朗，有時候安靜內斂；他的怒氣可以一觸即發，卻很容易化解；雖然我愛他，但是他與其他小孩無甚差異。

我很肯定那個時候上天已經賦予他那種偉大，是今天我們能體驗到的。但是如果眞有其事，我發誓他當時是一無所知的。他的玩伴與他平起平坐，甚至是奴隸的孩子也是如此；他完成任務，或是從遊戲中所得到的，都與玩伴分享。是的，上天一定對他眷顧有加，卻有智慧讓這小孩毫不知悉；多年之後，我曾聽到不少關於他出生時的徵兆。據說他母親夢見天神化作一條蛇進入她的身體之後，她便懷孕了；也有說他父親夢到太陽從她妻子的腰際升起；也有說在他出生當下，全國各地有各種不可思議的奇蹟發生。我只說我有聽到的，就我當時的記憶而說。

現在我必須要述說那天在大廣場上，喚起我心中種種回憶的一次偶遇。

我的兒子昆圖斯希望我去看看那個大廣場，他常常被僱主差遣到那裡去辦事情；因此那天一大早便把我叫醒，好讓我在人群聚集得水泄不通之前到街上逛逛。我們看到新的元老院，並沿著神聖大道前往凱撒神廟。在晨光下，神廟潔白得像雪山上的積雪；我記得我年少時候看過凱撒一次，現在他已經被封爲神了；我因爲曾經屬於那偉大的世界裡的一部分而感到不可思議。

我們在神廟旁邊停下來休息。我這把年紀，很容易疲累。我在休息的時候，看見沿街有一組人朝我們走來，我知道他們就是元老；他們身上穿著紫色鑲邊的托加袍，走在中間的是一位身材瘦小，背部已經彎得跟我差不多，頭上戴著一頂寬邊的帽子，手中持著權杖，身邊的人似乎在對著他講話。我的視力不好，看不清楚他的長相，但是某種感知突然在我心中產生，我便對昆圖斯說：

「是他。」

昆圖斯向我微笑，問我，「是誰啊，媽媽？」

「是他，」我說，聲音顫抖起來，「是我說過的那位主人，我曾經照顧過他。」

昆圖斯再看看他，並挽著我的手臂，往街上靠近，以便看他經過身邊。其他市民也注意到他漸漸走近，都擠在一起。

我不打算要說話；但是當他經過我身邊時，兒時的種種回憶湧上心頭，我便說出口。

「大維，」我說。

我的話比耳語還小聲，卻是在他經過我身邊時說出；但是那個我並沒有打算要攀談的人停了下來看著我，彷佛感到疑惑。他隨即向身旁的人使了手勢，讓大家停下腳步，然後走到我面前。

「是妳說話嗎，老太太？」他問。

「是的，主人，」我說，「對不起。」

「妳說出我兒時使用的名字。」

「我是赫爾提亞，」我說，「你小時候在韋萊特里的時候，我母親是你的乳母，或許你忘了。」

「赫爾提亞，」他微笑著說，並往前走了一步，定睛看著我；他的臉滿是皺紋，臉頰已經凹陷，但是我還是看得見那個我曾認識的孩子。「赫爾提亞，」他再說一遍，撫著我的手，「我記得，多少年……」

「超過五十年，」我說。

他的朋友往他走來，他揮手請他們停步。

「五十年！」他說，「這些年妳過得好嗎？」

「我生了五個小孩，三個仍在世，過的很好。我的丈夫是個好人，我們過著小康生活。上天已經把他帶走，現在我的生命也快到盡頭，對一切已感到滿意。」

他看著我，然後問我，「妳的孩子中，有女兒嗎？」

我覺得這個問題很奇怪，我說，「上天只給我兒子。」

「他們有讓妳感到光榮嗎？」

「我備感光榮，」我說。

「那麼妳的一生已算美好，」他說，「或許比妳所知更美好。」

「我隨時願意接受上天的召喚，」我說。

他點點頭，臉上露出幾分憂鬱，他說，「那妳比我幸運多了，姐姐。」語氣中帶著些微憤恨，讓我難以理解。

「但是，你……」我說，「……你非比常人。在鄉下地方，家裡都供奉你的塑像，還有在十字路口，在廟宇裡。世人對你的崇敬沒有讓你高興嗎？」

他看著我好一陣子，沒有回答我的問題。然後他轉向我身旁的昆圖斯，「這是妳的兒子，」他說，「長得像妳。」

「他叫做昆圖斯，」我說，「他是韋萊特里阿提烏斯・薩比努斯家族的房屋和土地管理人。自從我丈夫去世後，就去跟他和他的家人住在一起。他們都是好人。」

他看著昆圖斯良久，不說一句話。「我沒有兒子，」他說，「我只有一個女兒，和羅馬。」

我說，「所有老百姓都是你的孩子。」

他微笑，「我想我現在寧願有三個兒子，活在他們的光榮裡。」

我不知道要說什麼；我沒有說話。

「先生，」我兒子顫抖的聲音說。「我們是卑微的人，我們的一生只是一天一天的累積。我聽說你今天要向元老院演說，給世人智慧及規範。與你所擁有的相比，我們可說是一文不值。」

「你是昆圖斯嗎？」他說。我兒子點頭。他說，「昆圖斯，今天我以我的智慧，我必須要訂下規範——我必須要命令元老院取走我一生所鍾愛的。」剎那間他的雙眼露出光輝，臉部的線條變得柔和，他說，「我給予羅馬我無法享有的自由。」

「你沒有找到快樂，」我說，「雖然你給予世人快樂。」

「我的一生就是這樣，」他說。

「我希望你得到快樂，」我說。

「謝謝妳，我的姐姐，」他說，「我有什麼能幫妳做的呢？」

「我已感到滿足，」我說，「我幾個兒子也已感到滿足。」

他點頭。「我必須要去完成我的工作了，」他說；但是好一陣子他沉默不語，也沒有轉身離開，「我們真的再見面了，就如同我們曾經承諾過。」

「是的，主人，」我說。

他微笑，「妳曾經叫我大維。」

「大維，」我說。

「再見，赫爾提亞，」他說，「這次，或許我們會……」

「我們不會再見了，」我說，「我會回去韋萊特里，不會再到羅馬來了。」

他點頭，並親吻了我的臉頰，然後轉身離去，慢慢沿著神聖大道走，與其他同行的人會合。

我把這些話在九月十五日的前三天說了給兒子昆圖斯聽。我是要說給我的兒子和他的孩子聽，不論是現在的還是未來的；我要讓他們知道，只要我們這個家族還在，便會彰顯它在羅馬世界的歷史地位。

II. 茱莉亞日記，於潘達特里亞島(西元四年)

窗外，午後燦爛陽光下的碎石灘顯得灰暗沉鬱，斜斜地往海邊延伸。這些碎石，一如島上其他的石塊，都是來自火山的岩漿，多孔而輕，走在上面必須極爲小心，否則足部容易被石頭上不顯眼的孔隙割傷。島上還有其他種類的石頭，但是我被禁止一一細看。在沒有人陪同下，或是沒被監視下，我可以步行一百碼到海邊，最遠可以到達那窄成一線的黑沙灘；在這個腳程之內，我也可以在這間我居住了五年的小屋附近活動自如。我了解這片荒蕪地，比任何其他地方還來的深切，甚至比我土生土長的羅馬更甚。過去的差不多四十年，我揮霍著與羅馬的親密關係，現在我將不可能再熟悉其他地方了。

在晴朗的日子，當太陽與微風消散了往往來自海上的薄霧，我會往東面看去，覺得自己偶爾會看見義大利的陸地，或許也可以看見被溫柔的海灣穩穩環抱著的那不勒斯。但是我不確定。有時候可能是烏雲在海平線上印下的一塊污斑。沒有關係。是雲也好，是陸地也好，我都不能走近半步。

在我樓下的廚房裡，母親高聲呼喊我們唯一能擁有的僕人。我聽見鍋碗瓢盆的碰撞聲，然後又是呼喊聲；這都是幾年來的午後無奈地重複著的。我們的僕人是啞巴；雖然她不是聾子，大概也聽不懂我們口中的拉丁文。但是我母親還是不屈不撓的向她呼喊，以一種堅定不移的樂觀心態，認爲那僕人會感到她的不滿而有所改善。我母親是斯里柏尼婭，是一位很特別的女人；她已經快七十五歲了，但是當她著手爲那無法讓她滿意的世界訂定奇怪的規則，或者是責備那個不會按她安排或按其本身規則而運作的世界時，她是有著年輕女性的體力和意志的。她與我一起來到潘達特里亞島這裡，我肯定的，並不是因爲出於母性的關懷，而是出於強烈的渴望，想要再次確認她對現況的不滿。而我讓她來這裡與我作伴，是基於一種我認爲是恰到好處的冷漠。

我對母親了解不多。我小孩時期見過她幾次，少女時代見得更少，到我成年後與她見面，都差不多是在正式的社交場合。我從來沒有喜歡過她；而在這五年間我們不得不有的親密關係中，我更確認了我對她的感覺一直沒有改變。

我是茱莉亞，屋大維・凱撒，神聖的奧古斯都的女兒；我在四十三歲這一年寫下這些文字。我這樣做是我父親的朋友，以及我的老師阿瑟諾多努斯不會同意的；我爲我自己而寫，寫給自己看。即使我有其他的企圖，恐怕除了我自已，便沒有其他人能一窺其內容。但是我沒有別的企圖。我不會向世人解釋我自己，也不會讓世人了解我；我對我自己以及世人都感到冷漠。不管我能在這個我曾經悉心照顧並加以陶冶的軀殼活上多久，那一段過去的生命已經是無關重要了；如果我生而爲男人，而不是一個君主或神祇的女兒，那該是多好，我便能以一個客觀的學者身分（那是我老師認爲我有可能做到的）來檢視我的過去。

——但是老習慣的力量多大啊！即使在現在，當我在書寫我的日記的開首幾個字，而且當我知道這些日記是寫給我這個最奇特的讀者時，我發現我還是會停下來左思右想，找尋適當的主題來建構我的論據、適合的論據本身、論據的架構、不同部分的有效排列，甚至是各部分的表達風格。我用我的論述力量要說服的是我自己，同樣的是我自己必須要因而被勸戒。這很愚蠢，但我認爲是無害的。至少我的每一天被滿滿的塡充，就如我必須要長住的島上那拍打岸邊岩石後，在沙灘上碎成片片的滾滾海浪。

是的，我的一生可能已經結束，雖然我相信在昨天我兩年來首次被允許接收一封來自羅馬的書信以前，我還沒有完全了解這句話有多眞實。我兩個兒子蓋烏斯和盧基烏斯已經去世，一個是死於亞美尼亞戰爭時的舊患，一個在前往西班牙途中停留在馬賽時死於不明原因[1]。我在看信時，全身感到麻木，我隱隱地認爲那是由於羅馬捎來的死訊令我感到震撼，並等待著想像中的悲痛會到來。但是悲痛沒有來，我便開始回顧我的過去，憶起其中的某些時刻，在我的生命中一一排開，彷彿與我無關。我知道一切已經結束了。不關心自我並不重要，但是不關心自己愛過的人又是另一回事。不過這一切都成爲人們冷眼旁觀的好奇對象，都不重要了。或許我寫下這些日記，並應用了所有習得的技巧，能讓我發現我是否能夠把陷於極端漠然的我喚醒過來。我懷疑我沒能力做到，比起我要把這大量的碎石推下斜坡，沒入那陰鬱的海水更無能爲力。我對我的懷疑也是一樣的漠不關心。

我是茱莉亞，屋大維・凱撒、神聖的奧古斯都的女兒，在盧基烏斯・馬奇烏斯和蓋烏斯・薩比努斯就任執政官同年的九月三日於羅馬城出生。我的母親是斯里柏尼婭，其兄長是海盜塞克圖斯・龐培的岳父。在我出生兩年後，我父親殲滅塞克圖斯・龐培，讓羅馬脫離險境……。

這樣起頭的日記，即使是阿瑟諾多努斯，我可憐的阿瑟諾多努斯，也是會認同的。

1　茱莉亞的兩個兒子去世的消息是茱莉亞撰寫日記的起點，其重要性也是第二部主要情節。

III. 書信：盧基烏斯・瓦利烏斯・魯佛斯致普布利烏斯・維吉利烏斯・馬羅，自羅馬（西元前三十九年）

親愛的維吉爾，我相信你的病情沒有惡化，而且那不勒斯溫暖的陽光肯定讓你的健康狀況好轉。你的朋友托我帶上問候，並再三叮嚀我代爲表示遺憾，因爲你無法參與昨天晚上在克勞狄烏斯・尼祿家裡的宴會。我要到今天下午才擺脫昨夜的宿醉。那是一個很特別的聚會，如果我把經過向你敘述一二，可能會讓你暫時忘記因疾病而引起的不快。

你認識克勞狄烏斯・尼祿嗎？如果你有被邀請，他就是你的東道主。他有提起你，似是與你熟悉，因此我懷疑你至少有跟他碰過面。如果你認識他，你也許記得才兩年前他在佩魯賈與屋大維・凱撒對抗，事敗後被放逐到西西里去；現在很明顯地他已經不再談政治了，並且看來與屋大維成爲了最好的朋友。他的年事已高，不過他的妻子莉薇亞看來像他的女兒多於配偶——這是一個天賜的局面，你很快就會明白的。

結果昨晚是一個文學的聚會，雖然我懷疑那是否在克勞狄烏斯計劃之中。他是個好人，但是胸無點墨。大家很快就知道眞正在背後主導的是屋大維，克勞狄烏斯只是掛名的東道主。整個活動是爲了對波利奧[2]表示敬意而安排，他承諾要爲羅馬人建一座公共圖書館，讓知識能在一般老百姓之間廣爲流傳。

參加聚會的賓客含括諸色人等，但結果反而是讓我們値得慶幸的。他們大部分是我們的朋友——波利奧、屋大維和（唉！）斯里柏尼婭、梅塞納斯、阿格里帕、我自己、埃米利烏斯・馬克爾、你的「仰慕者」梅維斯（克勞狄烏斯一定不知道有更適當的人選，才被騙走了邀請函）、一位是大家都不認識，從阿馬西亞來的朋土斯人，叫做斯特拉波，是哲學家吧，我想；另外還有幾個頗有姿色的女士，名字我記不起來了，算是宴會中的花瓶吧；不過最讓我訝異（不過我覺得你會感到高興）的是那個很愛直言不諱卻又具吸引力，其作品又獲得你賞識的賀拉斯。我相信他是梅塞納斯建議邀請的，雖然他數個月前才對梅塞納斯有不禮貌之處。

我必須說屋大維昨晚心情特別好，滔滔不絕的，儘管斯里柏尼婭一如往常的繃著臉。他剛從高盧回來，你知道的，或許那幾個月的艱苦生活讓他渴望多一點

2 蓋烏斯・阿西紐斯・波利奧（Gaius Asinius Pollio, 西元前 75 年－西元 4 年）羅馬共和時期末年和奧古斯都統治時期的政治家、演說家、史學家和詩人，詩人卡圖盧斯知友。凱撒被刺殺後支持馬克・安東尼，直至安東尼與克莉奧佩托拉結婚後便分道揚鑣。

文明的夥伴；而且，他與馬克・安東尼和塞克圖斯・龐培之間的紛爭現在似乎暫時擱置了，雖然不是完全解決。或者是克勞狄烏斯妻子莉薇亞的出現，才是他心情開朗的原因，他對她似乎很有好感。

無論如何，屋大維堅持要當此宴會的混酒師，把酒調得比平常濃，與水的比例幾乎是一比一，結果在第一道菜端出來時，大家都有點微醺。他堅持波利奧，而不是自己坐在克勞狄烏斯身旁的上位，自己則佔了餐桌的客位橫臥著，莉薇亞就在他身邊。

就這個場合而言，我必須說，屋大維和克勞狄烏斯彼此是十分的以禮相待；人們大概會認為他們已達成某種共識。斯里柏尼婭坐在另一桌，與其他女士閒聊，但是雙眼卻怒視我們這一桌——天曉得她為何如此生氣。她對婚姻的不滿不亞於屋大維，待她把腹中屋大維的孩子生下來後，二人便會離婚，這已經不是什麼祕密了……這些有權有勢的人呀！他們在玩什麼遊戲呢？對繆思女神來說他們是多滑稽可笑呀！最接近神祇的人，是最身不由己的，這是必然的道理。親愛的維吉爾，我們是最幸運的了，我們不須要為了要確立子嗣而結婚，我們以心性為本，繁衍後代，讓他們昂首闊步的踏進未來，在那裡他們不會改變、不會滅亡。

我必須要承認，克勞狄烏斯為大家提供了美食——餐前是相當不錯的坎帕尼亞的葡萄酒，餐後則是來自法郎努斯山[3]的佳釀。菜色既不會精心製作得讓人感到鋪張，亦不會簡單得讓人感到矯情：前菜是牡蠣、雞蛋、小洋蔥，隨著有烤小山羊、烤雞、烤鯛魚，還有各種新鮮水果。

餐後，屋大維提議為繆思舉杯，並討論她們的不同職掌；然後又自問自答的提到他們應該對古時候的三位繆思舉杯，還是較晚近的九位；到最後，在假裝一番掙扎之後，才決定是九位。

「不過，」他瞄了克勞狄烏斯一眼，嘴角上揚，「我們就以她們的職掌為限，向她們致敬；我們不可以提到政治，以免玷污她們的名聲；政治是會讓我們感到尷尬的題目。」

大家笑了起來，雖然笑聲中帶有幾分緊張不安；我恍然大悟到底宴會廳裡有多少敵人，無論是過去的或者是潛在的。克勞狄烏斯是不到兩年前才被屋大維流放到此；今晚的貴賓波利奧是馬克・安東尼的老朋友；我們年輕的賀拉斯三年前效忠於叛國者布魯圖斯的陣營；而梅維斯，這可憐的梅維斯！他根深蒂固的嫉妒

3 法郎努斯山（Falernian）位於拉丁姆與坎帕尼亞兩地之間。

心，讓人無法逃得過他虛假的諂媚，而他也不會放棄每一個諂媚的對象。

作爲貴賓，波利奧先開始。他向屋大維行了欠身禮，便選了主司記憶的莫涅墨；他把人類比喻爲一個單一個體，再以此個體的心靈與人類的集體經驗作比較；然後他很巧妙地（雖然不乏斧鑿痕跡）說到他將在羅馬建立的圖書館，彷彿就是心靈裡最重要的特質，那就是記憶；最後總結時，他說主司記憶的繆思爲眾繆思之首，對凡人廣施恩澤。

梅維斯顫抖著發出一聲嘆息，向他身旁的人高聲耳語，「美麗呀！噢，多美麗呀！」賀拉斯瞄了他一眼，疑惑地眉頭一揚。

阿格里帕向主司歷史的繆思克萊奧致意；梅維斯大聲的自言自語說到男子氣概和勇敢剛毅；賀拉斯對他怒目而視。輪到我的時候我選擇對主司英雄史詩的繆思卡利俄佩——我恐怕說得很差，因爲我無法同時提及我有關凱撒被謀殺的作品，又不違反屋大維禁止談論政治的前提，雖然那只是一首詩。

我還是擔心自己對卡利俄佩致敬的話顯得無聊，不過屋大維在莉薇亞座位旁邊躺臥著，在火把的照耀下看得出來似乎感到滿意；這一定是他當晚精力充沛和興致高昂讓不可能變得可能。

他指定梅維斯（我想其用意是最明顯不過的，雖然梅維斯太過自滿而沒有察覺）要向主司喜劇的繆思塔利亞致意；而梅維斯因被挑選而欣喜若狂，開始冗長而滑稽的敘述（我相信那是從阿里斯托芬[4]那裡剽竊而來的），有關在雅典的奴隸、解放奴，以及商人等暴發戶，敢於高攀上層社會、爭取富戶人家的邀約，並在宴席上大吃大喝，糟蹋主人的仁慈與慷慨；他也交代富有喜劇精神的塔利亞女神處罰了這些不受歡迎的人，讓他們身體上被烙下印記，以凸顯他們的社會階層，貴族便可以得到保護；梅維斯說她讓一些人變成侏儒，出生時頭髮就像乾草，而且體態像馬匹……。

大家很快的便看出來梅維斯在攻擊你的年輕朋友賀拉斯，雖然都不太清楚是什麼原因，也沒有人知道該如何做出合適的反應；我們看著屋大維，但是他臉上沒有表情；我們再看看梅塞納斯，他也是一臉不在乎。除了我之外，沒有人看賀拉斯，他就坐在梅塞納斯身旁。在搖曳的燭光下，他的臉色蒼白。

梅維斯結束發言，身體往後仰，對於自己討好了贊助人[5]和摧毀的他潛在的

4 阿里斯托芬（Aristophanes，西元前388年-西元前311年），希臘戲劇家。

5 愛好文學藝術的富人常以金錢支援藝術家進行藝術與文藝創作，被稱爲贊助人（patron），是爲歐洲藝文界歷史悠久的文化之一。小說中梅維斯的贊助人並沒有交代清楚。不過梅塞納斯則是賀拉斯的贊助人。

對手而志得意滿。座上賓客一陣低語，屋大維向他致謝，然後說：

「現在誰要向主司詩歌的繆思艾拉托致意？」

認爲阿諛奉承便獲致成功這種教養下長大的梅維斯說，「噢，梅塞納斯，那是當然的；他一直追求她，更獲得她的青睞。一定是梅塞納斯！」

梅塞納斯慵懶地揮揮手。「我必須要婉拒，」他說，「這幾個月，她都沒有造訪我的園地……或許我的年輕朋友賀拉斯能爲她說話。」

屋大維一笑，謙恭有禮地轉向賀拉斯，「我今晚才有幸認識這位客人，但還是要冒昧地擅用這一點交情，賀拉斯，你可以嗎？」

「我可以，」賀拉斯說；但是他卻沉默了好一陣子。他不等待僕人的服務，斟了一杯濃酒，一口喝完後，便開始說話。以下是我所記得的。

「大家都知道希臘故事中的奧菲斯，今晚缺席的維吉爾已有動人的描述。這位阿波羅和繆思卡利俄佩所生的兒子，受到父親的祝福，使得外表俊美，並繼承了黃金里拉琴，使美聲如光輝傳到人間，山川草木光芒閃爍之美，是凡人前所未見。大家也知道他與尤利狄斯之間的愛情；在奧菲斯純潔而高貴的詠唱下，讓尤利狄斯感到自己已成爲詠唱者靈魂的一部分，願前往締結婚盟；然而主司婚姻的女神哭泣不已，彷彿無法想像的命運即將降臨。大家也知道，尤利狄斯在隨心溜達時愚昧地離開了丈夫的魔力保護範圍，被來自地心的毒蛇所傷，帶離了生命之光，進入幽暗的地府。絕望的奧菲斯緊隨著，進入令人難以想像的黑暗中。他優美的歌詠燃亮了黑暗、諸鬼魂潸然淚下、恐怖的伊克西翁火輪也停止轉動；夜魔起了憐憫之心，告訴他尤利狄斯可與他回到人間，條件是他要蒙著雙眼，不得回頭偷看跟隨在身後的妻子……」

「故事沒有交代爲何奧菲斯違背諾言，只告訴我們他回頭看了，看見他所在之地、看見尤利狄斯被拉回地府裡、看見地府之門把她關上，奧菲斯無法跟上。故事告訴我們奧菲斯從此唱著悲傷的歌，一直住在凡間的年輕女孩無法想像他的遭遇，紛紛投懷送抱地想要欺騙奧菲斯；在一一被拒絕後，她們憤怒中以喊叫聲壓倒他的歌聲，讓他的魔力無法吸引她們，最後在瘋狂中把他的身體撕裂，去到赫布魯斯河裡。他的斷頭在河裡仍唱著無言的歌，河的兩岸不斷向兩邊分開，讓他在歌唱的斷頭安全地隨著河水流到大海裡……。這是維吉爾告訴我們希臘奧菲斯的故事，大家已經聽到了。」

宴會廳裡一陣寧靜；賀拉斯用酒杯往酒瓶裡杓了一杯酒，一口一口喝著。

「天上眾神以他們的智慧，」他說，「說出我們的一生，如果我們有聽進去。我現在告訴你另一個奧菲斯的故事；他不是天上神祇的小孩，而是義大利的奧菲斯，他的父親是一個奴隸，母親沒有名字。毫無疑問，有些人會嘲笑這樣的一個奧菲斯；但是他們所嘲笑的，正是那些忘記了每一個羅馬人都是同一個神[6]的後裔，他們背負著祂兒子的名字；而且他們都是凡間女子所孕育，背負著人性。因此即使是一個侏儒，頭髮如乾草，如果他是戰神所愛護的土地所孕育出來的，他可能都曾受祂的眷顧……。我要說的這位奧菲斯，沒有得到黃金里拉琴，只從他卑微的父親手上得到一根火把。這位父親願意犧牲自己讓兒子能完成他的夢想。因此這位年輕的奧菲斯自幼便看得見羅馬的光，與有錢有勢的孩子並無二致；而在他青年時期，由於他父親在物質上的支持，得以前往雅典，親炙人類智慧的源頭，所有知識的搖籃。因此他所愛並非女人；他的尤利狄斯是知識、對世界的夢想，這也是他詠唱的對象。然而他追求知識的夢想、他的光明世界，被一場內戰所湮沒，黯然失色；這位青年奧菲斯揚棄了光明，進入黑暗以追尋他的夢想；而在腓立比，他幾乎忘記了他的歌，對抗一位他認為是代表了黑暗力量的人。後來，是神祇，或者是魔鬼——他到現在還分不清——給予他懦弱的才能，命令他帶著自己仍未被玷污的知識和夢想，逃離戰場，命令他不得再回頭審視他要逃離的地方。但是，就像那另一位奧菲斯一般，當他安全逃離後，他回頭看了；他的夢想如蒸汽般，消失在時勢的黑暗漩渦中。他面對世界，知道他是孤單一人……

沒有父親、沒有財產、沒有希望、沒有夢想……。然而就在這個時候天神給了他黃金里拉琴，並命令他不要按祂們的意願，而是要按自己的意願彈奏。神的殘酷有其智慧，因爲現在他唱出他以前所不能唱的。色雷斯的少女不會奉承他，也不會引誘他；誠實的妓女，價錢合理，他也願意湊合著；他吟唱的時候世間的惡人向他咆哮，想要蓋過他的聲音。他越唱惡人聚集得越多；儘管他用歌唱對抗咆哮、儘管他的歌唱把他送進那遺忘的海，那個有一天會迎接我們的海……但毫無疑問的他也受到身體被肢解的痛苦。我的主人，以及我的前輩，我已經說了一個有關本地奧菲斯的無聊故事；我以他僅剩的殘餘，願大家安好。」

親愛的維吉爾，我無法告訴你那沉默延續了多久，也無法告訴你那沉默的因由，無論是因爲驚訝還是惶恐，或是因爲大家（像我一樣）彷彿被眞正的奧菲斯里拉琴所風靡。宴會廳裡的火把快燒到盡頭，火光搖曳；霎時間我有一種奇怪的感覺，彷彿在座所有人都實際上去過賀拉斯所描述的地府，也從那裡回來，不敢往後看。梅維斯開始躁動，熱烈的低語，知道他的話會被他心目中的人聽見。

6　這裡指的是戰神（Mars），也是羅馬的守護神。

「腓立比，」他說，「黑暗的力量，的確！那不是對三頭同盟的背叛嗎？那不是背叛嗎？」

賀拉斯在吟誦他的故事時屋大維的身體一直沒有動。此時他從長椅提身，坐在莉薇亞身邊。「背叛？」他溫和地說。「那不是背叛，梅維斯，你不要在我面前這樣說了。」他從長椅站起來走到賀拉斯的位子，「賀拉斯，容許我坐在你身邊嗎？」

我們年輕的朋友神情呆滯的點了頭。屋大維坐在他旁邊，二人輕聲的交談。梅維斯一整晚沒再說話。

就這樣，我親愛的維吉爾，本來與我們已經深交的賀拉斯，便與屋大維・凱撒建立了友誼。總之，那是一個成功的夜晚。

IV. 書信：梅維斯致傅立烏斯・比羅庫魯斯[7]，於羅馬（西元前三十八年，一月）

我親愛的傅立烏斯，有關於去年九月克勞狄烏斯・尼祿家的一場災難性晚宴，我實在無心寫信告訴你片言隻字；當晚最令人感到欣慰的是我們的「朋友」維吉爾沒有出席。但是或許他有出席也無妨；因爲自從那天晚上，有好幾件事情已經發生，讓整個晚宴看來比當時時更爲荒唐。

我不完全記得那天晚上有誰在場——屋大維，那是當然的，還有他幾個奇怪的朋友：來自伊特魯里亞的梅塞納斯，一身珠光寶氣，芬芳四溢的；阿格里帕，滿身汗味和皮革味。那個晚宴很明顯地是屬於文學性的，但是我親愛的，我們的文學已淪落到多低級呀！在他們的身旁，連卡圖盧斯這個只會哀號的騙子似乎也差不多算是一個是人了。還有波利奧這個矯揉浮華的蠢人，大家都必須要因他的財富與政治力量而討好他，愚蠢到要參加他的聚會的人必須要一次又一次聆聽他的作品，看他的悲劇要忍住笑聲，聽他的詩歌要假裝感情豐富；再說那個梅塞納斯，他用拉丁文寫的感傷詩幾乎是外國口音；再來是馬克爾，他發現了第十個謬思，名爲沉悶；還有那個奇怪的小暴發戶賀拉斯，你會很高興知道，我是那個晚

7 傅立烏斯・比罷庫魯斯（Furius Bibaculus, 西元前 103 年 - ?），羅馬詩人，生平不詳，只知道他與卡圖盧斯一樣愛寫辛辣的諷刺詩，然而風格更爲誇張，用語更爲放肆，曾寫詩攻擊過奧古斯都（也可能批評過凱撒），但奧古斯都置之不理。賀拉斯的諷刺詩中疑似對他的詩風有所批評，學者認爲賀拉斯因恐怕得罪比罷庫魯斯，詩中捏造了一個名爲傅立烏斯・阿爾卑努斯或科爾內利烏斯・阿爾卑努斯的詩人，然而此說仍無法證實賀拉斯的諷刺對象。

上巴不得要把他除掉的人。廢話連篇的政客、華麗絢爛的喜鵲、目不識丁的鄉下人，讓繆思的園地面目全非。你我有勇氣繼續堅持，眞是一項奇蹟。

但是當晚的社交謀略比起文學聚會，確實有趣得多，這也是我想要提筆寫信給你的地方。

我們都有聽過屋大維喜好女色的傳聞。在那個晚上之前，我其實對那些傳言半信半疑——我們可以想像這樣一個面無血色的小個子，一杯濃酒和一個熱情的擁抱就讓他剩下半條命，可跟他的祖先會合（管他的祖先是誰）——但是現在我開始懷疑那些傳言或許有幾分眞實。

我們東道主的妻子叫做莉薇亞，來自古老而保守的共和家庭（我曾聽說她的父親在腓立比被屋大維的軍隊所殺）。她的美貌十分出眾，如果你喜歡那一類型的話——身材中等勻稱、金髮、五官端正、薄薄的雙唇、輕聲細語等等；人們說是十足的「貴族典型」。她頗年輕——或許十八歲——但是她已爲人妻，丈夫的年齡必有她三倍大，有一個兒子；而且看得出來她正懷孕。

我必須要說，我們當晚是喝了不少；但是屋大維的舉止實在有點奇怪。他對著莉薇亞出了神，就像患了相思病的卡圖盧斯一樣，他撫摸她的手、在她耳邊細語、笑得像小男生（不過說實在的他也沒多大，即使他自我授予了崇高的地位）、做出各種愚蠢的舉止；這一切不僅全在他自己的妻子（不是說這種行爲不要緊，儘管她也是在懷孕），也在莉薇亞丈夫面前進行。而這位丈夫似乎沒有注意到，或者只是溫和的微笑，彷彿是一個胸懷大志的父親，而不是一個尊嚴被羞辱的丈夫。無論如何，那時候我很少想這件事；我覺得很不入流，但是（我問我自己）我們又能對屋大維有多大期待，他只是小鎮里一個放債人的孫子。騎驢找馬正是他愛幹的事。

不過到現在，那個晚宴之後四個月，他那個時候的妻子斯里柏尼婭生下一個女娃——雖然即使是神的養子也似乎應該能夠弄個男娃吧。就在女娃出生的那一天，屋大維交給斯里柏尼婭一封離婚的信——這一點都不令人驚訝，有人說整個事情早已達成了協議。

但是——這就是醜聞的所在——過了一星期，提比略·克勞狄烏斯·尼祿同意與莉薇亞離婚；在第二天，（雖然她仍在懷孕中），他把她連帶豐厚的嫁妝，送給屋大維當妻子；整個事情獲得元老院同意，有祭司進行獻祭，荒唐事一樁。

人們如何認眞看待這樣的一個人呢？不過他們都很認眞。

V. 茱莉亞日記，於潘達特里亞島（西元四年）

全世界的人比我早知道我出生時的局勢；而最後當我有足夠的歲數知道那一切的時候，我父親已經是世界的統治者，而且是一個神；全世界的人也早已知道神的行爲，儘管對凡人來說有多奇怪，對祂自己來說是最自然不過的，而最後，對那些必須要膜拜祂的人來說，那些行爲無可避免地出現了。

因此，莉薇亞應該是我的母親，而斯里柏尼婭只是我家的一個稀客，這不會是一樁怪事。斯里柏尼婭就像一個遠親，但卻是一個必須要存在的親人，讓所有人基於某種模糊的責任，必須要忍受這種關係。我對那段日子的記憶相當模糊，不完全信任；但是現在看來那幾年時光對我來說似乎有種平凡的親切感。莉薇亞堅毅、高貴、冷峻而不失溫情；那是我期待自己能養成的氣質。

我父親不同於大部分有著他那般身分地位的人，他堅持用古老的方法撫養我：在他的家裡、由莉薇亞而不是保姆親自照顧；我要跟隨古老傳統學習做家事——織布、縫紉和烹飪，但又要接受相當程度的教育，以作爲皇帝稱職的女兒。所以我早年會跟家裡的奴隸一起織布，隨父親的奴隸斐德羅學拉丁文和希臘文；稍微年長後在他的老朋友阿瑟諾多努斯教導下學習哲學。當時我一點都沒有察覺到，圍繞著我一生最重要的一件事，是我父親沒有其他親生的小孩，那是尤利烏斯血脈的一樁憾事。

雖然我在那些日子一定很少看到他，但那是在我一生中，他的形象最爲強烈的時刻。我透過他每天在我耳邊被朗讀的書信學習地理；那些書信以包裹的方式從他的所在地寄來——高盧、西西里、西班牙；達爾馬提亞、希臘、亞細亞、埃及。

我說過，我一定很少看到他；但是，即使在現在，他似乎一直在那裡。我可以閉上眼睛，便幾乎感到被拋到半空中，聽到一個小孩欣喜若狂的笑聲，驚慌卻備感安全，然後感到一雙手從虛空中把我接住。我可以聽見深沉的聲音，撫慰而溫暖；我可以感到撫摸我頭髮的手；我記得手球和石子遊戲；我記得在我們巴拉丁諾山老家後方莊園裡的小山上走著，雙腿肌肉繃緊，走到一處可以俯瞰羅馬城像巨型玩具般在眼前展開。但是我無法記得那個時候那張臉。他叫我羅馬，他的「小羅馬」。

我第一次對父親的形象有清晰的記憶，是在我九歲那一年；他正在當第五任執政官，也適逢他在達爾馬提亞、亞克興和埃及的豐功偉績後一次舉行的盛大凱旋式。

自那次以後，羅馬便沒有再舉行過這種慶祝軍事功績的儀式；後來我父親向我解釋說他覺得即使是自己參與過的戰功，無不下流與野蠻，卻是當時政治上必須要採取的行動。因此，我現在已經不知道我對當時目睹的盛況所產生的強烈印象，是因其獨一無二以及後無來者，或者是在我記憶中的確極其壯麗。

當時我已經一年多沒看見父親，而他在凱旋式舉行之前也沒有機會進到羅馬城。按照安排，莉薇亞和我，以及家裡其他小孩會在城門與他相見。我們會由元老院的列隊陪同到場，並安坐在榮譽席上，等候父親到來。對我來說那是一場遊戲，雖然莉薇亞早已告訴我我們將會加入行進的列隊，我必須要保持安靜。但是我無法控制自己，便在椅子上踮著腳，睜大了眼睛看著前方蜿蜒的路上，找尋父親出現的地方。最後我看到他時，不禁大笑和拍手，想要直奔向他，卻被莉薇亞制止。到他靠近到認得出我們時，他便驅馬脫離他帶領的軍隊，笑著把我抱在懷裡，並擁抱莉薇亞；他就是我的父親。或許那是最後一次我能夠把他想像成跟別人家裡一樣的父親。

元老院副執政官很快地簇擁著把他送上一部裝有炮架[8]的戰車上，同時幫他披上一件紫色鑲金線的披風，他把莉薇亞和我也接到他的身旁，接著列隊就慢慢的往廣場前進。我記得我當時心中的恐懼和沮喪；我身旁的父親是一個陌生人，儘管他的手溫柔地撫著我的肩膀把我穩住。隊伍前端的號角手和喇叭手嗚著戰歌；刀斧手持著一根形狀像一束棍棒、上方嵌著一根斧頭的權杖，在我們前方緩步前進，踏入羅馬城裡。我們行經廣場附近的地方，全擠滿了人，他們大聲叫喊，讓號角的聲音也被蓋住；廣場裡水泄不通，站滿了羅馬人。

凱旋式持續了三天。我一有空便跟父親說話；雖然莉薇亞和我幾乎一直在他的身邊，但是當他演說時和主持獻祭時，我覺得他被吸進一個我首次看見的世界。

但是他總是溫柔地對待我，我說的話他一一回應，彷彿他任何時刻都那麼在乎我。我記得有一次在列隊遊行時我看見一輛兩輪馬車被拉進來，裡面躺在一張黑檀木和象牙製成的床上是一個雕像般的女人，有著超凡的氣質，身上滿是閃亮的黃金與青銅，身旁兩邊各躺著一個小孩；他們的眼睛閉著，彷彿睡著了。我問父親那個女人是誰，他看了我好一陣子才回答。

「她是克莉奧佩托拉，」他說，「她是一個偉大國家的王后，她是羅馬的敵人；但是她很勇敢，她愛她的國家，就像任何羅馬人都會愛他的國家；她放棄自己的生命，讓自己看不見她國家的敗亡。」

8 以竹木繩索等製成，可發射石頭，攻擊敵人。

即使到現在，已經過了這些年，我還記得在當時的局勢我聽到這個名字時，心中產生了一股奇怪的感覺。那當然是一個我熟悉的名字；我之前常常聽到。那時候，我想起與莉薇亞共同負責我們家裡一切事務的姑媽屋大維婭，我知道她曾經與這個王后已死去的丈夫馬克・安東尼結婚；我想起屋大維婭照顧的孩子——馬塞盧斯和他兩個妹妹——她第一段婚姻所生的孩子，也是我童年一起玩耍、工作和學習的同伴；我想起屋大維婭與馬克・安東尼所生的兩個女兒；我想起馬克・安東尼在前一段婚姻所生的兒子尤魯斯[9]；最後也想起家裡的新寵兒「小克莉奧佩托拉」，馬克・安東尼與克莉奧佩托拉所生的女兒。

然而讓我感到焦慮的，並不是因爲我認清了這種種奇怪的關係。雖然我那時候是無以名狀，我相信我是第一次感到即使是一個女人，也會被捲入紛紛世事，終而被摧毀。

9 尤魯斯・安東尼（Jullus Antonius, 西元前 45 年 - 西元前 2 年），安東尼與與第三任妻子福爾維婭所生的孩子。

Chapter

II

I.家書：自羅馬致屋大維・凱撒於高盧（西元前二十七年）

莉薇亞向她的丈夫問好，並祈求平安；莉薇亞按她丈夫的指示，詳述他最爲關心的事務。

你離開羅馬向北方出發前開始動工的建設已遵照你的命令持續進行。弗拉米尼亞大道[10]的修築工程已竣工，比你限定瑪爾庫斯・阿格里帕的工期早兩星期完成，他會在下一批家書中向你提出完整的說明。梅塞納斯和阿格里帕請我向你報告人口普查一事在你回來以前將會完成，他們每天都與我討論相關事務；而梅塞納斯估計在他修訂過的稅賦基礎下，國家稅收甚至比預期的更爲可觀。

梅塞納斯也就你決定放棄攻佔不列顚一事，請我向你表示他感到十分高興；他很有信心用協商的方式也能達到目的；而即使協商未達目的而必須出兵佔駐，其代價必會超過原來對方默許的進貢。我也對你的決定感到高興，不過那是爲了擔心你的安全這個更爲屬於感情的因素。

10 弗拉米尼亞大道（Flaminia）是一條重要的羅馬道路，南起羅馬，北到阿里米努姆（Ariminum，今義大利里米尼，Rimini），是通往北方最重要的一條道路。

這些事情我說得簡短，因爲我知道手中掌握更多細節的人會向你做更詳細的敘述，而我知道你有興趣從我口中聽到別的層面的東西。你的女兒身體健康，並傳達了她對你的愛。是的，你的信每天都讀到她的耳中，她口中常常提及你。

你會感到高興聽到她自從上星期開始，對家中僕人的態度有顯著地進步；我肯定你曾在信中提到這個問題，產生了很大的作用。今天早上她差不多花了兩個小時在織布，中間並無埋怨或對伴隨在她身邊工作的人說出失禮的話。我相信她最後已開始習慣於作爲一個女人，同時又是皇帝的女兒。她的健康狀況十分良好；當你回來時，她一定會長得讓你幾乎認不出她來。

至於你堅持她接受的另一部分的教育，我雖然曾經有所保留，但也已經默許。這部分已經隨這批家書寄出，我就讓他人來說明。

另外有一點點閒話，會令你感到高興及可笑。梅塞納斯請我轉告他最後對你的請求讓步，他要娶妻子了；他請我向你轉達，是因爲（他說）結婚一事由他自己開口，對他來說太痛苦了。你可以預期的，是他會把自己的悲傷大肆鋪張一番；不過我認爲他鬱樂在其中的。他的妻子來自特倫提亞家族，不十分顯赫；梅塞納斯語帶輕蔑的說，他的貴族血統足夠兩人分享。她是一個小美人，似乎對這段婚姻感到滿足；她也似乎完全了解梅塞納斯的習性，並願意接納他。我相信你會喜歡她的。

你的姊姊托我帶上她最深情的問候，並請你也向她的馬塞盧斯傳達她的問候，她相信他是他舅父的良伴。我把我的愛隨信附上，也請你也把這份愛給予我的提比略。你的家人等待你回來。

致蓋烏斯·屋大維·凱撒於高盧納博訥，自他的僕人及忠實的朋友斐德羅。

我稱呼你爲蓋烏斯，因爲我要談及家中事情。

你的女兒茱莉亞學業猛進，已經到了我不再有能力按照你的期待發揮我的功能。這話我說得不情願，因爲你知道我如父親般地愛她。我一向不相信有任何女孩在學業上進展的速度及展現的幹練，能媲美任何擁有同樣身分地位、同樣用功及領悟力的男孩。你出於好意把你親戚中年齡相約的孩子，不論男女，都委託我加以教導；而的確，在所有孩子中，她的進步最快，即使只有十一歲，已經到了必須要另外找人悉心照顧的地步。她希臘文的寫作已能走筆如飛；我有讓她接觸修辭學，並已經對修辭學的基本知識掌握得頗爲嫻熟，不過我對她傳授這種有失淑女風範的科目曾經在她的同學間引起些微反感；你的朋友賀拉斯偶爾也會用自己的母語教她詩藝，那是我只能掌握卻不足以給她指導的。我覺得她的課程中比較陰柔的部分是她比較不喜歡的——她的音樂造詣稍嫌不足，而雖然她天生體態優雅，卻並沒眞正習慣舞蹈課所教導的較爲形式化的部分；不過我也發覺這些時尙的玩意亦並不在你興趣範圍內。倘若我是愚蠢到認爲你會因奉承的話而感到高興，我便會假裝若無其事，並胡謅一些廢話，說對一個來自天神的兒子、世界之君主的女兒來說，應該有更多的期許。不過我們都知道，她的個性是屬於她自己的，而且是蠻強烈的。

因此我建議，在不久的將來，她的教育交由比我更聰明更有學問的阿瑟諾多努斯負責，他曾經是你的老師，而現在是你的朋友。他了解她的想法，二人相處得很好，而且他已經答應我剛才冒昧提出的建議。我知道他會因別的事寫信給你，在信中他會針對我的建議提出他的看法。

我相信你在高盧的事務不會讓你離開女兒太久。在我的教學過程中最讓她分心的，是渴望你在她身邊。我是你忠心的僕人，也相信是你的朋友，來自科林斯的斐德羅。

阿瑟諾多努斯致屋大維，我向你問好。你知道的，我會十分高興你決定在高盧設立一個學校制度。你的作法很正確；倘若那裡的人民要成爲羅馬的一部分，他們必須要會羅馬的語言，從而得以認識將要讓他們成長茁壯的歷史與文化。我願上帝能讓羅馬那些你高興視爲朋友的愛趕時髦的流氓，對自己孩子的教育比你對遠方子民的教育一樣在乎。或許有一天，外地的子民比我們處在國家中心的人更像羅馬人。

爲那些學校找老師不會有困難的；如果你有需要，我可以推薦特定人選。由於你爲我們的國家帶來和平和一定程度的繁榮，知識的追求在某些社會階層開始蓬勃起來；雖然蓬勃二字說得有點誇張，不過那是你聘用老師的來源。大體上，我會建議：（一）不要依賴心中只有浪漫理想的富家子弟，他們的熱忱在行省那種與世隔絕的地方幾乎一定會消失；（二）盡可能選擇羅馬人，而不要希臘人、埃及人或任何國家的人，因爲要學生眞正了解羅馬文化，他們必須至少要知道羅馬人長什麼樣；（三）不要依賴奴隸，或太依賴解放奴來擔任那些你提到過的教育工作。這個建議你一定能了解其箇中原因。我知道在羅馬的傳統中，如果一個奴隸有足夠的學識，他的地位會提升到比出身高貴的人還要高。在羅馬，他仍會滿足於奴隸的身分，只要他變得富有；但是在高盧，他不會像在羅馬一樣找到財務上貪污腐敗的機會，這會讓他心生不滿。你自己也知道，有很多奴隸，尤其是有學問而且富有的（我們的朋友斐德羅除外），無不對羅馬及其風俗民情傲慢不恭，更因爲對自己無法贖身的原因感到憤怒。簡單地說，在高盧我們沒有複雜的社會力量，讓他們臣服於某種秩序。我保證我們有足夠的義大利人，不論來自鄉下或是城市，會爲了一筆合理得體的工資及某種榮譽感，樂於達成你的目的。

至於你的女兒，斐德羅已向我說明，我也已經答應。我假設你會同意此事。現在我已經教育過那麼多屋大維的家族成員，你要往別處找人的話，似乎對我來說不太妥當。你可以稱自己爲世界的君主；那不關我的事。在教育這檔事上面，我堅持我還是你的老師；而我也不應該讓茱莉亞最後一個階段的教育假手於人。

II. 茱莉亞日記，於潘達特里亞島（西元四年）

來到潘達特里亞島不久後，到現在的幾年間，我養成了黎明前起床的習慣，觀賞東方的第一道曙光。在黑暗中守候晨光，幾乎成爲每天的一項儀式；我靠著向東的窗戶坐著不動，目測著天色從灰色到黃色，到橘色及紅色，最後變成無色卻不可思議地照亮了世界。當陽光滿室，我便利用早上的時間讀著一本又一本的書，那是我被允許從羅馬的圖書館帶來這裡的。我沉溺於我的藏書是好幾樣我允許從事的工作之一；然而在我被允許進行的事當中，閱讀是唯一能讓這個流放幾乎可被容忍，因爲我回到我放棄多年的學習，而倘若我不是陷於這孤單寂寞的境地，我可能不會這樣做；有時候我幾乎相信全世界企圖要懲罰我，他們反而出乎意料地幫了我一個忙。

這也令我突然想到，我守候晨光和晨間閱讀是一種我多年前，從我孩提時期便開始已經習慣的生活規律。

我十二歲那一年，我父親決定是適當時候，放棄幼兒教育，並把我交給他以前的老師阿瑟諾多努斯加以照顧。在此之前，除了莉薇亞按照我的性別而加諸我身上的教育外，我只是在訓練希臘文和拉丁文的閱讀和寫作，這對我來說極爲簡單，而數學方面我也是覺得簡單而枯燥。那是一種悠閒的學習方式，而我的家庭教師也是隨時願意爲我上課，並不需要遵從僵化的時間表。

但是阿瑟諾多努斯是一個嚴厲而冷酷的導師，他讓我第一次看見我自身以外、家庭以外，以及羅馬以外的世界。他的學生不多——屋大維婭的兩個兒子，一個是繼子，另一個是親生；莉薇亞的兒子德魯蘇斯和提比略；我父親不同親戚的兒子。我是其中唯一的女孩，而且最年幼。我父親讓大家都明白到阿瑟諾多努斯是我們的導師；不管學生的父母有多大的權位，阿瑟諾多努斯都擁有任何事情的決定權，除了他以外，無人能推翻。

我們被要求在黎明前起床，一小時以內要聚集在他家裡。我們要背誦前一天指定的荷馬、赫斯阿德和艾斯奇勒斯等人的詩行；我們要按照不同詩人的風格寫自己的文章；在中午我們吃輕便的午餐。到了下午男孩子投入修辭學及演說的練習；由於這些科目被認爲不適合我，我便被允許用不同方式使用我的時間，學習哲學，以及申論我選擇的詩篇，包括拉丁文和希臘文的作品，並且按我的幻想所及的事物寫成詩。到了傍晚，我被允許可以先回家，好讓我能在莉薇亞的教導下完成屬於我的家務。類似的自由使我越來越覺得厭惡。

正當的我身體內部開始產生變化，讓我慢慢步向成年女人的階段，我的思想也毫無預警地開始產生一幅新的景象。後來我與阿瑟諾多努斯成爲朋友，我們常常談論羅馬人討厭任何沒有實質目標的學問；他告訴我有一次，大約在我出生前一百年，所有文學和哲學教師都按照元老院頒布的法令，驅離羅馬，雖然那道法令不可能被執行。

那個時候，我似乎很快樂，或許那是我一生中最快樂的了；不過，還不到三年，快樂的時光便結束了，我必須要成爲一個女人。那是從我剛認識的世界被放逐。

III. 書信：昆圖斯・賀拉斯・弗拉庫斯致阿爾卑烏斯・提布魯斯（西元前二十五年）

我親愛的提布魯斯，你是一位優秀的詩人，我的朋友，但你是一個傻瓜。

我會盡量說得明白：你不要爲年輕的馬塞盧斯和皇帝女兒的婚事作詩以爲慶祝。你有徵求我的意見，我的意見強烈如一道命令，其原因我將會逐一說明。

第一：屋大維・凱撒曾經清楚表示（即使是對我和維吉爾這些他最親近的朋友也不例外），他會非常不樂於看見我們在自己的詩作中直接或間接地提及他家人的任何私事。這是他十分堅持的原則，而我對這項原則也十分了解。他與他的妻子和女兒的關係非常密切，儘管你在字裡行間暗示了不同看法；他不希望譴責一首讚美他們的劣詩，也不希望讚美一首冒犯了他家人的好詩。再者，他繼承了一個混亂的世界，企圖要加以治理，卻又延伸出種種繁重而困難的事務，他與家人的生活幾乎是他唯一可以喘息的地方，他不想這個地方受到威脅。

第二：你天賦的才華不在你所描述的發展方向，而你大概不可能就這個題目寫出一首好詩。我很欣賞你以你認識的淑女爲題的詩，卻不欣賞你描寫你的朋友和總司令梅薩拉的詩。要寫一首題目會帶來危險的詩，又要寫得不帶任何情感，等於要表現愚蠢。

第三：即使你能夠以某種方式讓你的天賦才華轉往別的方向，你信中暗示的幾種態度已使我相信你最好不要按你的計畫進行，因爲沒有人對描寫對象的價值產生懷疑，同時又能寫出好詩；沒有一位詩人能夠用意志力排除心中的疑慮。我的朋友呀，我這樣說並非是要責備你的搖擺不定；我說的僅僅是一個事實。倘若我要寫出你心中計畫的那首詩，我可能也會發現自己也是搖擺不定的。

而我相信我不會寫。你暗示你懷疑皇帝對他女兒的感情冷淡，而這段婚姻中他是「利用」她來維持局勢穩定。後者可能對；前者則不。

我已認識屋大維・凱撒超過十年；他是我的朋友，彼此平起平坐。就如同當朋友會做的，我判斷他值得稱讚的時候我有稱讚他，他值得懷疑的時候我有懷疑他，他值得批評的時候我有批評他。我都是公開的進行，完全的自由。我們的友誼從來不受損害。

因此當我向你提及這個話題，你應該知道我是像過去一樣享有完全的自由，未來亦是如此。

屋大維・凱撒愛他的女兒，是超乎你能理解的；如果他有錯，那是他對她的情感投入太深。他監視女兒的教育，比一個不太忙碌的父親投入他兒子的教育更爲用心；他也不會滿足於把女兒的教育囿限於織布、縫紉、歌唱、彈樂器，或者是一般女孩在學校學得的半吊子語文知識。茱莉亞的希臘文現在比她父親要優秀；她的文學知識讓人印象深刻；而且她跟隨阿瑟諾多努斯學習修辭學和哲學。親愛的提布魯斯，阿瑟諾多努斯的智慧與學識之高，就算是教導我們，也是綽綽有餘。

這些年他往往要遠離羅馬，但是他的女兒不會超過一個星期沒收到一整批來自父親的信；我曾經看過其中一部分，信中流露的關懷及慈愛，的確是令人動容。

當他的事務容許他有空與家人團聚，得享受那些期盼以久的時刻時，對某些人來說，他似乎會花過多的時間與女兒在一起，而且在女兒面前表現最率眞最快樂的一面。我看過他與她玩滾鐵環，表情彷彿就像小孩子一般，他會讓她騎在肩膀上，彷彿自己就是一匹馬，玩著捉迷藏的遊戲；我看過他們二人在提比河岸邊釣魚，當小魚上鉤時二人高興的大笑起來；我看過二人投契地在離家遠處的田間散步，採摘野花布置晚餐的餐桌。

但是如果你的靈魂裡屬於詩人的部分產生懷疑，我是知道我無法消弭，但是你可以從你靈魂中屬於人的部分抹去。你清楚了解如果另一個父親爲自己的女兒選擇一個像年輕馬塞盧斯那麼富有而前途光明的人當丈夫，你會爲他的先見之明及悉心關切而喝采。你也清楚知道在這段婚姻上茱莉亞的「年齡」問題，會在另一個情境中引起不同的關注。你第一次對那位（你選擇僞裝爲蒂莉亞的）女士[11]採取行動使她失貞敗德的時候，她的年紀有多大？十六歲？十七歲？或者是更年輕？

放棄吧，我親愛的提布魯斯，已經有很充足的理由說服你不要寫這首詩了。其他的課題還有很多，也有很多地方有助於你找尋它們。如果你想要保有皇帝對你的賞識，就繼續讓蒂莉亞入詩吧，你寫得很好。我向你保證屋大維有讀過那些詩，也非常欣賞；或許很難讓你相信，他讀詩的時候，往往對精妙的文筆欣賞多於讚美。

IV. 茱莉亞日記，於潘達特里亞島（西元四年）

在我一生中，我有三位丈夫，但我一個都不愛……。

昨天早上，我不知道要說什麼，便寫下了這些字；我一直苦思這些字背後的可能意義。我不知道其意義爲何，我只知道這課題出現在我生命中比較晚的時間，正當我的生命已無關重要的時候。

詩人說青春是一整天的熱血沸騰、一小時的愛、一刻的激情；年齡漸長後是智慧的冷水澡，讓熱血冷卻。他們都錯了。我一生中很晚才懂得愛，卻不再能掌握。青春是無知，激情又是虛無飄渺。

我十四歲那一年父親把我許配給我的表哥馬塞盧斯，他是我父親的姊姊屋大維婭的兒子。那段婚姻在那時候看來似乎再平凡不過，或許那代表了我的無知，或者是所有女性的無知。從我有記憶開始，馬塞盧斯與屋大維婭和莉薇亞她們的孩子，跟我們家裡十分親密；我和他一起長大，但是我不了解他。現在過了差不多三十年，我幾乎沒有任何關於他的記憶，即使是他的外表。他身材高挑，我相信是的，加上屋大維家族的金髮。

但是我記得父親的信，通知我的婚事。我記得信中的語氣，彷彿幾乎是寫給一個陌生人一般；他的語氣傲慢而僵硬，一點都不像他。信是從西班牙寄來的，他已經有一整年停留在那裡鎮壓邊境的暴亂，伴隨他出征的是馬塞盧斯，儘管他才十七歲。被馬塞盧斯的剛毅與忠誠所感動（他說），以及顧及他女兒能託付給

11 蒂莉亞（Delia）是阿爾卑烏斯・提布魯斯現存兩冊詩集的第一冊中所描寫的初戀情人，是現實生活中的一位有夫之婦。

一個身分地位上不具爭議性的人，他堅信這段婚姻符合我，以及我們家的最大利益。他祝我快樂，並對他不能回到羅馬參與結婚儀式表示遺憾，他說他已經委請瑪爾庫斯·阿格里帕作爲他的代表，也告訴我莉薇亞會通知我一切我該做的事。

在十四歲，我相信自己是一個女人；那是我的教育讓我相信如此。我跟隨阿瑟諾多努斯學習；我是皇帝的女兒；而我要被安排結婚。我相信我以最優雅有禮、最柔弱多姿的面目示人，直到後來我的優雅有禮和柔弱多姿幾乎弄假成眞；我對我開始要進入的世界全無顧慮。

而馬塞盧斯仍是一個陌生人。他從西班牙回來，我們的對話顯得冷淡疏遠，就跟往常一樣。婚禮的安排持續進行，彷彿與我們二人的命運毫不相干。我現在知道，當然毫不相干。

那是一場老派婚禮。馬塞盧斯在證婚人面前給我一份禮物，是從西班牙帶來的象牙盒子，鑲滿了珍珠。我接過禮物，口中說了一些禮節性的話；婚禮的前一天晚上，我在莉薇亞、屋大維婭和瑪爾庫斯·阿格里帕面前告別我童年時的玩具，其中一部分會被焚燒，獻給家庭守護神；當晚深夜，莉薇亞充當我的母親，把我的頭髮紮成六條辮子，並用羊毛製的條飾繫起來，意味著我婦人的身分。

我全程參與了結婚儀式，彷彿在做夢。客人和親戚聚在院子裡；祭司說他該說的話；在證人面前，文件被簽署、交換；我說了一些讓我與丈夫緊密聯繫在一起的話。那天晚上，晚宴之後，莉薇亞和屋大維婭按儀式的安排，讓我穿上新娘的及膝束腰外衣，把我帶到馬塞盧斯的房間裡。我不知道要期待什麼。

馬塞盧斯坐在床沿上，打著哈欠；裝飾用的花朵毫無章法地撒滿一地。「很晚了，」馬塞盧斯說，用孩提時代的語氣加上了一句，「睡覺吧。」我躺在他身旁；我回想我一定是在顫抖。他又打了一個哈欠，轉過身去，不一會就睡著了。

就這樣，我開始當了人妻；這個身分，在我和馬塞盧斯兩年婚姻中，沒有什麼具體的變化。我之前有寫過，我已經幾乎記不起他了；沒有什麼理由我該記得他。

V. 書信：莉薇亞致屋大維・凱撒，於西班牙（西元前二十五年）

莉薇亞向她的丈夫致上深情的問候。我已經一一遵從你的指示；你的女兒已經成婚；她很好。我趕快交代這些基本訊息，好讓我可以說到對我有直接關係的事：

你的健康情況。我聽說（請不要問我消息的來源）那是比你願意透露的情況更爲危殆；因此我開始了解你亟欲看見女兒平安出嫁的心情，也因此我爲之前對這段婚姻的反對更爲感到羞愧，而因爲我的反對必定令你感到不悅更讓我備感痛苦。現在請你相信我的憤怒已經消散，而且最後，由於我對我們的婚姻和責任感到的自豪，已使我放下了我作爲母親，爲了親生兒子而汲汲營營的野心。你是對的；馬塞盧斯身上流著克勞狄、尤利烏斯和屋大維三個家族的血，而提比略只身負克勞狄家族之名。你的決定是一如往常的明智。我忘了我們的政權比想像中更爲岌岌可危。

我懇求你從西班牙回來。很明顯地那裡的氣候使你的高燒不退，而且在這蠻夷之地，你是無法得到適當照顧的。你的醫師也同意我的說法，在我深情地哀求之外，他也附上他基於專業的懇求。

馬塞盧斯將在一個星期內回到你身邊。屋大維婭獻上她的愛，並請求你維護她兒子的安全；你的妻子也獻上她的愛，向上天祈求你的康復，以及她兒子提比略的身心健康。懇求你回到羅馬。

VI. 書信：昆圖斯・賀拉斯・弗拉庫斯致普布利烏斯・維吉利烏斯・馬羅，於那不勒斯（西元前二十三年）

親愛的維吉爾，我殷切地請求你儘快回到羅馬來。自從我們的朋友從西班牙回來後，他的健康持續惡化；現在的病情已十分危急。他高燒不退、無法起床，身體已經虛脫到只剩皮包骨。雖然我們臉上都帶著笑容，卻已對他的性命不抱持樂觀的想法。我們沒有欺騙他；他也感到生命已到終點。他已經對另一位執政官交代軍隊和國庫的資料，也把國璽交付瑪爾庫斯・阿格里帕，好讓他的權力能完整的傳承。只有他的醫師、摯友及至親才能見到他。他相當的安詳平和，彷彿希望能最後一次品嚐他心中縈繫。

梅塞納斯和我已經留在他巴拉丁諾山的家裡，在他有需要時或需要慰藉時可以幫得上忙。莉薇亞無微不至的照顧他，其盡責守分一直是他感激在心的；茱莉亞在他身邊時加以取笑逗弄，他也甘之如飴；但是背著他時，她卻是哭得分外淒涼。他與梅塞納斯會深情地說起他們年輕的日子；而儘管一向壯碩威武的阿格里帕，在與他說話時也難以克制自己的情感。

雖然他不會勉強，也雖然他沒有說出口，我知道他是希望你在身邊的。有時候當他與家人聊天聊到累了，就會請我給他朗讀我們最備受他賞識的詩；昨天他想起了才幾年前那個歡樂而志得意滿的秋天，他擊敗了埃及軍隊，也從薩摩斯島回來後，我們再次聚首，你向他朗讀了你已完成的《農事詩》。他便平靜而不帶半點自哀自憐地說，「如果我要死去，最讓我感到遺憾的，是不能看見我老朋友完成那首敘述羅馬城建立的詩。你覺得他知道我這樣想會覺得高興嗎？」

雖然我幾乎說不出話，我還是說，「一定會的，我的朋友。」

他說，「那你看到他時一定要告訴他。」

「你復原後我會告訴他，」我說。

他展顏微笑。我再也忍受不了，向他說聲失陪，便退出他的房間。

你知道時間可能不多了。他身體沒有痛苦，還有思考能力，但是他的意志力正隨著他的身體衰竭。

在一個星期內，如果他的情況沒有好轉，他的醫師（一位叫做安東尼・穆薩的，儘管有些名聲，我卻對他的醫術沒有信心）準備採用他最後而且最激烈的手段。在這孤注一擲的時刻到來之前，我殷切地請求你回來看看他。

Ⅶ.治療指引：醫師安東尼·穆薩給助理（西元前二十三年）

浴療之準備。三百磅冰塊，於指定時間送至屋大維·凱撒的住處。冰塊可取自阿西紐斯·波利奧位於康潘納大道上的倉庫。冰塊要碎成拳頭般大小，且肉眼不能看見任何沉澱物。二十五塊冰塊放入水深八吋的浴盆裡，直到完全融化。

油膏之準備。兩湯匙芥末籽磨碎後加入由我提供的粉末，共一品脫，再加入兩夸脫優質橄欖油，加熱到接近沸騰，然後讓其冷卻之至體溫。

病人之治療。病人全身沒入浴盆中冷水，只可露出頭部。病人待在水裡，以慢慢數到一百爲止。然後他要離開浴盆，以未染色的羊毛毯子包裹全身，而毛毯必先在加熱的石上加熱。病人必須包裹至全身發汗，再塗上準備好的油膏。其時應把足夠的冰塊加入冷水浴盆內，以降至原來溫度，然後病人又再次回到浴盆裡。

這步驟要反覆從事四次，病人方可休息兩小時。療程要持續進行，直到病人退燒爲止。

VIII. 茱莉亞日記，於潘達特里亞島（西元四年）

當我父親從西班牙回到家裡，我就知道我必須結婚的理由。他在西班牙已病重到沒有期待自己能熬得過回家的路；爲了我的未來得到保障，他把我許配給馬塞盧斯；爲了他那常常被稱爲「另一個女兒」的未來，他把羅馬給了瑪爾庫斯・阿格里帕。我與馬塞盧斯的婚姻主要是一種例行公事；法律上我失去了處子之身；然而這個結合幾乎沒有改變我，我還是一個女孩，或幾乎如此。那是在我父親生病時我才成爲一個婦人，因爲我領悟到死亡之不可避免、認得它的味道、感覺它就在身邊。

我記得我哭泣，因爲我知道我的父親，那個我孩提時代認識的父親會死亡；而我終於知道這種失去，是我們生命中的必然。這是不能授予別人的一種體會。

但是我還是企圖把這種體會傳達給馬塞盧斯，因爲他是我的丈夫，而我則被教育成要舉止得當。他面露困惑地說不管如何不幸，羅馬都會忍受這損失，因爲我們的君主早有眞知灼見，把他的事務安排得井然有序。我當下十分生氣，我感覺我的丈夫太冷酷無情，我知道他心中想著的是成爲我父親權力的繼承人，預視著他當上君主那一天；我現在知道，假使他是冷酷無情，而且野心勃勃，那是他唯一知道要走的路；他的教養完全是爲此做準備的。

我父親從那個本來要取他性命的疾病活過來，被世人認爲是一項奇蹟，源自於他體內的神性，所以是天經地義的。在醫師安東尼・穆薩在進行他所謂孤注一擲的療法（後來以他的名字命名）的時候，他的喪禮也同時開始安排。但是他熬過了那個療程，慢慢的開始復原，到了當年夏末，他的體重稍微增加，每天可以在家裡後院散步幾分鐘。瑪爾庫斯・阿格里帕把曾經託付給他的人首獅身國璽歸還，而元老院頒布命令進行一星期的感恩與祝禱的儀式，鄉下的老百姓都在十字路口豎立他的塑像，以慶祝他的康復，並守護路上的旅人。

當大家都很清楚我父親會重拾健康，我的丈夫馬塞盧斯得了同樣的高燒而臥病。兩星期後，病情惡化，最後醫師安東尼・穆薩指示進行曾經拯救我父親的療法。過了一個星期，大家正爲君主的復原而欣喜若狂之際，馬塞盧斯死了；我成了寡婦，那一年我十七歲。

IX. 書信：普布利烏斯・維吉利烏斯・馬羅致昆圖斯・賀拉斯・弗拉庫斯（西元前二十三年）

我們摯友的姐姐屋大維婭仍陷於喪子之痛；時間不但無法消弭她的悲傷，反而帶給她更多；我付出的卑微力量，以撫慰她的心，恐怕最後只帶來我料想不到的效果。

上星期，屋大維知道我起意要寫一首有關他姪子之死的詩，便促請我再到羅馬一趟，想聽聽我進行的情形；他聽到我說想要把已經完成的那首詩合併到我寫埃涅阿斯的長詩裡[12]，那首詩已完成的部分已獲得他的謬讚。他覺得這安排可讓她知道她的兒子如此受羅馬人的愛戴，只要人們有記憶他就會活著，當母親的會稍感歡慰。因此他便邀請她出席朗讀會，並讓她了解這個活動的意義。

只有幾個人出現在屋大維的家裡——屋大維自己，那是當然的，還有莉薇亞、他的女兒茱莉亞（很難想像一位如此年輕而美麗的寡婦）、梅塞納斯和特倫提亞。屋大維婭行屍走肉般來到會場，臉色白得嚇人，黑眼圈掛在眼睛下。但是她看來是如常的沉靜自若，對給予她撫慰的人還是舉止優雅、體貼周到。

我們安靜地談了一會，提起了馬塞盧斯；有一兩次屋大維婭幾乎微笑起來，彷彿是某些美妙的記憶讓她感到愉悅。然後屋大維婭便請我向大家朗讀我的詩。

你很清楚這首詩，以及它在我整個作品中的意義，我不再贅述。但是不管這首詩在目前仍有種種瑕疵，那天的場面仍是十分感人；霎時間我們看見馬塞盧斯活了過來，遊走在我們之間，在他的朋友和國人的記憶中佔了重要的地位。

我朗讀完了以後，現場一片沉寂，然後是一陣低語。我看著屋大維婭，希望在她臉上除了悲傷意外，看見她因了解我們對她兒子的掛念及以他為榮而感到安慰。但是我看不見她的痛苦有所舒緩。我無法確切描述我所看見的；她的雙眼沉鬱中光亮如火，彷彿在頭顱深處燃燒，她的嘴唇向左右拉開，十足像在露齒而笑。這個模樣，對我來說幾乎展現出純粹的仇恨。然後她以單調的音調短促的尖叫了一聲，身體左右搖晃，便昏倒在身邊的長椅上，失去知覺。

我們趕緊趨前；屋大維搓揉她的手心，慢慢的她醒了過來，女士們便把她帶離開。

「很抱歉，」我最後說，「如果早知道——我只是想給她一點安慰。」

12 指的是《埃涅阿斯紀》（Aeneid）。

「我的朋友啊，不要責備自己，」屋大維平靜地說，「或許你已經給了她安慰，畢竟——或許是我們看不出來的。一件事的後果是無法預知的，不管是好是壞。」

我已經回到那不勒斯了；明天要重拾我的苦差事。但是我一直爲我所做的事感到苦惱，我不禁擔心那位偉大的女士未來的幸福，她爲她的國家付出了那麼多。

X. 書信：屋大維婭致屋大維・凱撒，自韋萊特里（西元前二十二年）

我親愛的弟弟，我昨天下午已經到了韋萊特里，一切平安，只是十分疲憊，所以一直在歇息。從我的窗戶往下看，是我們小時候經常玩耍的花園；現在已是雜草叢生，至少對我來說是如此；大部分的灌木叢敵不過寒冬而乾枯焦黃，山毛櫸該要修剪了，一株栗樹已然枯萎。不過，凝視眼前景物，並想起多年前我們那些無憂無慮，遠離世間苦痛的日子，也是令人愉悅。

我寫信給你是爲了兩件事情：第一，我必須要爲那天晚上我們的朋友朗讀有關我已故兒子的詩時我的可怕舉止，表達遲來的歉意；第二，向你提出請求。

下次你有機會給維吉爾寫信或見面時，可否請你代爲明白表示我懇求他的原諒？我當晚的舉措並非有意，若果他認爲那是對他不敬，我將會感到遺憾。他善良而溫和，我不希望他認爲我是存心胡鬧。

然而我對你的請求才是我心中所關切的。

我希望你允許我從自有記憶以來便在其中打滾的公共事務引退，好讓我的餘生能在平靜而孤寂中渡過。

我一生已完成家庭與國家賦予我的職責。我樂於肩負種種任務，即使有時候是違逆了我個人的意願。

在我童年以及青少年時代，在母親的教導下，我心甘情願地處理家中的大小事務；而在她去世後，我更爲你全部分擔。當我們有需要安撫凱撒的敵人以完成我們的崇高理想，我便下嫁蓋烏斯·克勞狄烏斯·馬塞盧斯；而當他才過世，我又成爲馬克·安東尼的妻子。我盡我所能成爲馬克的好妻子的同時，又不忘記自己是你的姐姐，並且要忠於自己家族。到馬克·安東尼把我拋棄，前往東方去追逐他的功名，我便替他扶養他不同婚姻的孩子，視如己出，甚至是那個你現在也甚爲喜歡的尤魯斯·安東尼；而在他死後，我更對他與克莉奧佩托拉所生，卻熬過了烽火戰亂的孩子加以保護。

我對你的兩位妻子親如姐妹，雖然第一任的妻子脾氣過於暴躁，不願接受我的善意，第二任妻子則又過於野心勃勃，不相信我是爲了大家的共同理想而努力盡責。而我自己則爲我們的家族，以及羅馬的未來生了五個孩子。

現在我的頭一胎，也是我唯一的兒子馬塞盧斯已爲國犧牲；而他的妹妹馬塞拉，我第二胎所生的我最疼愛的女兒，將在你的政策要求下，恐怕難以保有她的幸福。十五年前——或許是十年前——我該是因爲你選擇了我其中一個小孩以繼承你的天命而感到驕傲。但現在我相信那是虛榮，我不會說服自己追求名譽與權力的代價是值得的。我女兒與瑪爾庫斯・阿格里帕的婚姻美滿；我相信她愛他；我也有信心他喜歡她。你建議他們離婚，她會感到不快，但這並不是因爲會失去權力和威望，而是因爲會失去一個她尊敬而摯愛的人。

你必須要體諒我，我親愛的弟弟；我不會埋怨你的決定；你是正確的。你的繼承人與你的女兒有婚姻關係，或者與她有親子關係，那是合宜，而且是必須的。而瑪爾庫斯・阿格里帕在你的朋友圈或官場中是最爲能幹的人。他是我的朋友，也是我的女婿；不管事情的結局如何，我相信他仍是我的朋友。

無怨無恨，容我要求這次我必須要爲他們離婚給予許可，是我參與公共事務的最後一次。我給予許可。現在我希望撤離羅馬的寓所，回到韋萊特里，畢生與我的書本爲伍。我不會放棄你的愛；不會放棄我的孩子；不會放棄我的朋友。

然而那個可怕的夜晚維吉爾對我們吟誦著馬塞盧斯，那種感覺仍揮之不去，而且我將畢生難以忘記；這種感覺彷彿是我第一次眞正看到你必須要身處的世界，看到我已睽違很久的那個我曾經身處的世界。人可以用別的方式，以及在別的國度生活，或許是比較卑微、比較平凡的——（不過）對漠不關心的上天來說，這又算什麼？

我一直還沒有再婚，但是就在幾年內我將要到達不適宜再婚的年齡。就把這幾年留給我吧；我不想結婚，而且也不會後悔，即使我到老的時候。我們稱爲婚姻的制度，你知道的，是一種必須要的束縛；我有時候覺得最卑微的奴隸，都擁有更多我們婦女難以想像的自由。我但願能在這裡渡過我的餘生；我歡迎我的孩子和我的孫子來訪。我心中或許有一個智慧的所在，也可能在書本裡，我會在未來平靜的日子裡發現。

Chapter

III

I. 茱莉亞日記，於潘達特里亞島（西元四年）

在我認識的女人中，我最欣賞的是莉薇亞。我從不喜歡她，她也不喜歡我；但是她在我面前的舉止是誠實而有禮的；我們處得不錯，儘管僅僅是我的存在，就讓她有志難伸、儘管她毫不掩飾她對我非關個人的敵意。莉薇亞很清楚了解自己，且對自己的個性不會誤解；她美麗，在利用其美麗的時候不會流於自覺；她冷淡，因此也更善於假裝熱情；她野心勃勃，並以她相當出眾的智慧專注於成就她的野心。倘若她是男人，我毫不懷疑她會比我父親更無情，更爲自己的行爲感到心安理得。就她的本性而言，她完全是一個令人欽佩的女人。

雖然我當時才十四歲，也不了解理由爲何，我便很清楚莉薇亞極力反對我與馬塞盧斯結婚，幾乎視之爲她兒子提比略繼承政權的一大障礙。而當馬塞盧斯在婚後不久便猝逝，她必然感覺到她的野心有迅速復活的可能，因爲即使是在我守喪的基本義務還沒結束，莉薇亞便找上了我。當時我父親在解決義大利飢荒的問題後被授予執政官一職，但是他不願意擔任該職務，且在好幾個星期前識趣地以處理敘利亞的事務而讓自己離開羅馬，使得他不必當面拒絕而加深元老院及老百姓的挫折感。這是他平生最常使用的策略。

一如往常，莉薇亞一出現就開門見山。

「妳守喪的日子很快將要結束了，」她說。

「是的，」我回答。

「那妳就有自由可以再婚了。」

「是的。」

「一個年輕的寡婦維持長時間沒有婚姻關係，會不太合適的，」她說，「這不合禮俗。」

我相信我沒有回答她。我一定在想即使是那個時候我寡婦的身分，與我爲人妻的身分，同樣是形式主義。

她繼續說，「是不是妳的傷痛讓任何有關婚姻的前景都會把妳惹怒？」

我想起我是我父親的女兒。「我會盡我的義務，」我說。

莉薇亞點頭，彷彿她心中也在期待這個答案。「那當然，」她說，「按規矩……。妳父親有跟妳談過這件事嗎？是否有在信中提及？」

「沒有，」我說。

「我肯定他有在考慮這件事。」她頓了一下，「妳必須知道我是爲了我自己說話，不是爲妳父親。不過假如他在，我會得到他的允許。」

「是的，」我說。

「我對待妳就如自己女兒一樣，」莉薇亞說，「有可能的話，我都不會硬來。」

我等著她說下去。

她緩慢地說，「妳覺得我的兒子合妳意嗎？」

我還是不了解，「妳的兒子？」

她的表情已有點不耐煩，「提比略呀，當然的。」

我不覺得提比略合我意，從來都不覺得；我不知道爲什麼。後來我才明白，那是因爲他不會在自己身上看見他在所有人身上發現的種種惡行。我說，「他從來沒有喜歡過我。他覺得我輕浮，不穩定。」

「這沒什麼，就算是眞的，」莉薇亞說。

「而且他與維普撒尼婭有婚約，」我說。維普撒尼婭是瑪爾庫斯・阿格里帕的女兒；雖然她比我年輕，但她幾乎是我的朋友。

「這也沒什麼，」莉薇亞仍是不耐煩，「妳懂得這種事。」

「是的，」我沒有再說下去。我不知道要說什麼。

「妳知道妳的父親很喜歡妳，」莉薇亞說，「有些人認爲他太喜歡妳了，但這不重要。問題是，妳知道的，他比大多數的父親都更用心聽女兒的話，而且他會不願意違背妳的意願。妳的想法對他極爲重要。所以，如果妳不覺得跟提比略結婚這個想法沒什麼不好，妳應該讓妳父親知道。」

我沒有說話。

「另一方面，」莉薇亞說，「如果妳完全不同意，請妳幫我一個忙，讓我知道。我從來不會在妳面前掩飾什麼。」

我感到天旋地轉。我不知道要說什麼。我說，「我必須服從我的父親。我不想讓妳不高興。我不知道。」

莉薇亞點頭，「我了解妳的立場。我很感謝妳。這個事情我不會再困擾妳了。」

……可憐的莉薇亞！我相信她認爲一切已經安排妥當，她的意志會戰勝。但是，在那件事情上，她沒有。這可能是她一生中最痛苦的打擊。

II. 書信：莉薇亞致屋大維・凱撒，於薩摩斯島（西元前二十一年）

我任何事情都順從你的意願。我是你的妻子，謹守職責；我是你的朋友，忠於你的利益。到目前爲止，有一件事情我是可以肯定的，而我認爲那是十分重要的一件：我無法給你生一個兒子，或甚至是一個孩子。如果這是一個錯誤，那是我無法操控的；我曾經要求離婚，但是你一直拒絕，我相信那是你出於對我本人的感情。現在我無法肯定那種感情仍然存在，我感到十分苦惱。

雖然我有足夠理由相信你會認爲我兒子提比略比馬塞盧斯更接近是你的兒子，馬塞盧斯只是你的姪子而已，但是基於你當時生病，以及你藉口馬塞盧斯兼有克勞狄、尤利烏斯和屋大維三個家族的血統，而提比略只身負克勞狄家族之名，我便原諒了你所做的選擇。我更甚至原諒你對我兒子的羞辱（這我現在看來的確如此）；如果他在年幼時展現出性格上的不穩定，以及行爲上有失節制，容我提醒，一個孩子的個性有異於一個成年男子的個性。

但是現在，你的方向已經非常明顯，我也無法再隱藏我的憤怒。你拒絕了我的兒子，也因此同時拒絕了部分的我。你把你的女兒託付給一個父親多於一個丈夫。

瑪爾庫斯・阿格里帕是一個好人，我也知道他一直是你的朋友；我對他這個人毫無惡意。但是他身上沒有顯赫的家族名聲，他擁有的任何德行，都是來自他自身。一個缺乏良好教養的人，卻在君主一人之下掌握了如此大權，世人可能會感到好笑。但是現在他是指定的繼承人，也幾乎與皇帝平起平坐，大家會笑不出來。

我相信你知道我已陷入難堪的景況。全羅馬都期待提比略應該與你的女兒成親，而按一般常理，他應該在你生命中扮演某個角色。但是你拒絕了他。

而且在你女兒結婚的當下，你卻滯留在海外，跟你上一次一樣——那是出於必須，或者是你的選擇，我不知道。我不在乎。

我會繼續善盡我當妻子的職責。我的房子仍屬於你，歡迎你和你的朋友前來。我們過去為了共同目標胼手胝足，關係太密切，做出改變並不適宜。我一定會努力繼續維持我們的友誼，我對你從不虛假，在思想上、在言語上，或者是在行為上皆如此，在未來也不會。但是你應該知道我們之間已有一道鴻溝，其距離比你現在暫居的薩摩斯島還要遠。這已無可改變。

你的女兒已經與瑪爾庫斯．阿格里帕成婚，搬到他的家裡；她現在是維普撒尼婭．阿格里帕的母親，那曾經是她的玩伴呀。你的姪女馬塞拉被奪走了丈夫後，已回到韋萊特里你的姊姊家裡。你的女兒似乎滿足於她的婚姻，我想你也如此。

III. 大傳單：雅典的提馬吉尼斯[13]（西元前二十一年）

如今凱撒的家族誰較有權勢——

是我們稱爲皇帝，奉爲神明的奧古斯都，
還是那個，按照習俗，只是他鍾情的助手，
盡心於他的床第，與宴客廳之間？
看看如今統治者如何被統治：
火把閃爍、賓客狂歡作樂，
笑聲流動之快遠勝杯中美酒。
他向莉薇亞訴說，卻不再被聽見，
再多的話語，只冰封於她一個微笑。
有人說他吝於給她一個玩具；
你就會想到提比河被冬天的寒冰緊握[14]。

13 提馬吉尼斯（Timagenes, 生卒年不詳），亞力山卓人，修辭學家與歷史學家，於西元前 55 年因戰敗被擄到羅馬，後來開設書院教授修辭學，因而享有盛名。

14 即台伯河（Tiber），是義大利第三大河，流經羅馬。詩中第一節意指阿格里帕受到奧古斯都的寵愛，將要與他的女兒茱莉亞結婚，使提比略成爲奧古斯都繼承人的野心二度落空。此打油詩中「提比河被冬天的寒冰緊握」是文字遊戲，用的是提比略和阿格里帕的名字，意味著提比略落入阿格里帕的掌控中，文中台伯河譯爲提比河，與提比略有同音的部分，較能捕捉原文的意思，但「阿格里帕」（Agrippa）和「緊握」（agrip）則相去甚遠，故以意譯呈現。

但是，被統治的，或統治者，都不重要。
在那角落，某萊斯比亞[15]瞄了一眼，
火光漸暗；亮麗的蒂莉亞[16]們慵懶地
蜷伏躺椅上，暗光中露出雙肩；
但他一一鄙棄。因爲大膽前來的
是朋友的妻子，（此君卻視而不見，
眼中景象，滿是一個跟隨著
火把起舞的小孩）。他想：一國之君，
爲什麼不？梅塞納斯已慷慨
付出了時間；這個小玩意
他從來用不著，他一定不吝嗇。

IV. 書信：昆圖斯・賀拉斯・弗拉庫斯致蓋烏斯・克尼烏斯・梅塞納斯（西元前二十一年）

的確，就如你所懷疑的，那首誹謗詩的作者就是提馬吉尼斯，是你不斷鼓勵並加以贊助、不智地伸出你友誼之手，並引薦給我們的朋友的提馬吉尼斯。他除了是一個不知感恩圖報的食客，而且胸無點墨外，更是言行失檢到愚蠢的地步；他幻想有人欣賞他的才華，向他們吹噓他的成就；對不欣賞他的人，則遮遮掩掩，暗箭傷人。他同時享有名聲，和匿名的樂趣，這是明顯得讓人困擾難受。

屋大維已知道他的身分。他不會採取行動，雖然（不消說）提馬吉尼斯不會再被邀請出席聚會。他請我向你保證你不需要爲此事負責；的確，他擔心你的感受比擔心他自己的差不多，並希望你不會爲此忍受不必要的難堪。他對你的關懷與

15 萊斯比亞（Lesbia）是羅馬詩人卡圖盧斯詩中所指的情人，其實是一位羅馬貴族的妻子克勞狄婭（Clodia），與詩人有過一段通姦性質的感情。

16 蒂莉亞是羅馬詩人阿爾卑烏斯・提布魯斯詩集中之塑造的初戀情人，實爲有夫之婦。詩中以萊斯比亞和蒂莉亞暗指皇室的淫亂，最後更明指奧古斯都與梅塞納斯妻子通姦，而梅塞納斯卻貪圖榮華富貴而噤聲，更是傷風敗俗。

往常一樣的熱切；他因你不在羅馬而感到遺憾，卻也忌妒你能決定投入時間長伴繆司女神膝下。

我也因爲不能常常看到你而感到遺憾；然而我相信我比屋大維我們的朋友更能了解你離開了這個不平凡的城市裡的繁忙與惡臭，在阿雷佐所感受到的平靜和美麗。明天我會回到我在第根提亞河上的小窩，那裡潺潺的流水會撫慰我的耳朵，讓我回到文字的美。這裡一切都變得瑣碎無聊，我相信你在你靜居之地，也深有同感。

V. 書信：尼科拉烏斯・達馬斯庫斯致斯特拉波・阿馬西亞，自羅馬（西元前二十一年）

親愛的老朋友，多年來你對它的描述，及你對其熱愛，是極爲正確的，這是一個不平凡的時代裡最不平凡的城市。我現在身處其中，便覺得這裡是命中注定我來到的地方，雖然我不能埋怨種種形勢耽擱了我。

正如你也可能意識到，我這幾年越來越受希律王的重用，他知道能夠治理猶地亞，全因爲得到屋大維．凱撒的庇蔭；現在我來到羅馬，是爲希律王完成一項任務，其特殊性我將會在適當時機向你說明。此刻，我只能告訴你，此項任務之完成，仰賴我能晉見屋大維．凱撒本人，那是有點讓我誠惶誠恐的，因爲儘管你在很多信件中提及你和他相熟，但在面對他個人的聲望及權威時，你給我的安慰及保證還是無濟於事：畢竟，我曾經在他的敵人克莉奧佩托拉位在埃及的皇宮裡，當她孩子的家庭教師。

不過，就如同在任何事情上，你是正確的；見面當下，他便讓我安心下來；我僅是希律王的使者，他卻以比我預料中更熱情地向我問候致意，並提起他與你的交情，以及你多頻繁的在他面前提起我的名字。我不希望在這初次邂逅便向他提出這次行程必須要達成的任務；也因此我十分高興他邀請我在第二天晚上在他的寓所共進晚餐——我當然是在皇宮裡晉見他的，我知道他在辦理公務時才到那裡。

在你的信中曾說過他家裡簡單樸實，那時候我一定沒有相信你。就我在耶路撒冷自己家裡簡單的奢華，就會讓他的家感到羞愧；我也曾經看過稍有成就的商賈居住環境比他的還要典雅。不過我相信，這並不僅僅是要別人奉行簡樸生活而硬要僞裝出來的；在他那迷人而舒適小屋裡，他似乎是一個友善的主人，竭誠款待他的賓客，而不是世界的君主。

我們都曾經讀過我們的導師亞里斯多德寫的《對話》，現在讓我用他的方法爲你重建那個場景，捕捉那個晚上的精髓。

我們的晚餐有三道極美味的主菜，在簡樸與優雅之間拿捏得宜，令人舒暢。飯後，葡萄酒已調好，僕人安靜地遊走在賓客之間忙於斟酒。那是一個小型的聚會，只有屋大維．凱撒的親戚和朋友。靠在屋大維身旁的是梅塞納斯的妻子特倫提亞；梅塞納斯當晚缺席是爲了要離開羅馬幾個月到北部從事文學的研究（我本想認識他的，自覺有點遺憾）；坐在另一張長椅的是皇帝的女兒，年輕、貌美而活潑的茱莉亞和她的新婚丈夫瑪爾庫斯．阿格里帕。他身材魁梧結實，儘管他戰功彪炳，而且位高權重，在賓客中似乎格格不入。長椅上還有偉大的賀拉斯，身材短小，臉上看似年輕，頭髮已花白，他身邊是一個剛剛表演完的敘利亞舞者，被他拉到自己身邊來（有點受寵若驚卻是滿心歡喜），逗得咯咯笑起來。另外還有年輕的提布魯斯（因情婦當晚缺席而形容憔悴），手持酒杯，隱忍著悲傷遠看賓客作樂。他身旁是他的文學贊助人梅薩拉（據說他曾經因幫助馬克．安東尼對抗屋大維．凱撒而後來被三頭同盟放逐，現在則與曾爲敵人的東道主把酒言歡。最後還有你常常提到的李維，他的羅馬史鉅著已部分完成，可以在書店買得到。梅薩拉提議向屋大維．凱撒舉杯，屋大維．凱撒當晚對特倫提亞悉心照顧，隨之也提議向特倫提亞舉杯。舉杯後，我們的主人開始說話。

屋大維・凱撒：我親愛的老朋友，我要趁這機會介紹我一位客人。他是我們東方的朋友與盟友，管治猶地亞的希律王派來的使者尼科拉烏斯・達馬斯庫斯，他也是知名的學者和哲學家，因此我是雙倍的歡迎他成爲我們的嘉賓，你們今晚在這快樂的宴會裡讓我的家蓬華生輝。我想他也希望代表希律王向大家致意。

尼科拉烏斯：偉大的凱撒，你殷勤待客令我萬分感激，能受邀與在座聲名遠播之貴客共聚也是令我備感榮幸。希律王確實希望我向承受羅馬天命的你以及你的同僚致上他誠摯的敬意。今夜我於此所感受到的親切與友愛使我相信我可被允許公開說明我從猶地亞這古老國度前來所要完成的任務。我的朋友及主人希律王爲了表達其對屋大維・凱撒的無限敬意，容許我來到羅馬，與這位引領羅馬進入秩序與繁榮的未來，以及統領全世界的君主交談。爲了要向這位凱撒，今夜的主人，表示崇高的敬意，我計畫要寫一本傳記，向世人歌頌他的名聲。

屋大維・凱撒：我的好朋友希律王這番美意讓我受寵若驚，但我必須要強調我個人的成就不值得引來如此的關注。我新認識的朋友尼科拉烏斯呀，我不認爲你出眾的才華該虛耗在這無關重要的事務上。因此，爲了讓你的學識能在更重要的工作上實踐，也爲了拿捏我個人進退分寸，我必須要對這不足取的任務加以勸阻。不過我仍心懷感激，那是基於我對友人之疼惜。

尼科拉烏斯：偉大的凱撒，你的謙遜於你個人是一項美德。然而我的主人希律王會同意我恭謹地向你提出不同看法，並提醒你，即使你享有盛譽，但是在遙遠的國度，人們對於你的豐功偉績也只能口耳相傳。就是在猶地亞這個只有少數受過教育的人懂得拉丁文，還是有人對你的功業一無所知。因此，倘若你的事蹟能以大家知曉的希臘文做成紀錄，那麼猶地亞的老百姓以及大部分的東方世界便會更深入的了解他們多依賴你仁慈的治理；也因此在你的保護及你的睿智領導下，希律王的統治基礎將會更雄厚。

阿格里帕：偉大的凱撒以及親愛的朋友，你向來會聽取我的意見，我懇求你讓我再進一言。你應該接受尼科拉烏斯具有說服力的請求，拋下你的謙遜，以追求那比你自己的性命更值得珍愛的利益——那是羅馬，那個你爲她帶來秩序的羅馬。遠方的老百姓對你的景仰，會化爲對羅馬的愛，那個由你打造的羅馬。

李維：在你剛才所聽到的勸解之上，容我厚顏發言。我知道我們面前這位尼科拉烏斯在外享有名望，你再也找不到更適當人選以託付你的聲譽。就讓人類對你的極大付出作出些微的回報吧。

屋大維・凱撒：我還是被說服了。尼科拉烏斯，你得以在我家裡自由行動，也獲得我的友誼。但是我懇求你僅用功於那些我與羅馬相關的事蹟，關於我個人的瑣事，就不要讓讀者煩惱了。

尼科拉烏斯：偉大的凱撒，我應諾你的意願，並努力透過我駑鈍的能力，公平對待你對羅馬世界的統御。

……就這樣，我親愛的斯特拉波，我的任務就落實了；希律王會感到十分滿意，而我也志得意滿的想像屋大維（他堅持我像家人般親切的直呼他的名字）對我有十足的信心能完成使命。你當然了解我剛才的描述，是遷就「對話」這種文體成規而成，眞正的對話是比較無拘無束的，也比較冗長，其中也有不少打趣的成分，不過都是不帶惡意的；賀拉斯嘲笑希臘人說他們是手上拿著禮物的人，並問我寫的傳記計畫要用散文還是用詩來寫；活潑的茱莉亞一直在調侃她的父親，告訴我可以隨心所欲地寫，因爲他父親希臘文的程度，會讓他把羞辱的話誤認爲恭維。儘管如此，我相信我的敘述中有掌握到我爲屋大維・凱撒作傳一事的基本意義，因爲即使這些人彼此開對方玩笑，實則其中有其嚴肅的面向……或至少對我來說是如此。

此外，爲了更充分利用我留在羅馬的日子（顯然會是頗長一段時間），我在希律王委託我寫的《屋大維・凱撒傳》之外，構思了一個新作品。我會把它命名爲「與羅馬名人對話錄」，並預期你剛讀過的對話會成爲其中一部分。你覺得這個想法可行嗎？你認爲「對話」是一個適當的形式來處理我的內容嗎？我期待你的建議，那是我一向最珍惜的。

VI. 特倫提亞致屋大維・凱撒，於亞細亞（西元前二十年）

大維，親愛的大維——我用我們私密的名字呼喚你，但是你沒有出現。你可否知道你不在我身邊是多殘酷的事？你的威名把你召喚，讓你留在一個對我來說是陌生而可憎的國度，我咒罵你的威名，因爲它能把你擄獲，而我卻不能。你曾告訴我，對不可抗逆的事情發怒，那是孩子氣，這我明白；然而你的身軀已帶著你的智慧離開我，如今我可是一個焦躁不安的小孩，等著你回來。

自從你愛上我之後，我是怎麼會答應讓你離開我的呢？我這個沒有你在身邊就得不到一刻快樂的人啊！你說，如果我跟著去，那是一樁醜聞——但是如果大家都知道了，就不是醜聞了。你的敵人竊竊私語；你的朋友默不作聲；他們都知道你不拘俗禮，不像老百姓認爲那是必須，而且是社會秩序的根源。況且我們也沒有傷害任何人。我的丈夫梅塞納斯是你和我的共同朋友，他卻對擁有我的驕傲還比不上一個普通小人物；一開始我們就有默契我會有情人，而他則隨自己的喜好而去。他不虛僞，現在也不會。而莉薇亞似乎滿足於現狀；我在朗讀會看到她，她對我說話還是謙謙有禮；我們不是朋友，但是彼此親切熱絡。對我而言，我幾乎要喜歡她了，因爲她選擇放棄你，然而你全部屬於我。

你屬於我的嗎？我知道我倆在一起時才是，但當你身在遠方——我要到哪裡尋找你那讓我心蕩神馳的撫慰？我的苦惱讓你高興嗎？我希望如此。情人都是殘忍的；但願我能知道你像我一樣的苦惱，那我就幾乎可以快樂起來。告訴我你不快樂吧，好讓我心裡得到一些慰藉。

這是我在羅馬無法得到的；對我來說一切似乎無聊瑣碎。因爲我身分的關係我參與了種種慶典，然而所有儀式都似乎顯得空洞；我去了競技場，卻無心於誰贏誰輸；我參加了朗讀會，心裡卻神遊於詩句之外——即使是我們賀拉斯的詩句。這幾個星期以來，我是你忠貞的妻子——即使那是謊話，我還是會這樣說。但那是眞話，我一直對你忠貞不二。你在乎嗎？

你的女兒很好，也對她的新生活感到滿意。我一星期會探訪她與瑪爾庫斯・阿格里帕一到兩次。茱莉亞似乎很高興看到我；我相信我們成爲了朋友。她現在因懷孕而發福不少，並似乎因將爲人母而感到驕傲。我想要跟你懷個孩子嗎？我不知道。梅塞納斯會怎麼說呢？那會是另一樁醜聞，但是那是多麼好笑的醜聞啊！……你看，我又在喋喋不休喚起你的回憶了，就像我在你身邊的時候一樣。

我沒有什麼閒話有趣到非告訴你不可的了。你離開羅馬前促成的那段婚姻最後已經舉行。提比略似乎已經死了心，而且與維普撒尼婭成親了；尤魯斯・安東尼則與馬塞拉成親。尤魯斯似乎很高興終於正式成爲屋大維家族的一分子，甚至提比略也似乎不甘願地表示滿意——即使他知道尤魯斯與你的姪女成親，要比他與阿格里帕的女兒成親，好處要大得多。

在這個冬天的暴風雨讓你不能回航之前，你會回到我身邊嗎？或者還要等到春天到來？我似乎無法忍受你離開我那麼久。你要告訴我如何忍受啊！

VII. 書信：昆圖斯・賀拉斯・弗拉庫斯致蓋烏斯・克尼烏斯・梅塞納斯（西元前十九年）

我們的維吉爾去世了。

我剛剛才收到消息，要在還沒被內心的傷痛淹沒我已麻木的感覺之前寫信給你。這麻木的感覺僅僅是淺嚐了殘酷的命運，它擄獲了我們的朋友，並狠狠地在追趕著我們。他的遺體停放在布林迪西，由屋大維在看顧。相關的細節十分模糊；我有消息便會轉告你，因爲毫無疑問地屋大維的傷痛會讓他短時間內難以提筆捎信給你。

他之前爲修訂他的作品而離開義大利，很明顯地這項工程的進度大不如理想。因此屋大維從亞細亞回義大利途中，在雅典稍作停留，並不必花費多大力氣，便勸服維吉爾陪他一起回到義大利。他雖然只離開不到六個月，也犯起思鄉病來，或者他對自己的死亡已有某種預感，亦不想自己的軀體在異鄉凋殘。然而，在他踏上最後的歸途前，他說服了屋大維陪他探訪墨伽拉；或許他想要看看那岩石峭壁，據傳提修斯[17]在那裡剷除強盜斯喀戎。總之，維吉爾在陽光下停留太久，病況變惡化起來。不過他仍堅持繼續他們的行程；到了船上，他的情況更爲

17 提修斯（Theseus）是希臘神話中的英雄，統合了希臘阿提卡的四個部落而成國家，在雅典建立衛城，成爲希臘的首都。文中所述是他成爲國王前眾多勇敢事跡之一。

嚴重，之前好不容易治好的瘧疾再度復發。到達布林迪西後三天，他便去世了。屋大維守著病榻，盡可能陪他走完那不歸之路。

我知道在他臨終前幾天，大部分處於精神錯亂的狀態——即使我認爲這種精神錯亂還比正常人的頭腦清楚來的合理。到了最後一刻，他叫出了你的名字，我的名字，還有瓦利烏斯的名字，而且還懇求屋大維承諾把他還沒完美修訂完畢的《埃涅阿斯紀》銷毀。我相信屋大維不會遵守這個承諾。

我曾經說過維吉爾是我靈魂的一半。我現在卻覺得那時候誇張的說法實在是保守了一點，因爲躺在布林迪西的，是羅馬的半個靈魂；我們比自己想像中更爲渺小。——然而，我的思緒回到更小的事情上，回到那些或許只有你和我才能了解的事情上。我們三個人是什麼時候快樂地從羅馬穿越義大利到布林迪西？二十年了……彷如昨日！我現在還感到雙眼那股刺痛，因爲旅館主人在火爐裡放了生木材，還聽到我們笑得像剛放學的學生。那個在路上認識的鄉下女孩，本來答應要到我的房中來，卻又臨時爽約；我聽到維吉爾在嘲笑我，繼而我們動手動腳大聲歡笑的玩鬧。我聽到我們安靜的談話，我感覺到遠離崎嶇難走的鄉下地方後投入布林迪西奢華的舒適中。

我不會再回到布林迪西了。悲從中來，我寫不下去了。

VIII. 茱莉亞日記，於潘達特里亞島（西元四年）

年輕時候，當我第一次認識特倫提亞，總認爲她是一個無聊、愚蠢又好笑的女人，無法了解我父親喜歡她的原因。她喋喋不休像一隻喜鵲，肆無忌憚地對任何人賣弄風情；對我來說，她似乎總是心無罣礙。我也不喜歡她的丈夫梅塞納斯，雖然他是我父親的朋友，我從來無法想像特倫提亞會同意與梅塞納斯結爲夫妻。不過，回顧這一切，我會發覺我與瑪爾庫斯・阿格里帕的結合，也幾乎是一樣的奇怪；但是那時我是年少無知，心中充滿自我，什麼都沒看到。

我相信我開始了解特倫提亞。她只靠她自己，便可能比我們任何人更聰明。我不知道她現在如何了。那些靜靜地從你生命中消失的人現在又如何了？

現在我相信她是愛我父親的，或者是透過某種他不了解的方法。也或者他了解。她對我父親相當忠貞，只有在他長時間離開時才找尋一些短暫的露水情緣。而或者，相較於他展現出對她的禮貌周到，他對她的好感是更爲認眞的，可是我當時是無法相信的。他們在一起超過十年，也似乎樂於如此。現在看來——或許我當時就隱約看出——我的判斷是出於我的年齡與立場。以我丈夫的年紀，可以當我的父親，而他是我父親不在時，全羅馬以及各行省最重要的人；而我會想像我是另一個莉薇亞，站在一個幾乎是名符其實的君主身邊，一般地驕傲，一般地莊嚴。然而對我而言，我父親愛上一個與莉薇亞（和我自己，我愚蠢地認爲）有如此巨大差異的人，似乎是不太適合的。但現在我想起一些事，是我當時沒有看清楚的。

我記得父親獨自從亞細亞回來。幾天前他才在布林迪西抱著處於彌留之際的朋友維吉爾，看著他嚥最後一口氣。特倫提亞是唯一一個給他安慰的人。莉薇亞沒有；我沒有。我對失去這個概念有所了解，但不了解失去本身。莉薇亞對他說了些表示安慰的例行話：維吉爾對國家已盡了責任，會活在老百姓的記憶中，天神會擁抱他如寵愛的兒子。而且暗示身爲君主，表現太大的傷痛，會有失體面。

我父親嚴肅地看著她說，「君主所流露的傷痛要合乎他的身分，那麼，作爲一個普通人，他要如何流露傷痛，才算合乎他的身分呢？」

給他安慰的是特倫提亞。她爲他們死去的朋友哭泣，並回憶起過去，直到我父親似乎回到老百姓的身分，也開始哭泣；最後他還要安慰特倫提亞，也因此他自己也獲得安慰。

……我不知道今天爲何會想起特倫提亞，或者是維吉爾的死亡。晨光明媚，天上無雲；窗外遠處，東方，我看到一小點的陸地從那不勒斯凸出來。或許這讓我想起維吉爾每次離開羅馬時都會住在那裡，想起他在那段嚴肅的外表隱藏其豐富情感的日子裡，也曾喜歡過特倫提亞。而特倫提亞是一個女人，就如我曾經也是。

就如我曾經也是……。相對於我不滿足於作爲一個女人，特倫提亞滿足嗎？當我還生活在那個世界時，我相信她是滿足的，而我心裡也暗暗地鄙視她。現在我不知道。我不知道別人的心；自己的也不知道。

IX. 書信：尼科拉烏斯・達馬斯庫斯致斯特拉波・阿馬西亞，自羅馬（西元前十八年）

希律王來到了羅馬。他對我寫的《屋大維・凱撒傳》十分滿意，也已經在海外出版；他希望我能無限期的留在羅馬，好讓他能延續與皇帝的可靠關係。我的地位頗爲微妙，這是你可以想像的；但是我有信心我可以完成被委派的任務。希律王知道我獲得皇帝的信任與友誼，而我相信他有足夠的智慧，知道我不會出賣他們二人；至少，他務實到能了解如果我背叛他們任何一人，便會對他們任何一人都沒有利用價值。

儘管你對我讚譽有加，不過我最後已經決定放棄我計畫要完成的「與羅馬名人對話錄」，而這是一項明智之舉。當我終於了解這些人後，我不得不承認我們悉心學習亞里斯多德的理論，簡直是無法用來定義他們的。下這個決定對我來說相當困難，因爲這意味著兩個可能性；不是我們學習的理論不夠完整，就是我的學問不像我自以爲的那麼到家。前者是太不可思議，而後者則是讓我感到奇恥大辱；我只向你一人承認，因爲你是我從小認識的朋友。

讓我舉個例子來說明我的看法。

元老院最近由屋大維・凱撒頒布命令把元老的人數縮減到六百人，而新的元老院最新通過一條法令的消息，又弄得整個羅馬沸沸揚揚。簡單地說，該法律是要讓這個奇怪國家的婚姻習俗法制化；這些行之有年的習俗在最近已公認被揚棄多於遵從。別的不說，現在，解放奴比以前擁有更多的婚姻和財產處分權，這引起某些階層的埋怨；然而這些埋怨，卻淹沒於人們對另外兩項相關法令的錯愕而引起的憤怒。第一項是任何因他的財富而有資格或將有資格當上元老的人，禁止與解放奴、戲子、戲子的女兒結婚；已達元老級的人，其女兒或孫女兒，禁止與解放奴、戲子，或從事演藝行業人員的兒子結婚；任何生而自由的人，不論其位階，禁止與妓女、老鴇、罪犯，或曾經當戲子者，或任何（不論其位階）曾因通姦被逮捕並判罪者結婚。

但該法令的第二部分的規定則比第一部分更爲激烈。因爲法令規定任何一位父親如在其家中或其女婿家中捕獲與其女兒通姦者，得（但並非必須）將其殺害而不被究責，也允許以同樣手法處置其女兒；丈夫可殺害通姦者，但不得殺害其妻子；無論如何，他必須譴責其觸法的妻子，並與之離婚，否則他將成爲老鴇而被究責。

就如我所說的，整個羅馬沸沸揚揚。冷嘲熱諷的話到處瘋狂地流傳，謠言四起；每一個公民都有自己對法令的看法。有些人認眞以對；有些人則不。有些人認爲該法令應被稱爲莉薇亞，而不是尤利烏斯家族的法令，並懷疑是莉薇亞在屋大維・凱撒背後策動的計畫，以報復他與某朋友的妻子有不尋常關係。有些人則把該法律歸因於屋大維本人；這些人之中，他的敵人假裝對他的虛僞感到憤怒，其他的則認爲「傳統美德」得以重建而雀躍不已，也有一部分認爲是暗藏著屋大維或其敵人的奸計。

在種種喧囂紛擾中，屋大維顯得鎭定，彷彿對大家口中所說或心裡所想一無所知。但他是知道的，他總是知道的。

這是他作爲一個普通人的一個面向。

但是他還有另一面。這個面向是我，以及他少數幾個朋友知道的，完全不同於我前面呈現給你的。

我曾經在一些正式的場合裡，到他巴拉丁諾山的寓所作客，那是莉薇亞所掌控的地方。這些場合的氣氛都頗爲融洽，沒有任何壓力；屋大維與莉薇亞相敬如賓，雖然其中缺乏了溫情。又曾經在另外一些場合裡，我到瑪爾庫斯・阿格里帕和茱莉亞家裡作客，屋大維也會到場，而通常有蓋烏斯・梅塞納斯的妻子特倫提亞作伴。另外有幾次在梅塞納斯家裡較爲私密而不正式的聚會，我也會看到屋大維與特倫提亞在場。他們三人之間就像老朋友一般的悠閒自得。

然而他與特倫提亞的關係已是無人不知，而且已經延續了好幾年。

還有的是，他幾乎像一位哲學家，對老百姓所信奉的傳統神祇毫無信仰；然而，他卻像鄉下人一樣迷信。他會按他的祭司占卜的結果隨他的方便以達到他的目的，而因他成功地利用占卜的結果，再證明其靈驗；他會（友善地）嘲諷我國家的神，說祂是「超驗的傲慢」，認爲我們只能發現一個神是一種懶惰的表徵，讓他感到不可思議。他有一次說，「神多一點比較好，祂們可以彼此競爭，像人類一樣。……不，我不相信你們猶太人奇怪的神對羅馬人有用。」有一次我嘲笑他（我們已變得如此友善）相信預兆和夢境，他回答我說，「我一生中有好幾次因相信夢裡告訴我的而得以活命。一旦我遇害，我就不再相信了。」

在任何事情上，他是最精明最謹慎的，一切可以透過精心設計而獲得的東西他不會留給機緣；但是他卻最愛玩擲骰子遊戲，並願意花好幾小時在其中。好幾次他派信差來詢問我有沒有空；我有陪他玩，但是我更有興趣觀察我的朋友，多於沉迷在這愚蠢的依靠機會的遊戲裡。在遊戲中他是全神貫注的，彷彿他整個帝國只懸於幾片骨頭的轉動中；到玩了幾個小時後，他贏了幾枚銀幣，便會歡喜得彷彿征服了日耳曼一般。

有一次他向我告白，說他年輕時渴望成為文學家，也寫過一些詩與他的朋友梅塞納斯比拼。

「那些詩呢？」我問他。

「不見了，」他說，「在腓立比就不見了」，他的神情有點悲傷。然後他微笑說，「我還寫過戲劇，一齣，像希臘的那種。」

我有點嘲笑他說，「有關一個你們奇怪的神？」

他笑起來。「有關一個人，」他說，「只是一個太驕傲的蠢人，那個用劍殺掉自己的埃阿斯[18]。」

18 埃阿斯（Ajax），荷馬史詩中的希臘英雄之一，驍勇善戰，但有勇無謀。與奧德修斯爭奪阿基里斯死後遺留的甲冑繼承權時落敗，憤而自殺。

「也不見了嗎？」

他點頭。「出於我的謙卑，我再殺了他一次——用我的橡皮擦——不是很好的作品，我朋友維吉爾確認它不是。」

我們沉默了一陣子。他的臉泛起一陣哀傷。然後他帶著幾分粗魯的說，「來吧，再來一盤。」他搖了搖骰子，擲到桌面上。

你懂我的意思嗎，親愛的斯特拉波？有那麼多的事情無法說出來。我幾乎可以相信，一個能讓我暢所欲言的形式還沒有被發明出來。

X. 書信：昆圖斯・賀拉斯・弗拉庫斯致屋大維・凱撒（西元前十七年）

你必須要原諒我還沒有回覆你的邀請，便把你的信差遣回。他很清楚讓我知道你要求他要耐心等待；我願爲他被請回一事負起責任。

你今年五月頒布命令要慶祝羅馬建城百年紀念，並邀請我爲此寫一首頌詩。你知道我因獲得你的賞識而備感榮幸；你我都知道該得此項殊榮的人已經去世；而我也深深體會這項慶典對你的重要性。

因此，你一定因我對這項委託猶豫不決而感到疑惑，其實我的猶豫已讓我整晚無法入眠。最後我決定答應你的要求，知道這不僅是我的職責，更是我的榮幸。不過我覺得你應該知道我的猶豫不決背後的考慮。

首先請你了解，你治理這個我又愛又恨的非凡國家，這個我感到恐怖卻又充滿驕傲的非凡帝國，其間萬苦千辛，我是點滴在心的。我比大多數人都知道你犧牲了多少個人的幸福快樂，以換取我們國家的永續；而我也知道你對那突然加諸你身上的權力嗤之以鼻——只有對權力嗤之以鼻的人才能把權力使用的那麼精彩。這一切，還有其他更多的，我都有所體會。因此我敢於向你提出不同的意見，而我這樣做，心中是對我所面對的大智慧有充分了解的。

說你的新律法只會爲你及你的國家帶來痛苦，這一點是我無法認同的。

我了解我們這個城市的腐敗，以及你決心遏止歪風，而我相信我了解相關律法的意圖。在你的社交圈裡，我有觀察到，男女之事已成爲獲取權力的伎倆，不管是社會權力或政治權力；通姦或許是比陰謀詭計更危險，無論是對你個人，或是他們的國家；通姦行爲本屬愛慾的追尋，卻變成手段，以成就一己的野心。一名奴隸的權力或可凌駕一個元老，繼而凌駕一般老百姓，最後公義便遭到腐蝕。這一切我都瞭若指掌，而你的律法正是要加以遏止。

而你自己卻不希望這些律法像一般律法般雷厲風行，普遍地實施，這對你，以及許多你的忠實朋友，可說是一場災難。雖然了解你意圖的人知道你企圖要勾勒出一種精神，一種理想，但是你的敵人是不會了解的；而你會發覺你遏止通姦的律法，或許會比你原來想要針對的弊端，用於更爲腐敗的目的。

因爲沒有任何律法足以定義一種精神，或實踐我們對美德的嚮往。那是詩人或哲學家的工作，他們因爲身上沒有權力而或許有其說服力；你擁有的權力（如我剛才所說已使用得相當有智慧）無法對人的激情以律法加以規範，不論這種激情對社會秩序有其破壞力。

不過，我會爲這典禮寫頌詩，也會爲此工作深感驕傲。我能體會你的顧慮以及你的期望，雖然我對你推行相關律法的手段有點擔心。過去我曾經判斷錯誤；我希望我這次也是錯的。

XI. 茱莉亞日記，於潘達特里亞島（西元四年）

在這個監獄般的島上，生命結束了，我對某些事物會感到驚訝，卻又不在乎。如果我的生命沒有來到盡頭，我根本不會對那些事物感到驚訝。

我的母親在樓下的小臥房裡睡著了；僕人沒有動靜；即使是常常對著碎石灘喁喁細語的大海，也靜止下來。正午的太陽燃燒著石頭，石頭吸收了熱力又反射到空氣中，令這一片沉滯中，一切都停頓，甚至是那隻到處流浪的海鷗。這是一個無力的國度，而我在裡面等著。

在一個無力的國度裡，沒有什麼事情是要緊的；在這裡等著，著實有點奇怪。在我原來的世界裡，一切都是權力，任何事都是要緊的。人們甚至為權力而愛；愛情的目的並不在於其帶來的喜悅，而是權力帶來的千百種歡愉。

我與瑪爾庫斯·維普撒尼烏斯·阿格里帕結褵九年；根據世人對婚姻這件事情的理解，我是一個好妻子。他在世時我為他生了四個孩子，另一個是遺腹子。他們都是他的骨肉，而其中三個——因為他們都是男嬰——有可能對這個世界有其重要性。但結果是，沒有一人有此能耐。

我相信我是產下我的兩個兒子蓋烏斯和盧基烏斯後，才首次嚐到那最難以抗拒的激情——對權力的激情。蓋烏斯和盧基烏斯一出生就被我父親收為養子，很清楚地萬一他死後，我的丈夫，然後是我的兩個兒子其中之一，會繼承王位，成為羅馬帝國的第一公民。二十一歲的我，便發現除了莉薇亞之外，自己便是世上最有權力的女人。

一切皆空，哲學家這樣說；但是他們不了解權力；就像一個從未碰過女人的太監，可以面對女人而無動於衷。我一生無法理解父親會完全不懂得權力帶來的喜悅，那是我學會賴以爲生的，也讓我感到與瑪爾庫斯・阿格里帕在一起時是快樂的，儘管他差不多可以當我的父親（就如莉薇亞往往在她的憤恨中脫口而出的）。

我常常思考，如果我不是女人，我會如何操弄我手中的權力。在習俗上，即使是最有權勢的女人，就如莉薇亞，也得抹去自我，在很多場合必須要違反本性，展現千依百順形象。我早就知道我不可能這樣做。

記得有一次我被父親責備，認爲我對他一位朋友說話時的口吻過於傲慢，不是女流之輩該有的表現。我回應他說，雖然他或許忘了他是一國之君，我卻不會忘記我是他的女兒。這個反駁在羅馬一時成爲話題，我父親似乎被逗樂了，常把這話掛在嘴邊，不過我不相信他了解我的想法。

我是皇帝的女兒。我是他朋友瑪爾庫斯・阿格里帕的妻子；在這之前或之後，我都是皇帝的女兒。我身負對羅馬的責任，這是全國上下的共識。

然而，一年一年的過去，我終於對一部分的自我有更深刻的認識；這一部分的自我不斷抗拒那份責任，知道那是毫無回報的……。

我剛剛寫到權力，以及權力帶來的喜悅。我現在又想到，一個女人必然會以某種迂迴的方式發現她的權力，並使用它、享受它。女人跟男人不一樣，她不能以她的體力、智力，或者是慾望掌握權力；她也不能像男人般獲得權力時耀武揚威，那是男人應得的獎賞，也是權力的養分。女人身上必須擁有不同的身分，為她奪取權力，為其志得意滿加以掩飾。所以我自己建構了一系列的不同身分，走入世界，欺騙那些想要近距離觀察我的人；一個天眞無邪的女孩，對世界一無所知，溺愛的父親把無處施加的愛完全揮霍在她的身上；一個忠貞的妻子，只樂於對丈夫盡職盡責；一位傲慢專橫的女中豪傑，其偶發的念頭成為老百姓的期待；一個無所事事的學者，夢想著一種超乎羅馬公民義務的美德，且天眞的假裝哲學或許就是眞理；一個在其後半輩子才尋獲快樂的女人，把男性的肉體當作上天賜予的療傷膏藥，而最後更以自己的肉體，獲得她從未嚐過的極度歡愉……。

我父親發布命令，要舉行羅馬建城的百年紀念典禮的那一年，我二十一歲，也已經產下第二個男嬰。我父親和我丈夫是典禮的主祭者，奉獻了很多牲畜供品給一些神明的後裔，因為據說是他們建立了羅馬城。我和莉薇亞要同時負責主持婦女百人饗宴；我坐在代表月亮女神黛安娜的位置，莉薇亞則坐在我對面天后朱諾的寶座，接受婦女們的膜拜。我看見羅馬城中最富有、最有影響力的女性，她們抬頭仰望著我；我知道她們之中很多人已經與我父親的敵人結婚，那些人會刺殺我父親，如果他們的膽子夠大。那些婦女以奇怪的表情看我，那種表情有著對權力的體認，不是愛、不是尊重、不是憎恨，或甚至不是恐懼。那是我從未見過的表情，剎那間我感到自己初到人世。

紀念典禮過後幾個星期，我丈夫便要出發到東方完成各種任務，包括小亞細亞的行省、我父親少年時代待過的馬其頓、希臘、朋土斯和敘利亞，以及其他有必要前往的地方。我要陪伴丈夫前往，那當然是違反習俗的；在百年紀念慶典之前，我是從來沒有想過我會挑戰傳統的。

我不顧父親的憤怒或勸說，眞的與丈夫同行。我記得父親說，「沒有妻子跟隨行省總督和他的軍隊到異方，那是女解放奴或妓女所爲。」

我回答說，「那麼，我想知道你寧願我當我丈夫的妓女，還是留在羅馬當妓女。」

我的話本來說得輕率，而我父親也沒有當眞；但是我記得後來我覺得這也可能不是一句玩笑話；更懷疑當時我爲何沒更認眞看待這句話。總之，我父親鬆口答應；我便成爲我丈夫的隨從之一，一生中第一次，帶著我的孩子和僕人，跨出我土生土長的國土。

我們橫越亞得里亞海與地中海相連的狹窄海域，從布林迪西航向亞波羅尼亞；踏上亞波羅尼亞後，我們到訪我丈夫與父親少年時代便讚不絕口的地點。旅程輕鬆愉快，但是我急著往前走，前往更陌生、羅馬人沒踏足過的地方。我們穿越亞波羅尼亞往北前往位於默西亞的新領土，最遠到達多瑙河；我看到奇怪的人，每當看到我們的馬車和馬匹，便像動物般躲進森林裡，怎麼誘使他們也不會再出來；他們說著奇怪的語言，很多人身上穿的是獸皮。我也看到不幸的士兵，被派駐帝國的前哨基地，過著悽苦的生活。不過很奇怪的他們似乎感到滿足，而我丈夫與他們說話的口氣，彷彿認爲他們的生活方式是最自然不過的。我難以想像在我出生前他的大部分人生就是過得像那些士兵一樣。

視察過多瑙河岸的駐點後，我們便匆匆的轉向南方，因爲秋天已到，我們必須避開北方嚴寒的冬季。我也開始後悔陪伴瑪爾庫斯·阿格里帕前來，並懷念著羅馬的舒坦生活。

我們在腓立比停了下來，而我的精神也受到鼓舞。我丈夫帶我去訪視曾經與布魯圖斯和卡西烏斯軍隊交戰的地方，還告訴我當時發生的事；之後我們便悠閒地前往愛琴海岸，在群島之間湛藍的海水上穿梭；我們往南走，天氣漸漸變得溫和。

而我也開始了解上天爲何安排我這趟旅程，遠離我出生的城市。

Chapter

IV

I.書信：尼科拉烏斯・達馬斯庫斯致蓋烏斯・克尼烏斯・梅塞納斯（西元前十四年）

過去三年，在我寫給你的信中，我一直表示我無法理解爲何屋大維・凱撒堅持我要隨同瑪爾庫斯・阿格里帕及他的妻子踏上漫長的東方之旅；因爲很明顯地，我跟希律王的關係，是不足以合理化我長期離開羅馬的。我現在開始了解他的理由，而在我把理由告訴你之前，你會覺得很奇怪在你退休的日子裡我寧願寫信給你，而不是屋大維・凱撒本人。但是倘若你能傾聽，我會一步一步讓你了解。

我現在從耶路撒冷寫信給你，幾個月前在希律王的邀請下，瑪爾庫斯・阿格里帕與茱莉亞和我到了這裡來，讓我們在旅程中稍作歇息。然而阿格里帕逗留的日子有限，因爲一當他抵達這裡便有消息指出博斯普魯斯王國[19]發生嚴重的亂事。博斯普魯斯的年邁君主一直忠於羅馬。他死後其年輕的妻子戴納米斯想像自己就是北方的克莉奧佩托拉，卻或許忘了那位女士的悲慘命運；她與蠻夷斯克里波尼烏斯結盟，並無視於羅馬的政策，宣布她與她的情人共同繼承王位。甚囂塵上的

19 即今日伊斯坦堡。

傳聞是她受到愛人的唆使，參與謀害自己的丈夫。總之，瑪爾庫斯・阿格里帕知道這王國是對抗北方蠻夷的最後堡壘，便決定前往鎮壓叛亂；他得到希律王戰艦及兵力的支援，現在正努力平亂。

茱莉亞當然不可能與他同行。她沒有表達前往的意願，卻不接受希律王的強烈建議，留在耶路撒冷等丈夫回來與她會合，也沒有回羅馬的想法。她反而不顧我們的懇求，在丈夫往北走後，便集合了她的隨從，前往希臘，回到希臘北部她剛剛才與丈夫遊歷過的群島。我從她現在所在之處獲得一些令人恐慌的訊息，而親愛的梅塞納斯，這就是我寫這封信的原因。

過去兩年，瑪爾庫斯・阿格里帕和茱莉亞在南方愛琴海的島嶼及希臘和亞細亞沿岸城市悠閒的旅行途中，常因他們代表了屋大維・凱撒及羅馬，而受到隆重的接待。但尤其是茱莉亞身爲皇帝的女兒，她受到的阿諛奉承，可說只有島嶼的居民或是東部希臘人[20]能做得出來。

此類行徑開始的時候僅屬於一般風俗習慣能接受的。在安德羅斯島，人們爲了慶祝她的到訪，建立了一座與她酷似的塑像；萊斯沃斯島上米蒂利尼的住民聽說安德羅斯島的作法，便建立一座更大的塑像，同時酷似茱莉亞與愛神阿芙羅狄蒂；此後，每當一個島嶼或城市聽說茱莉亞和阿格里帕要到來，便舉辦越來越奢華的慶典，到最後茱莉亞被認定爲愛神阿芙羅狄蒂下凡，被人類膜拜（至少是在儀式上）。

我肯定你會認爲這些奢華揮霍的安排，儘管對文明人來說似乎滑稽可笑，卻是無傷大雅；而且在這種公開的活動中，聰明的希臘人已展現足夠的智慧，把傳統的慶典做了一些調整，使得看起來幾乎已是羅馬化。

你知道我一向蠻喜歡茱莉亞的，但是在這些慶典的進行之際，有某種十分不尋常的事發生在她的身上。她展現出的某些特質，彷彿幾乎就是人們安排她酷似的對象；她變得盛氣凌人，而且傲慢得目中無人，彷彿不再像是凡人。

我抱持這個印象已有一段時間，然而剛剛從亞細亞傳來的消息，更可悲地證實了我心中的疑惑。

那個消息是有關茱莉亞在某日白天在特洛伊戰爭的遺址漫遊之後，企圖在晚上跨越斯卡曼德河。因爲不明的原因，承載茱莉亞和她隨從的木筏在水中翻覆，所有人都往下游漂去。對他們來說，河面其實不寬；總之，茱莉亞最後被救起來（援救者是誰則不得而知）；但是她對當地村民暴怒，認爲他們沒有企圖營救她，並以

20 位於黑海南岸朋土斯的希臘裔人。

他丈夫瑪爾庫斯・阿格里帕之名，對村民處以十萬枚銀幣的罰金，等於每人要付一千枚銀幣之多。這對窮人來說確實是非常重的懲罰，很多人工作一輩子都沒看過一千枚銀幣的模樣。

據說那些村民有聽到求救聲，來到河邊看著，並沒有動手救援。我相信這說法有可能是眞的。但即使是村民似乎有明顯的錯誤，我會出面爲他們說情。我會請求希律王的幫忙（他欠我好幾個人情），說服瑪爾庫斯・阿格里帕免除罰金。我這樣做不是出於對村民的同情，而是顧慮到屋大維・凱撒家族的利益。

主要的原因是茱莉亞當天在特洛伊旅行時，並非完全的人生地不熟，而她橫渡斯卡曼德河的行爲，也並非是單純地回到她的住所。

我剛才說過的公開慶典，其中有宗教的、政治的、社交的不同成分，茱莉亞均被提升到愛神阿芙羅狄蒂的地位。在提及這些慶典時，我想我是在避免提到另外一種不公開的慶典，有著某種私密性，在這開明的時代裡完全是聞所未聞，而且有點令人害怕。

在希臘東部群島有一個神祕教派，他們膜拜一位女神，至少對外行人來說她名字不詳。據說她是眾神之神，其力量超乎所有人類所能想像的神祇。在某些場合裡，這位女神的力量或透過儀式來歌頌，但是儀式的內容就不得而知，因爲整個神祕教派是被籠罩在神祕與難以啓齒的行爲中。不過，沒有祕密是滴水不漏的；在我的遊歷之中，我聽到太多關於這個神祕教派的事，使我對其本質感到厭惡，以及顧慮到其不良後果。

那是一個女性的神祕教派；雖然有祭司，卻都已被閹割；他們曾經自願作爲女神的供品。這些供品由女祭司挑選，據說有時候女祭司會選擇自己的兒子作爲供品，因爲在她們的奇怪的教條中，能當供品是男人最光榮、最幸運的事。他必須要未滿二十歲；他必須是處男；而且他必須心甘情願地當供品。

我不清楚儀式的確切性質，但是我曾親身聽到從遠處他們舉行儀式的小樹林傳來的笛子聲和吟唱聲。據說內行人或信徒們在三天前就開始禁慾，以「淨化」身體；更有一說是當儀式開始時，參與者會透過舞蹈、歌唱，以及飲用神酒或某種不爲人知的神祕飲料，讓自己完全忘我出神。然後，當參與者在音樂、舞蹈和神祕飲料的影響下變得狂亂起來後，典禮便開始。自願當供品的其中一人會被帶到一位被選爲女神化身的女士面前。他全身赤裸，只有一片獸皮鬆鬆地繫在腰際，手腳以月桂葉編成的繩子綁在一個由樹林中被認爲神聖的木材做成的十字架上。被帶到女神面前後，人們便在他身邊舞蹈；據說他們會在瘋狂的舞蹈中把身上的衣服甩掉。此時，女神走向少年，用手上的聖刀把他腰際的獸皮卸下；當她對供品感到滿意後，便把捆綁他的月桂葉繩子切斷，把他帶到樹林的一個被安排作爲女神與凡人「結婚」的洞穴裡。

這趟結婚被認爲僅是儀式性的；但那是一個女性的教派，有其神祕性，不被法律和習俗約束。女神及她的供品在洞穴裡逗留三天，沒有公開露面；據說女神會按自己喜歡的方式對待其供品，食物和飲料則放在洞口，而其他參與者則隨著他們狂亂的精神狀況做出各種淫亂或變態的行爲。

三天之後，女神與她在凡間的愛人從洞穴出來，再橫渡一道小河，進入另一個神聖的樹林。那裡就是他們的至福樂土；來自凡間的愛人成爲神，至少在參與者未開化的思想中是如此。

眾所周知，這個神密教派在特洛伊和萊斯沃斯島一帶十分盛行，尤其是在富裕和最有教養的家族之間。茱莉亞搭乘的木筏翻覆時，她是剛好結束那神祕儀式，要完成其中最後的安排，進入那至福樂土。她是女神的化身，村民對這神祕的習俗心生畏懼，認爲眼前的奇怪人物來自他們無法理解或從未經歷過的世界，因此無法克服其恐懼。我不會讓加諸他們身上的罰金能夠成立；因爲我不插手，這神祕事件便會曝光（而正因爲這起事件的神祕性正保護著茱莉亞、仍蒙在鼓裡的瑪爾庫斯・阿格里帕、屋大維・凱撒，或甚至是羅馬本身）。

除了傳聞中的惡劣行徑外，還有另外一項更爲嚴重的；該神祕教派的信徒對於不在一己私慾所支配範圍內的任何規範，都必須公開違抗，而且不需要對人、對法令、對風俗習慣展現忠誠。此風不僅爲敗德辱行的勾當找到藉口，更會鼓吹謀殺、背信等可以想見的違法情事。

親愛的梅塞納斯，我相信你已經了解我不能寫信向皇帝告知此事、不能告訴瑪爾庫斯・阿格里帕，以及爲何在你淡出公共事務的退休日子裡，還必須要你煩惱這個事情。你必須要找出方法說服你的朋友和你的主人，強迫茱莉亞回到羅馬。如果她繼續流連在這不可思議的地方，即使她還沒陷於無可救藥的地步，卻也離此不遠了。

II. 茱莉亞日記，於潘達特里亞島(西元四年)

我到現在還不知道父親爲何使用我不能違抗的口氣，命令我回到羅馬。他從來不給我足夠的理由來合理化他強硬的身段。他只是說作爲羅馬第一公民的妻子，長期睽違敬愛她的人民，是不體面的行爲，而且有些社交上或宗教上的任務，是只有我和莉薇亞才能達成。我不相信那是把我召回的眞正原因，但是他不再讓我持續質疑他。他不會不知道把我召回已引起我的憤怒；對我來說，我似乎是從我唯一能活出自我的生活遭到放逐，而且此後要浪費生命於我看不出任何意義的任務上。

總之，是那個我父親莫名其妙地喜歡和信任的奇怪的敘利亞猶太人尼科拉烏斯，遠從耶路撒冷前往萊斯沃斯島的米蒂利尼城找我，把父親的訊息傳給我。

我十分生氣，並告訴他，「我不回去，他不能強迫我回去。」

尼科拉烏斯聳聳肩。「他是妳父親，」他說。

「我丈夫，」我說，「我跟丈夫在一起。」

「妳的丈夫，」尼科拉烏斯說，「妳的丈夫在博斯普魯斯。妳的丈夫是妳父親的朋友。妳父親是皇帝。他很想念妳，我認爲。而且羅馬——我們回去時正好是春天。」

我們在萊斯沃斯島揚帆起航。我看著一個一個島嶼在我眼前滑過，像夢中的雲朵。我覺得，在我身後飄走的，就是我的生命；我曾經是女王，而且尤有過之。日子一天一天過去，當我越來越接近羅馬，我知道，那個回來的，三年前離開的，不再是同一個人。

我也知道我會回到不一樣的生活；我不知道哪裡會不一樣，但是我知道會不一樣。現在不單是羅馬會讓我感到恐懼，我想。我還記得我懷疑我見到我父親時，是否還覺得自己是一個小女孩。

我回到羅馬時，提比略・克勞狄烏斯・尼祿當執政官；他是莉薇亞的兒子，我丈夫的女兒維普撒尼婭的丈夫。我那年二十五歲，曾經當女王，回到羅馬只是一個女人，心中充滿憤恨。

III. 書信：普布利烏斯・奧維修斯・納索[21]致塞克圖斯・普羅佩提烏斯，於阿西西（西元前十三年）

親愛的塞克圖斯，我的朋友及我的導師——自我放逐的生活過得如何？想必讓你意氣消沉吧。你的奧維德我懇求你回到羅馬，大家非常掛念你。這裡的一切一

21 普布利烏斯・奧維修斯・納索（Publius Ovidius Naso, 西元前 43 年 - 西元 17 年）即羅馬詩人奧維德。

點倒沒有像你所說的那麼黑暗，你可能是被誤導了；一顆新星已在羅馬的天際顯現，再一次，口才便給的人誤導了你，現在他們可能活得興高采烈。其實，在過去的幾個月，我可以斷言我此生不再期待有更好的時光，更好的地方。

你是我文學的導師，也比我年長——但是你肯定自己有比較聰明嗎？你意志消沉或許是你自找的，而不是羅馬所造成。回來吧；在黑夜來臨之前，這裡還有很多樂趣。

請寬恕我，你知道我說話不擅於義正詞嚴，就是開始了也無以爲繼。這封信的開首只是想要向你敘述某個快樂的一天，希望能說服你回到我們身邊。

昨天是我們的君主屋大維・凱撒的生日，因此也是國定假日；但是一大早我就感到很不順遂了。太陽剛開始努力地從東方升起，透過森林般的建築物把羅馬喚醒，我就到了辦公地點，眞是丟臉——雖然人們不會在這種假期還發起訴訟，但有可能是明天吧；而且我還有一個十分困難的訴訟要點要準備。看來今天要把我留下來的，是科爾內利烏斯・阿普洛尼烏斯要控告法比烏斯・卡勒提庫斯在土地交易上拒絕付款，而卡勒提庫斯則反告他並未擁有該筆土地。兩人都是賊，都沒有道理；這使得訴訟狀的書寫技巧和陳述方式十分重要——當然法官也是重要的變數。

總之，我整個早上都在工作；然而精彩的詩句一直出現在我腦子裡，就像平常發生在我處理無聊事情時一樣；我的助手工作速度緩慢，笨手笨腳；廣場上傳來的聲音讓我耳朵感到煩躁，比平時更覺難受。當下我越來越暴怒，第一百次發誓我要放棄這份愚蠢的工作，它長遠來說只會給我帶來我不需要的財富，以及在元老院任職的虛榮。

後來，在我萬分無聊中，有一件重要的事情發生了。我聽見門外哐啷作響，還有笑聲；我的門沒有被叩響，就猛然大開，眼前出現了一個我見過最令人印象深刻的太監——髮型時髦且散發著芬芳，身上服裝由精美的絲綢製成，手指上滿是翡翠及紅寶石戒指。他站在我面前，其身分彷彿比一個被釋放的奴隸，或甚至是羅馬公民還要高。

「這裡沒有慶祝農神節，」我憤怒地說，「誰容許你闖進來？」

「我的夫人，」他的聲音刺耳，而且女性化，「我的夫人請你跟我走。」

「你的夫人，」我說，「去死吧，我才不管……。她是誰？」

他對我微笑，彷彿我是他腳底下的一條鼻涕蟲。「我夫人是茱莉亞，是屋大維‧凱撒、羅馬皇帝及第一公民的女兒。你還想要知道更多嗎，律師先生？」

我想我當時已經瞠目結舌；我沒有說話。

「你會跟我走的，我想是吧？」他語帶傲慢。

我的憤怒立即消退。我笑了一下，把手上緊抓住的一疊文件塞到我的祕書手上。「幫我處理好，」我說，並立即轉身面向正在等待的奴隸。「走吧，」我說，「不管你帶我去哪兒。」說完了我便跟著他離開我的辦公室。

按照我的習慣，親愛的塞克圖斯，我會先打個岔。幾個星期前我曾經與上述的女士有一面之緣。那是在塞姆普羅尼烏斯・格拉古舉行的一個大型宴會裡，我和她都認識宴會的主人，那時我們君主的女兒剛長途跋涉地從東方回來才一個月。她之前隨著丈夫瑪爾庫斯・阿格里帕前往處理公務，現在只有阿格里帕一人在外。我當然十分渴望見到她；自從她回到羅馬，趕得上時髦的人，日常話題都只圍繞著她。格拉古似乎與她頗爲友好，因此當我被邀請赴宴，便理所當然地答應了。

那個宴會在塞姆普羅尼烏斯・格拉古的別墅舉行，足足有幾百人參加——規模之大眞的難以讓人感到有何樂趣，卻自有其令人愜意之處。雖然參與者眾，我仍有機會與茱莉亞認識，並且交換了幾句詼諧逗趣的話。她是極度迷人的女人，天生麗質，博學而有智慧。她善意地向我表示曾經讀過我的詩；我知道她父親是耿直不阿的人（就像你一樣啊，我可憐的塞克圖斯），便企圖以摻著悔意的口吻爲我「頑皮」的詩句辯護。但是她微笑著對我說，「親愛的奧維德，如果你想要說服我即使你的詩句『頑皮』，但你過的是禁慾的生活，我就不再跟你說話了。」

我說，「親愛的夫人，如果這是唯一的條件，我會說服妳我的詩與我的生活正好相反。」

她笑著走開。雖然那是一個愉快的插曲，我不會覺得她會放在心上，更遑論過了整整兩個星期後還記得我的存在。但她有記得；在我剛才向你描述的情況下，昨天我再次與她作伴。

在我辦公室的門外，差不多有十二頂安排了轎夫的轎子，都用紫色和金色的綢緞製成華蓋；轎子上的乘客並沒有安坐著，笑聲傳到街上。我站著不知如何自處；與我同行的閹人走到一邊去叱責身分更低微的奴隸。有一個人從轎了下來，我一眼就看到就是她，那位出於好意打斷了我早上無聊工作的茱莉亞。隨著另外一位也下了轎子，站在她身旁，那是塞姆普羅尼烏斯・格拉古。他向我微笑，我便走向他們。

「妳把我拯救出來，不至於死於苦悶，」我告訴茱莉亞，「我這條命屬於妳了，妳要如何發落？」

「用在瑣碎無聊的事上，」她說，「今天是我父親的生日，他准許我邀請我一些朋友到競技場，坐到他的包廂裡。我們要看競賽，把錢輸得精光。」

「競賽，」我說，「多迷人。」我本想維持中立的語氣，但茱莉亞視為反諷。她笑了起來。

「沒有人會過於關心那些賽事，」她說著，看了塞姆普羅尼烏斯一眼，「人們去看、被看，發現一些較為少有的娛樂，或許你會了解。」她轉身呼喊隨行的人，他們有些已經下了轎子，似在鬆鬆筋骨。「誰要跟奧維德共乘？他是一位愛情詩人，寫一些你們花一輩子追求的東西呀。」

我面前出現揮動的手臂，我的名字被呼喚，「這裡，奧維德，跟我們一起——我的女兒需要你的指教！」「不，我需要你的指教！」然後就響起了笑聲。我最後選了一頂有空位的轎子，轎夫抬起轎子，便緩慢的穿過擁擠的街道走向馬克西穆競技場。

我們中午時到達，正當人群從看台走到外面，趁著競賽繼續前匆匆吃頓午餐。我必須要說看見面前的人群讓我產生異樣的感覺。他們看見轎子的顏色，便會左右分開讓路，就好像犁鋤前進時把土壤翻開。然而他們充滿歡樂，向我們揮手，並友善的向我們呼喊。

我們下了轎子，與茱莉亞、塞姆普羅尼烏斯・格拉古，及另一位我不認識的人，領著同行的人走在蜜蜂窩般的環形卷廊，向階梯走去。有時候廊上的門口有占星術士向我們招手呼喚，與我們同行的某人會大喊，「我們很清楚未來呀，老頭！」然後丟一個銀幣給他。有時候一個妓女會現身，搔首弄姿地對某個似乎落單的人招手，那時侯我們之中某個女士會僞裝恐慌地說，「喔，不要！不要把他偷走，他會回不來的！」

我們沿著階梯走向皇室的包廂，途中有人發出噓聲要大家保持安靜，以示對屋大維・凱撒的尊重。但是我們到達時他不在包廂裡；而我必須要承認我是爲此感到有點失望，儘管我有幸能與這群可愛的人作伴。

因爲你也知道的，塞克圖斯，我不像你——我不像你一樣與梅塞納斯有深厚交情，而實際上我也不需要與他深交——我從來沒有與屋大維・凱撒碰面。我當然像其他羅馬人一樣有從遠處看過他：但是我只是從你的口中對他有所認識。

「皇帝不在嗎？」我問。

茱莉亞說，「某些流血事件是我父親不想看到的。」她指向下方的表演區

「他通常會晚來，在人獸搏鬥之後。」

我隨著她指向的地方看去；工作人員正在把動物的屍體拖走，並把染血的泥土再次耙平。我看見幾隻老虎、一隻獅子，甚至是一隻大象被拖離表演區。我剛

到羅馬時看過一次人獸角鬥，覺得極爲無聊和庸俗。我把我的想法告訴了茱莉亞。她微笑說，「我父親說，死的不是一個瘋子，就是一隻蠢獸，我都無法表示同情。而且，人獸角鬥不接受賭注，我父親喜歡投注。」

「有點晚了，」我說，「他會來嗎？」

「一定會，」她說，「今天的賽事要慶祝他的生日；他不會對如此尊重他的人失禮的。」

我點頭，想起來那賽事是一個新的裁判官尤魯斯・安東尼呈獻給他的禮物。我向茱莉亞說了一些話，但又想起尤魯斯・安東尼是誰，便自我約束起來。但是茱莉亞一定是察覺到我的意圖，開始微笑。「是的，」她說，「我父親不會對昔日仇人的兒子失禮的，他已經寬恕了他，對他的兒子也視如己出。」

（我想）我聰明地點了頭，便不再談論此事。但是我還是對這位馬克・安東尼的兒子很好奇；即使他的父親已去世那麼多年，羅馬的老百姓對他還是十分尊敬。

但當時身在這群快樂的賓客中我沒有太多時間想這類問題。僕人用黃金的盤子端上一盤盤精美的小菜，幫我們的黃金酒杯斟滿了酒；我們邊吃邊喝邊聊天，看著民眾零零落落地回到自己的座位，等候下午的賽事開始。

到了中午，觀眾席已經滿座；對我來說，那裡似乎已經容納了羅馬的大部分人口。忽然間一陣喧鬧聲蓋過了人群原來的聲音，大部分觀眾都站起來，指向我們所在的包廂。我回過頭，看見包廂的後方，在暗影中站著兩個人，一高一矮。高個子穿著一件綉滿了花紋的及膝束腰上衣，外加一件紫色鑲邊的托加袍，是執政官的穿著。矮的一個穿著素白的束腰上衣，以及一般老百姓的托加袍。

較高的一位是提比略，皇帝的養子，現任羅馬執政官；較矮的當然就是屋大維・凱撒本人。

他們進到包廂；我們起立恭迎；皇帝對我們微笑點頭，並示意要我們就坐。他坐在女兒的旁邊，而提比略坐得遠遠的，一語不發，與所有人保持距離；他一臉陰沉嚴肅，彷彿與他身處的場面格格不入。皇帝與茱莉亞交頭接耳地聊了一會，便注意到我，瞄了我一眼，又在茱莉亞耳邊說了幾句。茱莉亞微笑點頭，揮手要我坐到他們身邊。

我走到他們面前，茱莉亞代爲引見。

「很高興與你見面，」皇帝說；他的臉已滿是皺紋，顯出疲態，淺色的頭髮已經花白——然而眼睛仍然明亮、眼神具有穿透力，靈活機敏，「我的朋友賀拉斯有提起過你的作品。」

「我希望他說了好話，」我說，「不過我沒想過可以跟他媲美，恐怕我的繆思地位不高，而且比較輕浮。」

他點頭說，「我們都樂於接受繆思的安排……你今天有喜歡的嗎？」

「什麼？」我腦子一片空白。

「競賽呀，」他說，「你有喜歡的騎士嗎？」

「先生，」我說，「我必須要承認我今天來這裡是爲了結交朋友多於那些馬匹。我眞的對牠們了解不多。」

「那麼你不會下注了，」他說，語氣中略帶失望。

「除了競賽我什麼都下，」我說。他點頭微笑，轉頭向身後的人說話。

「第一場你挑哪一隻？」

我不認識被問話的人，總之，此人還來不及回話，競技場遠處的閘門大開，喇叭聲響起，由裁判官尤魯斯・安東尼帶領的列隊進場，他是當天賽事的資助者。他頭上帶著金色月桂花冠，身穿鮮紅色束腰外衣，披著紫色滾邊的托加袍，右手持著象牙權杖，權杖頂端的黃金蒼鷹振翅欲飛。他站在戰車上，由一匹英偉的駿馬拖行；我必須說他的身影令人印象深刻，即使我是從遠方看去。

列隊緩緩地沿著跑道走，尤魯斯・安東尼身後是主持儀式的祭司；他們手中捧著神像，卻被無知的民眾以爲是神的化身。祭司後面是參與賽事的戰車手，分穿奪目的白、紅、綠、藍色的制服，而走在列隊最後方的是一群舞者、啞劇滑稽演員、小丑等，他們在跑道上嬉鬧，等待祭司們把手中的雕像放在橢圓形跑道中央的長型平台上。

隨後列隊到達皇帝的包廂，尤魯斯・安東尼在包廂前停下，向皇帝敬禮，並為他的誕辰致上當天的賽事。我必須說，我懷著幾分好奇觀察尤魯斯。他英俊非凡——雙臂肌肉發達，被陽光晒成棕色、臉部黝黑，且略顯肥頭大面、牙齒潔白、一頭捲曲黑髮。據說他酷似他的父親，只是沒有肥胖的傾向。

獻禮儀式結束，尤魯斯・安東尼走近包廂，抬頭向皇帝大聲說：「我等一下會過來，我先讓比賽開始。」

皇帝點頭，看來頗為高興，轉頭對我說，「安東尼很懂得馬匹和騎士。聽他的，你會學到一點戰車競賽。」

塞克圖斯呀！我必須承認，偉人的行為是超乎我想像的。屋大維・凱撒，世界的統治者，似乎只關心正要開始的比賽；他戰敗了馬克・安東尼，又逼他自行了斷，卻對他的兒子展現溫暖、友善，而不做作；他與我之間的對話，彷彿就是一般老百姓的閒話家常。我記得心中掠過一個想法，看看有沒有可能把今大的遭遇寫成一首詩；但這項想法又隨即被我揚棄。我肯定賀拉斯已經寫過，而且那並非我（或者我們）的專長。

尤魯斯・安東尼進入了跑道遠處一道閘門，不久又出現在起跑點柵欄上方的圍欄後面。群眾席忽然人聲沸騰；尤魯斯揮手，往下看著排列就位的騎士，然後拋下白旗，閘欄下降，戰車便往前衝，捲起了滾滾塵土。

我偷看了皇帝一眼，覺得十分驚訝他幾乎對賽事不感興趣，即使賽事已經開始。他注意到我在看他，便對我說，「人們如果聰明的話，在第一場是不會下注的，列隊進場時讓馬匹受到驚嚇，很少能展現他們的本能。」

我點頭，彷彿認爲他說得有道理。

戰車總共七圈賽事幾乎完成了四圈，尤魯斯・安東尼才來到包廂裡。他似乎認識在場大部分的人，友善地對他們點頭，並說出某些人的名字。他坐在皇帝與茱莉亞中間，三人很快便開始互下賭注，並大笑起來。

下午過了一段時間，僕人們送上更多食物和葡萄酒，並遞給我們濕毛巾，讓我們抹掉臉上來自跑道的塵土。皇帝每一場都下注，有時候同時與幾個人互賭；他賭輸時顯得漫不經心，賭贏的時候則歡天喜地。在最後一場比賽開始前，尤魯斯・安東尼起身要離去，要回到起跑點準備處理賽事結束後的事務。他向我說再見，表示希望我們有機會再見面；他對皇帝說再見；然後他對茱莉亞鞠躬。我覺得這個舉動是對茱莉亞表現出某種微妙，而只有他們才心知肚明的反諷。茱莉亞仰天大笑起來。

皇帝皺著眉頭，但一語不發。不久後，群眾魚貫離開了競技場，我們也離去。我們之中有好幾人晚上在塞姆普羅尼烏斯・格拉古家裡短暫逗留；那時候我才了解尤魯斯・安東尼和皇帝的女兒之間的小插曲。那是茱莉亞親口告訴我的。

茱莉亞的丈夫瑪爾庫斯・阿格里帕曾經與皇帝的姐姐屋大維婭的女兒馬塞拉結婚；茱莉亞剛開始守寡時，阿格里帕被皇帝勸服與馬塞拉離婚，再娶茱莉亞為妻。而最近尤魯斯・安東尼才與這位阿格里帕的前妻馬塞拉結婚。

「蠻混亂的，」我話說得彆扭。

「不會，」茱莉亞說，並笑了起來。「我父親都有一一作紀錄，所以我們都很清楚知道誰與誰結了婚。」

親愛的塞克圖斯，這就是那個下午和晚上了。我看到新的，也看到舊的；而羅馬又再次成為一個宜居之地。

Ⅳ.茱莉亞日記，於潘達特里亞島（西元四年）

我被禁止喝酒，吃的是農民的粗食——黑麥麵包、蔬菜乾、醃漬魚。我還養成了窮人的習慣，在黃昏沐浴，吃一頓節儉的晚餐。有時候我與母親一起吃，但我寧可坐在窗前一個人吃，可以看到黃昏漲潮時滾滾而來的海水。

我學會了品嚐粗糙麵包的簡單滋味，那是我不帶一絲情感的啞巴僕人烘烤的。帶顆粒感的麵包有種土味，在我當作葡萄酒的冰冷泉水的搭配下，顯得更爲強烈。口中嚼著麵包讓我想起數以百計、數以千計的窮人或奴隸——他們像我一樣有學過品嚐他們的簡單食物嗎？是否他們心中夢想吃到的食物，破壞了他們食物的滋味？或許人們要有我同樣的經驗——從最豐盛、最富異國風情的肉品，到最簡樸的食物都一一嚐過吧。昨天晚上我坐在這張我現在寫下這些字的桌子旁邊，我努力地要回想起那些食物的味道與口感，但我卻想不起來。我在努力回想那些我再也無法經歷的生命，竟想起了在塞姆普羅尼烏斯・格拉古別墅的某個晚上。

我不知道我爲何特別想起了那個晚上；但忽然間，在這潘達特里亞島的夜裡，那場景猛地在我面前蹦出來，彷彿一齣在舞台上上演的戲，在我能閃避之前，便被記憶緊緊捉住。

瑪爾庫斯・阿格里帕已經從東方回來，三個月內都在羅馬與我相聚；而我又懷了第四個小孩。不久之後，就在那年初，我父親令阿格里帕前往潘諾尼亞北部，因爲那裡的野蠻部落又在謀奪多瑙河附近的疆界。而塞姆普羅尼烏斯・格拉古爲了要慶祝我重獲自由，並預報春天的到來，便要舉行宴會，對大家誇口說是羅馬前所未有的；所有因我丈夫逗留羅馬期間而疏於往來的朋友，都會受邀參加。

那個時候塞姆普羅尼烏斯・格拉古並不是我的情人，儘管那個宴會之後中傷我的話不脛而走。他的個性放蕩不羈，以一種不拘小節的親暱態度對我（以及很多其他女士），很容易便傳出謠言，雖然是無風起浪。那時候，我對父親心目中我該有的身分，仍然有所自覺；而在特洛伊享有的女神地位的日子，還是一個有待實現的夢。有一段時間，我成爲另一個人，不再是我自己。

三月初，父親就任大祭司的職位，那是雷必達的遺缺；同時父親也頒布命令，舉行一天的競技比賽，爲此事慶祝。塞姆普羅尼烏斯・格拉古說倘若舊羅馬有必要設立大祭司一職，新羅馬亦需要一位女性大祭司；所以塞姆普羅尼烏斯・格拉古便在三月底舉行他計畫中的宴會，使全城喋喋不休地談論著誰會是宴會的賓客。有人說被馴養的大象會馱著宴會的賓客穿梭於會場裡；有人說有一千名樂師和舞者從東方運來；期待以幻想爲食，幻想給期待養分。

但是在宴會舉行的前一個星期，羅馬接獲消息，阿格里帕比預期更迅速平定疆域的紛擾，已經在布林迪西登岸，準備橫越義大利到我們位於波佐利的別墅，而我則需要前往與他見面。

我沒有去。儘管我父親十分生氣，我還是建議我晚一個星期前往，讓他先好好地休息。

我提出建議時，父親冷冷的看著我，「我認爲妳是爲了要參加塞姆普羅尼烏斯・格拉古舉行的宴會。」

「是的，」我說，「我將會是宴會的貴賓，現在才拒絕會很失禮。」

「妳是要對丈夫負責，」他說。

「還要對你、對你的理想、對羅馬，」我說。

「這些讓妳花時間交際的年輕朋友，」他說，「妳有沒有想過要比較一下他們與妳丈夫及他的朋友在行爲上的差異？」

「這些年輕人，」我說，「是我的朋友。你可以肯定的是，當我老了，他們也會變老。」

他當下微笑一下。「妳說得對，」他說，「人總是健忘。我們都會變老，而我們都曾經年輕過……我會向妳的丈夫說明妳在羅馬有事情要完成，一個星期後與他會合。」

「好的，」我說，「到時我們會見面。」

就這樣，我沒有到南部見我的丈夫；就這樣，我參加了塞姆普羅尼烏斯・格拉古舉行的宴會。那次宴會在很多年以後，仍被認爲是最聞名的，但其原因是無人能預料到的。

沒有被馴養的大象馱著宴會的賓客穿梭於會場，也沒有任何傳聞中令人驚嘆的景象；那只是一個有一百位出頭的賓客的聚會，以及幾乎相等數量的僕人、樂師和舞者，以照顧賓客所需。我們吃吃喝喝，開懷大笑，觀賞舞者的表演，或隨著那狂喜與忘形而起舞；引領我們漫步到花園裡的是鈴鼓、豎琴、雙簧管等樂聲，在噴泉的潺潺水聲中更爲優美，火光與飛濺的泉水共舞，表演著無人能及的舞姿。

晚會將要結束前是安排了樂師和舞者的特別表演，其中奧維德會朗誦一首新作，那是爲我而寫的。塞姆普羅尼烏斯・格拉古用黑檀木特別製造了一張椅子，放置在花園裡一處小土丘上，說讓賓客能向我致敬（語氣中帶著他一貫的反諷口吻）。

我坐在椅子上，往下看著他們；忽起一陣微風，耳邊柏樹和梧桐樹簌簌作響，我身上絲質的束腰外衣也感到被輕輕撫慰。舞者翩翩起舞，男舞者油亮的身體在火光中波浪般起伏；我想起了我在特洛伊和萊斯沃斯島曾經超越凡人的經驗。塞姆普羅尼烏斯斜靠在我的寶座旁的草地上；剎那間，我又回到曾經有過的喜悅，覺得重拾自我。

然而在此番喜悅當中，我忽然發現有人站在我身邊不停的鞠躬，想要引起我的注意；我認得他是我父親家裡的僕人，我便示意他必須要等到舞蹈表演結束。

當舞蹈結束，賓客們慵懶掌聲喝采後，我便讓僕人走到我的面前。

「我父親有事要求嗎？」我問他。

「我是普利斯庫斯，」他說，「那是有關妳的丈夫的，他生病了，妳父親會在一小時內離開，前往波佐利，他請妳一起前往。」

「你覺得事情很嚴重嗎？」

普利斯庫斯點頭，「妳父親今天晚上出發，心情沉重。」

我轉過頭，看見塞姆普羅尼烏斯花園裡草綠的斜坡上我的朋友悠閒而快活地消磨時間。他們的笑聲比激動舞者的音樂更爲迷人、更爲美妙，把我整個人裹在春日的暖風裡。

「回去告訴我的父親我會去看我的丈夫。告訴他不用等我。告訴他我很快就會離開這裡，用我的方法與我的丈夫會合。」

普利斯庫斯有點遲疑。我說：

「你說吧。」

「妳父親希望妳和我一起回去。」

「告訴我父親我一向對丈夫盡責。我現在不能離開。我晚一點會看他。」

普利斯庫斯離開後，我正要告訴塞姆普羅尼烏斯．格拉古我剛接到的消息，但奧維德搶先一步，開始朗誦那首爲我而寫的詩；我沒辦法打斷他。

我曾經可以背誦整首詩；現在一個字也記不起來；說也奇怪我已經記不起來，那是一首非常傑出的詩啊！我相信他沒有把這首詩收錄在他的詩集裡；他說那是屬於我的，任何人都不應該擁有它。

我沒再看到我的丈夫了。我父親到達波佐利的時候他已去世；醫師至今找不到病因，來得十分急促，而我希望那是一種慈悲。他是一個好人，對我很好；我這番體認，他恐怕是從來都沒有想到的。而我那天晚上沒有和父親一同出發，我相信我的父親是永遠不會寬恕我的。

……是松露。那個晚上在塞姆普羅尼烏斯．格拉古的別墅裡，我們嚐到了精緻的松露。那松露的土味，被我面前的黑麥麵包召喚出來，也提醒我那天晚上，我第二次成爲寡婦。

V. 給茱莉亞的一首詩：作者疑似奧維德（約西元前十三年）

我心情煩躁，到處走著，漫無目的，經過不同的廟宇和叢林——
　是神的居所——祂們向駐足古老叢林前的旅人招手，
前往膜拜；那古老叢林啊，在我們記憶所及，人們的斧頭，
　未曾飢渴地在它一枝一葉上啃噬。
我該在哪裡歇息？當我走近，雙面門神雅奴斯一動不動，
　我迅速離去，速度之快，僅逃不過他的目光。
現在：我來到灶神維斯塔面前——想著，她自有一番高尚優雅，
　且誠實可信；我大聲呼喊。可是她沒有回應。
貞女維斯塔忙著看顧她的爐火——毫無疑問地在替人煮食。
　她漫不經心地揮了揮手，只顧彎身看著爐中所烹。

我淒然搖頭，繼續前進。現在，朱庇特雷聲大作
　雙眼對我大放光芒。怎麼了？祂堅持我必須改變初衷，
對非我心儀之物，起誓效忠？「奧維德，」他的聲音如雷貫耳，
「是否不願放棄聲色犬馬的生活、平凡瑣碎的詩句、
虛榮自負的姿態？」我亟欲回應，然而雷聲響徹耳際。
「放眼未來吧，可憐的詩人；穿起元老的托加袍，
想想國家——至少稍作嘗試。」雷聲震耳欲聾，我無法細聽。
　我悲傷地往前行。來到戰神廟前，我心力交瘁，
停下腳步，卻看見無比可怕景象——他左手耕耘土地
　右手揮動長劍，在空中砍劈——
是戰神的初衷啊！主宰生與死的老祖宗！我對他呼喊，
　心中欣喜若狂，願最終獲得接受。可是沒有。
三月，我出生的月分啊，因他而得名，他是三月的庇護者。
　他不會接受我。我長嘆一聲，天啊，這世界無我容身之地？
在絕望中，且被我古老的國家裡最古老的神祇棄而不顧，

我遊走於國家領土之外，任由四方
輕風領我前往其心中嚮往之地。最後——聲音傳來，
輕柔、模糊，卻甜美：小號、鑼鼓、長笛；
美妙的笑聲；和風、鳥語；暮色裡葉子窸窣作響。
我被耳際聲音引導；我必須跟隨，好讓雙眼
能瞥見美聲揭示之美景。乍然驚現，一條小溪，
急速的泉水往洞窟和岩穴裡鑽，繞著百合花
蜿蜒前進，顫抖的百合彷彿飄在空氣中；
我告訴自己，這是神祇的居所——
是我過去一無所知。水中精靈穿著
輕柔的長袍，慶祝春天降臨，和夜色；
然而，於精靈之上，位於高處，一女神美貌光彩照人，
吸引著所有目光。萬物歡欣膜拜、愉快祝禱，
女神欣然微笑，讓暮色生輝，比朝霞更覺柔和；
她的美麗猶勝天后朱諾，我想；好比
維納斯再世，從她的寶座下凡，爲凡夫俗子前所未見，卻知道

必須要虔誠膜拜。女神萬歲！就讓我們老去的神祇，
留在叢林裡吧，讓祂們對世人怒目而視，咒罵那願意傾聽的人；
這裡已進入新的季節；這裡發現了新的國度，
就在羅馬的靈魂深處，是我們念念不忘的。我們要迎向新的國度
活在她的歡愉之中；黑夜將臨；不久
我們便要就寢。然而現在，我們享有身邊一切美好，
擁有這女神，讓這神聖的叢林生機滿溢。

VI. 茱莉亞日記，於潘達特里亞島（西元四年）

我的丈夫在塞姆普羅尼烏斯・格拉古舉行宴會的那一個晚上死去；即使我如父親所願，與他一起出發，也不會看到他最後一面。我父親趕了一個晚上的路，第二天到達波佐利時，這位他最早認識的朋友已經去世。據說他冷冷地看著我丈夫的遺體，久久說不出話。瑪爾庫斯・阿格里帕的助手們表現出萬分悲痛，我父親以他一貫冷冰冰的效率，命令他們安排運送遺體回羅馬的列隊。在此之前他已捎信

回元老院，表示他會當列隊的指揮，也同時馬不停蹄地陪同瑪爾庫斯・阿格里帕踏上漫長而嚴肅的路程，回去羅馬。曾經目睹他進入羅馬城的人，說他步履維艱地走在列隊前方，表情肅穆如石頭一般。

我當然有出席大廣場上的儀式，父親在那裡宣讀了祭文；我也見證了他當時的冷靜。他在瑪爾庫斯・阿格里帕的遺體前朗讀祭文，彷彿面對的是一面紀念碑，而不是他的朋友。

不過我更見證了一件世人不知道的事。喪禮儀式結束後，我父親隱退到巴拉丁諾山上家裡的一個房間裡，有三天之久沒有接見任何人，也不進食。到他再現身的時候，他看來老了很多歲，說話時帶著一種冷漠卻親切的口吻，是他從來沒有過的。隨著瑪爾庫斯・阿格里帕的死亡，他內心的一部分也死去。他已不再是以前的他了。

對羅馬的人民來說，我的丈夫永久地留下了他在權力核心的日子所獲得的花園、他建立的公共浴室，以及足夠維持這些建設的資金；另外，他贈與每一位公民一百塊銀幣，並把剩下的財產留給我的父親，請我父親爲國民謀取更多的福利。

我覺得我態度冷漠，並沒有對我丈夫的去世而感到悲痛。在習俗上要求我要表達的哀傷底下，我感到——我幾乎是無感的。瑪爾庫斯・阿格里帕是一個好人；

我從來沒有討厭他；我覺得我是喜歡他的。但是我不感到哀傷。

我那一年二十七歲，已經生了四個孩子，腹中還第懷著第五胎。我二度當寡婦。我曾經是妻子、是女神、羅馬的第二夫人。

如果我對我丈夫的死亡有任何感覺，那是解脫。

瑪爾庫斯・阿格里帕去世後四個月，我生下第五個小孩。那是一個男孩。我父親給他取名爲阿格里帕，以紀念他的父親，他說會在小孩成年後收他爲養子。這件事對我全無意義，能從監獄般的人生得到自由，是我最高興不過的。

我並沒有獲得自由。瑪爾庫斯・阿格里帕去世後一年又四個月，我父親把我許配給提比略・克勞狄烏斯・尼祿。他是唯一一個我感到厭惡的丈夫。

VII. 書信：莉薇亞致提比略・克勞狄烏斯・尼祿，於潘諾尼亞（西元前十二年）

親愛的兒子，這件事情你要聽我的建議。

就如我的丈夫所下的命令，你要與維普撒尼亞離婚；你要與茱莉亞結婚。這已經安排好了，而且在這件事上我已著力不少。如果你要對這形勢的變化感到憤怒，我必須要承擔其中一部分。

我的丈夫沒有給你這份榮譽，收爲養子，這是事實。他不喜歡你、他把你派到潘諾尼亞以替代阿格里帕，只因爲他沒有任何人可以託付這份權力、他無意讓你繼承他的王位、就如你所說的，你是被利用，這種種也都是事實。

這都沒有關係的。因爲如果你拒絕被利用，你將會沒有未來，而我這些年來夢想著你最終得著的豐功偉業，將會付諸流水。你將終其一生默默無聞，遭人嫌棄蔑視。

我知道我的丈夫只希望你當他孫子名義上的父親，想著其中的一個達到足夠年齡時，繼承他的王位。但是我丈夫的身體從來不算強健，沒有人能知道上天會讓他再活多少日子。有一天你在他意料之外繼承了權力，那是不無可能的；在我丈夫眞的發生不幸時，我也無可避免地會繼承某些權力。

你不喜歡茱莉亞；沒有關係。茱莉亞不喜歡你；也沒有關係。你對自己、對國家、對我們的家族有責任。

總有一天你會知道我一切的安排是對的；總有一天你的憤怒會緩和。不要讓你急躁冒進的個性使你陷於危難。我們的未來比我們自身更爲重要。

Chapter

V

I. 茱莉亞日記，於潘達特里亞島（西元四年）

我知道莉薇亞的能耐，也了解父親執行他的政策，有其必須性。莉薇亞為了兒子而展現的野心，是我見過最堅持、最令人歎為觀止的；她的野心我無法明白，恐怕永遠不會。她是克勞狄家族成員；她的前夫也同屬克勞狄家族，而她與前夫所生的兒子提比略，仍保有生父的名字。或許是這古老的家族聲望的自豪感，讓她相信提比略是真命天子。我甚至曾經想過，她或許比實際上更愛她的前夫，而且在兒子身上能找到對前夫的回憶。她是一個自負的女人；我常懷疑她會認為與我父親同床是一件說不清多有失身分的事。我父親與她成親時的名聲肯定沒有她那麼顯赫。

我父親夢想著她姐姐的兒子馬塞盧斯能繼承王位；因此把我許配給他。馬塞盧斯死了。他又夢想著阿格里帕能繼承他，或至少可以讓我其中一個兒子（二人都成了我父親的養子）能長大到足以延續他的責任。阿格里帕死了，而我的兒子都還是小孩。屋大維一脈沒有男丁，更沒有任何人獲得他的信任，或者他有能力駕馭的。他只有最厭惡的提比略一個選擇，雖然他是他的繼父。

瑪爾庫斯·阿格里帕死後不久，我無法逃避的責任在我身體內像一個被感染的傷口開始發出警訊，儘管我極力否認那傷口的存在。莉薇亞躊躇滿志的向我微笑，彷彿彼此心照不宣。直到我守喪一年快要結束的時候，我父親才召見我，告訴我我已經知道的事。

他在門口迎接我，把我身邊的僕人支開。我還記得那房子一片寂靜；那是傍晚時分，但是除了父親外，附近似乎沒有任何人。

他帶我穿過院子，到達他臥房外用作他辦公室的小房間裡。那裡沒什麼傢俱，只有一張桌子、一張凳子，以及一張單人躺椅。我們坐下談了一會，他詢問我孩子的健康情況，也埋怨我不常帶他們來探視他。我們談到瑪爾庫斯・阿格里帕；他問我是否還是感到傷心。我沒有回應，然後是一片沉默。我問：

「會是提比略，是嗎？」

他看著我，深深吸了一口氣，又緩緩的吐出，眼看著地面。他點頭。

「是提比略。」

我知道會是，早就知道了；不過我還是全身一陣顫慄，像是被嚇到。

我說：

「在我記憶之中，我任何事都順從你，那是我的責任。但這個事情上我覺得我已近乎違抗。」

我父親沉默不語。我說：

「你曾經要我用瑪爾庫斯・阿格里帕爲標準，比較我那些不被你認同的朋友。我當時覺得是一個玩笑，但是我眞的做了比較；而你一定知道那比較的結果。現在我請你比較一下提比略和我的先夫，並問問你自己我如何能忍受這段婚姻。」

他抬起手掌，彷彿要抵擋一拳重擊；他還是沉默著。我說：

「我的生命一直爲你的政策、爲我們的家、爲羅馬服務。我不知道我的下場。或許我會一無所有。或許我……」我不知道要說什麼。「我一定要這樣繼續下去？你可否讓我歇一歇？我要付出我的生命嗎？」

「是的，」我父親說。他還是沒有抬頭看我。「妳必須要。」

「那是非提比略不可。」

「非提比略不可。」

「你知道他兇殘成性，」我說。

「我知道，」我父親說。「但我也知道妳是我的女兒，也知道提比略不敢傷害妳。妳將會在婚姻以外尋找妳的生活。總之，妳會習慣的。我們都習慣各自的生命。」

「沒有別的路嗎？」

我父親從他的凳子站了起來，心神不安地在房間裡來回踱步。我發現他蹣跚的步履越來越顯著。

「如果有別的路，」他終於開後說，「我早就採用了。自從瑪爾庫斯・阿格里帕死後，我便遭到三次密謀，要取我的性命。可是每次的計畫不僅幼稚，執行也不善，所以容易被發現，並加以處理。我一直都沒有把事件公開，不過還會有其他的。」他捏起拳頭，連續三次的輕輕地打在另一隻手掌上，「還將會有其他的。老一輩的人不會忘記被一個像暴發戶一樣的無名小卒統治。他們對他的名號或他的權力總是耿耿於懷。而提比略——」

「提比略是克勞狄家族的人，」我說。

「是的。這段婚姻不會保證我的權力，但是有幫助。貴族們會少一點敵意，如果他們相信他們的自己人，一個有克勞狄血統的人有可能繼承我；至少有可能讓他們多一點耐心。」

「他們會相信你會讓提比略當你的繼承人嗎？」

「不會，」我父親低聲說，「但他們會相信我可能會讓克勞狄家族的孫子當繼承人。」

直到這一刻，雖然我已接受這段婚姻是無可避免，我還不認爲眞的會發生。

我說，「那麼我爲了讓羅馬高興，要再一次當母豬了。」

「如果只是爲了我一個人，」我父親轉身背對著我，我看不到他的臉，「如果只是爲了我一個人，我不會向妳請求。我不會讓妳嫁給這樣一個人。但是我不只是爲了我一個人，妳一開始就知道。」

「是的，」我說，「我知道。」

我父親彷彿是自言自語說，「妳的小孩是跟一個好人所生，這對妳是一種安慰。妳會透過妳身邊的孩子而想起妳的丈夫。」

那天傍晚我們還談了很多，但是我已經忘記說了什麼。我相信我是整個人麻木了，因爲我在最初的一陣憤怒後就沒有感覺了。然而我沒有因父親對我所做的事而恨他；換了是我，毫無疑問我也會這樣做。

不過，當我要離開的時候，我問了父親一個問題。我的語氣不帶憤怒，或者是怨恨，甚或看似自憐。

「父親，」我問，「這值得嗎？你的權力、你拯救的羅馬、你建立的羅馬？這值得你所做的一切嗎？」

我父親看著我很久，然後別過頭去。「我必須相信那是值得的，」他說，「我們都必須相信。」

我二十八歲與提比略・克勞狄烏斯・尼祿結婚。當年我便完成任務，生下一個同時擁有克勞狄和尤利烏斯血統的孩子。那是一個提比略與我都感到難以達成的任務；即便如此，這任務最後還是徒勞無功，因爲那小孩出生不到一個星期便去世。從此以後，提比略與我處於分居的狀態；他大部分時間留在國外，而我再次在羅馬找到另一種生活方式。

II. 書信：普布利烏斯・奧維修斯・納索致塞克圖斯・普羅佩提烏斯（西元前十年）

既然你已經明白表示你不會再回來，並曾明確告訴我你認爲對這裡已經沒有一點興趣，爲何我仍然不斷告訴你有關這裡的消息？我是否不相信你的決心？或者我只是（無疑是徒勞無功地）想要打動你的心？在你離開我們這個城市的五、六年間，你不曾有任何創作；而雖然你公開表示你已滿足於阿西西的農村美景，以及你的書本，我是不可能輕易相信你會拋棄曾經對你照顧有加的繆思。我肯定她在羅馬等待你；我希望你能回到她的身邊。

這幾個月來羅馬十分平靜。某位可愛的女士（她的名字你也知道，我在此姑隱其名）一年多來在我們的圈子缺席，讓我們感到少了點樂趣和人味。她年輕守寡，又被說服再婚；我們大家都知道新的一段婚姻令她感到極度不快。儘管她的丈夫是重要人物，個性卻是陰沉嚴肅到了極點，一個最難以親近的人；他無法體會幸福快樂，也無法忍受別人享有。他頗為年輕，或許只有三十二、三歲，但是除了他的相貌之外，人們會以為他是一個老頭，易怒而難以討好。在我看來，他是屬於五、六十年前甚為普遍的羅馬人；他獲得不少「舊式家族」的欣賞，正是因為這種個性。毫無疑問，他是有原則的人；但是據我的觀察，一個有著強烈原則性的人，加上其尖酸刻薄的個性，會成就無情而殘暴的德行。因為這種個性可以讓他合理化幾乎所有事情。

但是我們對未來是懷著希望的。我剛剛提到的那位女士，最近生下一名男孩，卻不到一個星期便夭折了；據了解，他的丈夫會因公務離開羅馬到北方的邊境去；或許她可以再一次來到我們之中，她的機智、她的開朗、她的人性會能讓羅馬脫離沉悶虛偽的過去。

親愛的塞克圖斯，我不會強迫你忍受我的長篇大論；但是對我來說，這些年來，我所看到的較近乎事實，那些讓羅馬人公開引以為傲，並堅持認為是羅馬帝國立國基礎的古老「德行」，越來越像是一套以官階、名望、榮譽、職責、忠誠建構的規範，把人性剝奪淨盡。透過偉大的屋大維・凱撒的努力，羅馬現在是世界上最美麗的城市。她的公民現在會否有閒暇滋養他們的靈魂，從而引領他們自己，如同他們所生活的城市一般，邁向他們從未想像過的美麗與優雅？

III. 書信：格奈烏斯・卡爾普爾尼烏斯・皮索致提比略・克勞狄烏斯・尼祿，於潘諾尼亞（西元前九年）

親愛的朋友，我在此信中附上了你請我蒐集的報告。這些報告有不同來源，但是我暫時不能明說，怕此信的內容會落入其他人手中，儘管這是不太可能發生。有些報告我是逐字抄錄，有些則是摘要說明。相關的訊息已寫在此信中；我可以保證原始的文件都在我身邊，十分穩當，留待日後你有需要時可派上用場。

這些報告涵蓋了一個月的時間，那是十一月。

這個月的三日，在十一點與十二點之間，塞姆普羅尼烏斯・格拉古的奴隸抬著轎子到了夫人的住處。轎子顯然是早約好的，因爲夫人很迅速地從家裡出來；她被載往羅馬城的另一端塞姆普羅尼烏斯・格拉古別墅的所在，那裡正在舉行盛大的宴會。宴會中夫人坐在格拉古的長椅上，據說展開了冗長而親密的對話。消息來源並沒有交代對話的具體內容。與會客人喝了大量的酒，因此到了宴會的尾聲時，大部分人都處於過度興奮的狀態。詩人奧維德爲娛樂與會嘉賓，朗讀了一首頗爲符合當下活動的詩，也即是說一首充滿暗示性而且不得體的詩。詩人朗讀完後，一團默劇表演者搬演了《淫亂的妻子》，卻比一般的演出更爲大膽無恥。隨後是音樂的演奏；在音樂演奏的期間，人們開始慢慢步出宴會廳，其中包括了夫人和塞姆普羅尼烏斯・格拉古。夫人再次出現時已是黎明時分；她被看見登上了等候在塞姆普羅尼烏斯・格拉古門外的轎子，被載回到她的住處。

這個月十五日的前兩天，夫人宴請了一群她的朋友，男性賓客中有塞姆普羅尼烏斯・格拉古、昆提烏斯・克力斯比努斯、阿皮烏斯・克勞狄烏斯・普爾克和科爾內利烏斯・西庇阿；屬次要身分的則包括了奧維德和來自希臘的德摩斯提尼，後者是一個演員的兒子，最近才獲得羅馬公民的身分。他們很早便開始喝酒，約在十點鐘之前，直到深夜。有些賓客午夜前就離去，大部分都留下來；留下來的賓客在夫人的帶領下離開了住處往市區裡去，轎子到了大廣場附近建築物之間人行道上停了下來。那個時候大廣場上幾乎是空蕩蕩的，只有少數市民、商人和警衛在注意他們；這些人有需要的時候可以被說服當證人。他們繼續喝酒，而那個演員的兒子德摩斯提尼爲了要娛樂他的同伴，走到元老院外的演講台上，發表了一片諧仿的演說。該演說是即興而做，沒留有底稿；但是內容彷彿是嘲諷皇帝常常在同一地點所做的演說。演說結束後，一幫人便就地解散；夫人在塞姆普羅尼烏斯・格拉古陪同下回到她的寓所。當時已快黎明了。

往後的六天夫人沒有從事什麼不體面的活動。她參加了父母親家裡舉辦的一個官式宴會；她與她的母親坐在四位資深的護火貞女[22]身邊，觀賞戲劇演出；她參加了平民運動會[23]，坐在包廂裡與父親及其友人（如今年的執政官昆提烏斯・克力斯比努斯，和副執政官尤魯斯・安東尼）全程專注觀賞。

十一月十五日後第四天，她是昆提烏斯・克力斯比努斯於蒂沃利別墅舉行宴會的坐上貴賓。她前往蒂沃利全程由塞姆普羅尼烏斯・格拉古、阿皮烏斯・克勞狄烏斯・普爾克以及他們的隨從陪同。當天氣候溫和，所有娛樂項目都在戶外舉行，直到深夜。宴會上大家盡情喝酒，另外還有男女舞蹈表演者（他們的表演場地不囿限在舞台上，且混雜在賓客之間，幾乎全身赤裸），以及音樂表演者，演奏著希臘及來自東方的音樂。有幾個客人（有男有女，其中包括了夫人），一起跳到水池裡；雖然火炬的光已開始轉暗，人們仍看見水中的人退去了衣物，一起暢泳。游泳後，夫人被發現與那個希臘小子德摩斯提尼隱退到花園的灌木林中，過了幾個小時還沒有回來。夫人逗留在昆提烏斯・克力斯比努斯的別墅三天之久，每個晚上都差不多做著同樣的事。

親愛的提比略，我肯定這些報告對你有用。我將以最慎重的態度，繼續蒐集你需要的消息。任何有可能發生的事，我都會據實以報。

22 獻身給女灶神的守護祭司。

23 每年十一月舉行，除了運動競技外，還有戲劇的演出，因此才有上述茱莉亞陪同護火貞女觀看戲劇的情節。維斯太貞女雖肩負神聖任務，亦常被要求出席不同公開儀式或典禮。

IV. 書信：莉薇亞致提比略・克勞狄烏斯・尼祿，於潘諾尼亞（西元前九年）

此事你一定要順從我，而且要立即答應。你必須要立即銷毀你辛苦蒐集到的「證據」，而且要告訴你的朋友卡爾普爾尼烏斯不要再替你做這種事。

我請問你計畫要如何使用這些「證據」？你計畫用來要求離婚嗎？如果是，那是因爲你的「名譽」被玷污？還是你夢想著離婚會有利於我們達成理想？不管你的想法爲何，你都是錯的，而且錯得十分嚴重。只要你留在海外一天，你的「名譽」就不會被玷污，因爲大家都明白你妻子所做的事並不在你的控制範圍，尤其是你正在爲你的國家你的皇帝做事；另一方面，如果你蒐集「證據」以備適當時機使用一事被公諸於世，那你就像個笨蛋，而且你辛苦得來的榮譽會毀於一旦。而如果你夢想著堅持離婚能讓你取得優勢，你便是一錯再錯。你一旦採取這樣的行動，我們彼此夢想著的權力便與我們沾不上邊；你的妻子可能很「丟臉」，但是你不會因此而得到什麼；你只會讓我們所進行的準備工作前功盡棄。

當下你似乎覺得我們的雄心壯志已無機會達成，當下甚至是尤魯斯・安東尼，我丈夫宿敵的兒子，也比你更有優勢，也與你一樣的接近權力的巔峰，他只缺你的名位。我的丈夫已經老了，我們無法確定未來。我們要耐心守著這件武器。

我知道你的妻子通姦敗德；我的丈夫很有可能了然於胸。但是，如果你要援引他訂定的律法，你是在強迫他用相關的律法處罰他的女兒，他是不會饒恕你的；你過去犧牲了自己的私人生活，飄洋過海，可算是白費。

你一定要熬過去。如果茱莉亞要讓自己丟臉，就讓她自己來；你不可以有任何瓜葛，而你必須要耐心地留在海外，才能讓你不受牽連。我懇求你在合理的範圍內延長你在潘諾尼亞的事務。只要你遠離你的家、遠離羅馬，我們的理想就不會破滅。

V. 書信：馬塞拉致茱莉亞（西元前八年）

親愛的茱莉亞，請於下星期三來我家共進晚餐，並參與餐後一些簡單的餘興節目。妳的一些朋友（也是我們的朋友）也會來——昆提烏斯・克力斯比努斯一定會到，或許還有其他人。妳當然也可以攜伴參加。

我很高興，經過這些年後，我們又再次成爲朋友。我常想起我們的童年時代，心中總是充滿著愉悅——那些兒時玩伴呀！還有我們玩的遊戲！妳、可憐的馬塞盧斯、德魯蘇斯[24]、提比略（很抱歉！），還有我的姐妹——我已經無法把他們全部記起來了……。妳還記得尤魯斯．安東尼在他父親死後有跟我們生活了一陣子嗎？我母親在他小時候悉心照顧他，雖然他不是自己親生。現在尤魯斯是我的丈夫了。這眞是一個有趣的世界。我們有那麼多的事情要回憶。

親愛的茱莉亞，我知道是我引起我們之間的疏遠。但是當我的舅舅（妳的父親呀！）逼迫瑪爾庫斯．阿格里帕與我離婚，好讓他能迎娶妳，我是感到十分的尷尬。我知道這不關妳的事——但當時我是那麼年輕，也覺得我不會再有一位像瑪爾庫斯一樣在我心中如此重要的丈夫。我眞的好恨妳，雖然我知道那不是妳的錯。但世事往往有完美的結局的，我一直都相信如此；或許舅舅的智慧遠超乎我們想像。我對尤魯斯十分滿意。喔茱莉亞，說眞的，我和他在一起比我和瑪爾庫斯在一起更感到滿足。他更年輕、更英俊，也的身分也幾乎像瑪爾庫斯一樣重要。至少將會如此，我肯定。舅舅似乎蠻喜歡他的。

喔，我有點喋喋不休，是不是？我還是一個話匣子。這些年來我們都沒什麼改變，是不是？我希望我沒有說出冒犯妳的話。我或許沒有比以前聰明，但是有更年長了；我已經學到，女人在婚姻的事情上彼此爲難對方，是很愚蠢的。我們從沒有受到影響，眞的，是不是？至少對我來說是沒有。

妳一定要來我們的聚會喔。妳不來大家都會很失望的。我是否有需要派僕人接妳來？還是妳寧願用妳的方式過來？要讓我知道。

妳喜歡帶誰來都可以——雖然這裡將會有一些十分有趣的人。我們完全了解妳的情況的。

VI. 書信：格奈烏斯・卡爾普爾尼烏斯・皮索致提比略・克勞狄烏斯・尼祿，於日耳曼（西元前八年）

我的朋友，在你從別的來源獲得這項消息之前，我急著寫信給你，怕你對情況沒有足夠的了解作爲判斷基礎之前，便貿然採取行動。我已經和你的母親談

24 尼祿・克勞狄烏斯・德魯蘇斯（Nero Claudius Drusus）爲提比略的弟弟。

過；儘管我們近來就我對你提供「報告」這個行爲有不同的看法，不過我相信我們一致同意你現在應有的作爲。你必須要了解她不能直接表達意見；她不會辜負她丈夫對你的信任，也不會暗中建議一些她不能公開進行的事。

你在幾天內會接到你養父的通知，任命你接任明年的執政官。你或許會高興知道我亦會被授予執政官一職，與你共同執政。平時在一般情況下，這項任命或許已被視爲一項勝利；但是現在的時勢非比尋常，你必須要以最謹愼的態度面對此事。

你當然必須要接受這項任命；拒絕反而是不可思議的，而且對你未來任何可能的理想有重大的損害。

然而你不能留在羅馬。你養父的目的，當然是要你回到羅馬。但你必須拒絕。在你離開日耳曼回來就職之前，你必須要安排好事務，好讓你絕對須要儘快趕回去。如果你身邊沒有任何可信賴的人，你便必須要故意把你的軍隊置於險境，有必須要回去解圍。我肯定你能做相關的安排。

我以下會試圖合理解釋你必須下這一步棋的原因。

你的妻子繼續過著她一年多來所過的生活。她公開地蔑視你們的婚約，也不在乎你的聲望。她父親對她的行爲一定有耳聞，但沒有出手阻止——那是出於政策、愛心，或者是愚昧，我不得而知。儘管有婚姻的相關律法規範（或許是皇帝親自訂定的原因），卻沒有人敢於公開地提醒。大家都知道那些律法不會被執行，也知道現在要堅持執行，會帶來不便，尤其是執行的對象是你有權勢、有人望的妻子。

因爲她有權勢；而且她有人望。不知她是有意還是無意（但我懷疑是前者），她的圈子聚集了一批羅馬年輕一輩最有權勢的人。這也是危險的所在。現在那些與她有規律而且最親密往來的人，正是你最危險的敵人；即使是他們同時對抗皇帝，對你地位的威脅，也不會因而降低。而事實上是加強了威脅。

你很清楚知道，你的權力是來自你的擁護者，他們是不同家族構成，就像我的家族吧，我們是「老共和」（這是你養父對我們的稱呼）。我們有錢，歷史悠久，而且團結；但是三十年來的政策，只是著眼於把我們的權力限縮。

我怕皇帝希望你回羅馬，是要做派系之間的緩衝——那是他自己的派系，及以茱莉亞爲王牌的一眾年輕人。

倘若你回來，讓自己置身在他們之間，你會直接被消耗，然後被棄如敝屣。到時你的養父不必要動一根手指，便會剷除他最危險的敵人。更重要的是，他會讓一整個派系蒙羞，同時又不必要讓另一派系提高實力。因爲只要年輕一夥喜歡你的妻子，他便會相信他面對的危險是微不足道的。

但是你會被毀了。

想想這些可能性。

第一：克勞狄家族及其擁護者可能在我們的領導下獲取足夠的力量把國家航向原來的方向，重新建立我們往日的價值和理想。雖然這條路極不可能成功，但我視爲一個希望。不過，即使我們成功了，我們反而是連結了你養父培養的新派系及一幫年輕人，與我們對抗。想到這個聯盟所造成的結果，我們就會不寒而慄了。

第二：如果你留在羅馬，你的妻子仍會繼續從事有損你的利益的事——不管是有意還是忽發奇想。她一定會的，而且很明顯她知道她的權力來自於皇帝，並非來自你的名氣或身分地位。她是皇帝的女兒，面對她的意志你是無力抗衡的；如果你硬要與她的意志相抗衡，又無法佔上風，你反而讓自己顯得愚蠢。

第三：她持續放蕩而任性的生活，會在你的朋友和敵人之間，成爲茶餘飯後的話題。倘若你對她的生活方式不滿而堅持要離婚，會使屋大維家族爆發醜聞，那是一定的；不過你也會換來皇帝及其擁護者對你無了期的憎恨。但是倘若你對她的行爲視若無睹，你會被視爲懦弱，更或許被指責爲你妻子傷風敗俗的共犯。

我親愛的提比略，既然情勢已相當明顯，你必須要拋棄任何要回到羅馬，不再離去的念頭。很幸運的我和你同時出任執政官；你不在的時候，可以放心我會維護你的利益。像我這樣資質駑鈍的人，有可能比你更安全更有效力地達成此事，可說是一種反諷。不過，以此反諷作爲我們的生命引領我們走上此路的註解，是多麼令人沮喪呀！

你的母親隨此信附上她的愛。在你還沒接到皇帝的消息前，她不會寫信給你。雖然她沒有明說，不過我有充分的理由相信她會支持我剛才給你的緊急建議。

Ⅶ.書信：尼科拉烏斯・達馬斯庫斯致斯特拉波・阿馬西亞（西元前七年）

過去十四年以來，我住在羅馬，最初是爲希律王和屋大維・凱撒服務，後來爲了與屋大維・凱撒的友誼而服務於他，我心感滿足；你可能從我寫給你的信中，已隱約推測到我已經開始把這個城市視爲我的家。我已斷絕了大多數與外國的聯繫；而自從我父母去世後，我已經沒有意願或需要回到我的出生地。

但是再過幾天，我將要五十七歲了；在過去幾個月——或更久以前——我越來越不覺得這裡是我的家鄉。在這個曾經對我如此友善，並讓我與部分當代偉大人物建立深厚情誼的城市裡，我開始覺得我是一個陌生人。

或許我對此城市有所誤會，不過對我來說，羅馬似乎籠罩在一股醜陋的不安氛圍中；這並不是屋大維・凱撒掌權初期的不確定性引起的不安，也不是我十四年前首次來到此地時感染我的那種興奮躁動。

屋大維・凱撒爲這國家帶來和平；亞克興海戰後，羅馬人就不再戰羅馬人。他爲城市與鄉村帶來繁榮；城市裡即使是最赤貧的人，也不缺食物；鄉下地方也因羅馬和屋大維・凱撒的庇蔭而得以繁榮起來。屋大維・凱撒爲人民帶來自由；奴隸不再害怕主人任意摧殘，窮人無懼於富人貪贓枉法，敢言的人也無懼於因言論致禍。

然而我擔心有一股醜陋的氛圍，對城市、國家，以及屋大維・凱撒是不好的兆頭。派系相互傾軋、謠言滿天，似乎沒有人滿足於活在皇帝爲他們帶來的舒適與尊嚴。他們不是普通的人種……彷彿無法忍受安定、和平與閒逸。

因此我要離開羅馬，這個多少豐足的歲月裡曾經是我的家！我要回到大馬士革渡過餘生，與書本爲伍，並寫下我能寫的文字。我會帶著悲傷與愛離開羅馬——沒有怒目橫眉、沒有惡言相向、沒有失望挫折。我知道我這信中所寫，想要表達的正是我內心將懷著這樣的感情離開我的朋友屋大維．凱撒，因爲他就是羅馬；而這或許就是他的悲劇人生。

斯特拉波呀！如果我們能了解眞相，我覺得他的一生已經結束；在過去這幾年，他所忍受的已經比任何人該忍受的來得多。他的臉上已顯露出一種近乎殘酷的泰然自若；這是他明白到自己生命已然結束，正在等待軀體腐壞以作爲證明，才有這種表情。

我從未見過一個視友誼如此重要的人；我指的是某種特殊的友誼。他眞正的朋友皆識於微時，在他掌握現在手中權力之前。我猜想握有權力者只會信任他熟悉的人，且只能在掌權之前信任他們；否則，所謂友誼，是另一回事……。而現在，他是孤單一人，身邊一個人都沒有。

五年前他的朋友，後來成爲他的女婿的瑪爾庫斯．阿格里帕，在海外回義大利的途中孤獨的死去；屋大維．凱撒甚至不能看他最後一面。隔一年那位善良的女士、他的姐姐屋大維婭，在選擇遠離城市及他的弟弟，避居老家韋萊特里的農場多年，也在與世隔絕中憤恨離世。而現在他最後一個老朋友梅塞納斯也死了；屋大維・凱撒只剩自己一人；沒有一個年輕時結識的朋友仍活著，他覺得無人可以信任、無人可以與他討論他切身的事。

梅塞納斯死後我看過他一次；梅塞納斯發生不幸時我不在羅馬，聽到消息後立刻趕回來，想要表達我慰問之意。

他看著我，清澈湛藍的雙眼在滿臉皺紋的臉上仍是年輕得讓人吃驚，雙唇卻繃緊得不帶一分笑意。

「好了，我們的喜劇快要落幕了，」他說，「不過一齣喜劇也可以很悲涼的。」我不知道如何接下去。「梅塞納斯，」我開口說，「梅塞納斯——」

「你跟他熟嗎？」屋大維問我。

「我認識他，」我說，「但我不覺得我跟他很熟。」

「很少人跟他相熟，」他說，「喜歡他的人不多。我們有過年輕的日子——瑪爾庫斯・阿格里帕也年輕過——我們曾經是朋友，知道這份友誼至死不渝。阿格里帕；梅塞納斯；我自己；撒維第也努斯・魯佛斯。撒維第也努斯也死了，但他很久以前就死了。或許那時候我們都死了，在我們年輕的時候。」

我開始有所警覺，因爲我從來沒有聽過我這位朋友說話時斷斷續續的。我說，「你有點心神錯亂，眞是很大的變故啊！」

他說，「他去世時我在他身邊，我們的朋友賀拉斯也在。他去的很安詳，一直都保持清醒著。我們談到那久遠的日子。他請求我好好照顧賀拉斯；他說詩人在照顧自己外，還有更重要的事要做。我相信賀拉斯當時哭泣著轉過身去。然後，梅塞納斯說他很累。隨後就斷氣了。」

「或許他眞的累了。」

他說，「是的，他累了。」

我們沉默了好一陣子，然後屋大維說。

「下來還會有另外一個人，另外一個說自己累的人。」

「我的朋友呀——」我說。

他微笑著搖頭，「我不是說我；上天對我沒那麼仁慈。那是賀拉斯。我後來看了他臉上神情。維吉爾，然後是梅塞納斯，賀拉斯口中說著。他當下便提醒我，多年前，在一首詩裡——他是要爲梅塞納斯的病開個小玩笑——在詩裡他對梅塞納斯說——我還記得嗎？——『形影不離的朋友呀，我以軍人之名起誓，在同一天我們連袂長埋塵土，——由你引領，我倆努力共赴那不歸之路。』——我不認爲賀拉斯會比他能多活幾個月。他不想活。」

「賀拉斯，」我說。

「梅塞納斯文筆很差，」屋大維說，「我常常告訴他他的文筆不好。」

……我無法安慰他。兩個月後賀拉斯死了。一個早上他的僕人在第根提亞的小屋裡發現他。他一臉祥和，彷彿只是睡著了。屋大維把他的骨灰埋在埃斯奎利諾山上一處偏遠的地方，就在梅塞納斯的旁邊。

他所愛的人之中仍活著的是他的女兒。我很擔心這份愛；極度地擔心。因爲這幾個月來她似乎越來越對自己的身分毫無顧忌；她的丈夫長留海外，不會與她同住，儘管他是當屆的執政官。

我不相信羅馬能忍受屋大維・凱撒之死，也不相信屋大維・凱撒能忍受他靈魂的破滅。

VIII. 茱莉亞日記，於潘達特里亞島（西元四年）

那時候，我在羅馬的生活方式，可說是幾乎完全的自由。提比略在海外，整個執政官的任期都留在日耳曼，在邊境抵抗蠻夷的入侵。有少數幾個場合他必須要回到羅馬，都只是做禮貌上的訪視，很快就藉故處理事務而離開。

執政官的任期結束後，我父親主動提出找人替代我丈夫在日耳曼邊境的職務，命令他回到羅馬負起他該負的責任。但是提比略拒絕了。我想這是我最欣賞他所做的事；也幾乎對他的勇氣表達敬意。

他寫信給我父親，表示他不願意再尋求任何公職，想要退隱羅德島他家族廣大的莊園，研究文學與哲學，以渡餘生。我父親假裝生氣；我覺得他心中感到高興，以為提比略・克勞狄烏斯・尼祿已經為他達成了目的。

我常常在思索，如果我丈夫給我父親的信中所說是認眞的，我的人生會是怎樣的呢。

Chapter

VI

I. 書信：格奈烏斯・卡爾普爾尼烏斯・皮索致提比略・克勞狄烏斯・尼祿，於羅德島（西元前四年）

親愛的提比略，你的缺席讓你羅馬的朋友萬分遺憾，似乎只能滿足於某種膠著狀態。不過就目前而言，這個狀態或許對我們是幸運的。過去一年沒有發生任何情況會對我們的未來產生巨大的影響——而我認為，在這時勢，已是我們能期待的最理想狀況。

希律王這個猶太人終於死去，這或許對我們是最有利的。在他死前的這幾年，他毫無疑問是瘋了，而且越來越瘋；我知道皇帝已經極度不信任他，也或許在考慮把他推翻；當然，一旦發生戰爭，人民便會團結在皇帝之下，因為人民別無選擇。但在希律王死前幾天，他把其中一個兒子處死，因他懷疑這個兒子密謀反抗他——這事件讓我們皇帝想到另一句妙語。他說，「我寧願當希律王的一條豬，都不要當他的兒子。」總之，他的另一個兒子繼承了他的王位，並開始與羅馬展開真誠的對話；所以目前兵戎相見的可能性不高。

順帶一提的，是發生在希律王死前的一陣子，我們皇帝一直十分喜歡，卻令人討厭的傢伙尼科拉烏斯・達馬斯庫斯離開羅馬了。此事看來瑣碎，但是我認為對我們的未來相當重要；他的離開令皇帝倍覺感傷，竟超出一般人合理的認知範圍。現在與他親密的朋友全都不在了——日子日復一日、月復一月地過去，他似乎越來越淒涼、越來越往內心退縮。當然，一個人長此下去，他對權力與威望的掌控只會越來越無力。

而這跡象似乎有愈加顯著，儘管還不足以讓我們卸下心防而產生幻想。舉例來說，今年元老院起鬨要他擔任第十三任執政官，他卻以年齡及體力的因素拒絕。當元老院清楚知道他堅持自己的決定，便要求他提出他屬意接任的人選——他便提名了蓋烏斯・卡爾維西烏斯・薩比努斯！你記得這個名字嗎？他是凱撒的老臣，甚至比我們的皇帝還要老，差不多三十五年前曾經在三頭同盟的時期當過執政官，與塞克圖斯・龐培進行海戰時他效忠於我們皇帝和瑪爾庫斯・阿格里帕！另一個被提名執政官的是你可能沒有聽過的盧基烏斯・帕希安努斯・魯佛斯（你可以想像一個名不見經傳的人當執政官！）他是來自我說過的一伙年輕人，我真的不知道他是否效忠皇帝尤利烏斯家族。我懷疑他會否支持政府，不論權力在誰的手中。因此今年兩位執政官的任命不會帶來真正的團結力量，對你獲得最終權力造成障礙。一個是老態龍鍾，一個是默默無名！

比較令人擔憂（雖然我們知道那是無可避免）的是皇帝主持了你兩個繼子的成

人禮。蓋烏斯和盧基烏斯（雖然二人都未達十六歲）現在已是羅馬公民，穿起了成年男人的托加袍，而毫無疑問的，一旦皇帝願意冒險，便會至少在名義上讓他們帶領一支軍隊。幸運的是，現階段他敢做的，也是僅止於此而已；我們不知道未來的發展。但是他會處心積累地讓他的老朋友瑪爾庫斯・阿格里帕在某種意義上扮演要角，即使只是透過他的兩個兒子。

親愛的提比略，我認爲這一切都不會干擾我們；很多事都在我們意料之中，而出乎意料地，則從未對我們造成傷害。

不過綜觀情勢，即便可能是一種假設，恐怕會引起我們的顧慮。就正如你所揣測，這些情勢與你妻子最近的行爲有關。

圍繞你妻子的醜聞已有一定程度地平靜下來，有幾個原因可以說明。第一，大眾已經習慣了她的行徑；第二，她爲人津津樂道的個人魅力及爽朗性格已深入人心，讓人對她的批評趨於軟化；第三，她在年輕人之中的聲望有增無減；最後（而且是最帶不祥之兆的），是她公然蔑視規矩的行爲似乎有減少，而且是十分顯著的減少。這最後一點就是我以下要說明的。

過去她選擇情人的浮濫，以及關係的紊亂似乎成爲過去。就我所知，塞姆普羅尼烏斯・格拉古已經不是她的情人，只維持朋友的關係；阿皮烏斯・克勞狄烏斯・普爾克以及其他有頭有臉的人也差不多是這樣。她有一陣子勾搭上一些可鄙玩物，都被她拋棄了（就像那個德摩斯提尼，理論上是一個羅馬公民，其身分卻只是比一個解放奴高尚不了多少）；最引人好奇的是她似乎變得循規蹈矩起來，儘管她仍然保有過去一貫的風趣幽默，而且在一輩不務正業的年輕人之間備受寵愛。

這當然並不是說她不再淫亂失德；她沒有變。但是她似乎選了一個比她過去一度喜歡的痞子更爲有某種分量的、一個更爲危險的情人。那是尤魯斯・安東尼；他的妻子曾經是茱莉亞的密友，最近很識趣地常到國外旅行，其次數比她往常頻繁多了。

她與老朋友們當然還有聚會；但尤魯斯總是在她身邊，據報告，他們聚會中所談的事情不像過去那麼瑣碎，不過在我眼裡，還是跟以前一般的瑣碎。這方面，至少我是相信我的消息來源是精確的。他們談論哲學、文學、政治、戲劇等諸如此類的東西。

我不知道自己，或者是整個羅馬該如何看待此事。我不知道她父親是否注意到女兒新的外遇關係；如果他注意到，他是在包庇，如果不，他就是白痴，因爲任何一個羅馬人的消息都可能比他靈通。我不知道她最近的行爲對我們有利還是有害。但是你可以放心，我會盡我所能對這個新發展掌握最詳盡的消息，並向你報告。我在尤魯斯・安東尼家已經安置了線人，而我會逐步安置更多——我會謹慎行事，你可以放心。我不會在你妻子的家裡安排我的人，這對我、對你，以及我們遠大的目標都有危險。

我相信你會銷毀此信——或者你不會，但是要確實穩當地收藏好，不讓它落入敵人手中。

II. 茱莉亞日記，於潘達特里亞島（西元四年）

我的老朋友和導師阿瑟諾多努斯有一次告訴我，我們羅馬人的老祖先認爲一個月沐浴超過一兩次，是有害健康的，而他們每天所謂沐浴，只是洗淨一天的工作後四肢上的髒污。他帶著幾分反諷的驕傲口吻說是希臘人把每天沐浴的習慣教給羅馬人，並教導他們野蠻的統治者在沐浴一事上種種精巧的細節……。雖然我已經能欣賞平民百姓簡約飲食的優點，並無疑地因此在這方面已回歸老祖先的生活方式，然而我還是無法說服自己適應他們的沐浴習慣。我幾乎每天沐浴，儘管我身邊沒有隨從幫我抹油擦香水，而且我的浴室只有一面牆，那是矗立在岸邊的一堵岩石峭壁。

我與瑪爾庫斯・阿格里帕婚後第二年，他便爲了讓人民過舒適的生活，在羅馬設立了一個浴場，據說那是羅馬有史以來最豪華的。在那之前，我不常到公共浴場；我想應該是我小的時候，莉薇亞幻想著自己是古老美德的楷模，對那些場所所提供的奢侈服務感到不以爲然，而我一定是感染到她的德行。但是我的丈夫從一本希臘醫師的著作中讀到，沐浴不應該只被視爲一種奢侈，反而對防止某些定期橫掃人煙稠密之地的神祕疾病，十分有幫助。他希望盡他所能地鼓勵平民百姓參與這種衛生措施，更說服我偶爾不必顧慮沐浴的私隱，與民眾一起，好讓他們知道常到公共浴場沐浴是一件時髦的事情。我到那裡彷彿是盡我的責任；但是我必須要承認，這件事後來成爲了一種樂趣。

我從來不了解老百姓。我在城裡看見他們，那是當然的；他們在店裡招呼我；我有跟他們講話，他們也跟我講話。但是他們總是知道我是誰：我是皇帝的女兒。我知道（或者我認爲我知道）他們的生活與我如此遙遠，說他們屬於另一物種也無妨。但是在浴場裡赤裸著身體，被幾百位喊著、尖叫著、笑著的婦女圍攏著的時候，皇帝的女兒與一個丈夫是製香腸的是毫無差別的。所以從此我成爲一個公共浴場的內行人，一生都沒有改變；而在瑪爾庫斯・阿格里帕死後，我發現羅馬的浴場的存在是我從來沒有夢想過的、而其帶來的歡愉，也似乎是我曾經嚐過的，只是在夢中罷了……。

現在，我還是幾乎每天沐浴，就像在我想像中，士兵或農民每天工作完畢後，如果有靠近溪流的話，都會進行的一般。海就是我的浴場，火山砂取代了大理石，在午後的陽光中閃耀著。有一個守衛陪著我——恐怕是要防止我把自己溺死——冷冷的站在遠處，無動於衷地看著我讓身體沉到水中。他已經去勢了。他在場不會干擾到我。

在寧靜的午後，海面波濤不興，平靜如鏡，反射出我自己的臉。我的頭髮幾乎全白，臉上已有皺紋，這令我有點吃驚。我常常以我的頭髮爲傲，儘管在我年輕時已經開始露出灰白。我記得有一次我的女傭幫我拔掉灰白的頭髮時父親剛好來到我身邊，他問我，「你要變禿頭嗎？」我說我沒有。他說，「那你爲什麼讓傭人使你的禿頭來得更快呢？」

……頭髮幾乎全白，臉上已有皺紋——而我躺臥在這淺灘裡時，我看見我的身體似乎與我的臉是互不相干的。我的身體跟二十年前一樣的結實，腹部平坦，胸部飽滿。在沁涼的海水中，乳頭變硬，就如同被男人撫弄著；海水的浮力讓身體起伏波動，就像沉浸在歡愉之際。多年來，這個身體給我體貼的服務——雖然這服務來得有點晚。服務來得晚，是因爲它曾被告知沒有自主權，而必須要順其自然的服從自身以外的力量。到我知道身體有自主權的時候，我已經結了兩次婚，是三個孩子的母親……。

然而我初次體驗身體自主，是像在做夢一樣，有很長一段時間我是難以置信的。那是在特洛伊，我是當作女神般被膜拜。即使到現在，那還是彷彿一場夢；而我記得當時我認爲那只是荒誕卻有趣的經歷，荒誕得有點野蠻，有點迷人。

後來我知道那想法是錯的……。在那個神聖的叢林裡我挑選的那個年輕人應該還不到十九歲，是個處男；他是我見過最美麗的少年。我閉上眼睛，仍可看見他的臉，仍幾乎可以感覺那結實而有彈性的身體。我相信我把他帶到洞穴裡的時候，我沒有企圖要完成整個儀式。我沒有必要；我就是眾神之母，有著絕對的權力。然而我有把儀式完成，並發現我身體的力量，及其慾求的力量。那種力量，是我一直被告知是不存在的……。他很可愛。與女神合體、共眠之後，他現在下落如何呢？這是我常感到疑惑的。

我相信在瑪爾庫斯・阿格里帕去世以前，我一定是活在某種夢裡。我不相信我所體驗到的，但卻總是具體的與我同在。我忠於瑪爾庫斯・阿格里帕——我不覺得在特洛伊挑選情人的女神，是阿格里帕的妻子；但我對提比略・克勞狄烏斯・尼祿不忠。

是在瑪爾庫斯・阿格里帕這個好人去世後的茱莉亞，屋大維・凱撒、奧古斯都的女兒，才發現長久以來埋藏她身體下的力量，並發現她可以享受的樂趣。她能享受的樂趣成爲她的力量，而對她來說，這股力量是超乎她的名字與她的父親的。她做她自己。

是的，這浮游在海水裡而顯得模糊不清的身體曾經給我體貼的服務。它替我服務，同時又似乎服務別人。它總是服務於我。在我腿間游移的手，是爲了我而游移的，而我給予歡愉的情人，同時也是我情慾的供品。

有時候在沐浴時，我會想念曾給予這身體愉悅的人——塞姆普羅尼烏斯・格拉古、德摩斯提尼、阿皮烏斯・普爾克、科爾內利烏斯・西庇阿——很多已經記不起來了。我想起他們，他們的臉和身體糊在一起，成爲一張臉，一個身體。六年來，我沒有碰觸男人的身體，六年來，我雙手和雙唇沒有愛撫過任何男人的肉體。我今年四十四歲；四年前我進入了我的老年。不過，當我想起那肉體，我的心還是會加速跳動；我幾乎還能感到自己是活著的，即使我知道我不是。

有一段日子，我是女神，掌管自己一切神祕的歡愉；後來我成爲祭司，我的愛人是信徒。我們彼此體貼服務，我覺得。

我終於想起一位我從他身上獲得極度歡愉的人；相對於他，任何人只是前奏，好讓我做好準備的。我深切了解他肉體的氣味和力度，那是我在任何其他人身上做不到的。六年過去了，我難以相信。我想起了尤魯斯。海水緩緩漲潮，包覆著我的身體。倘若我不動，我會想起他。我想起尤魯斯・安東尼。

III. 書信：格奈烏斯・卡爾普爾尼烏斯・皮索致提比略・克勞狄烏斯・尼祿，於羅德島（西元前三年）

我的朋友，此信一開首我便必須要說，我心中感到十分恐懼；我不知道我是否有足夠的理由。讓我點出幾個因由，讓你可以判斷我的感覺是否正確。

目前為止我可以確定，你的妻子過去一年多來只忠於某一個男子。你知道的，這個人就是尤魯斯・安東尼。她被發現經常跟他在一起；的確，他們的關係已到街知巷聞的程度，已經不再企圖掩飾。茱莉亞在他的家裡宴客，所有僕人都聽她使喚。她父親現在一定知道這段關係，卻仍對女兒保持友善，對尤魯斯・安東尼也是如此。確實有謠傳說茱莉亞計畫要與你離婚，再與尤魯斯結婚。不過我認爲這個謠言可信性不高。屋大維・凱撒不會同意。這樣正式的締結婚盟只會破壞微妙的權力均衡，那是他一直努力維持的，這一點他十分清楚。我提及這個謠言，只是想要向你點出情勢已發展到哪個階段。

即使是——又或者是因爲（誰知道老百姓心裡想什麼！）——尤魯斯・安東尼與皇帝的女兒之間發生醜聞，他的名聲有增無減。我應該可以想像，目前爲止他是羅馬第二或者是第三位最有權勢的男人；他在元老院有一大批擁護者，而我必須要說，他很謹慎地在利用他們。然而，儘管他做事小心翼翼，我不會相信他。他沒有向元老院中對軍方有影響力的元老獻殷勤；他什麼事都是微笑以對；他甚至安撫他的敵人。不過我懷疑他像他的父親一樣野心勃勃；與他父親不同的是，他可以很成功地向世人隱藏他的野心。

但是，唉！你在老百姓之間的聲望似乎已受損，部分是因爲你必須要遠離此地。但情勢不僅僅是這樣。針對你的毀謗和諷刺到處流傳；這當然是無日無之。任何名人都被拙劣詩人或九流政客操弄於股掌中，不過就我記憶所及，這些流言蜚語所散布範圍，是多年來最爲廣泛，也尤其惡毒，彷彿是有某種計畫在進行，要敗壞你的名聲。這些作爲當然不會成功的；你的朋友中沒有人會因那些謠言而變成你的敵人，然而，對我來說似乎是代表了某些跡象。

而很悲哀的，是我們的皇帝對你的嫌惡，並沒有一點改變，儘管你母親和朋友的再三懇求，所以要期待那個陣營會讓我們寬心，是不可能。

話雖如此，我還是強烈建議你留在羅德島。就讓那些諷刺詩人捏造他們的猥褻詩句吧；只要你留在海外，你便不會被逼採取行動。人的記憶力都不會持久的。

尤魯斯・安東尼的身邊聚集了一群詩人——他們當然不會比皇帝身邊的朋友那麼才華洋溢；而我懷疑某些毀謗和諷刺都是來自他們筆下（他們當然是會匿名發表的）。他們中間有寫寫詩讚美尤魯斯；而他也讓其外祖母來自尤利烏斯家族一事公諸於世。這個人野心勃勃；我很肯定。

不要忘了羅馬有你的朋友；你的缺席不代表你不在我們心中。這策略，這漫長的蟄伏，著實令人沮喪，卻是必須要採用的；不要失去耐性。我會像以前一樣，隨時向你通報所有與羅馬有關的事。

IV. 茱莉亞日記，於潘達特里亞島（西元四年）

在我和尤魯斯・安東尼成爲情人以前，他常常向我講述他的童年和他的父親馬克・安東尼。尤魯斯不曾得到他父親的寵愛，備受青睞的是他的哥哥安提魯斯，因此他對哥哥的記憶，彷彿只像一個陌生人。尤魯斯早年由我姑媽屋大維婭撫養；雖然只是繼母，屋大維婭與尤魯斯的關係，比他與生母福爾維婭的關係更爲密切。往往在我與尤魯斯・安東尼和馬塞拉坐下來安靜地談天的時候，我總覺得最令我感到訝異的，是我們幼兒時期曾經在屋大維婭姑媽家一起玩耍。我當時，或甚至到了現在，還是無法很精確地記得那些日子；而在我們企圖談及童年時代，並努力地挖掘一些回憶時，我們彷彿在按照成規和過去某些事件內在邏輯，爲一齣戲創造角色和情節。

我記得有一次在深夜時分，參加晚宴的賓客離開後，我們三人還捨不得散去。晚上天氣仍悶熱，我們便從宴客廳移到後院去。星光穿過鬱悶的空氣發出微光；僕人已就寢；耳邊的聲音是黑暗裡數不清的昆蟲在吱喳鳴叫。我們安靜平和地、漫無目的地聊著生命中種種機遇。

「我常常想，」尤魯斯說，「如果我的父親不那麼的魯莽，處心積慮地要打贏我的朋友屋大維・凱撒，我們的國家會是什麼樣子。」

「屋大維，」我說，「是我父親。」

「是啊，」尤魯斯說，「而他是我的朋友。」

「有些人啊，」我說，「就非要以這種方式贏他。」

尤魯斯轉過頭來向我微笑。在星光下，我可以看見他碩大的頭及精緻的臉部輪廓，與我看過他父親的胸像沒有相似的地方。

「他們都錯了，」他說，「馬克・安東尼內心有軟弱的地方，對自己儀表風度過於自信。他必然會犯錯、必然會頹敗，那是遲早的事。他沒有我們皇帝那種韌性。」

「你似乎很欣賞我父親，」我說。

「我欣賞他多於欣賞馬克・安東尼，」他說。

「即使是……」我說，卻又停了下來。

他再度微笑，「是的。即使屋大維把我父親和哥哥處死……安提魯斯很像馬克・安東尼。我相信屋大維看得出來，並做了他必須要做的事。我從未喜歡過安提魯斯，妳知道的。」

我想我當時打了一個哆嗦，雖然夜裡沒有半分涼意。

「如果你當時年長幾歲……」我說。

「他很有可能也會把我處死，」尤魯斯平靜地說，「那是必須要做的事。」隨後有點睡意的馬塞拉嬌嗔著說，「喔，不要提起不高興的事了。」

尤魯斯轉向她，「不是的，親愛的妻子，我們在談論世事，和在其中發生過的種種。」

兩星期後，我們便成爲情人。

我們成爲情人的方式，是我無法預料到的。我相信我是在那個晚上決定我們應該成爲情人，而在我擄獲尤魯斯・安東尼時我並未預料到任何我曾想像過的事會發生。雖然我喜歡他的妻子，她也是我的表妹，不過在我眼中她是一個淺薄的女人，與大部分我見過的女人一樣的令人生厭；而我認爲尤魯斯與一般男人無異——征服欲與愛慾都有著同樣熱切的渴望。

對一個不善於誘惑這種遊戲的人，其步驟看來會有點滑稽；不過這些步驟不比一支舞蹈的步法來得滑稽。舞者跳舞，其技巧便是其樂趣之所在。從最初的眉來眼去到最後二人合體，都有明確規定；而雙方的僞裝是這場精巧遊戲裡的重要部分——雙方各自僞裝在強烈的情感下感到無奈，前進又後退，接受又拒絕，都是這場遊戲圓滿成功所必須的。然而，女性在這個遊戲中往往是贏家；我相信她對她的對手有幾分蔑視；因爲男人總是被征服被利用，就正如他相信自己征服別人利用別人。我一生中有好幾次因爲感到厭倦而放棄這遊戲，發動而對面的攻勢，就像佔盡優勢的士兵攻擊一個村民一般；而即便是個老練的男人，不論他如何僞裝，都會感到十分吃驚。結局都是一樣，但是對我來說，勝利總是不完整的；因爲我對他再沒有祕密，所以也對他沒有控制權。

就這樣，我開始小心翼翼地計畫引誘尤魯斯・安東尼，就像一個百夫長策劃從敵人兩側進攻一般，雖然我認爲通常在這種遭遇戰中，敵人一直都很想被征服。我匆匆瞥他一眼，又趕忙的看到別處；我與他擦身而過，卻又立即閃開，彷彿有點神不守舍；最後，在某個晚上，我在自家裡安排了我們二人獨處。

我慵懶地躺在長椅上；我嘴中說著要求聽者給予撫慰的話；我讓裙襬從腿部微微滑落，似乎是心煩意亂中的一個不留神。尤魯斯・安東尼穿越房間來到我身邊坐下。我假裝不知如何是好，讓自己的呼吸變得稍微急促。我等待著他雙手的碰觸，並準備了一番話說明我多麼地喜歡馬塞拉。

「親愛的茱莉亞，」尤魯斯說，「不管妳對我有多大的吸引力，我必須要立刻告訴妳，我不打算成爲妳馬廄中另一隻種馬。」

我想我當時是感到錯愕到從我的躺椅坐直起來。我一定是十分地錯愕，因爲我只能想到一句最老套的話，「你是什麼意思？」

尤魯斯微笑著說，「塞姆普羅尼烏斯・格拉古、昆提烏斯・克力斯比努斯、阿皮烏斯・普爾克、科爾內利烏斯・西庇阿。妳的馬廄。」

「他們是我的朋友，」我說。

「他們是我的夥伴，」尤魯斯說，「他們不時替我服務。但我不打算跟這批馬匹混在一起，而且他們配不上妳。」

「你也對他們不滿，」我說，「像我父親一樣。」

「那麼，妳會不會因極度憎恨妳父親而不聽他的話？」

「不，」我立刻接著說，「不，我不憎恨他。」

尤魯斯專注地看著我。他的雙眼黝黑深暗，接近全黑；我父親的雙眼是淡藍色；但是尤魯斯的眼神是同樣的強烈，同樣的銳利，彷彿背後有東西在燃燒。

他說，「如果我們要成爲情人，必須要由我來採取主動，而且要對我們二人都有利的條件下進行。」

他輕撫我的臉頰，然後站起來，離開了我的房間。

很長一段時間，我坐在躺椅上不動。

我想不起來被如此拒絕後，我是處於怎麼樣的情緒中；這是從來沒有發生在我身上的。我一定是很生氣；而我也相信一定有部分的我因此而鬆了一口氣，而且感到愉快。我覺得我已經開始感到無聊。

在往後的幾天，我沒有見朋友。我拒絕了所有宴會的邀約；有一次塞姆普羅尼烏斯・格拉古無預警地來看我，我便請我的女傭菲比告訴他我生病，不能見客。我也沒有見尤魯斯・安東尼——是因為羞愧或是憤怒，我已經分不清楚了。

我沒看他快兩個星期。後來，在某一個黃昏我悠閒地沐浴後，我叫菲比拿來精油和乾淨的衣服。她沒有回應。我身上圍著大浴巾，便走進後院裡。那裡一個人都沒有，我再喊她的名字。一會兒後，我便穿越後院進到我的臥房裡。

尤魯斯・安東尼站在我的房中，夕陽從窗戶斜斜的射進來，照亮了他及膝的束腰外衣，外衣以上頭部沒入昏暗之中，臉部顯得更為黝黑。好一陣子我們都沒有任何動靜。我把身後的門關上，往房中央走了幾步。尤魯斯仍是不說話。

後來他慢慢的走向我，握住我裹著身體的毛巾，慢慢的解開。他輕柔的把我的身體擦乾，彷彿是在浴場裡服務的奴隸。我仍站著不動，也沒說話。

然後他退後幾步，看我站著，就像看一尊塑像。我想我當時在顫抖。後來他往前靠近，用雙手撫摸我的身體。

在那一個黃昏之前，我不知道什麼是肉體的歡愉，雖然我覺得我有嚐過。而在之後的幾個月，那歡愉自我提供養分，不斷繁衍；我終於徹底了解尤魯斯・安東尼的肉體，那是我一生在別人的身體上領略不到的。

即使到了現在，多年過後，我仍能感受他身體苦澀的甜味，我身體的深處仍體會著那激情。我感到奇怪我還能有此感受，因爲我知道尤魯斯・安東尼的肉體已灰飛煙滅，消散在空氣中。那身體已不存在，而我的身體仍留在世上。這是一種很奇怪的體認。

自那黃昏之後沒有別人碰過我的身體。只要我活著，便不會有另外一人。

V. 書信：保祿斯・法比烏斯・馬克西莫斯致屋大維・凱撒（西元前二年）

我不知道以什麼身分寫信給你，作爲你朋友的羅馬執政官，還是你身爲執政官的朋友。雖然我們幾乎每天見面，不過我必須要寫這封信，因爲我無法親口向你說明此事，也無法用文字表達在我規律地呈交給你的報告中。

我必須要向你揭露的，同時會碰觸到你公眾的身分，以及你的私領域，恐怕無法截然劃分。

當初你委託我針對一些謠言進行調查，因爲你認爲那些謠言持續不斷地出現，已讓你感到困擾，我必須承認我認爲你是過度擔憂了；謠言已經成爲羅馬生活的一部分，一個人要是花時間一一調查他所聽到的謠言，他便可能沒有一刻可以從事他該做的事了。

因此，你也知道的，我開始調查時，是抱著半信半疑的態度。但是現在我很痛心地告訴你，你所擔心的是眞實的，而我的懷疑態度是錯的。整件事比你當初所懷疑的更爲驚人，甚或超乎你想像。

有一個陰謀正在醞釀；事態十分嚴重，而且已經進行了好一段日子。

我會盡量以最客觀的立場向你報告，雖然你一定會諒解我的情感與我冷酷的用語是相互矛盾的。

大概在七、八年前，尤魯斯・安東尼在當執政官的時候，我便把我的一個稍早已被解放的奴隸讓給他，幫忙管理圖書館。他的名字是亞克里斯・阿特納奧斯，是一個非常聰明的人，多年來對我仍是十分忠心；我肯定他是我們的朋友。他聽說我要進行的調查後，有一次心情非常迷惘的來找我，手中帶著一些文件，是來自尤魯斯・安東尼的祕密檔案，並告訴我一些最令人憂慮的事。

毫無疑問的，有一個謀害提比略的計劃正在進行。策動者已經獲得提比略引退的羅德島上他身邊的派系所支持。他們計畫按照刺殺凱撒的方式來刺殺他，並讓整起事件看來是明確針對羅馬政權而進行的反抗起義。這個羅馬將要陷入的危機，將會成爲藉口，由元老院及卸任的執政官昆提烏斯・克力斯比努斯主導下，成立一支軍隊，表面上是爲了保護羅馬，但實際上是讓密謀者的派系奪得權力。如果你反對成立該支軍隊，你在老百姓的心目中不是懦夫，就是漠不關心；如果你不反對組軍，你的地位和你自己個人便會陷於危險，更談不上羅馬的長治久安。

因爲有很足夠的證據，可以證明在謀殺提比略的計畫進行的同時，也要直接取你的命。

密謀者有塞姆普羅尼烏斯・格拉古、昆提烏斯・克力斯比努斯、阿皮烏斯・普爾克、科爾內利烏斯・西庇阿——還有尤魯斯・安東尼。我知道最後一個名字尤其會讓你感到痛苦。我曾以爲尤魯斯是我的朋友，也以爲他是你的朋友。都不是。

不過我的報告還沒結束。

亞克里斯・阿特納奧斯也告訴我，有一個奴隸其實是提比略的線人，在尤魯斯・安東尼不知不覺下已潛入他的家。這個線人對整個陰謀十分清楚，但由於他不經意地漏了口風，讓亞克里斯開始起疑。他一直都有就上述的陰謀直接向提比略報告。而從我所蒐集的情報顯示，提比略也有他的對策。

很明顯地他和我一樣手中握有這個陰謀的證據，而他計畫要加以利用。他計畫要在元老院揭露這個陰謀，而曾與他共同執政現擔任元老的格奈烏斯・卡爾普爾尼烏斯・皮索會負責發聲。卡爾普爾尼烏斯會堅持發動叛國罪的審判，元老院會被逼同意，而提比略會在羅德島組成一支軍隊回到羅馬，說是爲了要保護你和共和體制。他會成爲具有聲望的英雄，而你會被看成是一個傻子。你的權力會被削弱；而提比略會坐大。

另外還有一事──那是最令人感到痛苦的──必須要報告。我很肯定自從提比略・克勞狄烏斯・尼祿不在羅馬的這幾年，你不曾完全忽略你女兒的行爲。我肯定你是基於你對她處境的憐憫和對她個人的愛護，彷彿假裝沒有看見──就像你大部分的朋友，或者是你部分的敵人所持的態度。但就我掌握的相關文件看來，很清楚地茱莉亞與每一個密謀者都有親密的關係；而她過去一年的情人便是尤魯斯・安東尼。

如果一切被公開後，我們幾乎很肯定茱莉亞會被認爲是共謀；而提比略手中可能掌握了一些文件，其殺傷力是我們難以想像的。

當陰謀被揭露後，她無可避免地會被牽連；而她受牽連之深，可能足以跟任何其他密謀者同時犯下叛國罪。她憎恨提比略，那已經是眾所周知，而她愛上了尤魯斯・安東尼也是公開的祕密。

我提到的文件現在還在我的手中，除了我和亞克里斯・阿特納奧斯（當然還有那些密謀者）之外沒有人看過，也不會再有其他人會看到。我會保留著給你使用，你可以做最好的判斷。

亞克里斯・阿特納奧斯已經躲藏起來；他從尤魯斯・安東尼家拿走的文件一事，終於會被發現，恐怕有生命的危險。他是一個了不起的人，我信任他。他向我保證，儘管他忠於尤魯斯・安東尼，不過他更尊崇他的君主，以及羅馬。有需要的話，他會挺身作證。但是我在此提出一個私人的請求。如果有必須要用嚴刑來拷問他的說詞，請以例行的方式進行多於實際。我打從心底裡相信他的忠誠，而他也因揭露這個陰謀而變得一無所有。

親愛的朋友，我應該寧可自行了斷，也不向你透露此事。但是我無法這樣做，你的安危，以及羅馬的安危，現在似乎重於我個人的生死。

我耐心等待你的命令。

VI. 茱莉亞日記，於潘達特里亞島（西元四年）

潘達特里亞島現在是秋天。不久，來自北方的風會直撲這荒蕪之地，在嶙峋巨石間響起呼嘯聲，我居住的屋子雖然是用島上的石材建成，也會在強風中顫動，拍岸的波濤將肆虐整整一個冬季……。這裡除了季節之外，沒有任何改變。我母親還是對僕人吼叫，不厭其煩地指揮著她工作——即使我覺得她自從上個月開始身體已經有點不濟。我每每想到，她是否會在這島上死去。是的話，那是她的選擇；我卻沒有。

差不多兩個月來我已經沒有寫這日記了；我覺得我已經再沒什麼可以告訴自己。但是今天我被允許接收一封來自羅馬的信，而這封信傳來的消息，召喚起我那活著的日子；所以我又再次對著北風說話，讓那無情的力量把我的話帶走。

我寫到尤魯斯・安東尼的時候，我覺得也是一個合適的時機，停止書寫我那漫無目的日記，因為如果說整整一年多尤魯斯・安東尼帶我進入一個我真正活過的世界，他也親手把我推進這日漸凋零的潘達特里亞島，讓我可以目睹自己的衰敗。我常常想他有沒有預料可能發生的這一切。不過沒關係。我不能恨他。

即使在那一刻我知道他毀了我們倆，我也不能恨他。

因此我必須多寫下一件事。

在屋大維・凱撒，奧古斯都，和瑪爾庫斯・普洛提烏斯・席爾瓦努斯擔任羅馬執政官期間，我茱莉亞，皇帝的女兒，被元老院以通姦的罪名被起訴，也即是我抵觸了我父親於十五年前頒布的有關婚姻與通姦的法令。原告是我的父親。他鉅細靡遺的指出我的犯行；他點名我的情人、幽會的地方、時間。這些細節大部分是正確的，只是忽略了好幾個不重要的人名。他點名了塞姆普羅尼烏斯・格拉古、昆提烏斯・克力斯比努斯、阿皮烏斯・普爾克、科爾內利烏斯・西庇阿和尤魯斯・安東尼。他描述了我們在大廣場上的醉酒嬉鬧和在講壇上的放蕩行爲，那裡是他頒布婚姻與通姦法令的地方。他說我常常進出不同妓院，暗示我出賣肉體人盡可夫的變態行爲，也描述我前往那些允許男女共浴，並鼓勵各種淫亂行爲的低級下流浴場。這些都言過其實，但其中卻有足夠的事實以產生說服力。最後他要求根據尤利安法令，將我永久放逐於羅馬之外，並請求元老院把我送到這潘達特里亞島上渡過餘生，反省我種種罪行。

如果歷史會記得我，它就是會記得我這個樣子。

但是歷史不會了解眞相，就算它有這個能力。

我父親知道我的男女關係，這些關係可能讓他感到痛苦，但是他了解，而且知道箇中原因，所以就沒有過度的責備我。他知道我對尤魯斯・安東尼的愛，我認爲他幾乎會替我高興。

在蓋烏斯・屋大維・凱撒和瑪爾庫斯・普洛提烏斯・席爾瓦努斯二人擔任執政官期間，我被判處流放，讓我躲過因叛國罪而遭殺身之禍。

潘達特里亞島現在是秋天。六年前在羅馬那個秋天的午後，我的生命結束了。我有三天沒看到尤魯斯・安東尼。我傳到他家裡的訊息原封不動地被退回來；我派去的僕人不得其門而入，滿臉困惑地回到我面前。我企圖想像戀愛中人慣於想像的，可是我沒辦法；我知道我疏忽了某些地方，比起醋意大發的情人故弄玄虛以折磨另一半，事態更爲嚴重多了。

不過我發誓我不知道什麼原因。我沒有多做揣測，也拒絕這樣做。直到第三天的午後我父親派出他的一個信差和四個衛兵出現在我家門前，要把我帶到他那裡，我還是沒有多想；我想像他們是進行保護人身安全的例行公事。

我坐在轎子上，穿越了大廣場，沿著神聖大道，經過了皇宮，再攀上一座小山到達巴拉丁諾我父親的家。屋子裡幾乎空無一人；衛兵護送我穿過後院到我父親的書房時，沿路幾個僕人都轉身背對著我，似乎在害怕什麼的。我想那時候我才開始覺得事情的嚴重。

我被帶到他的房間時，父親是站著的，彷彿就是在等我到來。他示意要守衛離去，並看著我一段時間才開口說話。

我不知道什麼原因，在那沉默的時刻，我很仔細地觀察他。或許，畢竟我是知道的。他臉上滿是皺紋，淺藍的眼睛四周因疲倦也新添了不少；然而在陰暗的室內，他的臉或許就是我童年記憶中那一張。最後我說：

「怎麼那麼奇怪？為什麼把我帶來這裡？」

他趨前輕吻了我的臉頰。

「妳必須記住，」他說，「妳是我的女兒，而且我愛妳。」

我沒有說話。

我父親走到房間一角的桌子，彎身靠著，背對著我。一會兒後他挺直身子，仍是背對著我，他說：

「妳認識一個叫塞姆普羅尼烏斯・格拉古的人吧。」

「你知道我認識，」我說，「你也認識他。」

「妳跟他關係密切？」

「父親——」我說。

他轉身向著我。臉上痛苦的神情讓我不忍心看見。他說，「妳一定要回答我，拜託妳，一定要回答。」
「是的，」我說。
「阿皮烏斯・普爾克。」
「是的。」
「昆提烏斯・克力斯比努斯和科爾內利烏斯・西庇阿。」
「是的，」我說。
「尤魯斯・安東尼。」
「尤魯斯・安東尼，」我說。「其他人——」我說，「其他人我無所謂。那是笑話。但是你知道我愛尤魯斯・安東尼。」
我父親嘆了一口氣。「我的孩子，」他說，「這是一件與愛沒有關係的事。」他再次轉身，從桌面上拿起一些文件，放到我手中。我看完後，雙手不斷顫抖。我沒有看過那些文件——有書信、有圖表，有些看來像時間表——但我看到我認識的名字。我自己的名字。提比略。尤魯斯・安東尼。塞姆普羅尼烏斯、科爾內利烏斯、阿皮烏斯。我知道我為什麼被我父親召見了。
「如果妳有仔細看那些文件，」我父親說，「妳就會知道有一個陰謀正在醞釀著，要推翻羅馬政府，而陰謀的第一步是要謀殺妳的丈夫，提比略・克勞狄烏斯・尼祿。」

我沒說話。

「妳知道這個陰謀嗎？」

「不是陰謀，」我說，「沒有。沒有陰謀。」

「妳有與這些——朋友談過提比略嗎？」

「沒有，」我說，「或者只是順帶提到。大家都知道——」

「妳憎恨他？」

我沉默了一會。「我憎恨他，是的，」我說。

「妳有沒有說過要他死？」

「沒有，」我說，「不是你心裡想的那種方式。或許我說——」

「對尤魯斯・安東尼說？」我父親問，「妳跟尤魯斯・安東尼說什麼？」

我聽得到我顫抖的聲音。我挺直了身子，盡我的能力清楚地說，「尤魯斯・安東尼和我希望能結婚。我們曾談到這件事。很可能在談的時候有說到渴望提比略死去。那是因爲你不會答應我們離婚。」

「不會，」他哀傷地說，「我不會。」

「就是這樣，」我說，「我只說了這些。」

「妳是皇帝的女兒，」我父親說，隨著便沉默下來。然後他說，「坐下來吧，我的孩子，」示意我坐到他書桌旁邊的椅子上。

「陰謀正在進行，」他說，「那是毫無疑問地。妳的朋友，我剛才點名的；還有其他人。而妳有牽連在內。我不知道妳犯行的範圍及性質，但是妳有牽連在內。」

「尤魯斯．安東尼，」我說，「尤魯斯．安東尼在哪裡？」

「這等一下我們會談，」他說。然後他說，「妳知不知道在提比略被謀殺後，還有計劃要取我的命？」

「不知道，」我說，「這不可能是眞的，不可能。」

「是眞的，」我父親說，「我應該希望他們不讓妳知道，並把事件設計爲意外，或者是疾病，或是類似的原因。但是一定會發生。」

「我不知道，」我說，「你一定要相信我不知道。」

他撫著我的手，「我多希望妳從來都不知道。妳是我的女兒。」

「尤魯斯——」我說。

他抬起手。「等等……。如果我是唯一知道此事的人，事情便會變得簡單。我可以壓下來，以我的方法來處理。但是我不是唯一的一個。妳的丈夫——」他說這最後兩個字時彷彿視之爲惡俗下流。「妳的丈夫知道的跟我一樣多——有可能更多。他在尤魯斯．安東尼家安插了他的線民，他一直都很清楚。計畫要在元老院把陰謀揭發的是提比略，而且他有代理人幫他施壓進行審判。那將會是叛國罪的審判。他更計畫要組一支軍隊回到羅馬，要保護我的人身安全及羅馬政府，對抗敵人。而妳很清楚這會代表什麼意義。」

「等於你會陷於失去權力的危機，」我說，「等於再次陷於內戰之中。」

「是的，」我父親說，「而且不只這樣。也等於要妳的命。妳會被處死，這是幾乎可以確定的。而我不確定有沒有能力阻止，那是元老院職責，我不能干預。」

「那麼，你會失去了我，」我說。

「是的，」我父親說，「但妳不會死。我無法看見妳不該死而死。妳不會受叛國罪的審判。妳會以我所頒布的通姦罪法令被審判，而妳將會被放逐，離開羅馬及其轄區。這是唯一的方法，唯一拯救妳和羅馬的方法。」他露出微笑，雖然我看見他眼中含著淚水，「妳記得嗎？我以前常說妳是我的小羅馬！」

「是的，」我說。

「現在看來我說的似乎是對的，一個人的命運可能是另一人的命運。」

「尤魯斯．安東尼，」我說，「尤魯斯．安東尼會有什麼下場？」

他再撫著我的手。「我的孩子，」他說，「尤魯斯・安東尼已經死了。他今天早上自行了斷了，當他清楚知道陰謀被揭發。」

我說不出話。最後我說，「我只是希望……我只是希望……」

「我不會再看到妳了，」我父親說，「我不會再看到妳了。」

「沒有關係了，」我說。

他再一次看著我。淚水從他的眼睛流下，他轉過身去。瞬間衛兵進到房裡來，把我帶走。

此後我沒有看過我的父親。我知道他不會再提起我的名字。

今天早上我從羅馬的得到的消息是，過了這些年後，提比略從羅德島回到羅馬。他已經被我父親收爲養子。如果他沒死，他會繼承我父親，成爲皇帝。

提比略贏了。

我不再寫下去了。

Book

III

書信：屋大維・凱撒致尼科拉烏斯・達馬斯庫斯(西元十四年)

八月九日

親愛的尼科拉烏斯，我送上最誠摯的問候，並感謝你最近寄來我喜歡吃的椰棗，承你多年來的好意，使我一直能享有此美食。我用你的名字爲它命名後，它便在羅馬及義大利的各省分十分出名，已成爲巴勒斯坦省進口羅馬最重要的物產之一。我叫它「尼科拉」。這個名稱，在那些能消費得起這食物的人中，到現在還持續使用著。因自己與一種食物齊名而聲名遠播，比透過等身的著作還有功效，我想你也覺得好笑吧。生命最後淪落到只注意這種雞毛蒜皮的事了；不過我們應該已經是老到能夠從中取得一些反諷的樂趣。

我這封信寫於我的帆船上，那是多年前我們常常悠閒地徜徉在西海岸島嶼間的那一艘。我坐在船的中間靠前方一個凸起而且有蓋的平台上，那是我們常坐的地方，可以毫無障礙的看見緩慢起伏的海浪。我今天早上在黎明前不太宜人的涼意中從奧斯蒂亞啓航；現在我們隨著水流往南，沿海岸航向坎帕尼亞省去。我堅持這是一趟悠閒的旅程，任隨著風的引領；如果風不願效勞，我們就浮在廣渺的海水上，耐心等待。

我們的目的地是卡布里島。幾個月前島上的希臘裔人[1]邀請我當他們島上年度青少年體育競賽的貴賓；我推辭了，說我的工作繁忙，無法成行。但是不久前，我因爲有另一件事情要完成，必須要到南部一趟，便決定讓自己享受一個假期。

上星期，我的妻子很正式地來見我（她素來都很講究繁文縟節），要求我陪同她和她的兒子前往貝內文托，因爲提比略要到那裡辦點事情，那是與他即將就任有關的。莉薇亞把我已經了解的事再解釋一遍。她說老百姓一向不相信我喜歡我的養子，我任何公開展現我對他的愛或關懷，對未來提比略繼承我的權力時會比較順利。

莉薇亞不像以往一樣把話說得直接；即使她個性強勢，她總是一個注重外交手腕的人。就像那些我一生中交手無數的來自亞細亞的外交人員，她想不流於殘忍地暗示我已經來日不多，必須讓國家準備好面對因我的死亡所帶來難以避免的混亂。

就這件事情上，莉薇亞頗爲合理而正確，就如她處理大部分事情一樣。我今年七十六歲了，已經活得比我想要的還要久，而且活著無聊也不會增壽。我的牙齒快掉光了；我的手常發抖，有時候發麻，一直讓我感到吃驚；而且因年老而引起了四肢無力。我走路的時候有時候會有一種奇怪的感覺，好像地面在晃動，腳下的石頭、磚塊或者是泥土會忽然間移開，使我猛然往地心下墜，到人們只要時間到了便會去的那個地方。

所以我答應了她的要求，條件是我的同行純粹是例行公事。由於提比略容易暈船，我便建議他和他母親從陸路前往貝內文托，我則走海路朝目的地去；而且我也不反對讓老百姓知道她的丈夫，或是他兒子的養父與他們同行。這是一個十分周到的安排，我心想這個託辭比我們原來毫不遮掩的誠實更能讓大家滿意。

是的，我的妻子是一個了不起的女人；我覺得我比大多數的丈夫都幸運。她年輕時也頗爲漂亮，現在老了還是十分端莊。我們只在結婚前幾年彼此相愛，但一直都是以禮相待；而我相信我們最後已發展成朋友的關係。我們彼此了解，我知道她內心深處的共和思想，她一直都覺得委身下嫁給我，並以她家享有無上尊嚴的古老名號，來換取我這出身微賤的草莽之輩不配擁有的權力。後來我終於相

1 那不勒斯灣南部，蘇連多半島外的一個小島，最早的住民來自希臘。

信她這樣做是爲了她的長子提比略。她對這個兒子愛護有加，已到了令人費解的地步，且在他身上寄託了頑強的野心。這份野心也剛好是我們彼此關係疏遠的成因。我們之間的隔閡不斷擴大，使得我有一段時間只談那些我可以先做好筆記的話題，好使我們不需要增加彼此的誤會，無論是眞的或者是想像出來的。

儘管這使莉薇亞和我之間的關係陷入困境，然而長遠來說，她的野心對我的權力和整個羅馬是有利的。莉薇亞總是有足夠的聰明智慧，了解到她兒子能繼位，必須仰賴我毫無爭議地握有權力；如果她兒子繼承的不是一個穩定的帝國，他便會很快地被推翻。而且如果莉薇亞能沉著地面對我的死亡，我肯定她也會用同樣方式面對她自己的死亡；她眞正關心的是羅馬的秩序。爲了此秩序我們僅僅是一個工具。

因此爲了尊重我同樣關心的秩序，並爲我這次旅行做準備，我在三天前便在灶神廟存放了四份只可以在我死亡後才能公開的文件。

第一份文件是我的遺囑，把我三分之二的個人土地與財產遺贈給提比略。雖然他不需要這些財富，但是遺贈本身就是一個展現完全繼承的姿態。剩下的部分——除了少量贈與羅馬公民及我的親戚和朋友——全都給了莉薇亞；她透過這份遺囑正式成爲尤利烏斯家族的一員，並可使用我的名號。我的名字不會讓她高興，但是名號則不然；因爲她知道她的兒子會因她擁有這名號而獲得他的高度，而她的野心便能更容易地達成。

第二份文件是指示我葬禮的相關安排。那些硬要讓自己參與主導的人毫無疑問地會超出我的指示，必然會進行得既浪費又庸俗的；不過這些過度的安排一定能讓老百姓滿意，所以也是必須的。我只能安慰自己我不會親眼看見這最後一幕。

第三份文件是敘述帝國的現況：現役兵員的人數、國庫中有的（或應有的）財產、政府對各行省的領袖及普通公民應給予的財力支援、管理財務的官員（或人員）名單——凡此種種都必須要公開，爲了要維繫秩序，及防止貪污的情事。另外，到了敘述的結尾我對繼位者提出了強烈建議。我建議不再任意而且廣泛地對外人授予羅馬公民身分，削弱了帝國的核心地位；我建議所有高位階的行政人員必須要由政府聘任，並給予固定的薪金，以減少誘發不合理的擴權及貪污；最後我明白指出帝國的疆域在任何情況下不應再擴張，軍隊的功能完全爲了保衛現有的疆域，尤其是對付日耳曼的蠻夷，因爲他們從不疲於對我們發動無意義的挑釁。我不懷疑這些建議長遠來說會被置之不理；不過至少在未來幾年不會，讓我至少可以留給國家這項卑微的遺教。

最後我把一篇文稿交給灶神廟裡最值得我們尊敬的維斯塔貞女保管。那篇文稿綜述了我所有的事蹟及我對羅馬及羅馬帝國的貢獻，我也作出指示將來要把文字刻在銅板之後，鑲嵌在我下令建造以放置我的骨灰的豪華陵墓外兩根甚爲搶眼的碩大石柱上。

我把文稿抄錄了一遍，放在身邊，可讓我隨時偷看一下，彷彿那是別人寫的一樣。我在書寫我的事蹟時，發現我必須要不時地參考好幾本著作，有些要記載的事件眞是年代久遠呀！人活得老到必須要靠別人的著作來探知自己的人生，眞是令人大開眼界！

我參考的著作中有你爲我寫的《屋大維．凱撒傳》，那是你初到羅馬時完成的，有我們的朋友李維的《羅馬史》當中有關我早年事蹟的部分，以及我的《自傳略記》。過了這些年，再看我爲自傳記下的筆記，彷彿是另外一個人寫的一樣。

親愛的尼科拉烏斯，請恕我直言，現在所有這些著作，在我看來都有一個共同點：都是謊言。我肯定你不會按我的字面意義來看待自己的著作；不過我相信你了解我的意思。這些著作之中沒有不合乎事實的，紀錄下來的事實也少有錯誤；但是它們都是謊言。你近年在遙遠的大馬士革，平靜地從事你的研究和思考時，不知你有否終於也了解這一點。

因爲現在對我來說，在我閱讀那些著作和寫下我的事蹟時，我似乎是在閱讀和書寫一個擁有我的名字而我卻幾乎不認識的人。現在即使我極目而視，也幾乎看不見他；而當我瞥見他，他卻會逃避我銳利的目光，彷彿不斷退入迷霧裡。即使他有看見我，我懷疑他會否認得他自己已變成的模樣。人因年歲而變得滑稽可笑，他會認得我這幅諷刺畫嗎？我不相信他會。

親愛的尼科拉烏斯，無論如何，這四份文件的完成，以及提交給灶神廟保管，可以說是我該要完成的最後一件公事；我實際上已經別了我的權力和我的世界，就如同我現在往南方飄向卡布里島，我正更緩慢地飄向很多朋友在我之前已經前往的那個地方；我終於可以享受一個假期，而不必老想著那未完成的事。至少在未來幾天不會有信差跑到我面前告訴我有新的危機或新的陰謀；沒有元老會沒完沒了地懇求我支持一個愚蠢而自肥的法令；沒有律師向我陳述案情，其實控辯雙方都是壞人。我只需要對我這封信、對那輕鬆自在地懷抱這孤舟的人海、對義大利的藍天負責。

這趟旅程我幾乎是一個人。船上只有幾個槳手，不過我已命令除了有狂風來襲，他們不必要待在崗位上；有幾個僕人在船尾閒著，不時發出愚蠢的笑聲；而靠近船首，總是小心謹慎地注視著我的是一個我新聘用的年輕醫師，一個叫做菲利浦斯的雅典裔人。

我都比我的醫師長命；我知道我不會比菲利浦斯長命，那是讓我感到些微安慰的。此外，我信任這小伙子。他對醫術似乎懂得不多；不過他當醫師的時間不長，不足以讓他學會裝模作樣，欺騙病人以增加自己的財富。我病在年事已高，他恐怕無法爲我提供解藥，也不會準備那些療程來折磨我，那是多少人曾急著付款享用啊！我覺得他有一點焦慮，心中知道在他身旁的是他也嚴肅地視爲統治全世界的君主；不過他不會對我奉承拍馬屁，他只關心我身體是否舒適，而不是像別人以爲的在照顧我的健康。

親愛的尼科拉烏斯，我累了。那是因爲我的年歲。我的左眼已經幾乎看不見了；不過如果我把它閉上，我可以看到東面海岸線上緩緩變化的地勢，那是曾經讓我傾慕不已的；在一段距離之外，我還可以認出某村舍的形狀和某些人在附近行動。我在閒暇時會在思索這些簡單純樸的人所過的謎樣生活。我覺得每個人的生活都是個謎，我也不例外。

菲利浦斯開始在動來動去了，並一臉擔憂的看著我。我很清楚知道他想要我停止手邊的事，他認爲我是在工作，不是消遣。我會搶先一步不讓他糾纏，所以我要先停下來，並假裝休息了。

十九歲那年，我自發性的，並使用自己的經費組成了一支軍隊，使受盡派系分裂所蹂躪的共和體制重獲自由。為此元老院在蓋烏斯・龐薩與奧盧斯・希爾提烏斯任執政官期間頒發榮譽令，任命我為元老院一員，並得參與資深執政官的投票和指揮軍隊的權力。元老院也任命我為軍團統帥，與兩位執政官，「使共和國不再受到傷害」。同年由於兩位執政官在戰爭中為國捐軀，老百姓選我擔任執政官一職，以及三頭同盟中一員，以維持憲政體制的穩定。

刺殺我父親的人，我已經將他們放逐，透過適當的法律程序懲罰他們的罪行；後來他們對共和國宣戰，我二度把他們擊敗……。[2]

我是這樣開始紀錄我的事蹟和我對羅馬的貢獻，那是今天早上我在信中有提起過的。我躺在長椅上裝睡了一個小時，好讓菲利浦斯的憂慮可以稍微緩和，在這段時間我在回想我的敘述，以及我撰寫這份敘述的詳情。我寫下的這些事蹟，將要刻在銅板上，並鑲嵌在我陵墓外的兩根巨柱上。柱子上有足夠的空間容納六

2 奧古斯都信中此段文字是作者直接引用《奧古斯都功業錄》（*Res Gestae Divi Augusti*）。

塊這樣的銅板，每一塊銅板可刻上五十行字，每行約六十個字母。這樣，我的事蹟將不能多於一萬八千個字母。

我在這些條件的限制下書寫我自己，對我來說似乎十分合理，儘管那些條件流於武斷；因爲就如我的字數必須要符合外在規範，我的一生亦是如此。而就如我漫長的一生事蹟一般，這些文字所表達的，必然隱藏了至少等量的事實；這些事實躺臥在銘刻於鋼板的文字底下，在鋼板包覆的厚重石柱裡。這也是相當合理的。我大部分的人生過著謎樣的生活；讓人了解我的內心，對我來說從來都不是明智之舉。

青春歲月從不認清其無知，這是一種福氣，若果它有能力認清，便不會有勇氣習慣於忍耐。血肉之軀不讓人認清其無知，可以讓小孩長大成人，親自目睹其愚昧的存在，這或許是人的本性。

很肯定的是，我十八歲的那個春天在亞波羅尼亞當學生，接到凱撒的死訊時，是相當的無知的……。有關我對凱撒的忠誠，多年來人們已著墨不少；但是尼科拉烏斯啊，我可以向你發誓，其實我不知道我是否愛他。在他被刺殺的前一年，我與他共同參與了在西班牙一役；他是我的舅公，是我所認識中最重要的人物。他對我的信心讓我受寵若驚；我也知道他計畫收養我，並讓我繼承他的權力。

雖然那已經是六十年前的事，我還記得那個下午在校場上聽到我舅公尤利烏斯的死訊。

梅塞納斯在那裡，還有阿格里帕、還有撒維第也努斯。我母親的一個僕人把訊息帶來，我記得我讀完後痛哭失聲。

不過在那一刻，尼科拉烏斯，我沒有什麼感覺，彷彿那哭聲是來自另外一個人的喉嚨。我隨之陷入一股漠然無感中，便轉身離開我的朋友，不然他們看見我所感，以及我的無感。我獨自一人穿越校場，只想企圖喚起內心的痛苦與失落，然而我忽然間感到一陣狂喜，彷彿一個騎士感到胯下的馬匹忽然繃緊挺直了身子，想要以其過多的精力考驗牠的騎士，而騎士卻清楚知道他有足夠的技術，可以操控這隻膽小的畜牲。我回到我的朋友身邊時，我知道我已經變了，不再是過去的我了；我知道我的天命，但我卻不能告訴他們。不過他們仍是我的朋友。

雖然當時我沒有能力明白那天命為何，我知道那是十分簡單的：改變世界。凱撒崛起於一個腐敗得你難以想像的世界。統治天下的家族不少於六個；羅馬統治的城鎮、區域、省分是賄賂與獎賞的工具；以共和體制為名、以傳統為掩護的謀殺、內鬥和無情的壓迫成為手段，以達到權力、財富、榮耀等大家認同的目標。任何人只要有足夠的金錢，都可以組成一支軍隊，以進一步增加其財富，從而攫取更多的財富，也因此帶來更多的榮耀。結果羅馬人殺羅馬人，權勢儼然成爲武力與財富。在鬥爭與派系分裂中，老百姓就像是獵人陷阱裡的兔子，無助地苦求掙脫。

請不要誤會。對老百姓感情用事或許是一種言過其實的愛，是我年輕時（甚至到現在）頗爲時髦的，但是我從來都沒有這樣做。我認爲人類是殘酷、無知、無情的集合體，不論這些品性是隱藏在鄉下人粗糙的束腰外衣或者是元老紫色鑲邊的托加袍底下。我發現人在最脆弱、在他最孤獨一人的時刻，仍有某種力量貫徹他的身體，就像在腐朽的岩石裡必有黃金；最殘暴的人，其身上必閃耀著溫柔與憐憫的光輝；最貪慕虛榮的人，其身上必展露純樸與高貴的時刻。我記得瑪爾庫斯・埃米利烏斯・雷必達在墨西拿的時候，是一個被奪走頭銜的老人，我要求他公開爲自己的罪行求饒，乞求活命，他都一一在他統御的軍隊面前做到。之後他看著我一段好長的時間，臉上不僅沒有羞恥、悔恨和恐懼，還帶著微笑，轉身昂首闊步地踏進他晦暗的人生。我記得在亞克興，馬克・安東尼站在戰艦的最前端，看著克莉奧佩托拉和她的艦隊離開，讓他獨自面對敗亡；然而她的臉上展露的是一個通情達理的女性形象，充滿著愛意與寬容。我也記得西塞羅最後知道他愚蠢的陰謀敗露，我私下讓他知道他的生命危在旦夕。他微笑著說，彷彿我們之間沒有任何衝突，「不必麻煩了。我是一個老人。不管我犯了什麼錯，我已經愛過我的國家。」據說他以同樣高雅的身段，把脖子迎向劊子手。

因此我決定不基於某種廉價的理想或自我中心的正義來改變世界，那必然會帶來失敗；我也決定不改變世界，以增加自己的財富與權力；超過自己能享受的財富是最無聊的擁有；超過其適用範圍的權力似乎是最可鄙的。六十年前那個下午在亞波羅尼亞我得知天降大任，我選擇不逃避。

然而，幾乎是基於天性多於後天的培養，讓我知道如果一個人的天命是要改變世界，他必須要先改變自己。如果他要順從天意，他必須要在內心找到，或創造某堅強而私密的部分，這部分對他自己、別人，甚至是他要注定要從新塑造的世界來說，是沒有利害關係的；他不是要按自己的私欲去重新塑造世界，而是要按他在塑造的過程中發現的自然法則。

不過他們是我的朋友，而且在我在心中放棄他們的時候是我最珍貴的朋友。人是多麼矛盾的動物啊！越是他拒絕或放棄的，越是他最珍愛！一個選擇了戰爭爲志業的軍人在激戰中渴望和平，而在太平盛世時渴望刀刃交加和血染沙場；一個奴隸不甘於生而爲奴，以其勤奮工作贏得自由，卻又讓自己接受一個比過去奴隸主更爲殘忍挑剔的庇主；一個情人拋棄了他的情婦後，從此活在他想像的美夢中。

我自己也不能免於這個矛盾。在我年輕時，我會說寂寞與隱密是被強加於身上。那是錯誤的。就像大多數人一樣，我選擇了我的人生；我選擇了把自己封閉在那個半成形的天命之夢，無人能分享，因此放棄了很多機會去獲得具有人性的友誼，那是一種平凡得不用說出口，也很少被珍惜的友誼。

一個人對自己行爲所產生的後果，不會自我欺騙；他只會欺騙自己與那後果共存，是一件多麼容易的事。我知道我做的決定，其後果是我得活在封閉的自我裡，但是我卻沒有預料到我承擔了巨大的損失。我對友誼殷切的需求，適等於我對其堅決的排斥。這種需求，我相信我的朋友——梅塞納斯、阿格里帕、撒維第也努斯——是永遠無法完全理解的。

撒維第也努斯・魯佛斯當然是在他能理解之前就死了；他就像我一樣，被他青春的旺盛精力無情地驅策，不顧後果，到了精力耗盡，一切就隨之結束。

年輕人無法看穿未來，視人生如史詩般的冒險歷程，彷彿像奧德賽般穿梭於陌生的海洋和人跡罕至的島嶼，考驗並證明其能力，得以名垂千古。人到了中年，他經歷過了曾經夢想的未來，視人生如一齣悲劇，因爲他體認到自己儘管大權在握，但是在面對他命名爲神的各種不可抗力或自然律則的時候，仍無法取得優勢，並發現自己不免一死。但是人到晚年，如果他按照被分配好的角色好好演出，他必然會視人生爲一齣喜劇，因爲他的成功與失敗已緊密結合，在兩者之間他已經沒有什麼可覺得驕傲，或引以爲恥，他既不是能夠證明可以抗拒各種力量的英雄，也不是被那些力量擊潰的主角。在既可憐又可憫的面具底下，他發現自己在演出過無數的角色後，已不再是自己了。

我一生演出過無數角色；而現在，在我演出最後一個角色時，我相信我是避免了擔綱演出我剛剛定義過的那齣彆扭的喜劇；這可能是這齣劇的結尾所安排的一個錯覺，一個反諷的手法吧。

我年輕時，演出學者的角色——即是說我要探究一些我不懂的事物。我應用柏拉圖與畢達哥拉斯學派的學說，逍遙於迷霧中，據說那是靈魂遊蕩其中找尋新軀體的地方；有一陣子，還因相信人與禽獸之間有著手足情誼而拒絕葷食，並感到與我的坐騎有一種我難以想像的親屬關係。但同時，我卻毫不感到矛盾地完全擁抱巴門尼德和芝諾[3]所揭櫫的另一套完全相反學說，他們的世界是絕對單一

3 巴門尼德（Parmenides, 約西元前515年－西元前445年），生於現在義大利南部的埃利亞，西元前五世紀的古希臘哲學家，最重要的「前蘇格拉底」哲學家之一，是埃利亞學派的一員。他認爲一切事物的多樣性和變幻只是一個幻覺，整個宇宙只有一個東西，並且永恆不變、不可分割。芝諾（Zeno, 約西元前490年－西元前430年）是巴門尼德的學生，他以提出了四個關於運動不可能的悖論以支持他老師的理論。他認爲世界上運動變化著的萬物是不眞實的，唯一眞實的東西是巴門尼德所謂的「唯一不動的存在」，所以「存在」是一而不是多，是靜不是動。

而靜止，自身之外並無意義，因此，至少對心思縝密的人來說，是可以被無窮操控的。

即使是情勢的轉變而需要我戴上軍人的臉譜，並演出指定的角色，我也似乎不會認爲那有什麼不恰當。我在全世界各處征戰，無論在國內、國外、海上，或陸上……。我曾兩次獲得小凱旋式、三次獲得大凱旋式、二十一次獲得統帥的頭銜。不過，或許就如某些人以超乎我該享有的得體話對我暗示的，我是一個漠不關心而滿不在乎的軍人。任何歸功於我的戰績，都是來自那些比我更精於戰術的人——瑪爾庫斯・阿格里帕是第一人，然後就是那些在他身後繼承了他發明的戰術的。我與我早年軍旅生涯中普遍流傳的毀謗或謠言適適相反，我沒有比其他人更懦弱，也不缺乏意志去忍受艱苦的戰事。我相信我那時候幾乎比現在對自己的存在更漠不關心，而忍受慘烈的戰事讓我有一種莫名的樂趣，那是我從來沒有獲得過，後來也不再有的。但是對我來說，儘管或許戰爭是無可避免的事，但是總是帶有某種難以言喻的天眞幼稚。

據說在我們祖先的歷史裡，祭祀用的供品是人而不是動物；今天我們驕傲地相信那種習俗已退入不可考的神話與傳說裡。我們對那個（我們認爲）已經遠去的年代裡民智未開、缺乏人性的羅馬精神感到驚愕而不禁搖頭，並了解到殘暴建構了我們一切文明的基礎而感到驚訝。古時候膜拜野蠻神祇的祭壇上，奴隸或農民被獻祭的匕首奪去性命，我個人也隱隱感到幾分憐憫；但又總是覺得自己的表現有點傻氣。

那是因爲有時候在我睡夢中，有成千上萬已經不在人世的軀體在我面前遊走，他們不比古時候犧牲性命以撫慰神祇的祭品更爲無辜；而我在那時而朦朧時而清晰的睡夢中，我似乎是那位來自我們遠古民族的祭司，主持牲祭。我們告訴自己已是文明民族，說著過去某農神爲達成祂某種含糊不清的目的而要求以老百姓作爲供品時，虔誠的臉上還展露幾分惶恐。然而，在我們的記憶中，或甚至是當今，那位被如此多的羅馬人供奉爲神祇的，是不是比古代的神祇更暗黑、更恐怖呢？即使把祂滅了，我還是當過祂的祭司；即使是要削弱祂的力量，我還是達成過祂的使命。然而我沒有毀滅祂，或削弱祂的力量。他輾轉不安的睡在人們心裡，等待著要醒來，或是被喚醒。爲一個莫名的恐懼而把一個無辜的生命變成供品，或爲一個明確的威脅而犧牲數以千計的生命，在殘暴與文明之間，我的選擇不多。

不過，我很早就堅決認爲人們膜拜那些來自本性裡暗黑力量的神祇，是破壞公共秩序的行爲。因此我鼓勵元老院把凱撒升格爲神，而我也在羅馬建了一座廟宇以紀念他，好讓老百姓能感受到他的英才具體存在。我也很肯定在我死後，元老院將會同樣地認爲應當把我升格。其實你知道的，在很多義大利的省分或市鎮，我已經被認爲是神了，儘管我從來不允許這種風氣在羅馬盛行。這是愚蠢，但毫無疑問那是必須的。不過，在我一生中必須要扮演的角色中，要我出凡入聖是讓我最感到不舒服的。我是凡夫俗子，跟大部分人一樣的愚蠢軟弱；如果我比我的子民佔有優勢，那是我有此自知之明，也了解他們的弱點，從不假設我能在自己身上找出比別人多的能力與智慧。這種自知之明，是我力量的來源之一。

現在是下午了；太陽開始往西邊緩緩下降。海面上有一股祥和平靜之氣，我頭上紫色的帆垂掛在桅上，與蒼白的天色成了對比；我們的船在海浪上輕輕晃動，卻看不出任何向前邁進的跡象。槳手已經閒著整整一天，既無聊又憂心地看著我，心中隨時準備我會命令他們在平靜的海水裡下槳。我不會這樣做。在半小時、一小時、或兩小時內，海風會再來；到時我們便會駛向岸邊，找個安全的港灣，拋錨讓船停下。現在我樂於隨著海水漂泊。

隨著年齡而來的種種詛咒之中，最令人煩惱的是失眠，那是我越來越嚴重的煎熬。你知道的，我一直都有失眠的問題；但在年輕時，我能夠利用難以入眠的晚上做有意義的事；當全世界的人都睡著了，只有我一個人有閒暇去守護著寧靜，這時刻對我而言，彷彿是一種享受。我遠離了那些基於自身利益的人孜孜不倦的對我獻策，可以自由地思考，並享有無限的安寧；很多最重要的政策是我黎明前醒著躺在床上時所擬定的。不過我最近所犯的失眠是不一樣的；那不再是腦筋停不下來，要不斷地運作，唯恐一旦睡著了腦筋的意識便會被搶走；而是因等待而難以入眠，那是一段漫長的等待，讓靈魂準備好安眠的到來，這種安眠是我心靈與肉體都從未體驗過的。

我整個晚上都沒有睡。快到日落時，我們在一個離岸約一百碼的小港灣停了下來，灣內有幾艘屬於附近無名小村落的漁船。村民都住在茅草小屋，建在離岸邊半哩處一個小山坡上。入黑以後，我看著燈光和火光在黑暗中發出微光，直到漸漸熄滅。現在，再一次地，全世界都睡著了；有幾個隨行人員選擇睡在甲板上，趁機會享受晚上的微風。菲利浦斯睡在下層我的船艙旁邊，以為我在裡面。海浪溫柔地，似有若無地輕拍著船邊；海風吹過卷收起來的帆，颯颯地響；我桌上的油燈閃爍著，要不時瞇著眼睛才看得見我寫的字。

在這漫長的夜裡，我漸漸覺得這封信沒有達到它原來的目的。開始寫信的時候，我本來只想感謝你的「尼科拉」、想要鞏固我們的友誼，也或許想要在我們這把年紀互相給予安慰。但是在表達友好的禮儀之際，我發覺我的信已變了樣。它成爲另一個旅程，一個我沒有料到的旅程。我要前往卡布里島度假；但是現在，在這寧靜的夜裡，在星辰形成的神祕組合下，除了我的手，什麼都不存在，正寫下你透過神祕的方法能夠讀懂的奇怪的文字，我彷彿在前往另一個地方，一個比我所見更神祕的地方。我明天會繼續寫。或許我們能夠發現那個我正在前往的地方。

八月十日

昨天我們在奧斯蒂亞出發的時候空氣中有一股濕潤的涼意，我很愚蠢地留在甲板上，好讓自己能看著義大利的海岸一點一點退入薄霧中，也讓自己開始給你寫信——本想僅僅企圖對你送我的「尼科拉」表達謝意，以及向你承諾彼此友誼長存，即便是我們已有很長的時間沒有見面。不過，現在你將會知道，這封信已超出我前面所說的意圖；我懇求你這位老朋友的寬容，聽完我將想到要說的話。總而言之，我說的那股涼意讓我得了感冒，並開始發燒；再一次地我又陷於某種病痛。但是我沒有告訴菲利浦斯我新感染的病；我反而向他強調我很健康；因爲我心中似乎有股力量讓我非得要完成這份工作，我不希望被菲利浦斯的過度關心而受到干擾。

我對自己健康的問題從來不比別人更感興趣。我從年輕開始便身體孱弱，得過各式各樣的疾病，而因我的疾病而變得富有的醫師其實比我想像中還要多。我懷疑他們的財富並不是因高超的醫術而來，但是該付給他們的我從不會斤斤計較。我的身體曾多次讓我瀕臨死亡，於是在我三十五歲，擔任第六任執政官的時候，元老院下令每隔四年，執政官與祭司必須要為我的健康狀況舉行許願儀式。許願期間舉行遊藝慶祝活動，讓老百姓對自己的祝禱印象深刻，而且全體公民，不論是個別的或是代表各城鎮的，都鼓勵在各神廟持續舉行儀式，為我的健康祝禱。這當然是愚蠢的行爲；但至少他們對我的健康所做的，差不多和醫師們給我施藥或進行療程一樣多，而且這樣可以讓老百姓覺得有參與了整個帝國的命運。

我一生有六次之多曾被這靈魂的墓穴引領我到達永恆黑暗的邊緣，那是所有人終將到達的地方；不過每次我都走了回來，彷彿我的軀體正聽從著那無法違逆的天命。而且我比我的朋友久活太多了，我感到我在他們生命中，比我在我自己的生命中，活得更完美。他們都死了，那些早年的朋友呀！凱撒五十八歲去世，比我現在的年齡還少二十歲；我一直相信他的死與其說是死於刺殺者的刀下，不如說是死於某種隨著厭世而來的不在乎。撒維第也努斯・魯佛斯二十三歲去世，覺得自己出賣了我們的友誼而豪邁地自行了斷。可憐的撒維第也努斯啊！在我早年結交的朋友中，他最像我。我不知道他有否想到背叛的是我，他是感染到我的背叛而無辜受害的人！維吉爾五十一歲去世，他死時我在他的病榻旁邊；在他彌留之際，他認為一生以失敗告終，要我答應銷毀他那歌詠羅馬建國的偉大詩歌。然後是瑪爾庫斯・阿格里帕，他五十歲去世，一生從未有過病痛，在權力的最高峰時、在我來不及趕往告別之前便死去。幾年之後——在我記憶中，那些年已糊在一起，就像鼓、四弦琴和號角的音符彼此融合，成為一種樂聲——在相隔一個月的時間，梅塞納斯和賀拉斯相繼離世。除了你，我親愛的尼科拉烏斯啊，他們倆是我最後的老朋友！

現在，當我的生命涓滴流逝，在我看來，他們各人的生命似乎有相呼對應的地方，那是我沒有的。我的朋友在權力的最高峰，或在他們完成了傑作，且有更上層樓的希望時去世；他們也不會很不幸地認為自己一生過得漫無目的。現在，對我來說，差不多這二十年來我似乎是漫無目的地活著。亞歷山大早死，何其有幸呀，不然他會終於發現征服世界事小，統治它更是微不足道。

你知道的，我的仰慕者和批評者喜歡把我與那位年輕的馬其頓人相提並論；羅馬帝國現在所涵括的領土是亞歷山大首先征服的，這是事實；我像他一樣在年輕時大權在握，而且我所征戰過的地方，已先被他蠻橫的野心所征服過，這都是事實。但是我從來沒有夢想過要征服世界，我是被統治多於是統治者。

我爲羅馬帝國添加的領土，是爲了要保衛我們的疆域而加的；倘若沒有那些領土義大利仍安享太平，我便會滿足於我們固有的國界。但實際上，我必須要浪費比我願意浪費更多的生命在異地。從博斯普魯斯海峽最北面與黑海相連處，最遠到達西班牙的海岸，從潘諾尼亞這個牽制著日耳曼野蠻民族的冰冷荒原，到阿非利加的炙熱沙漠，都是我曾經征戰過的。不過，我前往那些地方的身分，多半不是征服者，而是使者，進行和平談判，談判的對象往往比較像部落領袖多於一國之尊，他們通常都不懂拉丁文或希臘文。我不像我的舅公尤利烏斯・凱撒會在這種長期在外征戰中讓自己獲得某種重生的力量，我從來無法在異邦感到自在，總是渴望著義大利的田野，或甚至是羅馬。

不過，我漸漸對這些我必須要周旋其中的奇怪人種有幾分尊重，甚或某種感情，他們與羅馬人十分不一樣。北方部落裡的人，半裸的身體裹著他們親手從獵殺的野獸剝下的獸皮，在篝火的煙塵中凝視著我；他們的樣態無異於黑黝黝的阿非利加人，我被他們款待的別墅，其金碧輝煌的程度只會讓羅馬的豪門大宅黯然失色。同樣的，波斯部落領袖披上頭巾，蓄著被精心捲曲的鬍子，身穿奇怪的褲子，披風則繡滿金線銀線，雙眼如蛇一般對我總是維持警覺，或者是努米迪亞[4]野蠻酋長手執長矛和象皮盾牌，黑檀木般黝黑的身體披著花豹的毛皮，與我面面相覷，其實都沒有多少差異。他們都在不同時期被我賦予權力；我讓他們在自己的土地上稱王，受羅馬的保護。我更授予他們羅馬公民的身分，讓他們的王國所享有的安定，背後有羅馬之名作爲保證。他們是野蠻民族，我無法信任他們；不過很多時候，我發現他們值得欣賞的，會比我厭惡他們的地方來得多；而我對他們的認識，使我更完整地了解我的國民。對我來說，義大利人似乎與活在不同國度的人一樣的奇怪。

羅馬的紈綺子弟穿上他們上等絲綢製成的托加袍，在他們精心照顧的花園裡裝腔作勢、矯揉造作地閒逛；然而，在他們滿身的香氣及講究的髮型底下，只是粗魯的農夫，推著犁耙，田裡的塵土蓋滿身上；在羅馬金碧輝煌的豪門大宅的大理石外牆內的是農夫的茅舍；而那嚴肅宗教儀式中宰殺白色小母牛的祭司，其外表底下，是辛勤的農夫爲自己家庭準備餐桌上的肉類和身上的衣物，以抵禦冬天的寒流來襲。

過去，我曾經必須要獲得老百姓的愛戴與感激，便常常舉行格鬥比賽。那時候，大部分的格鬥者都是罪犯，他們所犯的重罪可判死刑或放逐。我讓他們在格鬥場和法律程序兩者之間做選擇，作為抵償過錯的方式。我更進一步規定輸的一方需要向勝者求饒，而如果某人能在競技場上存活超過三年，不論其所犯何罪，一律得被釋放。獲判死刑的或被判到礦坑勞役的罪犯，都會選擇競技場，這我一點都不訝異，但總是讓我感到訝異的，反倒是被判放逐的罪犯會毫不猶豫地選擇進行格鬥，放棄在異地相對安全的環境。我從來都不喜歡看這些格鬥，但是我強迫自己前往現場，好讓老百姓感覺到我能與民同樂；他們對這種血腥格鬥的風靡，對我來說倒是奇觀，彷彿在觀看比他們倒霉的人失去生命時，他們自己的生命便會得到某種無法言喻的養分。有好幾次，某些在格鬥中表現勇敢的可憐傢伙快要命喪於對手劍下時，我必須要免他們於一死，以平復嗜血的觀眾瀕臨失控的情緒。在那當下，我觀察到彷彿只有一種臉部表情，那是一種因強烈慾望無法實現而起的失望神情，帶著幾分惱怒。有一陣子，我終止了某些格鬥比賽，因為有

4 努米迪亞（Numidian）為古羅馬的柏柏爾人王國，今已滅亡，其領土大約相當於現今北非的阿爾及利亞東北以及突尼西亞的一部分。

些格鬥者在競技場上只是一心求死；我取而代之的是以拳擊格鬥，那是義大利人用於對抗野蠻民族的招數。但是這個安排一方面無法滿足嗜血的群眾，另一方面讓其他格鬥者感到失望，因爲他們想以血腥暴力及盡情廝殺的場面贏得觀眾的讚賞；我便被逼放棄，再次讓老百姓的慾念引導，不過我這樣做適可讓我更有效地控制他們。

我曾看過格鬥者滿身汗水、塵土，以及鮮血的從格鬥場退回他們的營房，像女人一般爲了雞毛蒜皮的事而啜泣——好比說心愛的寵物獵鷹死了、愛人寄來言詞刻薄的信，或是丟掉心愛的披風。我也看過在觀眾席上一位頗有身分的婦女因目睹一個不幸的格鬥者濺血而縱情喝采，以至面目猙獰，但後來回到寧靜的家裡，悉心照顧她的孩子與僕人，展現出無限的溫柔與慈愛。

所以，如果說在最鄙俗的羅馬人身上流著其農民祖先的血，其中也必然流著那北方蠻夷最難以控馭最狂野的血；人的軀殼與其說是欺騙別人的僞裝，不如說是一個不願認清自我的假面，不過我們身上流著的兩種不同血液，是我們難以隱藏於軀殼之下的。

當我們緩緩地飄向南方，我覺得在我沒有告訴我的槳手的情形下，加上他們沒有要趕路的壓力，便一直本能地讓船航行在離岸不遠處，儘管有時候因風向的轉變讓大家必須費工夫按不規則的海岸線調整航道。義大利人心底裡對海洋有著某種厭惡，而厭惡的程度似乎已強烈到接近不正常。這已不只是基於對海洋的恐懼，或是農民天生要努力經營他們的土地，使他們視海洋為畏途。這樣看來，你的朋友斯特拉波動不動就往海洋跑，尋找奇聞異趣而樂此不疲，對一般羅馬人來說是不可思議的；他們離開自己的土地唯一的原因是必須要打仗。而在瑪爾庫斯・阿格里帕的領導下，羅馬的海軍已成為人類歷史上最強大的軍種，而不少從敵人手中把羅馬拯救回來的戰役，皆是贏在海戰上。但是人們仍是不喜歡海洋；這是義大利人個性的一部分。

詩人早已注意到義大利人厭惡海洋。你有讀過賀拉斯的一首小詩嗎？是歌詠承載他的朋友維吉爾到雅典那艘船的。他天馬行空地認為天神用深不可測的海洋，把陸地一片一片的隔開，使得活在這些土地上的人種各有區別，但有勇無謀的人卻坐到脆弱不堪的船上，駛向那不該去的地方。維吉爾自己在描述羅馬建國的偉大史詩時，除非是以最不吉利的口吻，否則絕口不提海洋：風神埃俄羅斯差遣他的雷電和颶風前往海上，海浪巨大到遮蔽了星辰，船被擊破，人們身處黑暗之中。到現在，那麼多年之後，讀了那麼多次這首詩之後，每當我想到埃涅阿斯的遭遇仍然被感動得幾乎要哭起來：埃涅阿斯的舵手帕林奴魯斯被睡神所騙，打起瞌睡並掉進海裡溺斃，埃涅阿斯逼不得已要自己掌舵，嘴裡怨嘆帕林奴魯斯過度信賴平靜的海和天，害自己赤身露體地橫屍陌生的海岸。

梅塞納斯爲我而做的種種事情中，最重要的似乎莫過於讓我認識了一些他已建立了友誼的詩人。他們是我所認識的詩人中最了不起的；如果羅馬人敢盡其所能的蔑視這些文人，就像他們常做的，那種蔑視或許是內心恐懼的僞裝，而他們內心的恐懼與他們對海洋的感情或許有很多相似的地方。幾年前，我有必要把詩人奧維德從羅馬放逐，因爲他牽涉在一個對國家秩序影響至甚的陰謀裡；由於他在整個陰謀中的角色幾乎是屬於淘氣搗蛋和交際應酬的層次，多於心懷惡意或包藏政治目的的，我施加的處罰也儘可能輕；我很快便會撤銷放逐令，允許他從寒冷的北方回到溫暖怡人的羅馬。但是，即使他被放逐的地方是處於黑海西岸多瑙河口的半蠻夷小鎮托米斯，他仍然不斷寫著他的詩篇。我們會偶爾通信，維持著友好關係；雖然他懷念羅馬安逸享樂的生活，但是他身處的環境並不讓他絕望。可是在我認識的幾位詩人之中，奧維德是唯一一個我無法完全信賴的。然而我喜歡他，到現在還是。

我可以信賴詩人，因爲我無法賦予他們想要的。一位君主可以賜予某個普通人發財的管道，足讓窮富極貴之輩相形見絀；他可在遺囑中把權力移交給任何人而少有人敢反對；他可以授予一個解放奴任何頭銜與獎勵，使一個執政官也自覺不如而必須對他必恭必敬。有一次我主動給予賀拉斯一個職位，成爲我的私人顧問；這個職位可讓他成爲羅馬最有影響力的人，如果他私底下貪得無厭，他也會是當地最富有的。可是啊，他回答我說他的健康狀況讓他無法出任此責任重大的職位。我們彼此都知道那個職務是形式多於實質，而且他的健康狀況良好。我沒有覺得被冒犯到；他擁有一個小農場，是梅塞納斯送給他的，有幾個僕人，有棚架栽植葡萄，有足夠的收入讓他進口一些好酒。

我懷疑我欣賞詩人的原因，是他們對我來說是最自由，也因而是情感最豐富的人；我與他們之間有一份親切感，因爲他們爲自己訂定的任務，與我很久以前爲自己訂定的任務十分類似。

詩人思考混沌的經驗、紛擾的突發事件，以及超乎人類理解的未可知——也即是說他們思考的是一個與我們有親密關係卻少人願意費心檢驗的世界。他們思考的果實，在於發現，或發明了某種實現和諧的小小原則或程序，這些原則或程序已被孤立於混亂與失序之外，黯然失色。而詩人的成就在於讓他們的發現可以被詩的規範所駕馭，讓他們的發現有實現的可能。再細心以精巧的隊形練兵的將軍，也比不上詩人以嚴格的韻律部署他的文字；再精明地平行派系相互傾軋以達到統治目標的執政官，也比不上詩人透過詩行的平衡排比以揭露眞理；再悉心把世界上各孤立的國度組成一體的君主，也比不上詩人透過詩中種種細節，讓人的心中能展開另一個或許比我們搖搖欲墜的世界更眞實的世界。

改變世界是我的天命，我在前面有說過。或許我應該說世界是我寫的一首詩，我承擔任務把不同的國度結合成井井有序的整體、讓不同集團互相掣肘、以恰當的雍容典雅作爲裝飾。而如果我塑造的是一首詩，那是一首很快會過時的詩。維吉爾死的時候，懇切地要求我把他偉大的詩銷毀；那首詩還沒完成，他說，也不完美。他像一個將軍看見一個軍團被殲滅，卻看不見另外兩個軍團凱旋，便認定自己失敗了；但是他述說羅馬建城的史詩，毫無疑問的會比羅馬長壽，而更肯定的是那首詩會比我整合起來的可憐東西更長壽。我沒有銷毀那首詩；我也不相信維吉爾會認爲我會。時間會摧毀羅馬。

我的高燒還沒退。一個小時前，忽然一陣暈眩，以及身體左側產生劇痛，隨之是麻木。我發現我的左腿，本來已經很虛弱了，現在是動彈不得。它還能支撐我的身體，不過只能無用地拖著身體走動；我用筆戳它，也只是感到隱隱的痛。

我還沒有告訴菲利浦斯我的狀況；他沒有任何方法能讓我的情況獲得舒緩

了，我寧可不要逼他對我的身體作任何處理，這對他是羞辱。我的健康已經惡化到遠超乎任何他會嘗試使用的藥方能救治。活過這些年了，我不能因身體的破敗而生氣；儘管它已衰弱無力，但對我曾是鞠躬盡瘁；或許我應該在它離世時陪侍左右，就像一個老朋友死亡時我會在病榻旁邊守候；這讓我想起，雖然人死後靈魂會溜進任何它能找到的託付，使其不滅，但是人的靈魂在世時是無法與他客居的軀體分離的。現在，或更正確的說這幾個月來，我幾乎可以與我的軀體分離，並觀察這個摹本。這不是一項嶄新的能力，不過對我來說似乎比以前發生得更自然了。

就這樣，我與我的殘軀分離，並幾乎忘了它已被痛楚佔滿，浮在不可思議的海上往南飄向卡布里島。日正當空讓海水閃閃發光，被我前進的船把水面左右破開，雪白的泡沫被海浪沖散，響起嘶嘶的聲音。我要停下來休息一下，或許這樣我可以恢復體力。今天晚上我們會在波佐利的港灣停泊，明天便在卡布里島登陸，我將會在那裡完成可能是我的最後一件公務。

我們停在港灣裡了。現在是下午，岸邊的陸地還沒有被薄霧籠罩，我們仍清楚可見。我留在我的桌子旁邊，悠閒地埋首於這封信上。菲利浦斯從船首不斷地看著我，我相信他已經在懷疑我的健康狀況已急轉直下。他年輕俊美的臉上總帶著一絲疑惑，女人般筆直而精緻的眉毛下淡褐色的眼睛不時地掃視著我。我不知道我還能向他隱瞞我的病情多久。

我們在波佐利北面的一個港灣裡定了錨；在我北方稍遠一點的是那不勒斯，多年前瑪爾庫斯・阿格里帕在魯克連湖的臨海處把堤壩修建好，讓羅馬艦隊能安全地在湖裡進行演習而免於天氣變化的影響，以及塞克圖斯・龐培的海盜船隊所干擾。有一段時間，同時有兩百艘戰艦在那內陸港灣裡接受訓練，累積足夠的能量殲滅塞克圖斯・龐培，以拯救羅馬。但是在多年來的承平時期，淤泥已經令堤道兩端的入口處淤塞；我知道此地已經變成了養蠔場，讓羅馬的富人可以提升新的生活樂趣。從我們這裡，我看不見那個港灣，不過我沒看見還是一樣的高興。

近年來，我覺得人最合適的生活條件，也即是說他們最喜歡的生活條件，或許不是我努力為羅馬帶來的繁榮、和平，和融洽；這想法不無道理。我在掌權的早年，發現我的國民有很多值得欣賞的地方；受到剝削的時候他們不會埋怨，有時候甚至是快樂的、在戰爭的時候他們會關心同志的安危多於自己、在失序的狀態中他們剛毅不屈，而且忠於羅馬的權威。沒有羅馬人打羅馬人、沒有野蠻民族曾橫行無阻地踏足義大利的國土、沒有士兵在違反自己的意願下提起他的武器。

我們活在羅馬的繁榮昌盛中。在羅馬，沒有人，不管是多貧窮，曾經有一天缺少他該得的糧食；其他省分的公民不再受飢荒或天然災害的威脅，且在極端情況下仍必定會得到援助；任何公民，不論其出生背景，都能按照他所付出，或是他的際遇，而變得富有。我們也活在羅馬的和諧融洽中。我讓法院更有組織，讓每一個人在裁判官面前，都保證能獲得一點點的公平正義；我把羅馬帝國的法令成文，使得即使是活在羅馬以外的人也免於面對權力的濫用，或者是因貪婪而帶來的腐敗；我把尤利烏斯・凱撒死前頒布的反叛國法法制化，並強力執行，讓國家免於來自野心分子的暴力。

但現在，羅馬人的臉上有一股恐怕對他們未來是不祥的預兆。他們不滿於隨著誠實而來的舒泰，要退縮到那幾乎讓國家滅亡的貪污腐敗的過去。雖然我讓人民從暴政、暴力和家庭解放出來，並享有言論自由而無懼於受罰，但是老百姓和元老院授予我獨裁官的職位，第一次是我身在東方，也是剛剛在亞克興戰勝馬克・安東尼之後，而後來在瑪爾庫斯・馬塞盧斯和盧基烏斯・阿倫提烏斯二人執政官任內，我以我的錢財，解決義大利因穀物供應失衡而面臨的飢荒。前後兩次的任命我都予以婉拒，雖然我這樣做引起了老百姓的不滿。現在元老們的孩子，本來被期待光榮地服務老百姓或他們自己，卻嚷著要跑到競技場上賭賭運氣，與一般的格鬥者較量，想像以爲那是一項具有危險性的運動。他們這樣做是把羅馬人的英勇糟蹋得像不值錢的泥土。

瑪爾庫斯・阿格里帕建造的港灣現在爲耽於奢侈逸樂的富人養蠔，精誠的羅馬士兵躺在他們的豐茂的花園底下，成爲肥料，滋潤著精心修剪過的黃楊樹和柏樹，其遺孀的淚水，成爲人造小溪，在義大利的陽光下快樂地潺潺流動。而在北方，野蠻民族在等待。

野蠻民族在等待。五年前，在日耳曼邊界，那被稱爲上萊茵的河段，羅馬遭到毀滅性打擊後[5]，至今仍未復原；這或許是她命運的不祥之兆。

從黑海的北岸到日耳曼海[6]南岸，從默西亞到比利時，超過一千哩長，義大利沒有任何自然屏障，抵禦日耳曼的部落。他們無法被殲滅，又不願被說服放棄掠奪與殺人的習慣。我舅公無法做到，我在掌權的日子也未能竟其功。所以我們有必要加強邊境的防禦，這可以保護羅馬北部省分，或者至少可以保護羅馬。最難以防禦的邊境是日耳曼西北邊，在萊茵河的下游，那裡有著最肥沃，物產最豐盛的土地。因此羅馬帝國的二十五個軍團，十五萬兵員之中，有五個兵團被派遣到那個小小的區域，全都是經驗豐富的老兵。他們受普布利烏斯・昆克蒂利烏斯・瓦盧斯指揮，他曾在阿非利加當過資深執政官，在敘利亞當過總督。

我覺得我是應該對這個災難負責，因爲我讓自己被說服，委派瓦盧斯管轄整個日耳曼。他是我妻子的遠房親戚，過去也曾輔助過提比略。這是我犯過最嚴重錯誤之一，也是我記憶中唯一一次對一個我認識不深的人委以重任。

在北方行省邊境那種野蠻而且原始的地方，他可能想像自己還是住在奢侈安逸的敘利亞，對自己的士兵冷淡疏遠，並開始信賴日耳曼的地方首長。他們精於阿諛奉承，也能提供他在敘利亞過慣了的聲色犬馬生活。其中最重要的諂媚者是切盧斯克族部落的阿爾米尼烏斯。他曾經在羅馬軍隊服役，並獲授予公民身分作爲獎勵。儘管他是野蠻部落出身，卻能說流利的拉丁文，並獲得瓦盧斯的信任，使他能夠在缺乏組織的部落之間發展他個人對權力的野心；當他確認瓦盧斯容易受騙及好大喜功，便對瓦盧斯謊稱切盧斯克族部落的一個旁支和布魯克特里族部落叛變，正向南方挺進，對邊境產生威脅。傲慢和魯莽的瓦盧斯不聽從任何人的意見，從威悉河調離正在度暑的三支軍團往北進軍。那時候阿爾米尼烏斯的計畫已經安排妥當。瓦盧斯領著他的軍團穿越森林和沼澤地時，早從阿爾米尼烏斯

5 條頓堡森林戰役（Battle of the Teutoburg Forest），發生於西元九年。

6 即現在的北海。

接獲消息並做好準備的野蠻部落便撲向正在緩慢而艱困地前進的軍團。士兵在突襲下一陣慌亂，無法維持有組織地抗敵，在茂密的森林中和沼澤地裡更是不知所措，結果幾乎全軍覆沒。只在三天內，一萬五千個士兵被殺或被擄；被擄的士兵部分遭野蠻部落活埋，部分被釘死在十字架上，部分則被野蠻部落的祭司抓去當酬謝他們北方神祇的祭品。當祭品的士兵頭部被砍下，吊在他們神聖的森林裡的樹上。不到幾百個士兵能逃過這次伏擊，把災難的詳情說出來。瓦盧斯可能遭到殺害，或是自殺，沒有人能確切知道。不管怎樣，他的頭顱被一個叫馬羅博杜斯的部落酋長拿到羅馬來給我，是爲了急著表示尊敬還是帶來勝利者的嘲笑，我不知道。我給瓦盧斯僅餘的軀體辦了一場體面的葬禮，與其說是爲了他的靈魂得到撫慰，不如說是爲了遵從他的命令而遭遇災難的士兵。而在北方，野蠻民族仍在等待。

在萊茵河一役大勝了後，缺乏聰明智慧的阿爾米尼烏斯沒有把握優勢；北方完全在他掌控之中——從萊茵河口到它與易北河的匯流處——但是他僅滿足於掠奪自己的鄰居。被伏擊後第二年，我派提比略指揮駐守日耳曼的軍團，因爲是他曾經說服我任用瓦盧斯，他知道他自己在那慘劇所扮演的角色，也知道他的未來有賴他是否能制服日耳曼人，以及讓其北部的行省恢復秩序。在這個任務上他是成功的，大部分是因爲他仰賴經驗豐富的百夫長和軍團裡的指揮官，而不是獨行獨斷。因此，雖然阿爾米尼烏斯仍逍遙自在，目前北方有一股緪緊的和平氣氛，他還是會在邊境以外的荒野不時的騷擾。

在遙遠的東方，甚至比印度還遠的地方，有一個不爲人知，而且沒有羅馬人曾踏足過的國度。據說那裡連續統治過不知多少個朝代的王帝，在北方的邊境建造了延綿幾百哩橫跨整個國土的長城，讓他們的國家免於蠻夷的入侵。這可能只是一個幻想的奇情故事，甚至可能沒有這樣一個國家存在。不過，當我必須面對一個我們無法征服，也無法安撫的鄰居時，我承認我也有可能會想到這樣的工程。但是我知道那是沒有用的，時間像風和雨一般讓最堅固的石塊粉碎，沒有一堵牆能讓脆弱的人心得到保護。

因爲不是阿爾米尼烏斯和他的部落，而是瓦盧斯的脆弱殺害了十五萬名羅馬士兵，就像羅馬耽於奢侈逸樂之輩所過的黑暗生活會殺死何止千萬人。野蠻民族在等待，而我們安於逸樂中越來越脆弱。

又來到夜晚了，是這趟旅行的第二個晚上，而對我來說越來越清楚的是，這可能是我最後一個夜晚。我不相信我的心神會和我的身體同時衰退，但是我必須要承認黑暗在被我察覺到之前已經悄悄地把我吞噬，並發現自己雙眼空空地向西凝視。這時候菲利浦斯才無法遏止他的焦慮，來到我身邊，態度有點唐突卻更顯他的膽怯與躊躇。我讓他觸摸我的額頭，以判斷我的高燒有多嚴重，並回應了他幾個問題——我都沒有說眞話。但是當他企圖堅持要我回到甲板下的船艙，免受夜間寒氣的影響，我便擺出一個固執易怒的老人嘴臉，假裝生氣。我賣力的演出讓菲利浦斯相信我仍精力旺盛，便同意從船艙裡拿毛毯來讓我裹住身體。菲利浦斯選擇留在甲板上，可以隨時注意著我；但是他很快便開始打盹，身體蜷曲在光溜溜的甲板上，頭部已栽進交叉的雙臂裡。他睡著了，信心滿滿得令人動容，青春完美無缺地綻放，他很肯定他明朝會醒過來。

我現在已看不見四周了，不過稍早之前，薄霧還沒把西面的水平線覆蓋起來，我覺得我看到無垠的海面上一個斑點，並能看出其輪廓的細節。我相信是看到了潘達特里亞島，那裡是我女兒痛苦地渡過很多年放逐生活的地方。她已經不在那裡了，十年前，我判定情勢，認爲有可能讓她安全地回到義大利本土；現在她住在雷焦[7]的一個村落裡，就在義大利的腳指尖上。我已超過十五年沒見過她，或提起過她的名字，或不允許任何人在我面前提及她的存在。太痛苦了。不過，沉默也不過是更加彰顯我一生中所扮演的不同角色。

我三十年前頒布，並由元老院執行的那些有關婚姻的法令，到最後很反諷地被執行，我的敵人每每想到這裡，便覺得饒有趣味，這是我能理解的；甚至是我的朋友，也會對於法令的存在時而感到不滿。賀拉斯有一次告訴我，法令無法規範人們內心私密的情慾，而只有無法規範那私密的情慾的人，像詩人或哲學家，才會奉勸人們培養心靈的美德。這樣看來，我的朋友和敵人都有道理；法令沒有使人臻於美德，而我在討好貴族階級裡上了年紀和嚴肅拘謹的那一群人，所獲得政治上的好處，也是短暫的。

我從來沒有傻到相信我頒布的婚姻和通姦的相關法令，會被大家所依循；我自己沒有依循，我的朋友也沒有。當維吉爾召喚繆思來幫助他創作《埃涅阿斯紀》時，他也沒有具體地相信他所召喚出來的；那是一首詩開始的方式，也是他聲明寫作意圖的方式，是他透過學習而來的。所以，我訂定的法令，其目的與其說要大家依循，不如說要大家遵守；我相信如果沒有美德的概念，是不可能獲得美德的；沒有明文規定的相關法令，便無法有效實行美德的概念。

7 雷焦（Reggio）位於今日義大利南部墨西拿海峽沿岸。

我當然是誤解了；世界不是一首詩；法令並沒有達成其預期的目的。不過，那些法令最後對我十分有用，雖然我無法預視此一用途；而自從我容許了法令的使用，我未曾有一刻感到悔恨。因爲那些法令救了我的女兒。

當一個人年歲漸長，當世界對他越來越不重要，我們便會越來越對時間軸上把他往前推動的種種力量感到好奇。可憐的人類一生努力邁向他們的命運，天上的神祇肯定是冷漠以對，只會隱晦地告訴他們，人終需要爲自己決定神祇所給的預兆代表什麼意義。所以，在我扮演祭司的角色時，檢視過無數祭品的腸子和肝臟，而在占卜官的幫助下，會發現或虛構任何似乎配合我意圖的預兆；因此，我的結論是，即使神祇存在，也無關緊要。儘管我鼓勵老百姓敬奉羅馬古代神祇，那只是基於某種必須性，而不是基於某種信念，認爲宗教力量穩當地居於信徒心中……。親愛的尼科拉烏斯，或許你畢竟是對的；或許世上只有一個神。不過，如果這是事實，那你給了祂錯誤的稱謂[8]。祂該叫做機遇，人類是祂的祭司，而祭司的唯一供品最後一定是他自己，那可憐的、分裂的自我。

由於詩人深諳不少大小事物，他們比大多數人都懂這個道理，儘管他們表達這個道理的方式，似乎被某些人認爲是一文不值。我同意你過去曾經說過詩人過度談論愛，給這種至多只是令人愉快的消遣賦予太高的價值；但是我現在已不再肯定我當時表達同意是否不智。克羅迪婭・普爾克及其家族為羅馬所帶來的困擾，即使到現在她死後多年，仍未消失；卡圖盧斯在談到她時，會說，「我又恨又愛。」這說得還不夠完整；不過，難道還有更好的方法，讓人們能開始體會，我們所得到的，無論是什麼，是永遠不會讓我們感到完全喜歡或不喜歡的？

尼科拉烏斯，你必須要饒恕我；我知道你不會同意，而你沒有辦法表達你的態度；但是最近這幾年我常常想，要圍繞愛這個概念以建立一套神學論述，或甚至是宗教，是不無可能的，如果那個概念能從它慣常的應用範圍延伸出去，並以某種特定的途徑來處理。現在我不再有能力進行了，不過我一直有在檢視某種多年來以不同的面貌在我身上作用著的神祕力量。或許我們對這力量的命名，不足以一窺其全貌；果真如此，我們給予所有神祇的名稱，不論已說出口與否，也有著同樣的問題。

我已終於相信，人的一生中，或早或晚，總有一刻，不論他能否用言語清楚表達，在他所了解的一切之外，他更會了解到他是寂寞的、孤獨的，了解到他只

8 尼科拉烏斯是猶太人。

能當他可憐的自己而不是別人這個恐怖事實。我現在看看我纖瘦的小腿、乾枯的雙手、滿是老人斑的贅肉；我難以認出這個身體曾經在另一個個體身上釋放自己，而另一個身體也同時尋求在我身上得以釋放。有些人一生致力於那一刻的歡愉，到身體無可避免地面臨衰敗時，只剩怨恨與空虛。他們怨恨與空虛，因為他們只知道追尋歡愉，而不知道那歡愉背後的意義。與我們一般人的想法相反的是，肉慾的愛是各種各樣的愛之中最無私的；它尋求彼此之間成為一體，並因此而能讓自我得以脫逃。這種愛當然是最迅速逝去的，與身體的衰敗同時進行；也因此，毫無疑問的，這種愛一向被視為各種各樣的愛之中最低賤的。然而它會逝去，而我們知道它會逝去這個事實，讓它更彌足珍貴；一當我們體會到這種愛，我們便不再無可救藥地被困在自我裡，在自我裡被放逐。

但是，單是這樣子是不夠的。我愛過很多男人，不過從來不會像我愛女人一樣；成年男人愛上男童在羅馬蔚為風潮，那是你曾觀察到並感到訝異的，而我更相信你會覺得反感。我容忍這種行為曾讓你感到疑惑，而更疑惑的是，我既然容忍此行為，自己卻沒有參與其中。一個人愛自己的朋友，他不會成為他；他還是自己，思考那謎一樣的，他不能成為的他者，思考他從沒成為過的別人。愛上一個男童或許最能呈現這個謎的最純粹形式；因為在那男童身上蘊藏了我們難以想像的潛力，是一個離觀察者最遙遠的個體。我對我收養的孩子，以及孫子的愛，是認識我的人感到可堪玩味的，常被認爲不是一個理性的人可能展現的溺愛，或者不是一個父親可能展現的多愁善感。但我有不同的看法。

十多年前的一個早上，我沿著神聖大道前往元老院，宣布我的女兒被永遠放逐。在路上我遇見一個我童年時便認識的人，那是赫爾提亞，是我乳母的女兒。赫爾提亞照顧我如她的親骨肉，而且因她忠心的服務，得以解除奴隸的身分。我有五十年沒看過她，如果不是我兒時的稱謂從她的嘴裡傳來，我已經認不出她來了。我們聊到兒時的生活，片刻之間，歲月遠去；我當時心情痛苦，幾乎向赫爾提亞說出我正要進行的事。但是當她說到她的自己的孩子和她的一生，當我知道她回到了她的出生地，讓自己能在愉快的童年記憶中迎向自己的死亡，她臉上所浮現的安詳平和，使我說不出話來。爲了羅馬，爲了我的權力，我必須要譴責我的女兒；我覺得如果赫爾提亞有權力做選擇，羅馬早已滅亡，而孩子還活得好好的。我說不出話，因爲我知道赫爾提亞不會了解我的逼不得已，反而只會在她剩下的短暫生命裡，感到十分困擾。一下子，我又再成爲一個小孩，在我認爲深不可測的智慧面前啞口無言。

自從與赫爾提亞相遇後，我覺得有一種愛，比那種以感官享樂矇騙我們的男女合體，或者是對他者這個謎冥思苦想以形成自我的柏拉圖式的愛，來得更有力量、更爲持久；情婦老去或離我們遠去；肉體衰敗；朋友離世；小孩實現，繼而背叛我們當初在他們身上看見的可能性。我親愛的尼科拉烏斯，這一種愛你已經在你的大部分人生裡覓得，也是我們的詩人樂在其中的；這種愛，有如學者之於他的書本、哲學家之於他的意念、詩人之於他的文字。因此奧維德被放逐在北方的托米斯不會感到孤單，而你獨自遠在大馬士革選擇把餘生貢獻於書本，也不會覺得寂寞。這種純粹的愛並非任何個體必須擁有；所以其形式被公認爲是至高無上的，因爲它的對象是接近完美的個體。

不過，在某些方面，這種愛是最不道德的。因爲當我們把常常圍繞著這種愛的修辭剝除後，剩下的不過是對權力的愛。（我親愛的尼科拉烏斯，請原諒我；讓我們假裝又在詭辯吧，我們曾經以此爲樂的。）這種愛是哲學家的權力，施於讀者空洞的頭腦、是詩人的權力，施於聽者的思想與感情。而如果一旦那股魅惑人們的思想、感情與心靈的權力被排除後，所剩的只是機遇，對愛來說並不具任何必須性，也不是其目的。

我已經明白到，這些年推動我前進的，就是這種愛，雖然我有必要對自己或他人隱瞞這事實。四十年前，我三十六歲，元老院和羅馬的老百姓尊稱我爲奧古斯都，二十五年後，我六十二歲，在我把女兒放逐的同一年，元老院與老百姓稱我為國父。那是頗為簡單而且適合的；我把一個女兒換來另一個，被收養的女兒[9]確認了這項交換。

在我西面、在那黑暗中，是潘達特里亞島之所在。茱莉亞住了五年的小屋已經荒廢了，而且在我的命令下不再做修繕維護，讓氣候與時間進行漫長的侵蝕；再過幾年，這小屋便會開始瓦解，時間會把它吞噬，就如時間會吞噬一切。我希望茱莉亞已經寬恕我饒了她一命，就如同我已經寬恕她曾經想要取我的命。

你一定曾經有聽過不少謠言，那全是事實。我女兒是陰謀叛變的成員，目的是要暗殺她的丈夫，並把我殺害。為避免我女兒被她丈夫提比略以暗黑的手段讓她捲入叛國罪的審判而被處以極刑，我援引了一直被閒置的婚姻法令，把女兒終生放逐於羅馬之外。

我常常在思索到底我的女兒有否眞正了解她的罪名有多嚴重。我知道在我最後一次看見她時，她為了尤魯斯・安東尼之死而陷於痛苦與困惑，是無法了解的。

9 指的是羅馬。

我希望她永遠無法了解，終其一生相信自己是因激情而蒙羞，是犧牲者，而不是叛亂分子，可能帶來父親的死亡，並幾乎肯定會帶來羅馬的滅亡。前者我可以容忍；後者絕不可以。

我對女兒任何可能有的怨恨，都已經釋懷，因爲我終於明白儘管她有參與了叛變，她總還是有她作爲我女兒的部分，仍深愛著那過度溺愛她的父親；那個部分的她必定會感到自己逐步被逼鑄下大錯而嚇得踉蹌倒退；那個現在寂寞地住在雷焦的她仍會記得曾經爲人女兒。我最終已了解到人可以渴望另一個人死去，卻同時又同樣強烈地愛這個人。我曾經習慣稱她做我的小羅馬，大多數人都誤解了箇中意義；我是希望我的羅馬能實現我在她身上所看到的潛力。但是最後，兩者都背叛了我；不過我對他們的愛，不能因此而減少。

在我們帆船定錨的南面是魯克連湖，忠誠的義大利人曾在那裡努力進行疏浚，讓羅馬艦隊能保護老百姓。現在那裡爲羅馬富人的餐桌養殖牡蠣；茱莉亞在雷焦獨自憔悴凋零；提比略將要統治世界。

我活太久了。有希望繼承我的權力，並爲羅馬的存續而努力的人，已經全部死去。馬塞盧斯十九歲時去世了，他是我安排女兒的第一任丈夫；瑪爾庫斯·阿格里帕去世了；阿格里帕和茱莉亞的兩個兒子蓋烏斯和盧基烏斯，我的孫子，爲羅馬而死；提比略的弟弟德魯蘇斯我視如己出，他比哥哥更能幹更溫和，也死在日耳曼。現在只有提比略仍活著。

提比略比任何人都該爲我女兒的命運負責，這一點我深信不疑。他會毫不遲疑的把她牽連在謀害他和我的陰謀裡，也會樂於看見元老院把她處死，卻同時表現出痛苦與遺憾。我無法讓自己不鄙視提比略。在他的靈魂深處有一股別人無法窺探的憤恨，而他的個性上有著一種找不到施虐對象的殘酷本質。然而他並不懦弱，也不愚蠢；一個君主的殘酷比起懦弱或愚蠢，是較爲輕微的缺點。所以我把羅馬交給提比略，任他擺布，同時也交給歷史的機遇。我別無選擇。

八月十一日

夜裡，我躺在長椅上不動，雙眼卻注視著天上星辰緩緩地橫越浩瀚穹蒼，邁步永恆的旅程。在接近黎明時分，我打了個盹，這是幾天以來的第一次，而且作了個夢。人在作夢，並知道自己在作夢，但發現有另一個世界在嘲笑作夢者所處的現實世界；我當時就是處於這個奇怪的狀態；我很想記住那個世界的面貌，但是當我醒來時，那個夢境已遁入明亮的晨光中。

我是在遠遠傳來的歌聲和船上人員一陣騷動中醒來的；剎那間我一陣紛亂，想起了出自荷馬生花妙筆的海妖，並想像自己被綑綁在船桅上，無助地抵抗那超凡美色的呼喚。但海妖並沒有出現；那是來自亞力山卓的穀物運輸船正從南面緩緩朝著我們駛來；船上的埃及船員身穿白袍，頭戴花環，站在甲板上用他們的母語唱著歌，焚熏著的麝香隨著清晨的微風飄來。

我們半帶疑惑地看著他們的船靠近，直到最後那龐然大物來到我們小船旁邊，我們才看得清楚船上船員們黝黑的笑臉，然後船長趨前致敬，並喊出我的名字。

我勉爲其難地從我的長椅上站起來（我相信我是瞞得過菲利浦斯的），走到船邊，靠著欄杆對船長打招呼回禮。看來那艘船在波佐利和那不勒斯之間的某海港卸貨，得知我就在附近；船上人員希望啓航回到遙遠的埃及老家之前，來打招呼，並向我致謝。他們的船太靠近了，我不用大喊，而且清楚看見船長黝黑的臉。我問他如何稱呼；他叫做波提里阿斯。在船員們輕柔的歌聲中，波提里阿斯告訴我：

「你給予我們海上航行的自由，讓埃及的豐富物產能提供羅馬之需；這個自由是因爲你剷除了海盜與土匪，才得以實現，使得埃及裔羅馬人繁榮富足，知道除了海上的風浪之外，回家的路上不會發生危險。爲這一切我們表達感謝，並願上天祝福你往後的日子得享順景。」

霎時間我說不出話來。波提里阿斯以生硬卻達意的拉丁文對我說話；我想到如果在三十年前，他會用通俗體的埃及語，讓我無法了解他的意思。我對船長感謝的話稍做回應，也對船員說了一些話，便指示菲利浦斯賞賜各人一枚金幣。隨後我便回到我的長椅上，看著那巨大的貨船緩緩轉向，朝南面駛離。強風鼓起了帆，船員笑著揮手，快樂地安全歸航。

而我們也繼續往南走，輕盈的小船在海浪上搖曳。日光逮住小浪頭上朵朵白色泡沫；小浪頭輕拍船身，竊竊私語，藍綠色的海水彷彿興致高昂起來；我可以說服自己我的一生中可找到有某些對稱點，可以說服自己在這個我即將滿足地離開的世界，曾經是利多於弊、善多於惡。

現在，羅馬的律法行遍全世界。北方的野蠻民族、東方的帕提亞，以及在我國疆域以外我們還不知道的各種民族，都可能在等待。如果羅馬沒有滅亡在他們手中，它最終必定會滅亡在那無人能逃的蠻夷——那就是時間。然而現在，羅馬律令有好些年會普遍實行；實行在義大利每一個主要城鎮、在每一個殖民地、在每一個行省——從萊茵河和多瑙河，到衣索比亞；從西班牙和高盧的亞特蘭提斯海岸，到阿拉伯的沙漠和黑海。我在全世界建立了學校，讓拉丁文和羅馬的風俗習慣得以被認識，並使那些學校務必要永續發展；羅馬的律法緩和了行省中殘暴的習俗，正如行省的習俗修正了羅馬律法。我接管的羅馬城是一堆搖搖欲墜的泥磚，現在被建設成大理石的城市，那是讓世人無不感到驚嘆的。

我曾經表達的失望，是比不上我所成就的。羅馬並非不朽；沒有關係。羅馬會滅亡；沒有關係。蠻夷會征服羅馬；沒有關係。羅馬有過她的時代，不會完全滅亡；野蠻民族會成爲他們所征服的羅馬；他們所破壞的理想與遠見，會在他們的血液裡流著。正如我軟弱無力地載浮載沉在這浩瀚無垠的大海上，在無止盡的時間長河裡，我付出的可說是微不足道，也談不上任何價值。

我們漸漸靠近卡布里島，如晨光中閃耀的珠寶，從藍色的海水裡冒出的綠翡翠。風幾乎停住了，我們彷彿浮在空氣中，飄向那平靜而悠閒的、我曾經渡過不少快樂時光的地方。島上的住民既是我的鄰居也是我的朋友，已開始聚集在港口，向我們揮手，我聽得見他們呼喊的聲音。他們興高采烈的對我呼喚，等一下我便要站起來回應他們。

那個夢啊，尼科拉烏斯；我記得昨天晚上的夢了。我再次夢到我在佩魯賈，那時盧基烏斯・安東尼作亂，挑戰羅馬的統治。整個冬天我們封鎖了那個城市，希望逼迫盧基烏斯投降，以避免羅馬人再互鬥流血。我的人馬已現疲態，並因長久的等待而灰心，有可能發動叛變。爲了要爲大家帶來希望，我下令在城牆外建立祭壇，向朱庇特獻上祭品。那個夢是這樣的：

一隻從未套上木軛進行耕作的白公牛被我的隨從牽到祭壇前；牠的兩角被塗成金色，頭上套上了月桂葉編成的花環冠。牽牛的繩子鬆弛地垂著，公牛抬頭挺胸地自動往前走。牠的雙眼湛藍，似乎在看著我，彷彿知道誰是祭司。隨從把鹽粉灑在牠的頭上，牠一動也不動；隨從嚐過了酒後，便灑在牛角之間。公牛仍然不動。隨從說，「要開始了嗎？」

我舉起斧頭；那雙藍眼凝視著我，十分堅決。我用力劈下去，然後說，「好了。」公牛顫抖著，雙膝緩緩地跪到地上；牠仍抬著頭，雙眼還是凝視著我。隨從拔出小刀，割破了牠的喉嚨，用酒杯把血接住。即使牠的血在流著，那藍眼睛似乎看著我的雙眼，直到最後牠的目光呆滯，身體側倒在地上。

那是超過五十年前的事了；我當年二十三歲。很奇怪過了那麼久之後我會做這個夢。

Epilogue

書信：雅典的菲利浦斯致盧基烏斯・阿奈烏斯・塞內卡，自那不勒斯（西元五十五年）

親愛的塞內卡，收到你的來信令我感到訝異與高興，我相信你會原諒我現在才回信。你的來信到達羅馬當天我正要離開那裡，而我剛剛才在新家安定下來。你會很高興知道我終於接納你的建議，不論是面對面的或者是透過書信，已經從我喧鬧紛亂的醫師工作退了下來，可以讓自己能夠有尊嚴地安靜從事學問的追尋，並使我多年來累積的少許知識得以薪火相傳。我這封信寫於那不勒斯郊外我的別墅；陽光穿過露台上茂密的葡萄藤，灑落在我現在書寫的信紙上，翩翩起舞；我現在的退休生活快樂得就像你對我曾經承諾過的一樣。我要感謝你的多番保證，使我夢想成眞。

說實在的，多年來我們之間的友誼一直是斷斷續續的；對於你老是記得我，並且不計較我在你不幸被流放到荒涼的科西嘉島時沒有挺身而出替你說話，我只能表達我的感激；我想你比大多數人都清楚了解，像我一個無權無勢的窮醫師，即使是一百個加起來，也無法逆轉如同我們已故皇帝克勞狄烏斯一般反覆無常的意向。我們中間欣賞你的人，雖然都保持沉默，內心無不雀躍不已，因為你的智慧再一次照亮你熱愛的羅馬。

你請我說說有關我與已故君主凱撒・奥古斯都之間短暫的相識，那是我們在過去並不常有的會面場合裡總是談到的。我樂於順應你的請求，但是你一定會明白我對這個請求產生了強烈的友善好奇心：我們要預期你會發表新的隨筆？書信？或甚至是一齣悲劇？我會熱切期盼能了解你把我提供的零星回憶作何用途。

以前當談到我們的君主時，或許我以爲不斷加強你的好奇心，可以增進我們的友誼，便一直對我該提供的資料諱莫如深，或者是吝於分享。不過，我今年已經六十六歲——比屋大維・凱撒去世時年輕十歲。你過去常常強烈抨擊人們的虛榮心，都好意地把我排除在外；不過我相信我的虛榮心早已遠我而去。我會把我所記得的告訴你。

你知道的，我只當了屋大維・凱撒的醫師幾個月；不過在那幾個月裡，我總是在他身邊，而且往往在聽得見他呼喚我的範圍之內；而他去世時我在他的身邊。我到現在仍不曉得爲何他在明白那是他生命的最後幾個月的情況下，仍會選擇我來照顧他；有很多醫師比我更有名，也更有經驗，而我當年只有二十六歲。不過，他還是選了我；我現在懷疑他是喜歡我的，那種喜歡似乎是保持著微妙的距離感，但那是我在年輕時無法體會的。而雖然在他最後的日子我無法爲他做什麼，他有設法讓我在他去世後成爲一個富人。

我們從奧斯蒂亞啓航往南，經過了幾天悠閒的旅程，便登上了卡布里島；雖然他很清楚自己的身體越來越虛弱，但是他不至於無禮貌地忽視在那裡等候的群眾。他跟很多人交談，並親切的稱呼他們，即使是在他虛弱到必須靠在我的臂彎裡。由於卡布里島上的居民大部分是希臘人，他便用希臘文與他們交談，不斷地爲他頗爲奇怪的腔調表達歉意。到他跟義大利的鄰居們一一告別得差不多之後，我們才前往他幾哩以外能捕捉那不勒斯海灣絕佳景色的別墅。我勸他多休息，他似乎樂於聽從。

他答應了島上的年輕人，要參觀他們的體操競賽；這個賽事的舉行是要爲一星期後在那不勒斯舉行的比賽篩選出代表；他不顧我的反對，堅持要履行他的承諾；而即使我千般不願意，他還是邀請了所有參賽者當天晚上到別墅參加晚宴，以表示對他們的敬意。

在晚宴中他顯得異常的高興。他即興地用希臘文創作了一些機智的短詩，頗帶有色情的味道，並鼓勵身邊的年輕人批評詩中不道德的地方；他參與了年輕人互相丟擲麵包皮的幼稚遊戲；而儘管年輕人們在下午進行了緊張刺激的競賽，他仍開玩笑地堅持說他們是「陶陶居民」而不是「島民」[1]，因爲他們日常生活過得十分悠閒愜意。他答應會出席他們在那不勒斯舉行的競賽，並強調他會以他的所有財產下注，賭他們會勝利。

我們待在卡布里島前後四天。大部分的時間我們的君主都是安靜的坐著，凝視海洋，或者是眺望東面的義大利海岸線。他的臉上總是露出安詳的微笑，偶爾會微微點頭，彷彿在回憶著一些事情。

第五天我們渡海到達那不勒斯。這時候我們的君主已經衰弱到必須要人攙扶才能走路。不過他還是堅持我們把他帶到競賽地點，他要履行曾經答應島上年輕人會出席競賽的諾言；我必須要承認，雖然我知道他已時日無多，我無法阻止他的執著；很清楚的，他出席與否，對他的生命至多也只是幾天的差異而已。他整個下午都暴露在烈日下，爲卡布里島的青年打氣；到競賽結束時，他發現自己已經無法站起來。

我們派轎子到體育場接他，他明白地表示要立刻前往諾拉他兒時居住的地方。由於只有十八哩的腳程，我便答應了；我們在凌晨時分到達他的老家。

我知道他時日無多，便傳話到貝內文托，莉薇亞和她的兒子提比略幾天前已經到達那裡。按我們君主的指示，我明確表達他不願看到提比略，但可以對外傳出消息說提比略在他臨終時的確隨侍在側。

他去世的當天早上對我說：

「菲利浦斯，是時候了，是不是？」

他的神情帶著某種力量，讓我無法對他掩飾實情。

「說不定的，」我說，「不過是差不多了，是的。」

他平靜地點頭，「那我必須要完成最後一件必須要完成的事。」

有幾個他認識的人——我相信那時候已經沒有人可稱得上是他的朋友——在羅馬聽聞他病倒，便匆忙的趕到諾拉去。他接見了他們，向他們告別，責成他們協助權力的和平轉移，並要求他們要支持提比略登位。其中一人矯情地啜泣，使他感到不悅，他說：

「在我覺得心滿意足的時候，你卻哭起來，眞是殘忍啊！」

他想要單獨與莉薇亞見面，但是我正要離開房間，他又示意要我留下。

他和莉薇亞說話時，我可以說他的病情是急轉直下的；他向莉薇亞做了一個手勢；她跪在他身旁，並親吻他的臉頰。

---

1 奧古斯都把當地的居民 Islanders 說成是 Idle-landers，是文字遊戲。Idle 意指生活愜意，故譯成「陶陶」，較接近「島」的發音。

「你的兒子——」他說，「你的兒子——」

他一下子變得氣喘吁吁；下顎開始不受控制。但是他很明顯地透過意志力，又再振作起來。

「我們不需要寬恕自己，」他說，「那是婚姻，已經比大多數的幸福了。」

他說完了又再癱軟在床上；我快步走到他身邊；他還有呼吸。莉薇亞撫摸他的臉頰。她站在他身邊一會，便離開了房間。

「菲利浦斯，我所有經歷過的……現在對我來說已沒有用了。」

一時之間，他的意識似乎無法集中，因爲他忽然間喊出，「年輕人啊！年輕人無堅不摧！」

我把手放在他的額頭上；他再次看著我，用手肘支撐著身體，並對我微笑；那雙引人注目的藍眼睛漸漸呆滯無神；他的身體抽搐了一下，便側倒在床上。

就這樣，蓋烏斯．屋大維．凱撒，奧古斯都去世了；那是塞克圖斯．龐培和塞克圖斯．阿普列尤斯當執政官任內的八月十九日下午三時。他逝世的地方是與他的生父老屋大維於七十二前去世的同一個房間。

有關屋大維寫給他的朋友尼科拉烏斯．達馬斯庫斯的長信，我必須要說明。我是被委託把那封信送達；不過我們在那不勒斯的時候，我接獲消息說尼科拉烏斯在兩星期前已經去世。我沒有告知我們的君主這個消息，因爲那個時候他似乎很高興地以爲他的老朋友會讀到他最後想要說的話。

他逝世後不到幾個星期，他的女兒在雷焦受監禁的地方死去。有傳言說是她當時已登位的丈夫提比略讓她活活地餓死。我無法證實那個傳言，我也懷疑現在仍活著的人能夠證實。

很多較年輕的公民在論及屋大維．凱撒漫長的執政時，總會帶著幾分不以爲然的姿態，那是流行於當日，以及其後三十多年的風氣。而屋大維．凱撒在他生命接近終點時，也認爲自己一切的成就，皆是徒然。

然而他所建立的羅馬帝國已熬過了苛刻的提比略、殘酷的卡利古拉，以及無能的克勞狄烏斯。現在我們新的君主尼祿在年輕時接受你的教導，你至今仍接近新的權力核心；他能在你智慧與德範的引導下治理國家，我們心懷感激，也願上天在尼祿的治理下，讓羅馬最終能實現屋大維．凱撒的夢想。

主題與變奏：史托納、奧古斯都、茱莉亞

——譯者後記

今年五月前往波士頓參加女兒的畢業典禮，心中想著這次不會像四年前送她入學時到處亂逛，一定要好好的看看《屠夫渡口》主人公威廉・安德魯出生成長的燈塔山克拉倫登街、看看曾在威廉斯筆下被污染的查爾斯河……。回台灣前一天忽然想起華爾騰湖應該也是威廉・安德魯應該曾經嚮往的地方，而梭羅受愛默生超驗主義哲學影響後實行的生活方式也應該曾經啓發安德魯到西部體驗大自然的靈感泉源。那天一早上我、妻子和兒子三人（女兒忙著畢業相關事務）便開車前往華爾騰湖，停好車後便要沿著小徑賞湖，小徑的起點有一個標示牌，上有華爾騰湖的地圖，更明示梭羅當年獨居的小木屋的所在，這使我大爲興奮，以爲能親睹木屋的風采，與梭羅的心情會更爲接近。華爾騰湖的湖面不大，可以完全收進眼底，我們拍了幾張照片後，便沿著小徑前往梭羅的小木屋。我們約走了十五分鐘

便到達木屋附近，要離開小徑斜斜沿著小山坡走二三十公尺到達一個略爲平坦的地方，便是木屋的所在。我喘著氣走向一片空地，卻未見小木屋在眼前出現，當我再走近，才發現木屋早已不存在，只有十條及腰的方形石柱，標示出原來木屋遺址的基地範圍！

我當時有忽然被當頭棒喝的感覺，一方面覺得自己學文學反而變得迂腐，以爲梭羅曾居住的華爾騰湖畔及其小木屋，是一個永遠不變的圖像，看到小徑前的標示牌就不自覺的興奮起來，腦中同時召喚出湖畔小屋來，另一方面，曾經翻譯了約翰・威廉斯三部小說的我，面對梭羅小木屋的遺址，不禁讓我想起三部小說中各自有類似的場景，而相關的場景又不約而同的與小說的主題有緊密的關聯。最類似的場景莫過於《屠夫渡口》的主人公威廉・安德魯在離開冰封半年的山谷時回頭看見那讓他們不至於被風雪吞噬的披屋：

穿過樹木看去，讓他們渡過嚴冬的披屋看來極為細小，不足以達成他作為庇護所的任務。安德魯知道，當他們在暮春或初夏回來搬運牛皮時，披屋還在；但是在往後的季節裡，它會被猛烈的陽光晒乾，會被凜冽的冰雪裂解，它會開始分崩離析，坍塌成小塊或碎片，直到最後會不復存在，只剩四根殘餘木樁，穩穩固定在土裡，以證明它們熬過漫長的冬天。他很好奇在這間披屋被氣候風化腐蝕、融入地上厚厚的松針土裡之前，會不會有人看見它。

四根木樁和十根及腰的石柱！梭羅的小木屋不是印證了安德魯的話嗎？我們或許可以倒過來推論，是不是威廉斯早已知道小木屋的下場，而把這個畫面寫到小說裡，以嘲笑愛默生和梭羅等超驗主義者對大自然懷抱過度天眞爛漫的想法？《屠夫渡口》是威廉斯第一部成熟的小說，呈現大自然有其運行的規律，不會回應人類社會的要求，或者是想像，安德魯的西部行述說的是他飽受煎熬，徹底覺悟人類要拋棄多少人性，才可以融入大自然的規律。威廉斯在《屠夫渡口》後完成的《史托納》，是傳記式的小說，敘述史托納從高中畢業到六十五歲漫長人生路，最後與癌細胞一起切底毀滅，人生戰士的無奈彰顯春夏秋冬生老病死的自然律，渺小的人類只能珍惜眼前所愛，因爲人死後的身軀會在無情的大自然中消耗淨盡。在史托納的母親逝世後，他在墳前想像父母長眠的墓穴，也不是他們最後的歸宿：

現在他們躺在他們貢獻了生命的土地裡；慢慢地，年復一年，他們會被吞噬；慢慢地潮濕與腐敗會侵擾裝載他們的松木，而慢慢地會碰觸到他們的肉體；最後會消耗淨盡他們最後一絲的所有。他們會成為那片他們很久以前曾經貢獻他們生命的無情土地的毫無意義的一部分。

第三個類似的場景是《奧古斯都》中奧古斯都在最後的航行中靠近曾經禁錮女兒茱莉亞的小島及她居住的石屋，並想像石屋最終的下場：

在我西面、在那黑暗中，是潘達特里亞島之所在。茱莉亞住了五年的小屋已經荒廢了，而且在我的命令下不再做修繕維護，讓氣候與時間進行漫長的侵蝕；再過幾年，這小屋便會開始瓦解，時間會把它吞噬，就如時間會吞噬一切。

這三個與人類建構相關的場景——裝載遺體的棺木、躲避暴風雪的披屋，以及茱莉亞被流放時居住的石屋——可以說是人的延伸，象徵著人與外在世界的交涉互動中，終究歸於寂滅——安德魯在小說結束前在沒有任何配備的狀態下，騎馬重返荒野，下落不明；史托納死於病榻上（其軀體不免與癌細胞同時毀滅），茱莉亞最後雖被奧古斯都迎回義大利本島繼續禁錮，而根據歷史上的記載，是於奧古斯都死後被繼位的提比略活活餓死，不過她在小說中的日記裡，便認為自己被流放的一刻開始，就已經死去，這樣看來，石屋也就等於她的棺木。

花了很長的篇幅從梭羅的木屋談到三部小說裡有關「破滅」的場景，我要說明的是，威廉斯三部小說底下都有一個人與外在世界關係的論述，不管這外在世界是荒野或者是文明社會，而三本小說出版日期從一九六〇年到一九七二年，橫跨了十二個年頭，也看出威廉斯想法的演變。《屠夫渡口》結尾安德魯重回荒野，雖是生死未卜，卻也代表了人與自然關係的重新建構，是較從正面的角度看待人與自然的關係。威廉斯得知茱莉亞的故事後而寫成了《史托納》，而《史托納》出版後才在《奧古斯都》中真正處理了茱莉亞一生的起落。讀者其實從史托納到奧古斯都到茱莉亞三個角色的塑造，雖然都是從一個較宏觀的視野觀察人一生的存在意義，會發現相似之處甚多，但優秀的創作者當然會在主旋律中經營其變奏，反覆申論其角色的意義。

本書的引言中，丹尼爾．孟德爾索認為三部小說中有一個共同的核心論述，「那是『個人的力量』和『命運的偶然』的摩擦，往往是一種侵蝕」，並舉出了豐富的例子加以說明，以下就奧古斯都和茱莉亞的角色做一個比較，說明威廉斯利用二人截然不同的生命態度來思考史托納的原型如何被反覆的論述。

在本書的引言中作者對茱莉亞著墨甚少，只有短短的兩個段落有提到她。然而在翻譯過程中，我發現最引人入勝的地方，正是茱莉亞的日記。這本小說的讀者會知道，我們眞正聽到奧古斯都的聲音，或者是說他眞正成爲小說的角色，是在第三部分他寫給老朋友的長信中，這時候透過那長達兩萬五千字的獨白讀者才有眞正的機會與他接觸。小說前兩個部分，他可能是收信人，是對話的他者，或是隱身在不同人物的書信中，被人論及，以側寫的方式被我們了解，間接被我們認識。然而茱莉亞在第二部分出現時，奧古斯都已經贏得亞克興海戰，成爲羅馬最有權勢的人。隨著第二部分的開始，小說主題也轉向奧古斯都如何思考權力繼承、政權永續的問題，而這個主題則圍繞著茱莉亞被安排的三段婚姻所牽涉的權謀角力與政治精算，茱莉亞成爲了核心人物。此時奧古斯都仍然是隱身在幕後的操縱者，只有茱莉亞日記中的獨白，以及她與其他角色在故事情節上的互動被放在舞台上，演出她無奈地邁向崩壞的一生。

如果我們同意引言作者孟德爾索所說，威廉斯小說的核心主題是「個人的力量」和「命運的偶然」的摩擦，讓角色最後被「侵蝕」，我們更可以視奧古斯都和茱莉亞同爲小說中有著同等重要性的角色，不僅各自豐富了主題上的功能，更以不同的方式反覆論述威廉斯筆下以史托納為模型的角色。奧古斯都在小說中比其他主要角色活得更久，並享有小說第三部分的話語權，從他主觀的角度回顧他六十年的「功業」；他的政治手腕如何被視為親民、他的天命如何被隱藏同時又獲得摯友的忠誠奉獻、他的功業如何建構在他對羅馬人的錯誤認知，凡此種種都是在他個人自我認知和歷史機緣之間產生了辯證關係，成就了小說裡所呈現的他。就像史托納壓抑情慾結束婚外情以回應社會、事業與家庭的要求，奧古斯都自傳《奧古斯都功業錄》正是回應了歷史、他的家族，以及人民對他的期待而呈現的面貌。《奧古斯都功業錄》最後會被銘刻在銅板，然後鑲嵌在豪華陵墓外的柱子上；從文本蛻變成符號，揭露他部分的生命，另一部分彷彿被無法一一記載的歷史所「侵蝕」；從文本、銅板，到石柱，奧古斯都用了區區兩百多字，象徵地勾勒了他一生的意義：

我寫下的這些事蹟，將要刻在銅板上，並鑲嵌在我陵墓外的兩根巨柱上。柱子上有足夠的空間容納六塊這樣的銅板，每一塊銅板可刻上六十行字，每行六十個字母。這樣，我的事蹟將不能多於一萬八千個字母……我在這些條件的限制下書寫我自己，對我來說似乎十分合理，儘管那些條件流於武斷；因為就如我的字數必須要符合外

> 在規範，我的一生亦是如此。就如我漫長的一生事蹟一般，這些文字所表達的，必然隱藏了等量的事實；這些事實躺臥在銘刻於鋼板的文字底下，在鋼板包覆的厚重石柱裡。這也是相當合理的。我的大部分的人生過著謎樣的生活……

上面的一段引文可看出奧古斯都角色的刻畫，比史托納來得複雜。史托納的角色動人之處，在於他堅忍地（stoically）面對生命的種種衝擊：脫軌的婚姻、父母的衰敗、家庭的暴力、愛女生命的消蝕，還有生命中突然出現的眞愛，燦爛如煙火，但瞬間熄滅的遺憾……。但臨終前與妻子最後一次見面，他心中只是用文法上稱爲「與過去事實相反假設」的口吻，表達對妻子的愧疚：「如果我更了解……如果我更能體諒……如果我更愛她……」而敘述者更確認了史托納當下對一生痛苦的來源做了了斷：「他們已經寬恕了彼此加諸對方的傷害」。這種安排似乎是把問題過度的簡化，讓讀者感到他一生遭遇只是自討苦吃，之前的種種悲劇只是個人的選擇。但是奧古斯都（和茱莉亞）兩個角色都多了幾分自我反省的能力，更能彰顯人們面對「個人的力量」和「命運的偶然」相互牴觸的無奈。一萬八千字的《奧古斯都功業錄》，是他親筆留給後世的自傳，是「符合外在規範」而塑造的人格，其「謎樣」的眞我，卻在小說的第三部分的獨白中層層揭露，被「侵蝕」的部分被還原，人生的「得」與「失」並列，既有史托納式的堅忍，面對波濤洶湧的政治生涯，又交代其背後的政治算計、與茱莉亞之間無法割捨的親情，以及對人性的針砭，並對自己的「功業」下了反諷的結論：「我覺得人最合適的生活條件，也即是說他們最喜歡的生活條件，或許不是我努力爲羅馬帶來的繁榮、和平，和融洽。」

當茱莉亞走上流放之路，便知道告別了這個世界，活著只是某種死亡的存在（death in life）。換句話說，她是爲了捍衛自己的情慾生活，不惜被歷史在她身上烙下淫亂的標籤，甚至是遭到放逐也堅持自己的追尋，在放逐的生活中還是念念不忘與尤魯斯・安東尼短暫的愛情，儘管這段愛情讓她捲進政治的陰謀，犯下叛國罪。若果說奧古斯都一生，是「個人的力量」和「命運的偶然」的摩擦下形塑出來，是按照史托納和安德魯的原型打造，茱莉亞則是一個拒絕當史托納的角色，雖然她乃逃不出毀滅之路。

小說的第二部分，透過茱莉亞的日記，勾勒出她一生從出生、少女時代受教育的過程、被安排進入三段政治婚姻、對性和權力的覺醒、以皇帝女兒身分追尋性慾與情慾的滿足，到最後陷入叛國罪的風暴。在流放時寫日記，當然帶有反省批判的角度，觀照自己的一生。所以我們會看見她在思想上和學識上受到阿瑟諾多努斯的薰陶，同時又要學習謹守一個女生的克己認份，以家爲依歸，學習料理家務及習得一般婦女的技能，像織布、縫紉、歌唱、彈樂器等工藝。兩種生命情調既內化成她人生某一階段的生活態度，又相互抵觸，等待矛盾的到來而迸發出一段轟轟烈烈的自我追尋、和自我完成。她的日記就是演出了她一生的矛盾，她的思辨能力和文字素養將要揭發她不平凡的一生，就如她在第一篇日記的結尾時所說的：「或許我寫下這些日記，並應用了所有習得的技巧，能讓我發現我是否能夠把陷於極端漠然的我喚醒過來。」

我們可以想想，如果史托納拒絕與外遇分手，史托納的傳奇是如何開展？身敗名裂？離婚？失去教職？茱莉亞在東方之旅中被視為愛神的化身，得享處男的軀體；性慾帶來的歡愉讓她自覺二度婚姻中只是傳宗接代的工具，為的是延續權力的不墮；身為皇帝的女兒及阿格里帕的妻子，她是羅馬帝國中除了莉薇亞之外最有權勢的女人，藉著其特殊身分，遊走於貴族階層，進一步享受肉慾的歡愉，直至找到眞愛尤魯斯·安東尼，不過也同時可能因為她的特殊身分，被利用以掩護政變的陰謀。在小說第二部分的最後一篇日記中，父親與她當面對質，她開始認知到愛情與叛國只是一體的兩面，然而在那最關鍵的時刻，自知死亡將至，她心中只是想著尤魯斯·安東尼的下落，以及他的下場。茱莉亞選擇貫徹她所愛，完成她的追尋，儘管她最後落得生不如死的下場。茱莉亞與史托納同樣是被「命運的偶然」塑造了傳奇的一生，然而茱莉亞卻以最後一口氣，伸張她「個人的力量」，這條史托納「沒有選擇的路」，是否真的是不可行？恐怕是值得我們深思的。

《奧古斯都》是我從事文學翻譯的第三部小說，感謝啓明出版的發行人林聖修先生給我這個機會，讓我在專業翻譯生涯開始的時候處理了同一個作者的三部小說，而更難能可貴的是，儘管《奧古斯都》很顯然是一本乏人問津的作品，林先生還是毅然決然買下翻譯版權，做出可能讓他虧本的投資，作爲出版人，林先生的熱血是令我感到敬佩的。說《奧古斯都》乏人問津，當然不是說這部小說品質不好，其實它可能是他三本小說裡最精彩的，而它當年獲得美國國家圖書獎是實至名歸的。《奧古斯都》在出版當年便可能具有爭議性，美國國家圖書獎的評審委員意見分歧，終於把獎項平分給兩個作者，另一個得獎人是約翰·巴思（John Barth）的《吐火怪》（*Chimera*），或許就如孟德爾索在引言中所說，他的爭議性源自題材屬於歷史小說，彷彿與美國缺乏相關性。優秀的文學處理的是人性，是普世價值，本無國界或時空之別，不過《奧古斯都》對讀者會造成挑戰，在中產階級趣味當道的閱讀市場來說，在於它需要讀者有一定的歷史知識以跨越門檻，而本身的書信體對「劇情」的連貫性並不明顯，再加上每一封信都會針對某事情對收信人作敘述、討論，或爭執，可能不會對劇情作明顯的交代，有別於一般小說總是有不同的方法透過劇情去牽引讀者的興趣。

其實這是過慮的。威廉斯沒有忘記他在寫小說。讀者只要知道凱撒在西元前四十四年三月被刺殺，之後他的養子回到羅馬密謀為（養）父報仇，繼而有腓立比之戰把兇手剷除，再下來就是與馬克・安東尼和雷必達結成三頭同盟，最後有亞克興海戰，安東尼敗逃。這就是小說第一部的內容，第二部則是茱莉亞為主角的政治婚姻的安排為主軸牽涉到宮廷裡勾心鬥角的劇情，由於歷史上記載茱莉亞的史料不多，劇情大部分是威廉斯杜撰，特別是「茱莉亞日記」，虛構性大增，對角色的刻畫也著墨甚多，一般小說的味道較濃，而這時讀者對大部分角色已有所了解，不會流於「跟不上」的窘境。

不過這部小說的翻譯過程是頗為艱辛的，一方面是第三本翻譯小說，自我要求也越來越高（有身邊朋友在觀察！），另一方面小說中夾雜了書信以外的不同材料，包括軍令、元老院的會議紀錄、喪禮的悼詞、回憶錄、日記、抒情詩、打油詩等，而書信中有纏綿悱惻或虛情假意的情書、有軍頭之間的密謀算計或荒淫逸樂、有卑劣文人粗鄙的言詞謾罵、有偉大文人之間的惺惺相惜、有莉薇亞對家族利益的汲汲營營、有奧古斯都接近哲學思維的自我反省，還有茱莉亞日記中獨特的抒情筆調……。除了要掌握不同文類的特質及轉換為中文可能性（如軍令所需的官腔），更要捕捉不同說話人的神情語調，要掌握書信題材的口語特質，更要維持其書面語的文字風格。

這些難關當然是以各種方法度過，但處理方式能否得到讀者的同意，那是小說出版後的事了。不過我還是希望能趁這個機會說明一下我對翻譯的幾個想法。首先是我多年不變的翻譯態度，是「應有盡有」，原文有的東西，如果不是贅詞或語意重複，都應該要在譯入語中處理。這也是我教學上的第一原則。很多學生喜歡「偷工減料」，這裡說多餘，那裡說重複，把原文的東西東扣西扣後，句子當然會比較好寫，也較能避免翻譯腔的出現。不過這種譯法是把譯文過度簡化，更嚴重的會有誤譯的問題。原文的複雜度，與譯入語語言結構的複雜度成正比，這也是譯者的挑戰。

另外的面向是我翻譯三部小說累積了約五十萬字後體會到的。翻譯小說當然是寫情和寫景兩個層面最為重要，能讓讀者透過譯文再一次產生畫面，看得見某一個場景裡的人物互動或是場景內的空間安排，是翻譯的一大挑戰。所以我都會先透過原文文字在腦中產生畫面，按照畫面的空間安排，再參照語言結構，才把文字寫下，以下一段是奧古斯都幾個人首次靠近亞波羅尼亞時對當地景物的描寫，文中從木屋到山丘，是跳脫了語言結構的束縛，強調視覺的效果：

Fishing boats bobbed in the harbor, and the people waved; nets were stretched upon rocks to dry; and wooden shacks lined the road up to the city, which was set upon high ground before a plain that stretched and abruptly rose to the mountains.

港灣裡的漁船在搖晃，船上的人也隨著起伏；漁網攤在岩石上等著晒乾；木頭搭成的小屋沿著路邊排成一線，伸向小城。那座小城位在一處高地，高地後方是一片廣闊的平原，平原盡頭是拔地而起的山丘。

另外一個例子是來自茱莉亞第一篇日記的開首描述禁錮她的石屋附近的地理環境：

Outside my window, the rocks, gray and somber in the brilliance of the afternoon sun, descend in a huge profusion toward the sea. This rock, like all the rock on this island of Pandateria, is volcanic in origin, rather porous and light in weight, upon which one must walk with some caution, lest one's feet be slashed by hidden sharpnesses. There are others on this island, but I am not allowed to see them.

窗外，午後燦爛陽光下的碎石灘顯得灰暗沉鬱，斜斜地往海邊延伸。這些碎石，一如島上其他的石塊，都是來自火山的岩漿，多孔而輕，走在上面必須極為小心，否則足部容易被石頭上不顯眼的孔隙割傷。島上還有其他種類的石頭，但是我被禁止一一細看。

這一段原文的語文結構雖然不是最複雜，但是已有不少的片語，插入主要句子中，形成複雜句的態勢，翻譯時也是要一塊一塊拆開，重新安排成中文的語文習慣：地點——時間——陽光——石塊——石塊顏色——往海邊延伸……；碎石——來源——材質——質感（尖銳易使腳部受傷）……。這樣安排，才不會凌亂，而讀者也按著文字的安排再產生新的畫面。一個文學作品是否引人入勝，首先是要有「看下去」的衝動，而我認爲訊息架構的妥善處理是一個重要因素。

最後要說的是這部小說裡面不少人物都受過教育（最明顯的是，也有文學家，而且書信體雖然像是在說話，但偏向書面語，所以在翻譯過程中常常會用到四字的成語或習語，一方面希望產生較爲簡約的風格，另一方面就像余光中教授所說，成語的使用可以「潤滑節奏、調劑句法、變化風格」的效果，以下舉兩個例子說明，第一個是茱莉亞對奧古斯都的情人（梅塞納斯的妻子）特倫提亞的描述：

She chattered like a magpie, flirted outrageously with everyone, and it seemed to me that her mind had never been violated by a serious thought.

她喋喋不休像一隻喜鵲，肆無忌憚地對任何人賣弄風情；對我來說，她似乎總是心無罣礙。

不過我對成語的使用，僅是限於原文裡有明確的語意範疇，另一個例子是阿格里帕回憶錄中描述奧古斯都雖然病重，卻仍展現其領導魅力神態：

. . . and though his face was that of a corpse, his eyes were fierce and hard, and his voice was strong, so that the men took heart and resolve from his presence.

雖然他的臉部已與死人無異，雙眼卻是炯炯有神，強悍而堅定，嗓音洪亮，使人面對他而感到振奮，一往無顧。

譯者後記已寫到最後一段，意味著折磨了我了快兩年的《奧古斯都》翻譯工作即將完全結束，而在結束威廉斯這第三部最後一部小說後，也意味著即將告別從二〇一三年開始縈繞我心中的文學趣味，實在有點不捨，不過我相信史托納、安德魯、奧古斯都、茱莉亞幾個人物各自的遭遇，已銘刻在我心中，讓我不斷思考生命的意義。接受啓明出版的翻譯委託是「命運的偶然」，卻眞的讓我的人生改變不少，不過那絕對不是一種「侵蝕」，而是心靈的淬鍊，使之更爲「飽滿富足」。

奧古斯都 AUGUSTUS

作者 — 約翰・威廉斯（John Williams）。譯者 — 馬耀民。編輯 — 邱子秦。封面設計 — 徐睿紳。版型設計 — 永真急制 Workshop。內文排版 — 張家榕。行銷 — 劉安綺。發行人 — 林聖修。出版 — 啟明出版事業股份有限公司。地址 — 台北市敦化南路二段 57 號 12 樓之一。電話 — 02-2708-8351。傳真 — 03-516-7251。網站 — www.chimingpublishing.com。服務信箱 — service@chimingpublishing.com。法律顧問 — 北辰著作權事務所。印刷 — 漾格科技股份有限公司

總經銷 — 紅螞蟻圖書有限公司。地址 — 台北市內湖區舊宗路二段 121 巷 19 號。電話 — 02-2795-3656。傳真 — 02-2795-4100

2018 年 7 月初版。2022 年 10 月二版一刷。ISBN 978-986-95330-9-6。

定價 — NT$450 HK$130

AUGUSTUS By John Williams

奧古斯都/約翰・威廉斯（John Williams）作；馬耀民翻譯.

-- 初版 . -- 臺北市：啓明，2018.07
面； 公分
譯自：Augustus
ISBN 978-986-95330-9-6（平裝）
874.57 107007369